❖ 전국시대 일본의 지도

도호쿠東北
간토關東
주부中部
긴키近畿
주고쿠中國
시코쿠四国
규슈九州

주고쿠

오키 제도

긴키

와카사

이즈모   호키   이나바
다지마   단고   오바
미마사카   단바
이와미   아키   빙고   빗추   비젠   하리마
나가토   ● 히메지   ● 오사
스오   히로시마 ●   ● 오카야마   교
● 이와쿠니   사카이 ●   나
쓰시마섬   아와지   이즈미   가와
쓰시마해협   야
고쿠라   요시니
지쿠젠   부젠   와카야마 ●   야마
마쓰라   후쿠오카 ●
히젠   다카마쓰   기이
지쿠고   분고   사누키
나가사키 ●   이요   도쿠시마 ●
가쓰사 ●   히고   ● 다케다   아와
● 구마모토   도사
사쓰마   휴가   시코쿠
오스미   규슈

도호쿠

주부

사도섬

노토

니가타

에치고

요네자와

시라카와

가가   엣추

후쿠이
비와
호수   에치젠   다카야마   시나노   고즈케   시모스케

히다   히타치

세키가하라   미노   무사시

이가   가이   간토

이세   에도

나고야   오와리   스루가   이즈   사가미   시모우사

오카자키   도토우미   가즈사

미카와 ● 요코스카   오다와라 가마쿠라

戰國志

SHINSYO TAIKOUKI
by **YOSHIKAWA eiji**

전국지 10
전국통일 戰國統一

초판 1쇄 발행	2015년 9월 20일
초판 2쇄 발행	2015년 11월 20일
지은이	요시카와 에이지
옮긴이	강성욱
펴낸이	한승수
펴낸곳	문예춘추사
편 집	김성화, 조예원
마케팅	안치환
디자인	김선영
등록번호	제300-1994-16
등록일자	1994년 1월 24일
주 소	서울특별시 마포구 연남동 565-15 지남빌딩 309호
전 화	02 338 0084
팩 스	02 338 0087
E-mail	moonchusa@naver.com
ISBN	978-89-7604-280-4 04830
	978-89-7604-269-9(전 10권)

*책값은 뒤표지에 있습니다.
*잘못된 책은 구입처에서 교환해 드립니다.

전국통일 戰國統一

戰國志

10

강성욱 옮김

요시카와 에이지 지음

문예춘추사

차　례

조소카베 모토치카長曾我部元親(1539~1599)
도사 국의 국주에서 전국 다이묘로 성장했으며 미요시, 사이온지, 고노 씨 등과 싸워 시코쿠四国의 패자가 된다. 그러나 이후 오다 노부나가의 손길이 미쳤으며 노부나가의 후계자인 도요토미 히데요시에게 져서 도사 1개국만 다스리게 된다. 도요토미 정권 시 헤쓰기가와戶次川 전투에서 총애하던 아들을 잃은 뒤부터 성격이 거칠어져 집안을 어지럽힌 채 숨진다.

마에다 게이지로前田慶次郎(?~?)
여러 가지 설이 있으나 1541년 다키가와 씨의 아들로 태어나 마에다 가로 들어간 것으로 알려져 있다. 이후 마에다 도시이에가 방종한 성격을 나무라자 가나자와를 떠나 에치고의 우에스기 가게카쓰를 섬기며 2천 석을 받는다. 세키가하라 전투 이후에는 전국을 떠돌아다닌다.

가노 에이토쿠狩野永德(1543~1590)
무로마치室町 후기, 아즈치 모모야마安土桃山 시대의 화가. 통칭은 겐자부로源四郎. 할아버지 모토노부의 기대를 한몸에 받았는데, 할아버지의 사상과 아버지 나오노부의 화법을 물려받는다. 오다 노부나가와 도요토미 히데요시를 섬겼으며 아즈치, 오사카 성, 주라쿠다이 등에 장벽화를 그리고 호방하고 화려한 모모야마 장벽화 양식을 확립한다.

오쿠무라 나가요시奧村永福(1541~1624)
가나자와金沢의 무사. 마에다 도시이에, 도시나가利長, 도시쓰네利常 3대의 번주를 섬긴다. 1584년 노토能登의 스에모리末森 성을 지키며 삿사 나리마사佐々成政 군을 격퇴한다. 오와리尾張 시절 이전부터의 마에다 가의 가신이다.

오쿠무라 나가요시의 아내(?~?)
1584년 엣추의 삿사 나리마사에게 스에모리 성이 포위당할 때, 남편 나가요시가 힘이 미치지 못해 자결하려 하자 스스로 장검을 차고 남녀 여러 명을 인솔하여 밤낮으로 성안을 순시하며, 병사들을 격려하고 위로하여 마에다 도시이에의 원군이 도착하기까지 버틸 수 있게 한다.

다니 주베谷忠兵衛(1534~1600)
이름은 다다즈미忠澄. 도사 조소카베 모토치카의 가신이다. 원래는 도사의 신사에서 일하던 사람이다. 도요토미 히데요시의 시코쿠 공략 때 아와阿波 이치노미야一宮 성을 지키며, 화의 체결에 힘쓴다. 1586년 헤쓰기가와戶次川 전투에서는 모토치카의 장남 노부치카信親의 유골을 시마즈島津로부터 받는 사자로 활약한다.

나오에 가네쓰구直江兼続(1560~1619)
히구치 씨의 장남으로 22세 때 우에스기 가의 중신이자 요이타의 성주인 나오에 씨의 후계자가 된다. 우에스기 가게카쓰의 집정으로 활약하며 군사 면에서도 뛰어난 수완을 보인다. 정치, 군사 양면에서 지장으로 알려지고 학문을 좋아한 무장으로도 유명하다. 요네자와에 학문소學問所인 선림사禪林寺를 창건한다.

기쿠테이 하루스에菊亭晴季(1539~1617)
이마데가와今出川 하루스에. 1548년에 종3위, 1585년에 종1위 우다이진이 되며 도요토미 히데요시의 관백 취임에 크게 기여한다. 1595년에 사위인 도요토미 히데쓰구豊臣秀次의 사건에 연루되어 에치고越後로 유배당하나 이듬해에 죄를 용서받고 다시 돌아온다. 사후에 다시 우다이진이 된다.

사나다 마사유키真田昌幸(1547?~1611?)
다케다를 섬기며 다케다 가쓰요리武田勝頼로부터 고우즈케 국의 누마다沼田 성 일원을 받는다. 1582년, 도쿠가와 이에야스에 속해 우에다를 안정시켰으나 1585년, 이에야스가 누마다를 호조 씨에게 넘겨주려 하자 이에야스와 대립하여 도요토미 히데요시에 가담한다. 세키가하라 전투 때는 차남 유키무라와 서군에 가담하여 우에다 성에서 도쿠가와 히데타다徳川秀忠의 서진을 저지한다. 전후 고야 산으로 추방된다.

사나다 유키무라真田幸村(1567~1615)
사나다 마사유키의 차남. 본명은 노부시게信繁. 세키가하라 전투에서 서군에 속해 아버지와 함께 도쿠가와 히데타다의 서진을 저지한다. 서군 패배 후, 동군에 가담한 형 노부유키의 알선으로 사죄를 면하고 고야 산에 칩거한다. 오사카의 진 때 다시 도요토미 측에 가담해서 오사카 성에 입성한다. 초승달 모양의 외성을 구축해서 동군을 괴롭힌다.

하지카노 덴에몬初鹿野伝右衛門(?~1624)
원래 성은 가토加藤, 이름은 마사히사昌久라고도 한다. 다케다 신겐武田信玄賴, 다스요리勝賴 부자를 섬긴다. 1561년에 신겐의 명으로 하지카노라는 성을 쓰게 된다. 잡병의 대장, 사무라이 대장을 지낸다. 1582년 다케다 가 멸망 뒤에는 도쿠가와 이에야스를 섬긴다.

| 일러두기 |

1. 이 책은 일본 고단샤講談社에서 발간한 요시카와 에이지 역사·시대 문고(吉川英治歷史時代文庫) 22~
   32권, 『신서 태합기(新書太閤記)』(전11권, 1990년 4월 23일~1990년 8월 3일)를 저본으로 삼았다.

2. 원서는 총 11권으로 구성되어 있으나 분량을 고려해서 총 10권으로 재편집했다.

3. 가능한 원본에 가깝게 번역했으나 고유명사의 명백한 오류는 바로잡았으며, 원서 내용을 해치지 않는
   범위 안에서 대화와 본문이 연결되는 부분을 일부 수정하여 우리 독자가 읽기 편하게 했다.

4. 원서 문장의 길이가 너무 길어 읽기에 불편한 부분은 내용을 해치지 않는 범위 안에서 문장을 끊어
   번역했다.

5. 한자 표기는 정오正誤에 상관없이 원서를 따랐으나 동일 인물이나 지명의 상반된 표기가 있는 경우에
   는 올바른 한자를 찾아 표기했다.

6. 이 책의 삽화 및 지도는 내용에 맞게 새로 제작한 것이다.

철쭉

"누구는 저 산 위에, 누구의 부대는 절벽 아래에, 그리고 누구누구는 언덕의 양쪽 편에 병사를 숨겨라. 연못에는 누가 가도록. 철포 부대는 약간 높은 지대에, 창을 든 부대는 달려 나가기 좋은 위치에 자리하도록."

각 부대의 배치도 모두 전달했다.

이에야스는 시야가 트인 마에 산의 한쪽 모서리에 걸상을 놓았다. 그러자 군무를 담당하고 있는 와타나베 한주로가 멀리서 주의를 주었다.

"깃발이 너무 높다. 깃발은 좀 더 나무가 우거진 곳에 세우도록."

고지대와 고지대 사이의 접근전에서 '총대장은 여기에 있다'는 듯 너무 눈에 띄게 깃발을 높이 세우면 철포의 집중 사격을 부르는 꼴이 되고 만다. 이에야스도 웃으며 시동에게 말했다.

"조금 낮춰라."

금부채의 깃발이 나무들 사이로 조금 가려졌을 무렵, 부쓰가네 산의 중턱에서 기슭에 걸쳐 이이 효부 나오마사井伊兵部直政의 붉은색 깃발과 병력이 철쭉이 물든 것처럼 바위 사이사이를 물들이며 달려가고 있었다.

"오오, 오늘은 이이가 선봉이로군."

"붉은 깃발이 앞으로 나섰다."

"참으로 화사하구나. 하지만 싸움은 어떨지."

적과 아군 모두 한목소리로 말했다.

부장은 올해로 스물네 살인 효부 나오마사였다. 이에야스가 그를 비장의 젊은이로, 쓸모 있는 사내로 눈여겨보고 있다는 사실은 누구나 알고 있었다. 그는 오늘 아침까지만 해도 하타모토 가운데 자리하고 있었으나 이에야스가 병사 삼천 명을 건네면서 오늘의 최고 명예이자 가장 힘든 일이기도 한 선봉을 맡긴 것이었다.

"오늘이야말로 그대의 근성을 마음껏 펼쳐보이도록 하게."

이에야스는 누가 봐도 너무 젊은 나오마사에게 나이토 시로자와 다카기 몬도高木主水 두 사람을 붙여주었다.

"노신들의 말에도 귀를 기울이게."

다노지리에 있던 이케다 기이노카미와 산자에몬 데루마사 형제는 그 남쪽 고지에서 붉은색 차림의 적을 보고 골짜기 측면으로 이삼백 명을 보냈으며, 정면으로 일천 명 정도의 정공 부대를 보내 철포를 쏘게 했다.

"저 강한 척하는 붉은 부대의 기세를 꺾어라!"

부쓰가네 산과 마에 산에서도 맹렬한 우렛소리를 울리며 구름을 내뱉듯 탄연을 하얗게 내뿜었다. 그 연기가 옅은 안개처럼 저지대의 연못, 밭, 갈대의 습지에 깔렸고 이이의 붉은 무사들은 벌써부터 그 밑을 달리고 있었다. 그와 함께 앞을 다투는 검은 갑옷의 무리와 잡다한 병사들도 곧 거리를 좁혀 창과 창의 접전을 벌였다.

무릇 무사들 간에 벌어지는 전투 가운데서 장렬함의 극치는 창과 창이 맞부딪치는 데 있었다. 그것에 의해 무너지느냐 밀어붙이느냐 하는 대세의 승부도 갈리는 법이다.

이이 부대는 그곳에서 이삼백 명 정도의 적을 쓰러뜨렸다. 물론 붉은 무사들도 타격을 받았다. 나오마사의 부하 가운데 아까운 사람 몇몇이 목숨을 잃었다.

이케다 쇼뉴는 조금 전부터 작전 하나를 생각하고 있었다. 다노지리에 있는 자신의 아들 기이노카미와 데루마사의 군이 이이의 붉은 부대와 접전을 펼치는 것을 보고 뒤를 향해 외쳤다.

"세이베, 기회가 왔다."

약 이백 명의 결사대가 창을 들고 대기하고 있었다. 세이베가 돌격이라고 외치자마자 한 무리가 나가쿠테 촌 쪽으로 내려가기 시작했다.

쇼뉴는 이러한 때에도 기발한 전법을 썼다. 그것은 그의 성격이었다. 그의 계책에 따라 한 무리의 병사는 나가쿠테를 우회해서 도쿠가와 군의 가장 왼편, 즉 붉은 부대가 전부 앞으로 나아간 틈을 이용해 적의 중핵을 급습해 들어갈 생각이었는데, 그렇게 해서 전 산의 진용이 흐트러지면 이에야스를 치겠다는 작전이었다. 하지만 그것은 성공을 거두지 못했다. 도중에 도쿠가와 군에게 발각되어 총알 세례를 받고 습지에서 오도 가도 못한 채 처참한 손해를 입고 말았다.

한편 모리 무사시노카미는 기후가타케에서 이러한 전황을 보고 혀를 차며 한탄하고 있었다.

"아아, 너무 서두르는구나. 평소의 장인어른답지 않게 왜 이리 조바심을 치는 건지."

이날만큼은 장인인 쇼뉴보다 오히려 젊은 그가 더 침착했다. 무사시노카미는 마음속으로 오늘을 생의 마지막 날이라고 생각했다. 그리고 많은 것을 보지 않고 자신도 의식하지 못한 채, 오로지 정면의 마에 산에 있는 금부채의 장군기만을 가만히 바라보았다.

'이에야스만 칠 수 있다면……'

무사시노카미는 마음속으로 몇 번이고 되뇌었다. 이에야스 역시 기후가타케를 다른 어느 곳보다 유심히 감시하고 있었다.

'모리 무사시 진영의 기운이 심상치가 않구나…….'

이에야스는 정찰대로부터 모리 무사시노카미의 움직임을 듣고는 좌우의 사람들에게도 경계하도록 주의를 주었다.

"아마도 죽음을 각오한 듯하다. 죽음을 각오한 적만큼 무서운 것도 없으니 얕보았다가 목숨을 잃는 일이 없도록 하라."

그랬기에 무사시노카미 진영만큼은 누구도 쉽게 손을 쓰지 못했다. 무사시노카미는 상대방의 움직임을 보며 마음속으로 이렇게 생각했다.

'다노지리의 전황이 치열해지면 이에야스도 결코 좌시하지 않을 것이다. 병사를 내서 돕게 할 터, 바로 그때가 기회다.'

하지만 이에야스 역시 쉽게 허를 보이지 않았다.

'용감무쌍하기로 소문난 무사시가 가만히 숨을 죽이고 있다니, 뭔가 획책하고 있는 것이 틀림없다.'

무사시노카미의 기대와는 달리 다노지리의 전황에서는 이케다 형제의 패색이 짙었다.

'더는 안 되겠다.'

무사시노카미는 끝내 기다리지 못하고 마음을 정했다. 그런데 그 순간 이에야스가 있는 마에 산의 한쪽 끝에서 지금까지 보이지 않았던 금부채 깃발이 높다랗게 오르더니 전군의 절반은 다노지리를 향해 달려가고, 나머지 절반은 와아 하고 함성을 올리며 이곳 기후가타케 쪽으로 선제공격을 해오기 시작했다.

모리의 부대도 우르르 달려 나갔다. 가라스 골짜기의 저지대로 달려든 양쪽 병사들이 피의 소용돌이를 일으켰다. 총성이 끊이지 않았다. 산과 산 사이에 긴 지형 속에서 펼쳐진 결전이었기에 말의 울부짖음과 창칼이 부딪치는 소리와 서로 고함을 치며 자신의 이름을 외치는 소리가 한꺼번에

메아리쳐서 천지를 뒤흔드는 듯한 섬뜩함을 연출하고 있었다.

　이 골짜기 일대에서는 싸우지 않는 부대가 하나도 없었으며, 싸우지 않는 장수가 하나도 없었고, 싸우지 않는 병사가 하나도 없었다. 그리고 이겼다 싶으면 무너지고, 졌다 싶다가도 다시 일어나 어느 쪽의 깃발이 우세한지 알 수 없었다. 마치 어둠 속 아수라장과도 같았다. 그중 어떤 사람은 목숨을 잃었고, 어떤 사람은 적의 수급을 들고 자신의 이름을 힘껏 외쳤으며, 또 어떤 사람은 부상을 입었고, 어떤 사람은 비겁하다는 소리를 들었으며, 어떤 사람은 용맹하다는 소리를 들었다. 가만히 살펴보면 인간 개개인이 후세에까지 이어질 기이한 운명을 만들고 있는 것이었다.

　아내, 부모, 자식, 애인, 아직 태어나지 않는 뱃속의 아이까지, 한 개인과 관계있는 무수한 운명들도 그 사이에 다음을 약속받고 있었던 것이다. 인간의 행위는 참으로 이해할 수 없는 것이었다. 인간은 그 재앙의 크기를, 또 얼마나 어리석은지를 머리로는 잘 알고 있으면서도 동굴에 모이고 부락과 사회를 이룬 뒤부터 지금까지도 여전히 멈추지 못하는 끔찍한 숙업宿業의 아수라를 만들고 있었다.

　전국 시대의 무사들은 자신의 삶 속에서 이 숙업을 이루기 위해 안타깝게도 서로의 목숨을 앗았던 것이다. 이름을 깨끗하고 아름답게 하고, 또 목숨을 헛되지 않게 한 사람의 죽음을 충이라 부르고, 의라 부르고, 신이라 불러 당시의 도의와 연관 지었으며, 쓰러질 때도 얼굴에 미소를 머금고 싶어 했다.

　젊은 무사시노, 하얀 얼굴의 미장부 모리 나가요시의 마음 역시 바로 그러한 것이었다. 그의 젊은 생명이야말로 전국 시대의 고뇌의 상징이었다. 수치! 이 한마디가 그로 하여금 일상으로 다시 돌아가 살겠다는 생각을 품지 못하게 한 것이었다. 그리고 남자들 사이의 질투. 이것도 그로 하여금 오늘의 죽음을 결심하게 한 하나의 요인이었다.

'이에야스를 봐야겠다.'

나가요시는 그렇게 맹세했다.

"이에야스는 어디에 있느냐, 이에야스는 나와라!"

마침내 난투가 벌어지자 무사시노카미는 부하 사오십 명을 양쪽에 대동하고 맞은편 산의 금부채 깃발을 향해 건너가려고 했다.

"보내서는 안 된다."

"무사시를."

"저 준마에 탄 하얀 겉옷을."

그를 막으려는 갑주의 물결이 그 곁으로 다가갔다가는 흩어지고, 다가갔다가는 핏줄기에 휩싸였다. 그 처참한 광경은 말로 표현할 수 없을 정도였다.

그때 하얀 바탕에 금란초가 그려진 겉옷을 향해 소나기처럼 퍼붓던 총알 중 하나가 그의 미간을 관통했다. 얼굴에 감긴 무사시노카미의 붕대가 단번에 붉게 물든 순간이었다.

"윽."

무사시노카미는 말 위에서 몸을 뒤로 젖혀 4월의 하늘을 한번 올려다보았다. 그러고는 이내 스물일곱 살의 생명은 고삐를 쥔 채 땅으로 굴러떨어졌다. 무사시가 타고 있던 애마 햐구단百段이 슬프다는 듯 앞다리를 치켜들고 울부짖었다. 곧바로 아군들이 왓 하고 울음과도 같은 소리를 내며 무사시노카미 곁으로 달려왔다. 그들은 어깨에 시체를 짊어지고 기후가타케 위로 물러나려고 했다.

"목을!"

도쿠가와 가의 혼다 하치조本多八藏, 가시와바라 요헤柏原与兵衛 등이 군공의 징표를 얻기 위해 그들의 뒤를 쫓았다.

"이놈들!"

주인을 잃고 슬픔에 잠겨 있던 부하 무사들이 무시무시한 얼굴로 뒤돌아 창을 휘둘러 무사시노카미의 시체를 간신히 숨겼다. 하지만 무사시가 목숨을 잃었다는 소식은 모든 전장에 퍼져 한줄기 싸늘한 바람을 일게 했으며, 다른 전국의 불리함과 하나가 되어 곧 이케다 군에 갑작스러운 위기를 가져다주었다. 마치 개미 떼 위에 뜨거운 물을 부은 것처럼 봉우리, 산길, 저지대 등 곳곳에서 방향을 잃은 무사들이 지리멸렬로 흩어져 달아나기 시작했다.

"한심한 놈들."

말을 잃은 쇼뉴가 조금 높은 지대로 올라가 적막한 주변을 향해 분노를 토했다.

"쇼뉴가 여기에 있다. 꼴사나운 모습으로 달아나지 마라! 평소의 다짐을 잊었단 말이냐. 돌아와라, 어서 돌아와!"

하지만 그의 좌우에 있던 검은 갑옷의 부하 오십 명도, 노신과 각 조장들도 달아나는 발걸음을 멈추지 않았다. 오히려 열대여섯 살 먹은 나이 어린 귀여운 시동이 주인 잃은 말을 끌고 와 불안한 듯 그의 허리에 매달리며 열심히 권했다.

"말에 오르십시오. 나리, 말에 오르십시오."

쇼뉴는 언덕 아래의 싸움에서 철포를 맞은 말에서 떨어져 적병에 둘러싸였다가 필사적으로 적을 뚫고 이곳까지 오른 것이었다.

"이제 말은 필요 없다. 걸상을 가져오너라. 걸상은 없느냐?"

"네, 여기에 있습니다."

시동이 그의 뒤쪽에 걸상을 놓았다. 그곳에 앉은 쇼뉴가 혼잣말처럼 중얼거렸다.

"사십구 년 동안의 일, 이제 끝나는구나……."

그리고 나이 어린 시동을 향해 말했다.

"너는 시라이 단고白井丹後의 아들이었지? 아버지와 어머니가 기다리고 계신다. 이누야마로 얼른 가도록 해라. 이놈…… 총알이 날아오고 있지 않느냐. 어서 가라, 어서 가!"

쇼뉴는 울상이 된 아이를 내쫓은 뒤 오히려 혼자 있는 게 편하다는 듯 한가로이 이 세상의 마지막 풍경을 바라보았다. 그때 절벽 바로 아래서 서로를 물어뜯는 맹수와도 같은 소리가 들려왔다. 아군 중 누군가가 아직 남아서 사투를 벌이는 모양이었다.

쇼뉴의 얼굴은 무감각하게 보였다. 이미 승패도 잊은 듯했다. 공리도 잊은 듯했다. 현세와의 이별이 가져다주는 엷은 슬픔이 어머니의 젖 냄새가 나는 먼 과거까지 문득 떠오르게 하고 있을 뿐이었다. 그 순간 바스락하고 눈앞의 관목이 움직였다.

"누구냐?"

쇼뉴가 매섭게 쏘아보더니 다시 물었다.

"그곳에 있는 것은 적이 아니더냐?"

쇼뉴의 너무나도 침착한 목소리와 모습에 도쿠가와 군의 무사는 자신도 모르게 움찔 뒷걸음질을 쳤다.

쇼뉴가 다시 큰 소리로 재촉했다.

"적이 아니더냐? 적이라면 내 목을 가져가 공을 세우도록 하라. 내가 바로 이케다 쇼뉴다."

관목 사이에 몸을 숙이고 있던 무사가 쇼뉴의 모습을 올려다보고 몸을 떨었다. 그리고 한껏 흥분한 목소리로 말하며 창을 휘둘렀다.

"이놈, 마침 좋은 적을 만났구나. 나는 도쿠가와 가의 나가이 덴파치로 永井伝八郎[1]다. 받아라!"

---

[1] 1563~1625년. 우콘다이부 나오카쓰右近大夫直勝. 나카쿠테의 전투에서 이케다 쇼뉴를 쓰러뜨린 공으로 천관의 상을 받았다.

그와 동시에 이름 높은 맹장의 칼이 휙 바람을 가르며 당연히 반발해 올 줄 알았으나 덴파치로의 창은 그대로 아무런 저항도 없이 상대방의 옆 구리에 가서 깊이 박혔다.

"앗!"

찔린 쇼뉴보다 오히려 덴파치로가 남아도는 힘 때문에 앞으로 비틀거 렸다. 걸상이 쓰러지고 쇼뉴의 몸은 등 뒤까지 창에 찔린 채 나뒹굴었다.

"목을 쳐라!"

쇼뉴가 다시 한 번 외쳤다. 하지만 그렇게 될 때까지도 쇼뉴는 손을 칼 쪽으로 가져가지 않았다. 스스로 죽음을 맞아들이고 목을 내놓은 것이나 다름없었다.

덴파치로는 한껏 흥분해서 제정신이 아니었으나 적장의 마지막 모습 을 보고 그의 마음가짐을 문득 깨달은 순간 울음이 터질 것 같은 격정이 치밀어 올랐다.

"와아!"

덴파치로는 울부짖었으나, 그리고 뜻밖에도 너무나 커다란 공을 세우 고는 미친 듯이 환희했으나 다음에 취해야 할 행동을 잊고 있었다. 그러자 절벽 아래서 앞다투어 달려 올라온 아군들이 각자 이름을 외치며 하나의 목을 놓고 다투는 일이 벌어졌다.

"안도 히코베安藤彦兵衛가 왔다."

"무라카미 덴우에몬村上伝右衛門이 여기에 있다."

"앗, 쇼뉴! 도쿠가와 가의 하치야 시치베蜂屋七兵衛다!"

목은 누구의 손에 의해서 베어졌는지 모르겠으나 어쨌든 시뻘건 손이 상투를 쥐고 휘두르며 외쳤다.

"대장 이케다 쇼뉴 노부테루의 목, 나가이 덴파치로가 베었다!"

"안도 히코베가 쳤다!"

"무라카미 덴우에몬! 쇼뉴의 목을 쳤다!"

피의 폭풍, 고함의 폭풍, 공명심에 불타는 자아의 폭풍. 네다섯 명, 아니 좀 더 많아진 한 무리의 무사들이 하나의 목을 가지고 이에야스가 있는 진영으로 마치 한 조각 구름처럼 재빨리 달려갔다.

쇼뉴가 전사했다는 소식이 물결이 되어 이쪽의 봉우리에서 저쪽의 연못으로 전해지면서 전장에 있는 도쿠가와 군에게 와아 하는 환호성을 올리게 했다. 그 순간 아무 소리도 내지 않는 사람들은 모두 이케다 군의 살아남은 장병들이었다. 그들은 대지와 하늘을 잃은 마른 잎처럼 자신의 생명을 맡길 곳을 찾아 헤매고 있었다.

"한 놈도 살려 보내서는 안 된다."

"쫓아라, 쫓아!"

승자는 그 여세를 몰아 뿔뿔이 흩어진 적을 마음껏 베었다. 이미 자신의 생명조차 망각한 사람들에게 있어서 다른 이의 생명을 처리하는 것은, 떨어진 꽃을 가지고 노는 것과 같은 심리일지도 모른다.

쇼뉴도 목숨을 잃었고 무사시도 전사했으며, 마지막으로 남은 다노지리 방면의 진지도 도쿠가와 군에게 짓밟히고 말았다. 그곳은 쇼뉴의 아들인 기이노카미 유키스케와 산자에몬 데루마사 형제가 지휘하고 있었는데, 눈앞에서 아군이 한꺼번에 무너지고 적이 일제히 돌격해 들어오자 그들은 한시도 버티지 못하고 무너져버렸다.

"산자, 어찌하면 좋겠느냐?"

"형님, 물러나십시오. 더는 위험합니다."

"무슨 소리를 하는 게냐, 쇼뉴의 아들 된 자가!"

"하지만 이처럼 패색이 짙으니 더는 달아나는 아군을 막을 길도 없습니다."

두 사람은 주위를 둘러보고 얼마 되지 않는 아군의 모습에 이를 갈며 죽을 곳은 이곳, 죽을 때는 지금이라고 체념했다. 형제 주위에는 가지우라 헤이시치로, 가타기리 요사부로片桐与三郎, 센다 몬도, 아키타 가헤秋田加兵衛 등 여덟아홉 명의 부하들밖에 보이지 않았다.

"나가요시는 어떻게 되었느냐, 나가요시는?"

형제간의 우애가 깊은 유키스케는 올해로 열다섯 살이 된 어린 막내 동생이 보이지 않자 누구에게랄 것도 없이 물었다. 하지만 어지러운 싸움 속에서 그 누구도 대답하는 사람이 없었다. 그 순간 다시 적의 한 무리 기마병이 성난 파도처럼 그들을 단번에 집어삼킬 듯 달려들었다.

"뒤쪽은 저희에게 맡기고 두 분께서는 물러나시기 바랍니다."

하타모토들이 창을 휘둘러 막아섰으나 승세를 타고 달려드는 정예의 기마병을 막을 수는 없었다. 젊은 주장 두 사람의 목숨을 지키려는 몇몇 패잔병으로는 전혀 싸움이 되지 않았던 것이다. 순식간에 가타기리 요사부로, 센다 몬도 등이 나란히 쓰러졌으며, 이와코시 지로사에몬岩越次郎左衛門과 아키타 가헤도 결국 핏줄기의 아비규환 속에서 쓰러지고 말았다. 기이노카미 유키스케가 조금 뒤로 물러나 주위를 둘러보니 곁에는 가지우라 헤이시치로 한 사람밖에 없었다.

"헤이시치, 아우는?"

"산자 나리는 혈로를 뚫고 멀리로 물러나신 듯합니다. 나리께서도 어서."

"아니다. 나는 아버지의 생사를 확인하지 않으면 안 된다. 아버지께서는 어찌 되셨는지."

유키스케는 이미 일군의 장수가 아니라 한 사람의 아들이었다. 그는 헤이시치로의 말도 듣지 않고 아버지의 진지가 있는 산으로 돌아갔다. 바로 그때 쇼뉴의 목을 거두고 혼자 내려오고 있던 도쿠가와의 안도 히코베와 마주쳤다.

길은 경사가 급한 산중턱이었다. 위쪽에서 이얏 하고 외치자 아래쪽에서도 이얏 하고 외쳤다. 두 사람은 마주친 순간 서로 엉겨 붙어 무시무시한 선풍을 일으켰다.

하지만 기이노카미 유키스케는 히코베가 휘두른 창에 스물여섯 살의 젊은 목숨을 덧없이 내놓아야 했다. 히코베는 수급을 끌어안고 춤을 추듯 달려 돌아갔다.

"기이노카미를 벤 자, 안도 히코베 나오쓰구!"

유키스케의 가신인 가지우라 헤이시치로가 히코베를 뒤쫓으며 창을 던졌다. 하지만 그는 창이 채 땅에 떨어지기도 전에 유탄에 맞아 경사가 급한 절벽 아래로 굴러떨어지고 말았다.

한편 형과 떨어진 산자에몬 데루마사도 어지러이 달아나는 아군 속에서 달려 돌아와 좀처럼 물러나려고 하지 않았다.

"아버지의 안부도 모른 채 어찌 전장을 떠날 수 있겠느냐. 아버지는? 형님은?"

그사이 쇼뉴의 노신인 반도운伴道雲이 돌아와 기지를 발휘해 산자에몬 데루마사를 말렸다.

"큰 나리께서는 이미 야다矢田 강 쪽으로 물러나셨습니다. 그 모습을 제가 보았습니다."

"아버지께서 무사하시다면."

데루마사는 말을 돌려 달아나는 아군의 뒤를 따라 함께 달아났다. 이케다의 장병들은 싸울 힘을 잃고 삼삼오오 모여 논두렁으로, 산의 샛길로, 숲과 습지 사이로 길을 가리지 않고 도망쳤다. 그렇게 뿔뿔이 흩어졌던 장병들은 결국 야다 강의 기슭으로 모여들었다.

그중에는 쇼뉴의 근신인 이케다 단고노카미도 있었다. 그는 일찌감치 도망쳐온 듯 몸에 상처도 얼마 입지 않은 사졸을 사오십 명이나 데리고 있었다. 그때 혼자 말을 타고 논두렁을 따라 쫓아온 도쿠가와의 무사가 뒤에서 그를 불렀다.

"이케다 단고 아닌가. 단고, 돌아오라."

오쿠보 시치로우에몬大久保七郎右衛門의 아들인 신주로 다다치카新十郎忠隣였다. 그는 아직 좋은 적을 만나지 못했다며 아침부터 한탄하고 있었던 참인데, 마침내 원하던 적을 만난 것이었다. 하지만 등자를 잘못 밟아 말에서 떨어질 뻔했다.

"아뿔싸!"

그 순간 뒤에서 쫓아온 이케다 군의 무사가 당황한 신주로의 갑옷 틈새를 향해 창을 내질렀다. 창은 살갗을 겨우 스치고 빗나갔으나 신주로는 진흙 속으로 떨어져 나뒹굴고 말았다. 흙탕물이 그의 몸에는 물론 적의 얼굴에도 튀었다. 적은 비록 도망쳐오기는 했으나 꽤나 호방한 성격인 듯 갑자기 흙탕물투성이가 된 얼굴로 웃어댔다. 그리고 논바닥에 빠진 신주로를 향해 말했다.

"이봐, 애송이. 너처럼 젖비린내 나는 풋내기 무사의 목을 가져가봐야 짐만 될 뿐이야. 목 대신 달아나는 데 필요한 말을 가져가도록 하지. 언젠가 이 말을 타고 내가 다시 전장에 나서면 그때 가져가라고."

그는 신주로의 말에 뛰어올라 다시 한 번 웃은 뒤 바람처럼 달려갔다. 신주로는 논바닥에서 기어올라 이를 갈았는데 문득 보니 그 적도 당황했는지 조금 전 자신을 찔렀던 창을 땅바닥에 버려둔 채 떠나고 말았다.

"괘씸한 놈."

신주로는 창을 주워 들고 걸어서 돌아왔다. 그 뒤 이에야스의 걸상 앞으로 불려갔을 때 분하다는 듯 그 이야기를 하자 이에야스도 크게 웃으며 위로했다고 한다.

"너는 적에게 말을 빼앗겼다고 한탄하지만, 무사에게는 창도 소중한

도구 아니냐? 체면에 있어서는 엇비슷한 물건을 맞바꾼 것이라고 할 수
있을 게야. 그러니 너무 부끄러워하지 마라. 위축될 것 없다."

달인의 눈

이에야스의 금부채 아래로 공을 세우고 돌아오는 장수들이 끊이지 않았다. 그중 한 사람인 미즈노 도주로水野藤十郎가 오쿠보 신주로의 얼굴을 보더니 반갑게 인사를 건넸다.

"오오, 다행히 살아서 돌아왔구나. 조금 전 논에서 낙마한 것을 보았을 때는 안타깝게도 도쿠가와 가의 훌륭한 젊은 무사 하나를 잃는구나 생각했는데……."

도주로의 이야기로 신주로의 말을 빼앗아간 호방한 적은 이케다 가의 신하가 아니라 미요시 히데쓰구의 가신인 도히 곤에몬土肥權右衛門이라는 사실을 알게 되었다.

"미요시 군은 나가쿠테에서 이미 패해 달아났는데 히데쓰구의 가신인 도히 곤에몬이 어째서 이케다 군 속에 있었던 걸까?"

사람들 중에는 이상하게 생각하는 사람도 많았다. 그러자 아마노 사부로베天野三郎兵衛와 오구리 마타이치小栗又市가 대답했다.

"아니, 도히 곤에몬뿐만 아니라 히데쓰구의 가신을 이 부근의 전장에서 여럿 보았소. 히데쓰구의 군이 가장 먼저 무너진 것을 참을 수 없는 수

치라 여겨 주군과 주력부대 모두 가쿠덴을 향해 달아난 뒤 홀로 되돌아와 이케다 군 속에 자리를 빌려 싸웠기 때문인 듯하오."

"그래서 그들은 특히 강했던 거로군."

사람들이 입을 모아 말했다. 신주로도 자신이 만났던 적이 그중 한 사람이었다는 사실을 알고 이렇게 말했다.

"그렇군. 잘 기억해둬야겠어. 언젠가 다른 전장에서 오늘 만났던 유쾌한 적을 다시 만나게 될지 모르니."

신주로는 잊지 않기 위해 주워온 창의 자루에 작은 글씨로 '도히 곤에몬에게 돌려줄 것을 기약한 물건'이라고 새겨놓았다.

장병들은 그렇게 싸움에 이긴 기쁨을 한껏 맛보고 있었으나 이에야스를 중심으로 한 핵심 막료들은 아직도 쉽게 개가를 올리지 않았다.

"적어…… 아무래도 너무 적어."

이에야스는 무엇인가 근심하고 있었다. 평소에도 그는 기쁨이나 슬픔과 같은 감정을 거의 드러내지 않았다. 그런 그가 아까부터 자꾸만 적다고 중얼거렸던 것은 이미 몇 번이고 퇴각하라는 나팔을 불었는데도 승세를 타고 패한 적을 뒤쫓아 갔던 아군이 생각만큼 돌아오지 않았기 때문이다.

"승리에 승리를 더할 수는 없는 법이다. 이기고 난 뒤 다시 이기려고 하는 것은 좋지 않다."

이에야스는 히데요시를 언급하지는 않았으나 히데요시가 타고난 병략가인 만큼 자기 군의 대패에 대해 이미 어떤 지시를 내렸을 것이라는 사실을 직감하고 있었던 것이다.

"너무 멀리까지 뒤쫓는 것은 위험하다. 시로자는 출발했는가?"

"네, 명령을 받들고 벌써 달려 나갔습니다."

이이 효부가 대답하자 이에야스가 다시 명령했다.

"효부, 자네도 가도록 하게. 너무 멀리까지 뒤쫓지 말라고 기세등등한 자들을 야단치고 오게."

자신의 모습도 돌아보지 않고 달아난 이케다 군의 사졸은 시다미志段味,
시노키, 가시와이로 뿔뿔이 흩어졌으나 야다 강을 건넌 사람들은 모두 목
숨을 건졌다.

"한 놈도 놓쳐서는 안 된다."

도쿠가와 군은 그렇게 외치며 강변까지 추격해 나갔지만 나이토 시로
자에몬의 부대가 횡대로 서서 외치자 노도처럼 급히 추격하던 발걸음을
멈출 수밖에 없었다.

"멈춰라!"

"멈추지 못할까."

"너무 멀리 쫓지 말라는 본진의 명령이다."

"멀리 쫓을 필요 없다."

그 무렵 이이 효부도 달려와 아군 속을 돌아다니며 한껏 소리 높여 외
쳤다.

"헛되이 승리에 취한 기분으로 적을 뒤쫓는 사람은 진영으로 돌아온
뒤 군법에 따라 처리할 것이라는 말씀이다. 돌아오라, 돌아오라."

마침내 기호지세는 가라앉고 도쿠가와 군은 야다 강을 경계로 모두 퇴
각했다. 정오 무렵이었다. 태양은 하늘 한가운데 떠 있었고, 4월 초순이라
고는 하지만 구름은 여름에 가까운 모습이었으며 장병의 얼굴은 하나같
이 흙과 피와 땀으로 범벅이 되어 불타오르고 있었다.

미시(오후 2시) 무렵, 이에야스는 후지가네 산의 진소에서 내려와 가나
레 강을 건너 곤도지權道寺 산 기슭에서 수급을 확인했다. 오늘 아침부터 한
나절 동안 모든 전장에 걸쳐 전사한 히데요시 군은 이천오백 명이 넘었으
며, 도쿠가와와 기타바타케 군의 전사자는 오백구십여 명, 부상자는 수백
명이나 되었다. 하지만 히데요시 군에 비해 도쿠가와 군의 희생은 약 삼분

의 일이 조금 넘는 수준이었다. 그때 혼다 사도노카미本多佐渡守가 이에야스에게 말했다.

"이번 대첩은 별로 자랑거리가 되지 않을 듯합니다. 히데요시 군은 교토 쪽에서 데려온 일부 병력으로 싸웠으나 아군은 고마키에 있는 전군을 들어 임했기 때문입니다. 따라서 만약 여기서 졌다면 아군에게는 치명타가 됐을 것입니다. 그러니 한시라도 빨리 오바타 성으로 돌아가는 것이 좋을 듯합니다."

그러자 다카기 몬도 기요히데高木主水清秀가 반대하고 나섰다.

"아닙니다. 승산이 있을 때는 대담하게 싸움에 나서야 합니다. 히데요시는 대패했다는 소식을 들으면 틀림없이 화를 내며 군사를 뽑아 직접 달려올 것입니다. 그때 단번에 원숭이 놈의 목을 치는 것이야말로 병가가 손에 침을 뱉어가며 기다렸던 일 아니겠습니까?"

두 사람의 말을 듣고 이에야스가 입을 열었다.

"승리에 승리를 더하려 해서는 안 되는 법일세."

그리고 이어 말했다.

"부하들도 모두 지쳐 있네. 지쿠젠이 지금 당장 흙먼지를 날리며 올 것은 자명한 사실이나 오늘은 지쿠젠을 보지 않는 것이 좋겠네. 오바타로 옮기도록 하세."

이에야스는 그 자리에서 그렇게 결정하고 하쿠야마바야시를 지나 아직 해가 높다랗게 떠 있는 신시(오후 4시) 무렵 고마키 산의 쓰나기つなぎ 성인 오바타 성으로 들어갔다. 쓰나기 성이란 연결된 성이라는 뜻으로 나성, 외성이라고도 부른다. 예상되는 각 전선의 주요 지점에 근거지를 만들기 위해 미리 병사와 군량을 대비시켜놓는 곳이기도 했다.

이는 다케다 신겐武田信玄이 주로 썼던 고슈 지방 병법의 특징이었는데, 나가시노長篠 전투가 끝난 뒤 다케다의 가신들이 도쿠가와 가에 몸을 의탁

해왔기에 그 뒤로 이에야스의 전술에는 신겐의 전술이 현저하게 가미되었다.

이번 싸움에서도 오바타, 이와사키 두 외성이 얼마나 큰 역할을 했는지 모른다. 특히 오바타 성은 고마키에서 나올 때도, 또 고마키로 다시 들어갈 때도 이에야스의 전선기지가 되어 매우 신속하게 움직일 수 있게 해주었다.

"이제 됐다."

이에야스는 전군이 오바타 성안으로 들어와 팔방의 성문을 굳게 닫고 난 뒤에야 비로소 오늘의 대승을 진심으로 기뻐했을 것임에 틀림없다. 그는 오늘 한나절 동안 펼친 전투를 돌아보며 경솔하게 대처하지 않은 점에 스스로 만족했을 것이다. 장병들은 적장의 머리를 베어 으뜸가는 공을 세울 때 마음속으로 기뻐하지만 주장은 오직 하나, 자신의 달견이 적중했다고 느낄 때 남모르게 기뻐하는 법이다. 하지만 달인은 달인을 알아보는 법이다. 그의 모든 관심은 앞으로 히데요시의 움직임에 집중되어 있었다.

'지쿠젠이 오면……'

이에야스는 그에 대한 '변통'을 생각하며 편안한 자세로 오바타의 혼마루에서 한때의 휴식을 취하고 있었다.

한편 히데요시는 이케다 부자가 출발한 뒤인 9일 아침, 본거지인 가쿠덴에서 호소카와 다다오키를 불러 고마키를 공격하라고 급히 명령을 내렸다.

"한바탕 붙어보아라."

히데요시는 히네노 히로나리에게도 명령을 내렸으며 다카야마 우콘 나가후사에게도 같은 명령을 내렸다. 그리고 망루 위에 올라 전황을 살펴보았다. 마스다 니에몬增田仁右衛門도 곁에서 함께 살펴보았다.

"아아, 다다오키 나리의 혈기, 저렇게 깊숙이 들어가도 괜찮겠습니까?"

마스다 니에몬은 호소카와 군이 고마키의 요새로 너무 깊이 들어가는 것을 걱정하며 히데요시의 눈빛을 살폈다.

"괜찮아, 괜찮아. 다다오키는 젊지만, 사려 깊은 다카야마 우콘이 함께 나갔으니. 우콘이 갈 정도라면 문제없을 게야."

오늘 아침의 공격은 이기기 위한 공격이 아니었다. 고마키의 적을 견제하기 위한 히데요시의 위장 전술이었다. 히데요시는 '쇼뉴 부자의 성패에 따라'라고 말하며 오로지 그 성패에만 마음을 쏟았다.

그런데 정오 무렵, 나가쿠테에서 돌아온 몇 기가 있었다. 그들은 하나같이 참담한 몰골로 비보를 전했다. 미요시 히데쓰구의 본군이 완전히 무너졌으며, 히데쓰구의 생사도 알 수 없다는 것이었다.

류센지 강

"뭣이, 히데쓰구가?"

히데요시는 솔직히 놀랐다. 놀라야 할 일에 대해 놀라지 않은 듯한 얼굴을 보일 그가 아니었다.

"결국은 실패했구나."

그가 두 번째로 내뱉은 말이었다. 히데쓰구나 이케다 부자의 실패를 탓하는 것이 아니라, 자신이 간과한 적 이에야스의 안식을 칭찬하는 듯한 말투였다. 하지만 그가 세 번째로 내뱉은 말은 입버릇처럼 쓰는 말이었다.

"그래, 그래……. 니에몬, 어서 나팔을 불게."

"네!"

마스다 니에몬은 사태의 중대함에 낯빛을 잃었으나 주인에게 '그래, 그래'라는 말을 들은 뒤 제정신으로 돌아왔다. 그는 곧장 망루 위로 올라가 나팔을 울렸다. 히데요시는 곧 아군의 각 진지로 전령을 보내 비상령을 전했으며, 그로부터 반 각도 지나지 않아 이만 명의 병사가 이곳 가쿠덴을 출발해 나가쿠테 쪽으로 서둘러 갔다.

이 커다란, 게다가 급속한 대이동을 고마키 산에 있는 도쿠가와의 본영에서 놓칠 리 없었다. 이에야스는 이미 그곳에 없었으며, 얼마 되지 않는 병력만이 그곳을 지키고 있었다.

"히데요시가 직접 가쿠덴의 병력 대부분을 데리고 동쪽으로 서둘러 가는 듯하다."

그곳을 지키고 있던 사카이 사에몬노조 다다쓰구酒井左衛門尉忠次가 손뼉을 치며 말했다.

"뜻대로 되었구나. 히데요시 이하 주력이 떠난 틈을 이용해 가쿠덴의 본영과 구로세黑瀬 요새 등을 전부 불태워 히데요시를 진퇴양난에 빠뜨릴 때가 드디어 왔다. 각자 이 다다쓰구를 따라 커다란 공을 세우기 바란다."

그러자 역시 성을 지키고 있던 이시카와 가즈마사가 반대하고 나섰다.

"어찌 이리 서두르시는 게요, 사카이 나리. 아무리 급하게 출발했다고는 하나 히데요시처럼 신산귀모神算鬼謀를 가진 자가 어찌 뒤쪽의 본영을 지키지도 못할 장병을 남겨놓고 갔겠소?"

"아니, 어떤 사람이라 할지라도 초조한 상황에서는 평소의 기량을 발휘하지 못하는 법이오. 이처럼 잠깐 사이에 급히 나팔을 불어 출발한 것을 보니 천하의 히데요시도 나가쿠테에서의 패보를 듣고 당황한 듯하오. 지금 때를 놓친다면 원숭이 놈 엉덩이에 불을 붙일 수 없을 게요."

"얕은 생각이오."

이시카와 가즈마사가 크게 웃으며 더욱 적극적으로 반대하고 나섰다.

"평소의 히데요시를 생각해보면, 오히려 상당한 병력을 남겼을 것이며, 우리가 고마키의 견고한 요새를 떠난 순간을 노려 공격하라는 계책을 주고 갔을 것이오. 이 얼마 되지 않는 병력으로 공격에 나선다는 것은 말도 되지 않는 일이오."

두 사람의 의견은 갈렸으며 사태는 급박했다. 만약 사람들이 자신의 고집만을 내세운다면 기회는 사람들의 온갖 생각을 전부 버리고 그대로 떠나버리고 마는 법이다. 그때 이러한 분쟁에 넌덜머리가 난다는 듯 분연히 자리에서 일어난 장수가 있었다. 혼다 헤이하치로 다다카쓰였다.

"또 논의란 말이오? 아니, 논의를 좋아하는 분들께서는 이야기나 나누고들 계시오. 나는 이렇게 편안히 있을 수가 없소. 먼저 실례하겠소."

다다카쓰는 말주변이 없고 의지가 강한 사내라 논의가 성가신 모양이었다. 덧없이 자신의 주장을 고집하며 논쟁을 펼치던 사카이 다다쓰구와 이시카와 가즈마사는 그가 분연히 자리를 박차고 일어났기에 눈을 둥그렇게 뜨고 황급히 물었다.

"헤이하치로, 어디로 가는 게요?"

혼다 헤이하치로는 뭔가 굳게 다짐한 듯 말했다.

"나는 어렸을 때부터 나리를 모시던 가신이오. 이러한 때에 나리 곁으로 가는 것 말고 갈 데가 어디 또 있겠소?"

"잠깐만."

가즈마사가 손을 들어 혼다 헤이하치로를 제지했다.

"우리는 나리로부터 고마키를 지키라는 명령을 받았지 멋대로 움직이라는 명령을 받지 않았소. 우선 침착하도록 하시오."

다다쓰구도 함께 타일렀다.

"헤이하치로, 이러한 때에 그대 혼자 나선들 무슨 도움이 되겠소? 그보다는 고마키를 지키는 게 더 중요하오."

그러자 혼다 헤이하치로가 그들의 좁은 소견을 비웃는 듯 입가에 웃음을 띠며 정중하게 말했다.

"아니, 결코 여러분을 설득하기 위해 가려는 게 아닙니다. 여러분은 여러분의 뜻대로 하십시오. 저는 지금 히데요시가 새로운 대군을 이끌고 나리가 계신 곳으로 가는 것을 보았으니 팔짱을 낀 채 가만히 앉아 있을 수만은 없습니다. 생각해보십시오. 밤새, 그리고 오늘 아침까지 싸움을 거듭

해 지친 나리의 군을, 히데요시의 이만 명 군사가 새로이 가담해 앞뒤에서 감싸고 공격한다면 어찌 무사하실 수 있겠습니까? 이 헤이하치로 한 사람만이라도 나가쿠테로 달려가 만일 나리께서 전사하신다면 그 시체를 베개 삼아 함께 죽을 각오입니다. 상관하실 것 없습니다."

그의 말에 자리에 있던 사람들의 잡담이 뚝 끊기고 말았다. 이윽고 헤이하치로 다다카쓰는 자신의 부하 삼백여 명을 데리고 고마키에서 달려 나갔다. 그의 뜻에 감동한 이시카와 사에몬 야스미치石川左衛門康通[2] 역시 부하 이백여 명을 이끌고 결사대에 가담했다.

"이 세상에서의 추억을 함께 나눕시다."

총 육백 명도 되지 않는 병력이었으나 헤이하치로의 기백은 고마키를 나설 때부터 천지를 집어삼킬 듯했다. 마치 '이만 명의 적군이 어쨌단 말이냐, 원숭이 놈이 무엇이란 말이냐'라고 말하듯 기백이 넘쳤다.

한 무리의 흙먼지가 회오리바람을 일으키며 동쪽으로 달려갔다. 그리고 류센지 강 남쪽 기슭으로 나섰을 때, 히데요시의 대군은 북쪽 기슭에서 강을 따라 내려가고 있었다.

"오오, 저기 있구나."

"금 표주박 깃발."

"틀림없이 무리 지어 가는 하타모토들 가운데 히데요시가 있을 게요."

헤이하치로를 따라 숨 돌릴 틈도 없이 달려와 강 하나를 사이에 두고 맞은편 기슭을 바라본 장병들이 떠들썩하게 손으로 가리키기도 하고, 손을 이마에 대고 바라보기도 하면서 말했다.

'이봐' 하고 부르면 '왜' 하고 적이 대답할 것만 같은 거리였다. 적의

---

2) 1554~1607년. 세키가하라 전투 이후 오가키 성의 성주가 되었으며 오만 석을 받게 되었다. 만년에는 기독교에 귀의했으며 세례명은 프란시스코다.

얼굴들, 이만 명의 발소리에 섞여 들리는 무수한 말발굽의 울림이 강을 건너와 가슴에 닿을 것만 같았다.

"사에몬, 사에몬."

헤이하치로가 뒤에서 말을 타고 오는 이시카와 야스미치를 불렀다.

"그래, 무슨 일이오, 헤이하치."

"사에몬, 강의 맞은편을 보았소?"

"참으로 많은 수의 대군이오. 이 류센지 강의 길이보다 더 길게 보이오."

"아하하하, 과연 히데요시. 그 짧은 시간 동안에 이처럼 많은 대군을 수족처럼 신속하게 움직이다니 참으로 놀라운 솜씨요. 적이지만 칭찬해 주기로 하지."

"아까부터 찾아봤는데 히데요시는 어디쯤에 있을 것 같소? 저 금 표주박 깃발이 보이는 부근일까?"

"아니, 틀림없이 다른 기마 무사들 사이에 몸을 숨기고 있을 것이오. 철포의 표적이 될 만한 곳에서 한가로이 말을 달리고 있을 리 없소."

"적의 장병들도 발걸음을 급히 서두르고 있기는 하지만, 모두 이쪽을 바라보며 이상하다는 표정을 짓고 있소."

"사에몬, 우리가 여기서 해야 할 일은 히데요시 군이 이 류센지 강가에서 잠시라도 지체할 수 있게 하는 것이오."

"공격할 생각이오?"

"아니, 적은 이만 명이고 아군은 오백여 명에 불과하오. 공격해봤자 이 강물을 잠시 붉게 물들일 뿐이오. 목숨을 바칠 각오는 되어 있지만 그 목숨을 가능한 한 유효하게 쓰고 죽어야만 하오."

"오오, 그렇게 하면 나가쿠테에 있는 나리의 군대도 충분히 대비한 뒤 히데요시를 기다릴 수 있겠군."

"바로 그렇소."

헤이하치로 다다카쓰가 말의 안장을 두드리며 고개를 끄덕였다.

"나가쿠테의 아군에게 시간을 벌어주기 위해 우리는 목숨을 걸고 히데요시의 발목을 잡고 늘어져 조금이라도 히데요시의 진격이 늦어지도록 힘쓰는 것이오. 사에몬, 그러한 마음가짐으로 일에 임합시다."

"잘 알았소."

사에몬 야스미치와 헤이하치로 다다카쓰가 말 머리를 옆으로 돌려 명령을 내렸다.

"철포 부대는 삼단으로 나눠 길을 서둘러 가며 한 조씩 번갈아 맞은편 적에게 탄환을 퍼붓도록 하라."

사에몬 야스미치와 헤이하치로 다다카쓰의 군은 빠른 강물의 흐름처럼 적이 맞은편 기슭을 서둘러 지나가자 빠르게 움직이기 시작했다. 공격을 하면서도 작전을 짜면서도, 대오의 편제를 바꾸면서도 쉬지 않고 걸어야 했다.

삼단으로 나뉜 철포 부대 중 첫 번째 조가 물가 가까이에 한쪽 무릎을 꿇고 앉아 총을 쏘기 시작했다. 물가였기에 총성이 몇 배로 더 크게 울렸으며, 연기가 모락모락 장막처럼 피어올랐다. 첫 번째 조는 총을 쏜 뒤 곧바로 앞으로 달려 나갔고 이번에는 다음 조가 총구를 나란히 했다. 그리고 그들이 총을 쏘고 달리기 시작하면 또다시 다음 조가 맞은편을 향해 총을 쏘았다.

히데요시의 군대 안에서 털썩털썩 쓰러지는 사람들의 모습이 보였다. 급히 행군을 하던 대열 속에서 동요의 기운이 느껴졌다. 허둥대는 소리와 몸짓을 분명히 느낄 수 있었다.

"앗, 누구냐. 겨우 저 정도의 적은 병력을 끌고 와 도전하는 자가 대체 누구냐?"

히데요시는 매우 놀란 듯한 눈빛으로 자신도 모르게 말을 멈추었다. 아사노 야헤淺野弥兵衞, 아리마 교부有馬刑部, 야마노우치 이에몬山内猪右衞門, 가타기리 스케사쿠 등 히데요시의 말을 감싸고 있던 각 장수들과 근신들도 함께 이마에 손을 얹고 맞은편 기슭을 보았으나 히데요시의 물음에 바로 답하는 사람은 없었다.

"참으로 대담한 놈도 다 있구나. 천 명도 되지 않는 적은 병력으로 이지쿠젠의 대군에 맞서 용맹한 모습을 보이다니. 적이기는 하나 이름을 알고 싶구나. 저 적장을 알고 있는 자 누구 없느냐?"

히데요시가 앞뒤의 아군을 바라보며 거듭 물었다. 그러자 앞줄에서 한 사람이 말했다.

"알고 있습니다."

미노 아하치安八 군 소네曾根 성의 성주로, 이번 대전에서 늘 히데요시 곁에 머물며 노구를 이끌고 길 안내를 하는 이나바 이요노카미 뉴도잇테쓰였다.

"오, 잇테쓰, 그대는 강 건너에 보이는 적장이 누구인지 알고 있단 말이오?"

"그렇습니다. 예전에 아네姉 강의 전투에서 저 사슴뿔을 세운 투구와 하얀 실로 미늘을 엮은 갑옷을 분명히 본 적이 있습니다. 저 사람은 틀림없이 이에야스의 심복인 혼다 헤이하치로일 것입니다."

그 말을 들은 히데요시가 당장이라도 눈물을 흘릴 것 같은 눈으로 그를 바라보며 중얼거렸다.

"아아, 참으로 굳세고 꿋꿋한 자로구나. 일당백의 기개. 헤이하치로는 참으로 대장부다운 자로구나. 자신은 여기서 죽는 한이 있어도, 내 발걸음을 류센지 강에 묶어 주인 이에야스를 달아나게 하겠다는 기특한 마음가짐을 보아라."

그리고 이어 말했다.

"장하구나, 장해. 저자가 어떠한 공격을 퍼붓는다 할지라도 우리는 화살 하나, 총 한 발 쏘아서는 안 된다. 훗날 혹시 연이 있다면 이 지쿠젠의 가신으로 받아들여 아끼기에 부족함이 없는 사내……. 쏘지 마라, 쏘아서는 안 된다. 못 본 척하고 지나쳐라."

그러는 사이에도 맞은편에서는 세 조로 나뉜 부대가 번갈아가며 부지런히 탄알을 채워 가차 없이 쏘아댔으며, 그중 한두 발은 히데요시 곁을 스쳐 지나가기도 했다.

이윽고 히데요시가 눈을 크게 뜨고 바라보던 무사, 사슴뿔로 장식한 투구를 쓰고 있던 헤이하치로 다다카쓰가 갑자기 물가로 다가가 말에서 내리더니 강물로 말의 입을 씻었다. 강 하나를 사이에 두고 히데요시도 그를 보았으며, 헤이하치로도 히데요시가 있을 것으로 여겨지는, 말을 멈추고 서 있는 한 무리를 가만히 바라보는 듯했다.

"건방진 태도."

"같잖은 놈."

히데요시 군의 소총 부대 중 하나가 헤이하치로를 향해 총을 쏘려고 하자 히데요시는 다시 전군을 독려하며 발걸음을 재촉했다.

"혼다에 신경 쓸 것 없다. 발걸음을 서둘러라. 앞으로 서둘러라."

그것을 본 맞은편 헤이하치로도 발걸음을 재촉하며 외쳤다.

"놓쳐서는 안 된다."

헤이하치로는 길을 앞질러 가 류센지 부근에서 다시 격렬하게 공격을 펼쳤으나 히데요시는 상대도 하지 않았으며 곧 나가쿠테 벌판 부근의 한 산에 진을 쳤다.

"나가쿠테에서 오바타로 물러나는 도쿠가와 군을 보면 바로 쏘아라."

히데요시는 목적지에 도착하자마자 호리오 요시하루, 히토쓰야나기

이치스케一柳市助, 기무라 하야토노스케木村隼人佑 세 부장에게 명령을 내렸다. 세 부장은 곧장 경기병 세 부대를 이끌고 나가쿠테 쪽으로 달려 나갔다.

류센지 산은 곧바로 히데요시의 본진이 되었다. 이만여 명의 신예는 붉은 석양 아래서 주력과 주력이 맞붙어 자웅을 겨루게 되면 오늘 승리한 적 이에야스에게 설욕하겠다는 뜻을 내보이며 진을 펼쳤다.

"척후병!"

히데요시가 척후병을 불렀다. 잠시 뒤 고사카 진스케小坂甚助, 아마노 겐에몬天野源右衛門 두 사람이 명에 따라 정찰대를 이끌고 오바타 성 쪽으로 숨어들었다.

그 뒤 히데요시는 전군의 행동 작전을 짜고 있었다. 그런데 그 명령이 채 떨어지기도 전에 다음과 같은 비보가 날아들었다.

"오늘의 전장에 이에야스의 모습은 보이지 않습니다."

"그럴 리가 없을 텐데."

각 장수들의 말에 히데요시는 아무 말도 하지 않았다. 이윽고 조금 전 나가쿠테 쪽으로 보낸 기무라, 히토쓰야나기, 호리오 등이 돌아와 소식을 전했다.

"이에야스 이하 주력은 자신들의 외성인 오바타로 이미 물러났습니다. 저희는 한발 늦게 오바타로 들어가는 적의 일부만을 만났을 뿐입니다. '반 각만 일찍 왔어도' 하며 그냥 안타깝게 돌아올 수밖에 없었습니다."

그들은 삼백 명 정도의 도쿠가와 병사들을 쏘아 쓰러뜨리기는 했으나 그중 내로라할 만한 적장은 없었다.

"늦었단 말이냐."

히데요시는 참을 수 없는 분노를 얼굴에 그대로 드러냈다. 정찰을 나갔던 아마노, 고사카도 이에야스가 오바타로 들어가 유유히 오늘의 승리를 맛보며 쉬고 있는 듯하다고 보고했다.

"오바타 성은 성문을 굳게 닫은 채, 벌써 휴식에 들어간 듯합니다."

히데요시는 감정이 복잡한 가운데 자신도 모르게 이에야스를 위해 손뼉을 치며 축하했다.

"과연 이에야스, 외성으로 발 빠르게 들어가 교만에 빠지지 않고 성문을 닫아버렸구나. 그것참 덫으로도, 그물로도 잡을 수 없는 사내로다. 하지만 두고 보아라. 몇 년 뒤에는 이에야스가 긴 예복을 입고 이 히데요시 앞에서 예를 취하게 될 테니."

때는 이미 땅거미가 내린 뒤였으며 밤에 성을 공격하는 것은 병법상 금기였고 먼 길을 달려 가쿠덴에서 숨 돌릴 틈도 없이 온 인마였다. 히데요시는 오늘 밤에는 잠시 쉬기로 하고 밥을 먹으라는 명을 내렸다. 저녁 하늘에 밥 짓는 연기가 어지러이 피어올랐다.

오바타의 정찰대가 그 모습을 보고 곧 이에야스에게 보고했다. 이에야스는 잠을 자고 있다가 일어나 그 정보를 들었다.

"그렇다면 우리는."

이에야스는 급히 고마키 산으로 돌아갈 것을 명했다.

미즈노, 혼다를 비롯한 장수들이 히데요시의 류센지 산에 야습을 가하자고 극력 권했다. 하지만 이에야스는 그저 웃으며 길을 멀리 돌아 고마키로 돌아갔다.

검은 돌, 하얀 돌

히데요시秀吉도 어쩔 수 없이 군을 되돌려 가쿠덴樂田으로 돌아갔다. 그는 혀를 내두를 정도로 감탄한, 덫에도, 그물에도 걸리지 않는 이에야스家康와 다시 고마키小牧에서 서로를 노려보며 대치할 수밖에 없었다.

나카쿠테長久手에서의 일전은 이케다 쇼뉴池田勝入 부자의 조급함에 큰 패인이 있었다 할지라도 히데요시에게 있어서 커다란 패배였음은 부정할 수 없는 사실이었다. 그런데 이번만큼은 서전에 들어가기 전부터 히데요시 쪽에서 늘 한발 늦은 것도 사실이었다. 이는 히데요시가 전장에서 이에야스를 보고 나서야 비로소 덫에도 그물에도 걸리지 않는 사내라고 안 것이 아니라 싸우기 전부터 어떤 사내인지 잘 알고 있었기 때문이다. 말하자면 달인과 달인, 천하장사 대 천하장사의 샅바 싸움과도 같은 것이었다.

"작은 성에는 신경을 쓰지 말게. 시간을 지체해서는 안 되네."

출격 전에 히데요시가 쇼뉴에게 그토록 다짐을 해두었음에도 불구하고 쇼뉴는 이와사키岩崎 성의 도전을 받자마자 단번에 짓밟으러 갔다. 결국 그는 그 정도 그릇밖에 되지 않았다.

그릇은 타고난 양이 있으니 갑자기 크게 늘리려 해도 그렇게 되지 않는 법이다. 이에야스도 히데요시도 하나의 그릇이다. 그 그릇이 이번 싸움을 결정하는 것이다.

사실 히데요시는 나가쿠테長久手에서의 대패를 들은 순간 '됐다'며 손에 침을 뱉었다. 이에야스가 딱딱한 껍데기에서 나왔기에 쇼뉴 부자의 죽음이야말로 이에야스를 생포하기 위한 좋은 미끼가 되었다고 생각했기 때문이다. 하지만 적은 불처럼 나왔다가 바람처럼 물러났으며, 물러난 뒤에는 숲처럼 다시 고마키로 태연하게 들어가 전보다 더 무거운 산처럼 움직이지 않았다. 히데요시는 토끼를 놓친 듯한 느낌이 들었다. 하지만 그는 스스로를 위로했다.

'손가락에 가벼운 부상을 입은 셈이야.'

물론 그의 병력과 물자를 놓고 보면 큰 손해는 아니었다. 하지만 정신적으로는 이에야스의 진영으로 하여금 '원숭이 놈, 꼴좋다'며 자랑스럽게 개가를 부르게 했다. 아니, 이번의 패배는 그 뒤로도 계속 가슴에 남아 히데요시와 이에야스 사이의 교섭과 양자의 심리에 평생 영향을 주었다.

하지만 이에야스 역시 '지쿠젠筑前이라는 인간은' 하며 히데요시를 더욱더 커다란 도량을 가진 사내로 여기게 되었을 것이고, 그를 적으로 만들어버린 자신의 숙명에 더욱더 주의를 기울이게 되었을 것이다. 어쨌든 나가쿠테 전투 이후, 양쪽 모두 신중을 기했다. 오로지 상대편의 움직임을 살펴 기회를 엿보기만 할 뿐 서로 섣불리 공격하지 않았다.

유인책은 거듭 되풀이되었다. 4월 11일에 히데요시가 전군 육만 이천 명을 소송사小松寺(고마쓰지) 산까지 움직인 것도 유인책 중 하나였으나 고마키산에서는 조용하고 희미한 쓴웃음만 지을 뿐이었다.

그 뒤 같은 달 22일에는 이에야스 쪽에서 유인책을 썼다. 고마키에 있는 도쿠가와와 노부오의 연합군 일만 팔천 명을 열여섯 개 편대로 나눈 다음 이중 해자 앞에서 동쪽으로 나가 히데요시를 불러내듯 북을 울리고 함성을 올렸으며 선봉에 사카이 사에몬酒井左衛門, 이이 효부井伊兵部 등을 세워 여러 차례 도발을 시도했다.

이중 해자의 목책은 호리 히데마사堀秀政와 가모 우지사토蒲生氏郷가 지키는 곳이었는데, 적이 북을 치며 떠들어대자 히데마사가 이를 갈며 말했다.

"우리를 얕보는 것이냐!"

나가쿠테 전투 이후, 적들이 '히데요시의 휘하는 미카와三河 무사의 실력에 겁을 먹었다'며 커다란 목소리로 놀려댔기 때문이다. 하지만 히데요시가 명령을 기다리지 않고 병사를 함부로 움직여서는 안 된다고 엄명을 내렸기에, 그저 전령을 본진으로 보내 명령을 기다릴 수밖에 없었다.

히데요시는 소송사를 본영으로 삼아 오쓰於通를 상대로 바둑을 두고 있었다. 오쓰의 바둑은 히데요시보다 훨씬 더 강했다. 히데요시는 얼마 전부터 좋은 소일거리를 발견했다는 듯 시간이 날 때마다 오쓰와 바둑을 두었으나 아직 한 번도 그녀를 이기지 못했다.

"너는 바둑의 천재인 듯하구나. 기사碁師가 되는 건 어떻겠느냐, 여자기사."

히데요시의 말에 오쓰가 어린애 대하듯 웃으며 말했다.

"절대 제가 강한 게 아니에요. 정말 신기할 정도로 나리께서 서툰 거예요."

"무슨 소리하는 게냐. 다카야마 우콘高山右近, 가모 히다蒲生飛駄, 또 아직 젊기는 하지만 아사노 야혜浅野弥兵衛까지 나한테는 매번 진다."

"호, 호, 호. 바둑은 이길 수도 있고 져줄 수도 있는걸요."

"네 바둑은 여자답지 않게 너무 빈틈이 없다. 돌 놓는 소리까지 차가워."

"더는 오쓰와 바둑을 둔다고 하지 마시고 바둑을 배우는 거라고 하세요."

"이 계집이. 그래, 한 판 더 두자꾸나."

히데요시는 바둑을 시작하면 바둑에, 여자를 대하면 여자에 몰두하느라 다른 일에는 전혀 신경을 쓰지 않았다. 그때 전령이 땀으로 범벅이 된 사나운 말을 타고 와서 고했다.

"지금 도쿠가와의 대군이 열여섯 개 편대로 나눠 고마키에서 나와 이중 해자에 있는 아군 쪽으로 접근해 오고 있습니다."

히데요시가 바둑판에서 잠깐 눈을 들어 전령에게 물었다.

"이에야스도 나왔느냐?"

"도쿠가와 나리는 출마하지 않으신 듯합니다."

그러자 히데요시가 손가락 사이에 있던 돌을 바둑판 위에 두더니 다른 곳은 쳐다보지도 않고 말했다.

"이에야스가 나오면 고하도록 해라. 이에야스가 진두에 나서지 않는 이상 히데마사, 우지사토는 자신들의 판단에 따라서 싸워도 좋고 싸우지 않아도 좋다."

그 무렵 전선의 이이 효부, 사카이 사에몬도 고마키의 이에야스 쪽에 두 번이나 전령을 보내 재촉했다.

"지금이야말로 출마하실 때입니다. 바로 출마하신다면 오늘이야말로 히데요시의 중견에 치명타를 입힐 수 있을 것입니다."

그러자 이에야스 역시 이렇게 물었다.

"히데요시는 움직였는가? 뭐? 소송사에 있다고? 그렇다면 내가 나설 필요는 없다."

이에야스도 결국 고마키에서 나오지 않았다.

시간이 흐른 뒤 이미 태합太閤의 자리에 오른 히데요시와 다이나곤大納言 이에야스가 고마키 전투에 대해 이야기한 적이 있었는데 그날을 회상하며 히데요시가 이렇게 물었다.

"도쿠가와 나리는 그때 어째서 출마하지 않으신 게요?"

"그 질문은 이 이에야스도 드리고 싶은 것입니다. 만약 나리께서 소송사 산에서 한 발이라도 나왔다는 말이 들리면 바로 고마키에서 나가 도미를 잡기 위한 그물을 칠 생각이었으나 고등어 새끼나 정어리만 나오기에…… 가만히 기다리고 있었던 것입니다."

"하하하. 같은 생각을 했구먼. 그때 소송사에서 여동女童을 상대로 바둑을 두었는데, 만약 도쿠가와 나리가 말을 몰아 나선다면 간토關東 각 주는 일거에 내 손안의 물건이 될 것이라고 생각하며 실은 바둑판에 두고 있던 돌도 손의 땀으로 젖어 번쩍이고 있었소만……. 어쩔 수 없는 일이로구나, 서로 상대가 나오기만을 기다렸으니."

두 영웅이 서로의 가슴을 열어 본심을 이야기했다고 한다. 어쨌든 고마키 전투는 이처럼 비김수가 되풀이되는 상태로 고착되었다. 그사이 히데요시는 나가쿠테 전투에 대한 상벌을 내렸다. 녹봉, 은상 등에는 특히 신경을 썼으나 오직 한 사람, 조카인 히데쓰구秀次에 대해서만은 아무런 말도 하지 않았다.

히데쓰구도 나가쿠테에서 도망쳐 돌아온 뒤 외삼촌을 보는 게 민망했는지 히데요시 앞으로 나가 '돌아왔습니다'라고 인사를 하고 이어 패배한 이유와 자신의 입장을 설명하려고 했다. 하지만 히데요시는 자리에 있던 여러 장수와 이야기만 나눌 뿐 히데쓰구의 얼굴조차 보지 않았다. 그에 반해 주종이자 오랜 친구이기도 한 쇼뉴에 대해 사람들에게 이야기할 때면 눈에 눈물까지 글썽였다.

"쇼뉴를 죽게 한 건 히데요시의 불찰일세. 이케다 쇼자부로池田勝三郎라 불리던 젊은 시절부터 가난과 술잔과 매색賣色까지 함께 나누던 사내인 만큼 이 히데요시에게는 도저히 잊을 수 없는 사람이야."

하루는 직접 정성껏 글을 쓴 뒤 오쓰를 불러 명했다.

"오쓰, 이 지쿠젠을 대신해서 오가키大垣에 다녀오도록 해라. 정사正使로 는 아사노 야헤를 보낼 생각이다. 야헤를 따라가도록 해라."

히데요시가 오쓰에게 건넨 편지는 오가키 성에 있는 고 이케다 쇼뉴의 아내와 어머니에게 보내는 것이었다.

오가키 성은 조용히 상중에 있었다. 성주인 쇼뉴를 비롯하여 장남인 기이노카미紀伊守와 사위 모리 무사시노카미森武藏守까지, 세 기둥이 나가쿠 테에서 한꺼번에 전사하고 남은 사람은 젊은 산자에몬 데루마사三左衛門輝政 와 아직 열다섯 살인 나가요시長吉뿐이었다.

쇼뉴에게는 나이 든 어머니가 있었는데, 그날 이후 어머니는 미망인이 된 쇼뉴의 아내와 함께 성안의 불당에 들어가 하루하루를 눈물로 보내고 있었다.

"지쿠젠노카미筑前守 님을 대신해 아사노 야헤 님께서 오셨습니다."

노모와 미망인은 '고마키 전투도 아직 끝나지 않았는데'라며 두렵고 도 놀라운 마음으로 그를 맞았다. 아사노 야헤는 주인 히데요시를 대신하 여 이케다 가의 슬픔을 진심으로 위로했다.

"훗날의 일은 염려하실 것 없습니다. 그리고 유족께서는 모쪼록 건강 에 유념하시라고 말씀하셨습니다."

그리고 히데요시가 정성을 담아 보낸 물건을 세 개의 위패에 바쳤다. 야헤와 함께 부사副使로 따라온 오쓰는 그 뒤 여자들만 남은 자리에서 세심 하게 이것저것을 챙겼다.

"히데요시 님께서 밤이나 낮이나 틈만 나면 아까운 부자를 죽게 했다 며 쇼뉴 님에 대해 말씀하시고, 젊은 시절 이야기까지 들려주십니다."

오쓰는 그렇게 말하며 히데요시가 직접 쓴 편지 두 통을 건넸다.

이번에 쇼뉴 부자가 당한 일, 뭐라 말씀드려야 할지 모르겠습니다.

얼마나 낙담하고 상심하셨을지 짐작하고도 남습니다. (후략)

히데요시는 두 사람의 마음을 살피며 세심하게 써 내려갔다.

하지만 산자에몬과 나가요시 두 사람이 무사하니 저희도 이를 불행 중 다행으로 여기고 있습니다. 두 사람을 중용하고 쇼뉴의 장례도 치르게 할 테니 (중략) 안채의 사람들도 그것으로 힘을 얻으시기 바랍니다.

그리고 히데요시가 미망인에게 보낸 편지에는 다음과 같은 내용이 적혀 있었다.

쇼뉴를 만나는 것이라 여기시고 이 지쿠젠노카미를 보러 오시면 성심껏 대접도 해드리고 여러 가지로 편의도 보아드리도록 하겠습니다. 모쪼록 음식도 잘 드셔서 몸을 해치지 않도록 하십시오.

히데요시는 여자의 입장을 생각해서 다음과 같은 내용도 자상하게 적어 보냈다.

지금은 아직 전쟁 중이기에 저 대신 야헤이를 보냈으나 곧 시간이 나면 직접 찾아뵙도록 하겠습니다. 부디 몸을 중히 여기시기 바랍니다. 그리고 쓸쓸하기도 하실 테니 그사이에 조카인 히데쓰구를 보내 성을 지키도록 하겠습니다. 마고시치孫七(히데쓰구) 놈은 목숨을 건져 돌아왔으니 하다못해 문상이라도 가야 할 줄로 압니다. 자세한 내용은 야헤에게 일러두었습니다. 가까운 시일 안에 직접 뵙고 정중히 말씀드리도록 하겠습니다.

히데요시의 편지를 읽고 쇼뉴의 노모와 아내가 얼마나 울며 기뻐했을지, 힘을 얻었을지는 말할 필요도 없을 것이다.

"산자도 오너라. 나가요시도 와서 이 편지를 읽어보아라."

노모는 두 손자와 집안의 여자들, 그리고 수많은 유신까지 그곳으로 불렀다.

"지쿠젠 님께서 편지를 보내오셨네. 이는 단지 우리 둘에게만 보낸 것이 아니야. 애석하게도 전날 쇼뉴와 함께 떨어진 집안 무사의 안사람들에게도 보낸 편지일세. 참으로 자상한 글이야. 그러니 모두 들어보기 바라네."

오쓰는 눈물을 흘리고 있는 노모와 아내를 대신해 여러 사람들 앞에서 편지를 읽었다. 그녀는 보다이菩提 산의 여승인 쇼킨松琴에게 《겐지모노가타리源氏物語》 낭독을 배울 때와 같은 느낌으로 편지를 읽었다. 그녀의 감정이 글을 살려 짧은 글이라도 깊은 맛이 더해졌기에 듣는 사람 모두 눈물을 흘리고 말았다. 남편을 잃고 아들을 빼앗긴 집안의 유족 중에 소리 높여 우는 사람도 있었다. 아니, 정사로 온 아사노 야헤까지 눈물이 나서 품 안에 있던 종이로 얼굴을 감쌌다.

사자들은 위문을 무사히 마치고 이튿날 아침 일찍 오가키를 떠났다. 그런데 사자 일행이 오가키 성을 나선 순간부터 가만히 뒤따라오는 사람이 있었다. 누구도 눈치를 채지 못했다. 하지만 오쓰는 바로 눈치를 챘다.

'산조三藏 같은데…….'

하지만 그녀는 말 위에서 모르는 척하고 있었다. 5월에 가까운 들판을 말을 타고 가는 여행은 전쟁을 잊게 했다. 그녀는 얼마 전 이 광야를 홀로 헤매던 때를 떠올렸다. 그리고 그때는 왜가리파의 산조에게 의지했으나 지금은 그 존재가 눈썹을 찌푸릴 정도로 귀찮고 성가셨다.

사자 일행은 기소木曾 강에 이르러 이누야마犬山의 배를 기다리는 동안 강가에서 쉬었다. 오쓰가 탄 말의 부리망을 쥐고 따르던 하인이 말에게 먹이를 주는 동안 그녀는 풀잎을 어루만지며 주변을 잠시 걸었다.

"아가씨."

수풀 속에서 목소리가 들려왔다.

"산조지?"

오쓰가 먼저 말했다.

"무슨 일이지? 마치 길가의 도둑처럼 사람의 뒤를 몰래 쫓아오다니."

"하지만 아가씨."

산조가 수풀 속에서 고개를 내밀더니 주위를 살펴보며 다가왔다.

"함께 오신 분들이 여럿 있지 않습니까? 그래서 사람들의 눈을 피해 온 겁니다."

"어째서?"

"어째서라니요. 다른 사람들의 눈에 띄면 아가씨의 입장이 난처해질 테니."

오쓰가 아무런 느낌도 없다는 듯 되물었다.

"산조, 어째서 내 입장이 난처해진다는 거지? 함께 온 사람들에 대해서……."

"그게, 그러니까……."

산조는 어떻게 대답해야 좋을지 몰라 했다.

"그러니까, 뭐지? 산조."

"그러니까…… 아가씨. 아가씨께 산조 같은 사내가 있다는 사실이 사람들에게 알려지면 안 되잖아요."

"사내라니? 진중에는 히데요시 님을 비롯해 대부분 남자들만 있는걸. 그런데 어째서 너 한 사람만 사내이니 사람들의 눈을 피해야 한다는 거지?"

산조는 눈과 얼굴에 당황하는 빛을 보였다. 그리고 그는 오쓰의 매정하고 쌀쌀맞은 태도에 조금 화가 난 듯했다.

"뭐, 그런 건 아무래도 상관없지. 어쨌든 아씨, 산조와 한 약속을 지켜 줬으면 하는데."

"약속?"

"시치미 떼지 마슈."

"아, 같이 교토京都에 가기로 했던 거 말이지?"

"바로 그거요. 이 산조는 지금까지 그것만을 유일한 낙으로 삼으며 기다려 왔수. 이케다 가의 군에 속해 나가쿠테까지 어쩔 수 없이 따라갔지만 마침 운 좋게도 싸움에 져서 구사일생으로 돌아와 아씨께 소식을 전할 방법이 없을까 생각하고 있던 차였수."

"이 오쓰에게 소식을 전해 어쩔 생각이었지?"

"뻔한 일 아니유. 교토로 가 살림을 차려 부부가 즐겁게 사는 거지."

"어머, 산조. 너 혼자서 꿈이라도 꾸고 있는 거니?"

"농담 마슈. 오노 마을에서 빠져나온 밤부터 분명히 약속하지 않았수?"

"말도 안 되는 소리. 누가 너처럼 방탕한 사람과 부부의 약속을 맺겠어? 교토로 가는 건 오랜 내 꿈이었지만 그럴 목적으로 말한 건 아니야. 네가 노잣돈도 잔뜩 가지고 있다고 하고, 너랑 같이 가면 길을 가는 데도 안전할 테니 함께 집에서 나온 것뿐이야."

"뭐, 뭐라고."

산조가 험악한 얼굴로 말했다.

"오쓰, 그럼 너는 나를 이용했을 뿐인 거냐?"

"뭐지, 그 얼굴은? 너는 유모의 아들일 뿐이야."

"유모의 아들이 어쨌다는 거지? 나를 너무 만만히 봤어."

"보자 보자 하니까, 주인의 딸에 대해 이런 무례한 태도를."

"뭐, 뭐라고. 더는 참을 수 없어. 자, 나를 따라와."

"어디로?"

"내 마누라가 되는 거야. 입 다물고 따라오기만 하면 돼."

산조가 오쓰의 손목을 쥐고 으름장을 놓았다.

"할 말 있으면 나중에 하라고. 오늘은 놓치지 않을 테니."

"무슨 짓을 하는 거야, 산조."

"이리 오라니까. 어서 따라와."

"무례하게."

억지로 팔을 빼낸 오쓰가 몸을 부르르 떨고 있는 산조의 가슴을 밀쳤다. 산조는 입술을 씹었다.

"그래, 이렇게 된 이상 억지로라도 끌고 가겠어."

산조는 오쓰의 오른팔을 옆구리에 낀 채 힘을 다해 달리려고 했다. 그 순간 오쓰가 커다란 목소리로 도움을 청했다. 그러자 그녀를 찾고 있던 아사노 야헤이가 함께 있던 무사에게 말했다.

"아, 큰일을 당한 모양이로구나. 얼른 가서 행패를 부리는 놈을 쫓아라."

네다섯 명이 창을 들고 달려가자 산조가 돌아보고 당황한 듯 말했다.

"이거 안 되겠군."

산조는 오쓰의 팔을 미련이 남은 듯 바라보다 하얀 손목을 있는 힘껏 깨물어 선명한 잇자국을 남겼다.

"나를 잘도 속였겠다. 두고 보라고, 반드시 내 뜻대로 되고 말 테니."

오쓰는 비명을 참기 위해 몸부림을 쳤다. 산조는 오쓰를 밀어 쓰러뜨린 뒤 한마디 내뱉고는 쏜살처럼 수풀을 헤치며 달아났다.

"못된 계집, 두고 보자."

"무슨 일이십니까?"

무사 둘이 산조를 뒤쫓았으나 놓치고 말았다. 남은 사람이 그녀를 안심시키며 강가에서 기다리고 있는 야헤 곁으로 데려갔다.

얼마 뒤 야헤가 배를 타고 강을 건너며 물었다.

"오쓰, 조금 전 사내는 누구지?"

"유모의 아들인데 정말 망나니 같은 귀찮은 사람이에요."

"네 유모의 아들이란 말이냐? 그럼 형제와도 같은 사이 아니냐?"

"네, 맞아요."

"그런 자가 네게 왜 행패를 부린단 말이냐?"

"돈을 내놓으라는 둥, 같이 교토로 가자는 둥, 예전부터 생트집을 잡았어요. 그런데 제가 오가키 성에 모습을 드러낸 것을 보고 옳다구나 싶어 뒤따라온 거예요."

야헤는 속으로 놀라고 말았다. 오가키 성안에서의 행동도 그렇고, 히데요시의 편지를 사람들에게 읽어줬을 때의 태도도 그렇고, 조금 전 행패를 부린 사내에 대해서조차 조금도 동요하지 않는 모습이 경이롭게 느껴지기까지 했다.

'그것참 특이한 여자로구나. 아니, 아직 나이 어린 소녀인데, 요즘 젊은 여자들은 모두 이런 걸까?'

야헤는 속으로 감탄해 마지않았다. 그러고는 '주인께서 묘한 여성에게 흥미를 갖고 계시는구나……'라고 생각하며 자신도 모르게 쓴웃음을 지었다. 그는 히데요시의 동서다. 인척 관계에 있는 만큼 히데요시의 취향을 누구보다 잘 알고 있었다.

"돌아왔습니다."

아사노 야헤가 돌아오자마자 히데요시 앞으로 나가 오가키 성 유족들의 모습을 자세히 보고했다. 오쓰도 쇼뉴의 유족들에게 히데요시의 편지가 얼마나 큰 위안이 되었는지를 자세히 보고했다.

"모두 눈물을 흘리며 기뻐했습니다."

"그것참 다행이로구나."

히데요시는 마음의 짐을 조금이나마 덜었다는 듯 편안한 표정을 지어 보였다. 평소에도 다른 사람의 기쁨을 함께 나누고 싶어 하는 그는 다른 사람의 슬픔에도 같은 아픔을 느끼는 모양이었다.

"야헤, 자네는 쉬도록 하게. 그리고 히데쓰구를 부르도록 하게."

"알겠습니다. 하지만 이러한 전장에서, 멀지도 않은 곳에 사자로 다녀 왔다고 휴식을 주실 필요는 없을 듯합니다만."

"상관없네. 고마키의 적도 요 며칠 동안 손발을 쉬고 있는 형국이니. 물러나서 편히 쉬도록 하게."

잠시 뒤 야헤가 물러간 뒤 히데쓰구가 들어왔다.

"히데쓰구, 너는 병사를 이끌고 가서 내일부터 오가키 성을 지키도록 해라. 오가키에는 부상을 당한 자가 많아 노모와 안주인, 그리고 산자에몬 데루마사와 막내인 나가요시만으로는 수비가 여의치 않을 것이다."

"네……."

히데쓰구는 뭔가 더 하고 싶은 말이 있는 듯했으나 외삼촌 히데요시의 심기가 아직도 여전히 좋지 않은 듯했기에 명령만을 받은 뒤 그대로 물러 났다.

'참고 계신 것이다. 히데요시 님이야말로 육친인 히데쓰구 님에게 뭔 가 일갈하고 싶으신 것이 있지만 틀림없이 참고 계신 것이다.'

영리한 오쓰는 곁에서 두 사람을 바라보며 그렇게 생각했다. 아니나 다를까 물러나는 히데쓰구의 뒷모습을 바라보고 있던 히데요시의 얼굴에 쓸쓸한 기운이 번졌다. 그러자 오쓰가 히데요시에게 권했다.

"나리, 바둑을 두지 않으시겠습니까?"

히데요시가 마음을 풀고 말했다.

"바둑 말이냐? 그래 가져오너라. 내 지금까지 늘 졌다만 묘수를 하나 생각해두었다."

히데요시와 오쓰는 곧 바둑판을 마주하고 앉아 서로 오로烏鷺를 다투었다. 하얀 돌과 검은 돌이 점점이 두 사람의 생각을 그려나가고 있었다. 뜻밖에도 히데요시가 끈기 있게 겨루었다. 결국 오쓰가 이기기는 이겼으나 상당히 애를 먹었다.

"오늘은 이상한 날이네요."

"어째서?"

"나리의 돌이 조금 달랐어요. 이렇게 강한 분이 아니셨는데."

"그런 생각이 들었느냐? 됐구나."

그날은 한 판으로 마무리를 지었다. 그리고 히데요시는 무슨 생각에서인지 갑자기 전군에 명을 내렸다.

"오우라大浦에 요새를 쌓아라."

뒤이어 이틀 뒤인 4월 말일에는 은밀히 명을 내렸다.

"내일이야말로 이에야스를 무너뜨리든, 히데요시가 깨지든 일대 결전을 펼치도록 하겠다. 푹 자고 마음의 준비를 단단히 하도록 하라."

이튿날인 5월 1일, 일대 결전이 벌어질 것이라고 생각해 전날 밤부터 준비에 소홀함이 없었던 전군은, 마침내 진 앞에서 히데요시에게 명령을 들은 순간 어안이 벙벙해지고 말았다.

"오사카大阪로 돌아가겠다. 지금부터 전군은 순서대로 퇴각하라."

그리고 이어 말했다.

"구로다 간베黑田官兵衛, 아카시 요시로明石与四郎 두 부대는 이중 해자, 다나카田中 등의 병사들을 더해 아오즈카青塚 요새로 들어가도록."

그렇게 말한 뒤 다음 지령이 떨어졌다.

"히네노日根野 형제, 하세가와 히데카즈長谷川秀—는 중군에 서도록. 후군은 호소카와 다다오키細川忠興, 가모 우지사토가 맡도록."

새벽 해가 뜰 무렵, 총군 육만여 명이 서쪽을 향해 물러나기 시작했다. 그리고 가쿠덴에는 호리 히데마사를, 이누야마 성에는 가토 미쓰야스加藤光泰를 남겼으며, 그 외의 병력은 전부 기소 강을 건너 가가미가하라かがみケ原를 지나 오우라로 들어갔다. 이 갑작스러운 퇴진은 각 장수들로 하여금 히데요시의 진의가 어디에 있는지를 의심케 했다.

"정말로 물러나려는 것일까?"

장군들은 길을 가면서도 서로 속삭였다.

"우리 범인의 머리로는 헤아릴 수 없는 부분이 있어."

또 어떤 사람은 그렇게 한탄하기도 했다. 하지만 말 위에 있는 히데요시의 얼굴은 평소보다 더욱 편안하게 보였다. 그의 곁에는 바둑 상대인 오쓰가 남자 차림을 하고 앉아 함께 고삐를 쥐고 있었는데, 평소와 다름없이 오쓰와 때때로 잡담을 나누었다.

"오쓰, 어제 내 바둑이 평소보다 강했던 이유를 알겠느냐?"

"글쎄, 모르겠습니다."

"그리 대단할 것도 없다. 마음을 바꿔보자는 생각이 문득 떠올랐을 뿐이다."

"마음을 바꿔보자……? 잘 모르겠습니다만."

"고 노부나가信長 공께서는 결코 사물에 집착하지 않는 분이셨다. 만물은 늘 멈추지 않고 움직이는 법. 그런데 인간은 그것을 움직이지 않는 것, 움직이기 어려운 현실이라고 생각하여 집착하게 되는 것이다. 좋지 않은 병이라고 할 수 있지."

"어려운 말씀이네요."

"아니, 어려울 것 없다. 그것을 어렵게 보고, 어렵게 생각하는 데서 병이 생기는 게다."

"바둑 이야기가 아닌가요?"

"마찬가지다. 고마키 산은 흥미로운 바둑이었다. 하지만 이에야스도 고집을 부리고, 히데요시도 고집을 부려 양군 모두 그와 같은 형국이 되었으니 잠시 돌리는 것이 최선이라고 생각한 거야."

"돌린다 함은?"

"숨을 돌리는 거지. 그리고 새로운 마음으로 다시 나서는 게야. 그사이에 시간의 움직임이 자연스럽게 새로운 국면을 펼쳐놓을 게다."

귀를 기울여 이야기를 듣고 있던 앞뒤의 장수들이 고개를 끄덕였다.

"그렇게 된 거로군."

그리고 고마키 쪽 하늘을 돌아본 순간 오싹함에 몸이 굳어지는 느낌이 들었다.

히데요시는 참으로 간단히 말했으나 이 정도의 대군을 물리는 것은 진격할 때 이상으로 힘든 법이다. 그렇기 때문에 후미를 맡는 일은 무엇보다 어려운 일이라서 상당히 대담하고 용맹한 무사가 아니면 그 역할을 다할 수 없었다.

고마키 산의 본영에서도 그날 아침 히데요시의 대군이 정연하게 서쪽으로 물러나는 모습을 보았다.

"저기, 하시바 지쿠젠羽柴筑前을 비롯해 교토의 세력이 전부 철수하기 시작했는데."

"아니, 히데요시가 여기서 벗어날 리 없어."

"뭔가 좀 이상한데."

장수들은 저마다 이해할 수 없다는 듯한 표정을 지었다. 하지만 그들은 곧바로 이에야스에게 사실을 고했다. 그리고 입을 모아 자신에게 출격을 명해달라고 씩씩하게 청했다.

"적은 전의를 상실한 듯합니다. 지금 뒤쫓아가 친다면 히데요시의 군은 지리멸렬, 사방으로 흩어져 아군이 대승을 거둘 것은 틀림없는 사실입니다."

하지만 이에야스는 조금도 기뻐하지 않았으며, 또 추격도 결코 허락하지 않았다. 그는 히데요시 정도의 인물이 이유도 없이 대군을 퇴각시킬 리 없다고 생각했다. 그리고 자신이 군을 수비하기에는 충분한 힘이 있으나 아무런 조건도 없는 광야로 나가 싸우기에는 아직 힘이 부족하다는 사실도 알고 있었다.

'싸움은 도박이 아니다. 이렇게 많은 사람을 어디로 향할지 알 수 없는 운명에 맡길 수는 없다. 운명이 나를 선택했을 때만 손을 내밀어 잡으면 된다.'

이에야스는 모험을 좋아하지 않았다. 더군다나 그는 자신을 잘 알고 있었다. 그런 이에야스와 정반대되는 인물이 바로 기타바타게 노부오北畠信雄였다. 그는 아버지 노부나가의 위대한 성망과 천부적인 재질이 자신에게도 있는 양 늘 착각에 사로잡혀 있었다. 이때도 다른 장수들은 이에야스로부터 쫓아서는 안 된다는 말을 듣고 침묵하고 있었지만 그는 열을 내며 말했다.

"병가에서는 시기를 중히 여겨야 한다고 들었습니다. 모처럼 하늘이 주신 이 호기를 팔짱을 낀 채 지켜보기만 하는 것은 옳지 않습니다. 이 노부오에게 추격을 맡기셨으면 합니다. 무슨 일이 있어도 이번 기회를 놓쳐서는 안 됩니다."

이에야스가 말렸으나 노부오는 평소와 달리 용기를 내보였으며 떼를 쓰는 아이처럼 말을 듣지 않았다.

"그렇다면 어쩔 수 없습니다. 뜻대로 하시지요."

이에야스는 실패할 것을 알면서도 허락할 수밖에 없었다. 이윽고 노부오는 자신의 군대를 이끌고 히데요시를 뒤쫓았다.

"헤이하치로, 나리를 지키러 가거라."

그 뒤 이에야스가 혼다 헤이하치로本多平八郎에게 한 무리의 병사를 내주며 뒤따라가라고 명을 내렸다.

노부오는 히데요시 군의 후미를 맡은 호소카와 다다오키와 맞붙어 한때는 우세를 점하는 듯했으나 곧 격파되고 말았다. 그 싸움에서 노부오의 소중한 가신인 오쓰키 스케에몬大槻助右衛門이 전사했을 뿐 아니라 그 외의 가신들도 잃고 말았다.

만약 혼다 헤이하치로의 원군이 오지 않았다면 노부오도 결사의 의지를 보인 호소카와 다다오키와 가모 히다노카미가 공명을 쌓는 데 좋은 먹잇감이 되어주었을지도 모를 일이다.

허겁지겁 고마키로 도망쳐온 노부오는 차마 이에야스 앞으로 나갈 수가 없었다. 이에야스는 헤이하치로를 통해 자세한 정황을 들을 수 있었다.

"그랬겠지, 그랬겠지."

이에야스는 별다른 기색도 없이 고개만 가볍게 끄덕일 뿐이었다.

전후의 셈법

히데요시는 돌아갈 때도 그냥 돌아가지 않았다. 그의 대군은 행군을 하며 먹잇감을 찾고 있었다.

"좋은 선물은 없을까?"

기소 강의 왼쪽 기슭, 기요스淸洲 성에서 북서쪽으로 가가노이加賀野井 성이 있었다. 이는 노부오의 일익으로 노부오의 중신인 가가노이 시게무네加賀野井重宗와 간베 마사타케神戶正武 등이 만일을 대비하여 머무르는 곳이었다.

"저곳을 취하라."

히데요시는 나뭇가지 위의 감이라도 가리키듯 각 장수에게 명했다.

오우라에서 나온 대군은 기소 강을 건너 성덕사聖德寺(세이토쿠지)에 포진하여 목표에 매달렸다. 제1진은 호소카와 다다오키, 제2진은 가모 우지사토였다. 히데요시는 예비군 가운데 머물며 4일 아침부터 공격을 전개했다. 그는 때때로 말을 몰아 돈다富田 부근의 산에서 전투를 지켜보았다. 5일 전투에서 성주인 시게무네가 전사했으나 성은 6일 새벽에 떨어졌다.

"다다사부로忠三郎(우지사토)의 활약 잘 보았다. 훌륭했다, 다다사부로."

히데요시가 이번 싸움에 수훈자는 우지사토라며 크게 칭찬했으나 우지사토는 상을 거절했다.

"아닙니다. 실은 외삼촌인 지구사 다이가쿠千草大學야말로 제가 공을 세울 수 있게 한 사람입니다. 청컨대 다이가쿠의 죄를 용서하고 앞으로 써주신다면 우지사토에게 그보다 더한 기쁨은 없을 것입니다."

히데요시가 우지사토에게 자세한 내용을 물었다. 그러자 우지사토는 외삼촌이 성안의 한 장수로 있다는 사실을 알고 은밀히 사람을 보내 시대의 필연적인 추세를 알리고 헛된 죽음은 참된 용사가 취할 길이 아님을 이야기해 싸우지 않고 성의 한쪽 문을 열게 한 것이라고 말했다.

"그런가. 다다사부로도 어느 틈엔가 이 지쿠젠의 수법을 배웠구나. 싸우지 않고 이기는 법, 싸움은 그래야 한다."

히데요시는 우지사토의 공을 더욱 치하했다. 그리고 그의 청을 받아들였다.

"외삼촌인 다이가쿠를 모시고 오너라. 직접 보고 쓰도록 하겠다."

지구사 다이가쿠는 우지사토가 데리러 가도 끝내 히데요시를 만나러 가지 않았다.

"그럴 수 없다. 지쿠젠 나리의 훌륭함은 예전부터 남몰래 흠모하고 있었으나 어쨌든 적으로 맞섰던 사이니 나리를 뵙는 것은 무인의 수치이며, 무엇보다 조카인 우지사토의 앞날에 짐이 될 것이다. 우지사토의 절조를 위해서도 나는 지쿠젠 나리를 모실 수 없다."

다이가쿠는 그렇게 말한 뒤 산야로 떠나 훗날 승려로 일생을 마쳤다.

가가노이 성을 떨어뜨린 히데요시는 다시 눈을 돌려 강 맞은편에 있는 다케가하나竹ヶ鼻 성을 공격했다.

"길을 가는 김에 저것도."

가가노이, 다케가하나 두 성은 기소 강을 사이에 두고 비슈尾州로 들어가는 길을 굳건히 지키고 있는 자매성이었다. 히데요시는 그곳을 공략하는 데 무력을 쓰지 않고 긴 둑을 쌓게 해 기소 강물을 그곳으로 흘려보냈다. 그렇게 그는 자신의 특기인 수공으로 성을 취했다.

성은 물바다가 되어버렸다. 그러자 성안의 병사들은 물에 쫓겨 지붕 위나 나무 끝이 아니면 머물 곳이 없었다.

"이 무기, 이 무사 혼으로도 어쩔 수가 없구나."

성의 장수인 후와 히로쓰나不破廣綱는 뗏목에 백기를 올리고 직접 히데요시의 진으로 가서 항복했다.

"내 목숨 하나로 성안 이천 명의 목숨을 대신해주기 바란다."

히데요시는 청을 받아들여 성의 병사들을 모두 해산시키고 히토쓰야나기 이치스케一柳市助의 부대를 배치했으며 후와 히로쓰나에 대해서도 죄를 묻지 않고 놓아주었다.

"성안 병사들의 입장에서 보면 그대는 이천 명의 이르는 목숨의 은인이다. 어서 물러나도록 하라."

히데요시는 훗날을 위해 다키多芸 군에 요새를 쌓게 하고 13일에 오가키까지 나아갔다. 그는 오가키 성에서 유족인 쇼뉴의 어머니와 아내를 만나 위로했다.

"날이 지날수록 더욱 쓸쓸하실 줄 압니다. 하지만 듬직한 산자에몬 데루마사와 나가요시가 있으니 젊은 나무의 성장을 낙으로 삼아 사계절의 꽃을 보며 여생을 사이좋게 지내시기 바랍니다."

얼마 전 사자를 보내 위문한 일도 그렇고, 오늘 밤 일도 그렇고, 노모와 쇼뉴의 아내는 조금도 서운함이 없었다. 또 히데요시는 데루마사, 나가요시 형제를 불러 그들을 격려했다.

"너희가 잘해야 한다."

그날 밤 히데요시는 가족의 한 사람이 되어 쇼뉴의 추억담으로 밤을 지새웠다.

"이 지쿠젠도 작은 편이지만 쇼뉴도 체구가 작았지. 그 조그만 사람이 여러 장수가 모인 자리에서 술에 취하면 기이한 모습으로 창을 들고 춤을 추었어. 가족들에게는 보인 적이 없을 테지만."

히데요시는 그렇게 말하며 흉내를 내서 가족들을 웃게 했다.

히데요시는 오가키 성에서 며칠을 묵었다. 그리고 21일 마침내 오우미近江 가도로 들어섰으며, 같은 달 28일 오사카 성으로 돌아갔다. 그의 군대가 오사카로 돌아오자 나니와 포구에서 일변하여 새로운 대도시가 된 그곳의 주민들이 길과 성 부근으로 쏟아져 나와 밤이 되도록 환호했다.

금빛 성 오사카의 대규모 축성 기획은 이미 그 경관의 대부분을 준공한 상태였다. 밤이 되면 팔 층 천수각天守閣, 오 층짜리 성루, 혼마루本丸, 니노마루二の丸, 산노마루三の丸에 걸친 성안의 길에서 무수한 등이 밤하늘을 수놓았으며 동쪽은 야마토大和 강, 북쪽은 요도淀 강, 서쪽은 요코보리橫堀 강, 남쪽은 널따란 해자를 경계로 이 세상 것인가 의심이 들 정도의 야경을 연출했다.

특히 히데요시의 노모와 부인 네네寧子와 수많은 근친이 히데요시를 극진히 맞이했다. 또 그와 함께 고마키에서 온 오쓰는 어렸을 때 노부나가의 아즈치安土 성에 머문 적은 있었지만 오사카 성의 웅대함과 내부 금벽의 아름다움에 시선을 빼앗길 수밖에 없었다.

히데요시는 현지에서 떠나 심기일전하여 다시 나서겠다는 계책을 취했는데 이에야스는 그러한 변화에 대해 어떤 움직임을 보였을까?

이에야스는 앉은 채로 히데요시가 물러나는 것을 지켜보기만 했다. 그리고 아군인 가가노이 성과 다케가하나 성의 급변을 듣고도 끝내 원군을 보내지 않았다.

"어찌 이럴 수 있단 말이냐."

노부오 휘하 안에서 분개하는 목소리가 들려왔다. 하지만 기타바타케 노부오는 이에야스가 말리는 것도 듣지 않고 물러나는 히데요시를 뒤쫓다 오히려 반격을 당해 혼다 헤이하치로의 도움으로 간신히 돌아온 참이었다. 그로 인해 그는 스스로 발언권을 잃어버렸으며 진중에는 어색한 기운이 감돌았다.

이처럼 연합군은 동상이몽으로 내부에서 의견이 엇갈리기 쉬운 법이다. 이에야스는 노부오를 위해 의를 부르짖으며 돕기에 나선, 이른바 협력자의 위치에 있었기에 더욱 어려운 부분이 있었다.

"히데요시가 오사카에 있는 한 이세伊勢 방면에도 언제 무슨 일이 일어날지 알 수 없습니다. 아니, 얼마 전부터 이미 아군에게 좋지 않은 형세가 나타나고 있습니다. 주조中將(노부오)님께서는 한시라도 빨리 나가시마長島로 돌아가시는 것이 좋을 듯합니다. 이에야스가 남아 요지를 굳게 지키도록 하겠습니다."

이에야스가 노부오를 설득했다. 그것을 계기로 노부오는 자신의 군대를 거두어 이세의 나가시마로 돌아갔다. 그 뒤 이에야스는 한동안 고마키의 진영에 머물러 있었으나 마침내 그도 사카이 다다쓰구酒井忠次를 남겨두고 기요스 성으로 물러났다. 기요스의 사민들도 오사카만큼은 아니었으나, 개가를 부르며 이에야스를 맞이했다.

"우리가 이겼다."

"누가 봐도 도쿠가와 나리의 대승이다. 교토의 세력은 공격하다 지쳐 물러났다."

나가쿠테에서의 대승으로 귀환한 장병들도, 맞이하는 영민들도 모두 도쿠가와 군의 완승을 구가하며 자랑스러워했다. 이에야스는 그 경박한 자부심을 경계했으며 근신들의 입을 통해 여러 사람에게 전해지도록 일부러 이렇게 이야기했다.

"이번 일전, 무문에 있어서는 우리가 승리했으나 지역, 영토의 득실에 있어서는 히데요시가 실리를 취했다. 헛되이 허명에 취하고 기쁨에 들떠서는 안 된다."

이세 방면은 실제로 한동안 전쟁이 없었는데, 그사이 히데요시의 별동대가 미네노^{峰ノ} 성을 함락시켰으며, 간베^{神戸}, 고우^{國府}, 하마다^{浜田} 성도 빼앗았고 뒤이어 나노카이치^{七日市} 성도 짓밟았다.

어느 틈엔가 이세 전역이 히데요시의 손안에 넘어가고 말았다. 게다가 이 방면의 불길은 아직도 여전히 가라앉지 않아 기요스와 나가시마의 주요 거점이자, 연해의 요충지이기도 한 가니에^{蟹江} 성에까지 이변이 일어날 기세였다. 가니에의 위급한 상황은 노부오에게도 이에야스에게도 집 안채의 창가에까지 번져온 불길과 다를 바 없었다.

오가니, 고가니

　세상 사람들은 한동안 다키가와 가즈마스瀧川一益의 이름을 잊고 있었다. 그리 오랜 세월이 흐른 게 아니었으나 시대의 급격한 변화 때문에 그런 느낌이 들었다.

　그의 존재는 작년의 시즈가타케賤ヶ嶽 전투에 이어 그가 지지하던 시바타 가쓰이에柴田勝家와 간베 노부타카神戶信孝가 차례로 멸망한 뒤부터 갑자기 시대의 중심에서 말살되었다. 그 이전 노부나가가 살아 있을 때에는 시바타, 니와丹羽와 함께 커다란 세력을 자랑하는 사람이었던 만큼 그의 몰락은 한 걸음 더 나아간 시대의 추이를 떠오르게 하는 것이었다.

　그렇게 과거의 인물이 되어가고 있는 다키가와 가즈마스의 이름이 갑자기 다시 들려오기 시작했다.

　"가니에 성의 내부로 손을 뻗어 은밀히 안쪽에서부터 무너뜨리려 하는 자가 있다. 아무래도 장본인은 가니에를 지키는 마에다 다네토시前田種利와 먼 친척 관계에 있는 다키가와 가즈마스인 듯하다."

　소문은 무성했으나 아직 표면화되어 나타난 것은 없었다. 당시 다키가와 가즈마스는 어느 틈엔가 이세의 간베 성에 들어가 있었다. 그는 작년에 실각한 이후 에치젠越前 오노大野 군에서 칩거하고 있었다. 히데요시 대 노부오와 이에야스의 분쟁이 험악한 분위기로 접어들 무렵 히데요시가 그에게 사자를 보내 '여기서 한바탕 활약하시는 게 어떻겠소?'라고 말하며 불을 댕겼고 계책을 주어 이세 방면에서 은밀히 움직이게 했던 것이다.

불우한 사람일수록 불우한 처지에 굴하지 않으려 하는, 운명에 대한 고집이 강한 법인 듯하다. 가즈마스는 작년의 불운을 지금이 기회라는 듯 만회하려고 조바심을 쳤다.

때마침 노부오의 중신이자 가니에 성의 성주였던 사쿠마 진쿠로佐久間甚九郎가 노부오의 명령으로 가요蒲生의 축성을 맡고 있다 보니, 가니에 성은 마에다 요주로 다네토시前田与十郎種利가 겨우 삼백 명 정도의 부하들과 함께 지키고 있을 뿐이었다.

가즈마스는 사촌 형인 요주로 다네토시에게 다음과 같은 내용의 밀서를 보냈다.

어떻습니까? 마음을 바꾸어 하시바 지쿠젠 나리 쪽에 가담하지 않으시겠습니까? 모든 이들이 인정하는 사실입니다. 히데요시 공과 노부오 경의 장래는 서로 비교할 수 없을 정도입니다. 다시 생각해볼 필요가 있는 문제입니다.

그리고 가즈마스는 자신이 중재해서 아주 큰 상을 받도록 하겠다고 약속했다. 요주로는 동생들과 상의해서 승낙하겠다는 뜻을 전했다.

알겠다. 그쪽에 가담하겠다. 히데요시 공에게 잘 말씀드려주면 좋겠다. 그리고 대군을 신속하게 이쪽으로 보내기 바란다.

'뜻대로 되었구나.'

가즈마스는 마음속으로 기뻐하고 이를 즉시 히데요시에게 알렸다. 그리고 이세와 도바鳥羽 항구에 있는 히데요시의 수군 대장 구키 요시타카九鬼嘉隆와 상의해 다음과 같은 계책을 쓰기로 했다.

"우선 나가시마와 기요스 사이에 병사를 상륙시켜 노부오와 이에야스 사이를 끊는 것이 좋을 듯하오."

6월 14일에 도바 항구를 출발한 선단은 16일 아침 안개가 깊을 무렵 가니에 앞바다에 모습을 드러냈다. 가즈마스는 병사 칠백 명을 작은 배에 나눠 태우고 상륙한 다음 별 어려움 없이 가니에 성으로 들어갔다.

"우선은 일이 잘 풀려가고 있소."

가즈마스는 요주로와 손을 잡고 득의의 미소를 지었다. 틀림없이 여기까지는 일이 잘 풀려가고 있었다. 가니에에서 불과 십 리도 떨어지지 않은 가니에 강의 갈대숲 지대에 오노大野 성이 있었다. 크기는 아주 작은 성에 불과했으나 기요스와 나가시마의 맥락을 끊는 일에 커다란 방해가 되는 위치에 있었다.

"눈엣가시 같은 작은 성. 공격하는 것이 옳을지, 설득하는 것이 옳을지."

가즈마스가 고민하자 마에다 요주로가 웃으며 설명했다.

"거기에는 야마구치 시게마사山口重政가 있는데 이 성에 시게마사의 노모가 인질로 와 있으니 적대시하지는 못할 게요."

"그럼 사자를 보내 설득해보기로 하겠소."

다키가와 가즈마스는 요주로를 아군으로 끌어들인 것과 같은 방법으로 야마구치 시게마사에게도 이利를 들어 유혹하기 시작했다. 사자로 뽑힌 요시다 고스케吉田小助가 오노 강의 둑을 서둘러 달려가서는 강을 사이에 두고 맞은편 성을 향해 큰 소리로 외쳤다.

"시게마사 나리, 시게마사 나리께 드릴 말씀이 있습니다."

"그래, 무슨 일인가, 고스케."

야마구치 시게마사가 성의 쪽문으로 얼굴을 내밀어 대답하는 것을 보고 고스케가 말했다.

"아아, 시게마사. 자네와 나는 오랜 벗이 아닌가. 특히 자네 노모께서 지금 가니에 성에 계시니 급박한 상황이지만 현명한 판단을 내려 과오가 없도록 하라고 전하기 위해 채찍을 휘둘러 달려온 것일세."

시게마사가 멀리서 웃으며 대답했다.

"수고했네. 무슨 말을 하러 왔는지는 나도 알고 있다네. 잘 듣게, 고스케. 평소의 친구도 의를 잃으면 생판 남이 되는 법일세. 자네들은 오랜 세월 입은 은혜를 배신하고 이利에 혹해서 가니에 성을 팔지 않았나."

"아니, 불의가 아닐세. 가니에의 성주인 사쿠마 진쿠로 나리는 가신을 사랑하지 않아 평소부터 원한을 품은 자가 많았기에 결국은 일이 이렇게 되고 만 것일세. 시게마사, 자네도 우리와 함께 다키가와 나리의 주선에 따라 하시바 지쿠젠 나리의 편에 서기로 하세."

"닥쳐라, 고스케. 시게마사에게는 절조가 있다."

"그렇다면 가니에에 계신 노모는 어떻게 할 생각인가?"

"시, 시끄럽다."

시게마사가 굳은 얼굴로 눈물을 훔치며 말했다.

"네, 네 녀석처럼 의도 은혜도 모르는 자로부터 무문의 난에 선 모자의 마음가짐을 듣고 싶은 마음은 없다. 인간 같지도 않은 놈, 부끄러운 줄 알아라."

시게마사는 그렇게 말하고는 모습을 감추어버렸다. 사실 야마구치 시게마사는 어제 가요에 있는 주인 사쿠마 진쿠로로부터 밀보를 받았다.

해상에 밥 짓는 연기가 자욱하고 병선의 모습이 보인다. 생각건대 연해를 엿보려는 적의 수군일지도 모르겠다. 방심하지 말도록.

더군다나 가니에의 모습이 어딘가 이상했기에 충분히 각오를 하고 있었다.

정오가 지나자 강 건너편 둑 위에서 센가 신자에몬千賀新左衛門이라는 가니에의 무사가 다시 시게마사를 불렀다. 신자에몬도 요시다 고스케와 마찬가지로 노모의 목숨과 보수의 이를 들어 그를 설득했다.

"또 왔느냐? 시끄럽다, 버러지 같은 놈들."

시게마사는 철포로 대신 답했다. 센가 신자의 말이 포탄을 맞았기에 그는 걸어서 돌아가야 했다.

그러던 중 시게마사가 기뻐할 만한 일이 생겼다. 오쿠야마 지에몬奧山次右衛門이라는 동료가 주인으로부터 맡아 지키고 있던 가니에 성이 다키가와 군에 넘어가자 밤중에 몰래 처자를 데리고 오노 성으로 도망쳐온 것이었다.

"성은 넘어갔으나 몸까지 넘길 수는 없소. 야마구치 나리, 둘이서 이 성을 사수합시다."

지에몬의 말에 시게마사는 눈물을 흘리며 기뻐했다.

"가니에를 지키던 그 많은 사람 중에 참된 인간은 그대 한 사람밖에 없었단 말이오. 평소에는 서로가 벗이네 문경지우네 하며 지냈으나 이런 때를 당하지 않고는 참된 벗도, 참된 주종도 알 수 없는 법인가 보오. 그대 단 한 사람이라도 참된 사람이 있었다는 사실을 알게 되어 죽음에 임해서도 세상이 밝아진 마음이 드오. 그대가 와주어 천군만마를 얻은 기분이오. 웃으면서 죽을 수 있겠소."

두 사람은 서로 손을 맞잡고 기뻐하며 바로 전투 준비에 들어갔다. 이미 다키가와 군을 실은 병선들이 오노 강 하류에서부터 소금쟁이 떼처럼 거슬러 올라오는 것이 보였다.

"이건 성이라고도 할 수 없는 작은 성이로군. 배신陪臣인 사쿠마의 가신이 살기에 꼭 알맞은 벌레의 소굴이야. 짓밟는 데 반 각도 걸리지 않겠어."

다키가와 군은 배에서 오노 성을 보고는 한껏 비웃으며 성 가까이에 있는 강변으로 몰려갔다. 그때 성벽 위에서 갑자기 불이 붙은 횃불이 쏟아져 내렸다. 횃불은 마치 비가 쏟아지듯 배와 사람들 위로 떨어졌다.

"앗, 뜨, 뜨거워."

"배에 불이 붙었다."

"꺼라. 얼른 밟아서 꺼라."

"한쪽으로 몰리지 마라. 배가 가라앉는다."

순식간에 배 두 척에서 검은 연기 기둥을 피워 올렸다. 얕은 물가로 올라선 상태라 배는 움직이지 못했다. 결국 배와 배가 충돌했다. 그때 성에서 화살과 철포를 쏟아붓기 시작했다. 강에 빠졌다가 제방 위로 기어오른 병사들은 갈대 사이에 숨어 있던 복병의 창에 목숨을 잃고 말았다. 저물녘 강물은 파선의 불과 핏빛으로 붉게 물들었다.

야마구치 시게마사는 전투가 시작되기 전 기요스의 이에야스와 나가시마의 노부오에게 급히 상황을 알렸다. 그런데 그 소식이 기요스와 나가시마에 도착하기도 전에 사태를 알고 구원하러 달려온 사람이 있었다. 그는 마침 마쓰바松葉에 주둔하고 있던 이이 효부 나오마사井伊兵部直政였다.

"아, 하늘이 시뻘겋구나."

그날 저녁 효부 나오마사는 오노 방면의 불길을 보고 적의 수군이라는 것을 짐작했다. 그는 이에야스에게 소식을 전한 뒤 곧바로 병사를 이끌고 오노 성으로 달려갔다. 덕분에 오노 성은 건재했다. 이이의 군대는 야마구치 시게마사로부터 상황을 전해 듣고 밤새 해안과 강의 해구에 방어를 위한 목책을 설치했다. 바다 위에서 유익遊弋하고 있는 적의 수군인 구키 요시타카의 새로운 병력이 상륙하는 것을 막기 위해서였다.

날이 밝자 노부오의 병력 이천여 명도 오노 성에 도착했다. 가니에 강줄기에서 기요스까지는 말을 타면 채찍을 한 번만 휘두르면 갈 수 있을 거리였으며, 걸어서도 채 하루가 걸리지 않았다. 그러니 기요스의 이에야스에게 사태의 다급함을 알리기 위해 오노 성에서 달려 나온 말은 그날 안으로 가니에 성의 배반과 바다를 통한 적군의 내습을 전할 수 있었다.

"위태롭게 되었구나."

이에야스는 마침 밥을 먹는 중에 소식을 들었다.

"위태롭게 되었어……."

그는 두 번이나 그렇게 말하며 밥을 먹은 뒤 뜨거운 물을 입으로 후후 불어 식혀가며 근신들에게 눈웃음을 지어 보였다. 처음 변을 알았을 때 성 안의 중신들은 갑자기 발밑이 흔들리는 것처럼 경악했으나 이에야스가 차분하게 뜨거운 물을 마시며 중얼거리는 것을 보고 마음을 놓았다.

'뭔가 확신이 있으시구나.'

그런데 이에야스는 젓가락을 놓자마자 평소와는 전혀 다른 사람처럼 명을 내렸다.

"갑옷을 가져오너라. 말을 끌고오너라. 나팔을 불어라. 그리고 진을 갖출 필요는 없으니 준비가 끝난 자부터 대열의 순서나 장병의 상하에는 신경 쓰지 말고 오로지 이에야스의 몸을 표식 삼아 뒤를 따르라."

이에야스는 그렇게 말한 뒤 자리에 있던 근신과 호위병 몇 명만을 데리고 급히 기요스의 성문을 달려 나갔다.

"오늘 우리 나리는 마치 오케하자마桶狭間 때의 가즈사노스케 노부나가上總介信長 님 같으시구나. 말을 달려 나간 곳 역시 기요스 성이고."

등자, 부리망, 갑옷의 술, 칼이 쩔걱이는 소리가 요란스럽게 울리며 질주하는 무사들 속에서 그렇게 추억을 되새기는 소리가 들려왔다. 이에야스는 그러한 소리를 듣고 부지런히 계산을 하며 달렸다.

'특별히 노부나가 나리의 지혜를 따라 한 것은 아니나 위급한 국면을 결정하는 것은 오로지 시간이 문제다. 내 계산으로는 틀림없이 늦지 않을 것이며, 마침 해변도 아직 간조 때일 터.'

이에야스의 사전에는 무인들이 걸핏하면 입에 담는 '건곤일척' 또는 '운을 하늘에 맡긴다' 등의 말이 없었다. 어디까지나 경영이자 과학이었다. 따라서 사기의 고무, 싸움의 기회를 잡는 방법이 때에 따라 노부나가와 비슷하기도 하고, 신겐信玄의 지략과 비슷하기도 하고, 히데요시와 비슷하기도 했으나 그의 셈법은 어디까지나 합리적인 계수에 바탕을 두고 있었기에 결코 크게 어긋나는 일이 없었다.

그러한 점에서 그는 오늘의 급변을 향해 달려가는 것은 득이 될 것이 없는 전쟁이라는 사실을 잘 알고 있었다. 하지만 이처럼 아무런 득이 될 것도 없는 출진을 어쩔 수 없이 하게 만든 히데요시의 수완을 보고 그는 성을 나설 때도 최고의 경어로 적 히데요시를 칭찬했다.

"위태롭게 되었구나."

이에야스가 혀를 내두를 만한 이유는 충분했다. 히데요시에게 있어서 가니에, 오노, 그리고 부근의 해안선은 취하면 득이고, 실패한다 할지라도 손해 볼 것이 없는 곳이었다. 하지만 도쿠가와 쪽에서 만약 이곳을 잃는다면 이세, 오와리尾張, 고마키의 전 국면에 걸쳐 홍수에 둑이 터진 것처럼 패배한 듯한 인상을 면할 수 없게 될 것이었다.

이에야스가 신속하게 달려올 때 나가시마에서도 노부오의 휘하인 가지카와 히데모리梶川秀盛와 고사카 다카요시小坂雄吉 등이 달려왔다. 이윽고 오노 부근에서 가니에에 걸친 포진이 이루어졌다.

기요스와 나가시마에서 오노 성까지의 거리는 거의 비슷했다. 두 장수를 보낸 노부오는 그냥 자리를 지키고 앉아 있었으나 전령이 와서 이에야스가 직접 말을 달려 전선으로 나왔다는 보고를 받고 이튿날 출진했다.

"이렇게 있을 수만은 없다."

가니에 강, 이카다艀 강, 나베티鍋田 강, 그리고 기소 강 하구에 걸쳐 수십 리에 이르는 해안선에 방어책을 짜서 두르고 참호를 파고 장애물을 놓는 등 전군이 땀을 흘리며 작업을 하고 있었다. 곳곳에서 잠을 자고 있는 병사들은 어젯밤 철야로 일을 한 사람들인 듯, 진흙인지 사람인지 구분이 되지 않을 정도였다.

"장비 때문에 조금 늦었습니다만, 아직 전투가 벌어지지는 않은 듯합니다."

노부오는 전투만이 전쟁이라 여기고 있었다. 이에야스의 얼굴을 보자 미안한 마음이 들어서인지 결상에 앉아 초여름의 새파란 바다로 시선을 돌렸다.

"아아, 이렇게 일부러 나오실 필요까지는 없었는데."

이에야스는 오히려 그렇게 말했다. 하지만 노부오는 이에야스의 말을 그대로 받아들이며 자신의 견해를 이야기했다.

"아닙니다. 이곳에 적이 상륙하면 서로의 연락도 끊기지 않겠습니까."

그리고 뒤이어 다키가와를 비난하기 시작했다.

"다키가와 가즈마스 따위는 무문이라고도 할 수 없는 놈입니다. 이세의 일개 향사에서 아버지 노부나가의 총애를 얻어 시바타, 니와 등과 견줄 정도의 지위와 은혜를 얻었으면서 은혜도 잊고……."

그뿐 아니라 도바의 구키 요시타카에 대해서도 '배은망덕한 자다, 사람도 아니다'라며 욕을 해댔다.

이에야스도 노부오의 심리를 이용해 천하를 향해서는 그와 같은 악명을 히데요시에게 뒤집어씌우고 고마키 전투에 임하는 명분으로 삼기는 했으나 요즘에는 노부오의 불평을 들어주는 것을 조금 지긋지긋하게 생각하고 있었다.

은혜, 그것도 자신이 베푼 것이 아니라 아버지의 덕망을 노부오는 너무 과대한 가치로 평가하고 있었다. 그 사람, 그 위세가 실존하는 때조차 은혜를 의식하는 행위는 매우 위험한 것임에도 불구하고 세상 물정 모르는 이 명문가의 말로에 있는 도련님은 아직도 그것이 세상에서 통용될 것이라고 믿는 듯했다.

'가엾게도…….'

이에야스는 남몰래 그렇게 생각하지 않을 수 없었다. 자신도 언젠가는 노부오로부터 같은 말로 비난받는 날이 올 것이라고 여겨졌기 때문이다.

어쨌든 이에야스와 노부오는 일단 한숨을 돌린 형국이었으나 바다 위에서 유익하고 있던 구키 요시타카의 병선은 병사도, 군량도, 말도 뭍에 상륙시킬 수가 없었다. 오노 강 연안은 멀리까지 물이 얕아 만조 때가 아니면 배를 접근시킬 수 없었는데, 물이 찼다 싶었을 때는 이미 해안선 일대의 방어책에서 도쿠가와와 기타바타케의 기치가 펄럭였으며 빈틈없이 지키고 있는 것처럼 보였기 때문이다.

커다란 활이나 소총 외에는 이렇다 할 무기도 없는 시대였기에 구키 요시타카의 수군은 육지에 있는 이에야스와 노부오에게도 그 배 위의 사람이 보일 만큼 가까운 거리에서 하릴없이 유익하고 있었다.

공격 부대의 수장인 다키가와 가즈마스는 일이 이렇게 될 줄 몰랐다. 그는 앞서 병사 칠백 명을 상륙시킨 뒤 함께 가니에 성으로 들어갔다. 하지만 그 뒤를 따라와야 할 식량과 탄약과 나머지 대부대가 공교롭게도 썰물에 막혀 상륙할 수 없었다. 결국 그는 이에야스의 발 빠른 방어책에 앞길이 막혀버렸다. 한 수 앞서 나간 것이 당초의 전략적 의도를 완전히 반대로 뒤집어버리고 말았다.

나가시마 성의 노부오와 기요스 성의 이에야스를 분단시킬 작전이었으나 지금은 반대로 가니에에 들어간 다키가와 가즈마스와 바다 위에서 떠다니는 구키 선단이 도쿠가와 기타바타케 양군에 의해 연락이 끊겨버린 상태가 되었다. 그러는 사이에 이에야스는 부장인 사카키바라 야스마사榊原康政와 노부오의 부장인 오다 나가마스織田長益에게 장기판의 졸 하나를 빼앗듯 가볍게 명을 내렸다.

"오노의 야마구치 시게마사를 길잡이로 삼아 시모이치바下市場 성을 빼앗도록 하게."

수군과 가니에 성이 고립되어 움직일 수 없게 된다면 시모이치바 따위는 그야말로 일개 졸과 같은 존재에 지나지 않았다. 성주인 마에다 하루토시前田治利는 가니에 성에서 주인인 사쿠마 진쿠로에게 반기를 들어 다키가와 가즈마스를 받아들였으나 지금은 일이 자신의 뜻과는 달리 어그러져버린 마에다 다네토시의 동생이었다.

"형님의 모반을 말릴 틈도 없었고, 그렇다고 형님을 죽게 내버려둘 수도 없고 적으로 삼아 싸울 수도 없었기에 결과적으로는 형제 모두가 어리석은 길을 가게 될 줄 알면서도 이렇게 가담하기는 했으나……. 이렇게 된 이상 이곳을 죽음의 장소로 삼을 수밖에 없겠구나."

동생 하루토시는 형 다네토시보다 뛰어난 인물이었다.

"이곳은 평지의 성, 그리고 작은 성이며 어차피 떨어질 성이다. 나와 함께 죽어봐야 그리 화려한 죽음은 되지 못할 것이다. 달아나고 싶은 자는 달아나도 상관없다. 처자가 걱정되는 자는 뒷문으로 나가 도쿠가와 나리께 후생을 맡기도록 하라. 평소 이렇다 할 녹봉도 주지 못했던 이 하루토시는 그대들을 조금도 원망하지 않을 것이다. 성을 나가고 싶다면 지금 나가도록 하라."

하루토시는 성안의 병사 중에 죽을 필요가 없는 사람들을 가능한 한

밖으로 내보낸 뒤 사카키바라, 오다, 야마구치 등의 돌격에 맞섰다. 성 밖은 갈대가 무성하게 자란 늪지였다. 이는 일반적인 해자나 마른 해자 이상으로 공략하기 어려운 곳이었다. 하지만 도쿠가와 군 가운데서도 이름이 높은 사카키바라의 부하들은 전혀 개의치 않고 무릎까지 다리가 빠져가면서 늪을 건넜다.

무슨 일이 있어도 성과 함께 죽겠다고 다짐한 사람들은 총을 들고 그들을 저격했다. 하나의 졸이라 할지라도 때로는 끈질긴 법이다. 공격 부대는 예상 밖의 희생을 치르고 밤이 되어서야 마침내 성을 떨어뜨렸다. 성주인 마에다 하루토시는 자신의 뜻대로 마음껏 싸우다 전사하고 말았다.

시모이치바 성의 위급한 상황은 바다 위에 있는 수군에게도 전해졌다. 구키 요시타카는 덧없이 바다 위를 떠다닐 수만은 없었다.

"병선을 저어 하루토시를 도와라."

병선은 성을 돕기 위해 물길을 서둘러 갔다. 하지만 평범한 어선이나 화물선과는 달리 아래가 깊은 커다란 배였기에 얕은 곳을 피하느라 시간을 지체할 수밖에 없었다. 그사이 육지의 방어책에서 총성이 들리더니 도쿠가와 군이 나타나 어서 오라는 듯 기세를 올렸다.

해가 저물어 물가는 어두웠으며 자칫 잘못하면 배가 얕은 곳으로 올라가 움직이지 못하게 될 위험도 있었다. 그렇게 시간을 지체하는 사이 작은 배에 탄 시모이치바의 병사가 줄줄이 도망쳐왔다. 뒤이어 밤하늘을 붉게 물들이는 불길이 시모이치바 쪽에서 일었다.

"아아, 성이 떨어졌구나."

배 위에서 성을 바라보던 사람들이 애도하듯 중얼거렸다.

"이제는 틀렸다. 불리한 전쟁을 계속하는 것은 어리석은 짓이다."

요시타카는 그렇게 말하고 글 하나를 부하에게 건넨 뒤 어둠을 틈타 작은 배 하나를 띄웠다. 작은 배는 가니에 강을 거슬러 올라갔고, 요시타카의 부하는 가니에 성의 다키가와 가즈마스에게 은밀히 서면을 건넸다.

기회를 놓치고 말았소. 하늘은 우리를 돕지 않았소. 어리석은 싸움을 고집해서 어리석음을 거듭하기보다 잠시 물러나 재기할 날을 꾀하는 것이 좋겠소.

오늘 밤 작은 배를 거슬러 올라가게 해 은밀히 뜻을 전하오. 만약 귀공의 뜻도 움직였다면 본선에 몸을 맡기시기 바라오.

다시 말해 요시타카는 승산이 없는 싸움은 그만두고, 무엇보다 중요한 건 목숨이니, 몸 하나만이라도 우리 배로 빠져나오라고 권한 것이었다.

"옳은 말이다."

이제 가즈마스는 자신감을 완전히 잃고 말았다. 바로 채비를 해서 근신 몇 명과 함께 작은 배에 올라 가니에 성의 수문으로 빠져나갔다. 그런데 해구까지 나가 보니 요시타카가 이끌고 있는 도바의 수군이 갑자기 방향을 틀어 바다 멀리로 달리고 있었다.

"설마 요시타카가 속임수를 썼을 리는 없을 텐데."

가즈마스가 손을 흔들며 있는 힘껏 소리를 질러 불렀다. 그러자 어두운 파도 속에서 곧 다가온 것은 기타바타케 노부오에 속한 이세 수군의 병선들이었다.

탕탕탕탕. 곧 소총의 탄알이 날아오는 붉은 선이 보였으며 어둠을 뚫고 배 위에서 '놓쳐서는 안 된다', '붙잡아라'라고 떠드는 적의 목소리가 들려왔다.

요시타카의 병선은 이세 수군의 내습을 보고 싸움 한번 해보지 않고 갑자기 진로를 바꿔 달아난 듯했다. 가즈마스는 당황했다. 아군의 배는 도저히 따라잡을 수 없을 터였으며 우물쭈물했다가는 적의 병선과 부근의 육군에게 협공을 당해 포로가 될 것이 뻔한 일이었다.

"배를 돌려라. 돌아가자. 있는 힘껏 뒤로 저어라."

작은 배는 폭풍에 휩싸인 나뭇잎처럼 다시 가니에 성의 수문 안으로 들어가버리고 말았다.

노년의 무장

가니에 성은 고립되었다. 도쿠가와와 기타바타케 연합군은 그곳을 완전히 포위했다. 다키가와 가즈마스는 자신의 꾀에 자신이 빠져버린 꼴이 되고 말았다. 지긋한 나이와 깊은 사려와 풍부한 경험을 가진 그가 어째서 이처럼 불행한 운명을 스스로 불러들인 것일까?

이는 앞서 나가쿠테에서 전사한 이케다 쇼뉴에게도 해당되는 말이다. 나이는 가즈마스가 쇼뉴보다 훨씬 많았지만 기발할 계책으로 공을 서두르다 스스로 크게 헛발을 디뎠다는 점에서는 크게 다를 바가 없다. 두 사람 모두 히데요시보다 무문의 선배였으나 시대가 변혁한 만큼 이제는 '서쪽의 히데요시, 동쪽의 이에야스' 이 두 거인이 시대의 수호신이 될 수밖에 없었다. 그러니 노부나가 이전 사람들은 아무리 집안이 좋고, 혁혁한 실적을 쌓았다 할지라도 모두 히데요시와 이에야스 중 한 사람 아래로 들어가지 않을 수 없게 되었다.

하나의 혁신기를 맞아서는 필연적인 구분이지만 인간 개개인의 심리에는 '때'의 자연스러운 힘에 대한 불평과 반발이 있기에 순순히 받아들이지 못한다. '내가 어떤 자인지 세상에 다시 보여주겠다'고 생각하거나 혹은 '비록 나이는 들었으나'라고 생각하는 나이 든 영혼의 혈기는 젊은 혈기조차 범하지 않는 섣부른 실수를 범하게 한다.

풋내 나는 젊은이만 혈기 왕성하고 성급한 게 아니라, 초로에 접어든 노인 역시 위험한 조급증의 소유자이기도 하다. 생리적으로 자제력과 반성하는 힘이 약해지는 시기이기도 하고, 한편으로는 '지금 잔치를 벌이지 않으면 안 된다'며 초조함과 경쟁심에 사로잡히기 쉽기 때문이다.

어쨌든 한때는 오다 가의 가로家老 중 한 사람으로 존경받았으며, 노부나가 휘하의 명장이라 일컬어졌던 그가 가니에 농성에 이르게 되었다는 점은 참으로 가련한 일이었다. 그에 반해 이에야스의 솜씨는 참으로 훌륭했다. 그의 공격에는 한 치의 빈틈이 없었다.

"다키가와 역시 뛰어난 자 중 하나다. 작은 성 하나쯤이라며 얕봐서는 안 된다."

그렇게 적을 꺾어놓고 나머지는 요리하기 나름이라고 여기는 이에야스의 태도는 마치 백수의 왕이 사냥감에게 치명적인 발톱 맛을 보인 뒤 주위를 여유 있게 둘러보는 모습과도 비슷했다.

바다로 통하는 남문에는 사카키바라 고헤이타 야스마사榊原小平太康政, 니와 우지쓰구丹羽氏次의 부대를, 북문인 이누이구치戌亥口에는 미즈노 다다시게水野忠重, 오스가 야스타카大須賀康高를 배치했다. 그 외에 삼엄한 군세를 두었으며 서쪽 방면은 노부오의 군에 맡기고 이시카와 호키노카미 가즈마사石川伯耆守數正를 유군遊軍으로 삼아 전 진영과 가까운 곳에 배치했다. 그리고 동문인 마에다구치前田口에는 이에야스 자신의 깃발인 금부채 아래에 하타모토旗本들의 철창진을 둥그렇게 짜고 앞쪽에 이 단으로 철포 부대를 배치했으며 그 앞에 척후병을 잠복시켜놓고 언제라도 적을 치겠다는 듯 침착하게 자리하고 있었다. 이러한 진영과 군세로 사방에서 한꺼번에 몰아치면 가니에 성 따위는 한시도 버티지 못할 것이라고 여겨졌으나 이에야스는 조심스러운 정공법을 끝까지 고수했다.

"성안의 병사가 죽음을 각오하고 달려 나올 공산이 크다. 우선 목책을 세워라. 됫박 모양의 망루도 세워라. 그리고 성안으로 화살과 철포를 쏘아 밤이고 낮이고 쉬지 못하게 하라."

이에야스의 공격법은 적을 꼼짝달싹 못하게 하는 것이다. 숨 쉴 틈도 주지 않으며 공격에 맞설 수도 없게 했다. 그처럼 그는 빈틈없는 방법으로 성을 공격했다.

그런 탓에 적은 무척이나 괴로워했다. 가즈마스도 싸움에 있어서는 백전노장이었으나 연일 계속되는 수세에 조금씩 설 자리를 잃어가며 고전을 치르고 있었다. 하지만 그를 비롯하여 함께 싸우는 마에다 요주로 다네토시는 일이 어그러진 이상 항복해도 죽음, 싸워도 죽음이니 어쩔 수 없는 일이라며 목숨을 걸고 굳게 지켰다.

6월 19일부터 시작된 공격에 다네토시는 불굴의 역투를 보였다. 성안의 병사는 어림잡아 일천 명밖에 되지 않았으나 참으로 만만치가 않았다. 특히 이에야스가 총공격 명령을 내린 22일에는 그야말로 궁지에 몰린 쥐가 고양이를 무는 듯한 기세를 내보였다. 공격 부대는 성안 병사들이 쏘는 철포를 맞고 수많은 희생자를 내고 말았다. 그것을 본 이에야스가 다시 명을 내렸다.

"대나무로 방패를 짜라. 대나무 방패를 앞세워 성벽으로 밀고 들어가라."

이에야스는 지금과 같은 때에도 시간을 들여 손해를 적게 하겠다는 방침을 잊지 않았다.

가즈마스는 성안에서 산노마루의 허술함과 피로를 걱정하며 니노마루의 병사들과 교체하려고 했지만 그럴 만한 틈이 없었다. 방어에 조금이라도 빈틈을 보이면 그 허점은 곧 적에게 유리한 기회가 되기 때문이다.

그는 날이 저물기만을 기다렸다. 그리고 날이 저물자마자 각 문에서 밖으로 일제히 반격에 나섰다. 그 틈을 이용해 성안 병사들의 배치를 바꾸려고 했던 것인데 공격에 나섰다가 물러설 때 바다로 통하는 문 쪽의 병사들이 퇴로가 끊기는 바람에 적 속에 남겨지고 말았다.

"그냥 죽게 내버려두지는 않겠다."

과연 가즈마스였다. 스스로 앞장서서 다시 성 밖으로 나가 혈전을 펼친 끝에 결국 고립되었던 아군을 데리고 성안으로 들어왔다. 그렇게 해서 니노마루의 병사들과 교체를 했으나 산노마루를 공격 부대에 빼앗기고 말았다. 공격 부대는 산노마루에 다시 망루를 세웠다. 그리고 눈 아래에 있는 니노마루에 불화살과 철포를 비처럼 쏟아부었다.

"버텨라. 견뎌내야 할 때다. 앞으로 열흘만 버티면 앞서 보냈던 밀사가 도착해서 우리의 원군이 올 것이다."

가즈마스와 요주로가 쉬지 않고 고무했지만 병사들은 점점 힘을 잃어가고 있었다. 가즈마스는 성안 병사들의 사기를 북돋기 위해 대담한 성격을 가진 조카 다키가와 조베瀧川長兵衛를 불러 성 밖으로 내보냈다.

"세키노關ノ 성, 미네峰 성, 간베 성, 이세 가도까지 가면 가모 나리의 군도 있고 아군으로 넘쳐나고 있다. 앞서 급사를 보내기는 했으나 너도 성 밖으로 나가 한시라도 빨리 우리를 구원하러 오라고 독촉하도록 해라."

하지만 그날 밤도 날이 밝을 때까지 쉴 새 없이 공격이 계속되었기에 가즈마스도 병사들도 모두 젖은 솜처럼 지쳐버리고 말았다. 날이 갈수록 군량과 탄약도 부족해졌으며, 니노마루로 퍼붓는 적의 불화살이 끊임없이 화재를 일으켜 방어에 힘써야 할 병사의 대부분이 불을 끄기에 정신이 없었다.

가즈마스로부터 밀사의 명령을 받은 조카 다키가와 조베는 그날 밤 성안의 하수도를 기어나가 수문의 둑을 건너 성 밖으로 달려 나갔다. 이세 방면의 아군과 연락을 취한다 해도 과연 원군이 늦지 않게 달려올 수 있을지 모를 일이었다. 조베가 성을 나서기 전 걱정을 하자 숙부 다키가와 가즈마스는 이렇게 말했다.

"이제 남은 방법이라고는 그것밖에 없다. 네가 성 밖으로 나가 곧 길보를 가지고 올 것이라며 그것을 기다리는 것만으로도 병사들은 희망을 갖게 될 것이다. 조심해서 적의 경계를 뚫고 나가기 바란다."

그날 밤에는 마침 보슬비가 내렸다. 조베는 도롱이, 삿갓으로 몸을 감싸고 성 아래 마을 밖의 나마즈なまず 다리를 건너 고대사高台寺(다카다이지) 길을 서쪽으로 달려갔다. 가느다란 비에 밤안개까지 내려 발밑밖에 보이지 않는 어둠 속을 철벅철벅 걸어가다 그는 새끼줄에 발이 걸려 대여섯 걸음 앞으로 버둥거리다 고꾸라지고 말았다. 양옆의 대숲에서 달그락달그락 딸랑이가 울렸다. '아차' 싶어 뒤를 돌아 왔던 길로 달려가려 했으나 이미 늦고 말았다.

"멈춰라."

비에 젖어 반짝이는 갑충 같은 사람들의 그림자가 번쩍번쩍 빛나는 창을 들고 그를 겹겹이 에워쌌다. 그중 무사 하나가 물었다.

"수상한 놈. 어디에 속한 자냐. 그리고 어디로 가는 길이냐?"

조베는 내심 체념하고 말았다. 하지만 속일 수 있을 때까지는 속여보자고 생각했다.

"놓아주시기 바랍니다. 저는 스나리須成 촌의 농부인 조에몬長右衛門이라고 합니다. 마을에 급한 일이 있어 쓰시마津島까지 가는 길입니다."

"아, 그러냐?"

뜻밖에도 그들은 조베를 순순히 놓아주었다.

"지나가라."

그 말에 조베가 안심하고 발걸음을 옮긴 순간, 조베를 놓아준 무사가 부하들에게 눈짓을 보냈고 그의 등 뒤에서 여러 명이 한꺼번에 덮쳐 두 팔을 비틀었다.

"수상한 놈."

조베는 뿌리치고 또 뿌리쳤으나 마침내 기운이 다해 오랏줄에 묶이고 말았다.

"더는 저항하지 않겠다. 나는 다키가와 조베다. 이봐, 그렇게 겁먹어서 너무 거칠게 다루지 말라고."

조베는 적에게 포위당하자 이번에는 똥배짱을 내보이며 말했다.

"어떤가? 나랑 협상하지 않겠나? 사실 나는 숙부인 가즈마스와 다툰 끝에 성에서 도망쳐 나온 거야. 교토에라도 가서 속 편하게 서민으로 살아가려고 성안의 금 열 개를 숨겨가지고 나왔네. 그것을 너희에게 나누어줄 테니 나를 놓아주지 않겠나? 너희도 금이 필요 없지는 않겠지? 전쟁은 한때지만 훗날의 생활은 오래도록 계속될 거라고."

무사들은 서로의 얼굴을 바라보며 그의 변설에 문득 유혹을 느낀 듯했으나, 조장으로 보이는 사내가 갑자기 그의 오랏줄을 자신의 손으로 바싹 움켜쥐고 버럭 소리를 질렀다.

"닥쳐라! 도쿠가와 집안에는 금으로 싸움을 흥정하는 자가 없다. 세상 물정 모르는 소리 말고, 어서 걸어라."

조베를 사로잡은 것은 유군인 이시카와 가즈마사의 부하였다.

"가즈마스의 조카 다키가와 조베라면 일귀一鬼라 불리기도 하는 용맹무쌍한 자다. 바로 본영으로 보내라."

가즈마사는 보고를 듣고 장병을 붙여 조베를 이에야스의 본영으로 보냈다. 이에야스가 포박당한 조베를 노려보며 말했다.

"성 밖과 연락을 위해 나온 자라면 성안에서도 가려 뽑은 대담한 자일 것이다."

"하지만 이놈은 무사답지 않게 비겁한 자입니다. 몸에 지니고 있는 금 열 개를 줄 테니 풀어달라고 말했습니다."

이시카와 가즈마사의 부하가 자신의 결백을 자랑하듯 이에야스에게 말했다. 이에야스는 그들이 결백을 자랑할 만큼 금전을 더럽게 생각하지는 않는다는 듯 두껍고 구부정한 등을 조금 뒤로 젖히며 껄껄 웃었다.

"그것 보아라. 그 정도로 대담한 자이니라. 오랏줄을 풀어 원하는 대로 놓아주어라."

"네?"

가즈마사의 부하가 자신의 귀를 의심하며 망설였다. 그러자 이에야스가 다시 말했다.

"동문까지 데려가서 문밖으로 놓아주어라."

그러자 가즈마사의 부하들뿐 아니라 그의 휘하들까지 불만의 목소리를 냈다.

"나리께서는 기껏 잡은 조베를, 그것도 용맹한 자라는 사실을 알고 계셨으면서 어찌 살려서 성으로 돌려보내는 것입니까?"

얼마 뒤 각 장수들의 질문에 이에야스는 자신의 의도를 이렇게 털어놓았다.

"오늘내일 떨어지려 하는 성만큼 무서운 것도 없는 법이다. 조베가 돌아가지 않으면 성의 병사들은 원군이 올 것이라는 희망을 품고 더욱 분발할 것이다. 만약 조베의 목을 쳐서 원군에 대한 희망은 끊겼다는 사실을 내보이면 성안의 장병들은 낙담할 테지만, 복수심에 불타 될 대로 되라는 마음으로 더욱 강해지면 공격 부대도 큰 희생을 치르게 될 것이다. 하지만 조베가 아무런 소득 없이 돌아가면 그는 자신에 대한 변명을 위해서라도 이 이에야스의 도량을 크게 과장해서 이야기할 것이며, 듣는 성안의 사람들은 공격 부대의 대장에게 그 정도의 배짱이 있다면 더 이상 싸워봐야 소용없는 일이라며 힘을 잃게 될 것임에 틀림없다. 조베 한 사람이 있든 없든, 가니에 성이 떨어지는 것은 우리 손안에 있는 일이다."

"지당하신 말씀이십니다."

그의 휘하들은 이에야스로부터 교육을 받을 때마다, 대대로 도쿠가와가를 섬겨온 자들로 이루어질 훗날의 기반을 만들고 있었던 것이다. 이러한 이에야스 앞에서 만년의 조급증에 빠져 가니에라는 작은 성에 들어간 가즈마스가 제대로 손도 써보지 못한 것은 어쩌면 당연한 일이었다.

결국 가즈마스는 예전의 인연에 의지해 친척인 쓰다 도자부로津田藤三郎를 오다 나가마스織田長益(후의 우라쿠사이有樂齋)에게 보내 나가마스의 중재로 항복을 청했다.

"알겠다."

이에야스는 항복을 받아들였으나 조건을 붙였다. 첫 번째 배신자인 마에다 요주로 다네토시의 목을 내놓아야 한다는 것이었다. 이에야스가 제시한 조건에 가즈마스는 틀림없이 당혹감을 느꼈을 것이다. 일을 꾀했을 당시 요주로 다네토시를 부추겨 성공하면 히데요시에게 말해 큰 상을 주겠다고 유혹한 것이 다름 아닌 자신이었다. 하지만 요주로는 가즈마스보다 훨씬 어렸으며 경력과 위치도 비교할 수 없을 정도였다. 쉽게 말해 어른과 아이만큼의 차이가 있었다.

"이를 어찌하면 좋단 말인가?"

가즈마스는 이에야스가 말한 조건을 누구에게도 말하지 않고 하룻밤을 혼자 끙끙 앓았다.

"요주로의 목을 베지 않으면 내 목숨은 없다. 그렇다고 해서 그를 죽게 하는 것은."

설령 아무런 사정이 없는 사이라 할지라도 함께 농성을 맹세하고 죽음을 같이하기로 약속한 친구를 배신하고 마지막으로 자신의 생명을 지키려는 것은 고민 없이 결정할 수 있는 일이 아니었다. 하물며 자신에게 책임이 있는 일이고, 분명 자신이 잘못한 일이었다. 하지만 오래 고민만 하고 있을 수도 없는 일이었다. 7월 2일이 기한이었으며, 그날이 다가오고 있었다. 가즈마스는 마음을 정했다.

"제시하신 조건대로 하겠소."

가즈마스는 쓰다 도자부로와 가까운 친척 하나를 인질로 내보내 이에야스에게 뜻을 전했다.

이에야스는 성문을 여는 것을 허락한다는 뜻을 성안에 전하고, 이튿날인 7월 3일에 오스가 야스타카에게 무장해제를 명했다.

한편 전날 밤, 마에다 요주로는 신변의 위협을 느끼고 성 밖으로 달아났다.

"요주로를 놓친다면 성안 모든 사람이 성과 함께 목숨을 잃게 될 것이다."

가즈마스는 추격대를 내보냈다. 추격대는 성 밖의 배를 넣어두는 곳에서 요주로를 붙잡아 난도질한 뒤 그의 수급을 가지고 돌아왔다. 추격대원들이 가즈마스에게 요주로의 수급을 보여주자 가즈마스가 얼굴을 돌리며 말했다.

"내가 살기 위해서가 아니다. 성의 병사들을 위해서다."

수급은 이에야스의 본영으로 보내졌으며 그날로 가니에의 성문이 열렸다.

개가를 부르는 군의 구경거리가 된 채 훗날의 생활에 대한 기약도 없이 뿔뿔이 흩어져가는 사람들의 모습과 마음은 다 제각각이었다. 그중에서도 웃음을 금할 길이 없다고 여겨진 사람은 다키가와 가즈마스였다.

"기린도 늙으면 쓸모없는 말이 된다더니, 저 다키가와의 말로를 좀 보게."

"아닐세, 늙어서 만년의 향기를 더욱 높이 피워 올리는 사람도 있지 않은가."

"다키가와가 무너진 모습은 구린내가 나는 노인네의 똥 같아. 상대하고 싶지도 않아."

"너무 욕하지 말게. 저게 인간의 나약함이겠지. 남 일이라고만 생각하지 말고 마음에 잘 새겨두게. 사람도 일단 마음까지 몰락하면 향기 잃은 어리석음과 타락의 길을 태연히 걷게 되는 법이니."

도쿠가와 군의 장병들은 가즈마스가 지날 때마다 그렇게 이야기했다.

가즈마스는 고즈쿠리木造 성으로 가서 도다 도모노부富田知信에게 몸을 의지하려고 했으나 도모노부는 히데요시의 허락 없이 성문을 연 죄를 물어 그를 받아들이지 않았다. 가즈마스는 어쩔 수 없이 교토의 묘심사妙心寺(묘신지)로 들어가 한동안 귀를 막고 지냈다.

여제자

기와 한 장 한 장이 금박으로 둘러싸여 있는 오사카 성의 지붕은 시대의 힘과 부와 지향을 상징했다. 히데요시는 6월 말 이후 고마키에서 돌아와 금빛 성의 한 각閣 아래에 머물렀다. 그리고 7월 상순 역시 '어디에 전쟁이 있느냐'는 듯한 태도로 유유히 휴식을 취하며 지냈다. 휴식 중이라해도 성문은 수레와 가마와 말과 손님으로 붐볐으며 공경제후의 방문은 아침부터 저녁까지 끊이지 않았다.

"이곳 땅값이 오르겠군."

"번화가도 더욱 넓어질 거야."

"여러 다이묘大名들의 저택도 속속 세워질 거야."

"아즈치와는 달리 항구가 있지 않은가. 곧 남만의 배들도 전부 모여들거야."

"고마키의 전투에서 이쪽이 이긴다면 굉장한 호경기가 찾아올 텐데."

민감한 시민들은 먼 앞날까지 생각했으며, 현 시국인 고마키 전투에서도 각자의 기회를 엿보고 있었다. 하지만 도시 건설에 인지와 인력이 더해지면 그곳의 자연은 극단적일 만큼 무시되고 만다. 뽕나무밭이 거리의 지붕으로 바뀌며, 벌판은 거문고와 노랫소리가 반사되는 해자가 된다. 또 무수한 다리와 새로운 도로는 새의 둥지와 백로의 보금자리를 빼앗고, 언덕은 맨살을 드러낼 정도로 깎여나가고 그 자리에 집들이 세워지고 대문이 늘어서고 상인들의 창고가 처마를 나란히 한 채 세워진다.

다마쓰쿠리玉造의 일각. 이곳도 다른 곳과 다름없이 신개척지의 색채를 띠고 있었지만 나니와쓰難波津의 옛 모습 그대로 푸른 잎의 나무에 둘러싸여 있는 고즈넉한 당堂 하나와 풍아한 사람의 주거 흔적이 있었다. 어쩌면 예전에는 《방장기方丈記》[3]의 필자 같은 사람이 인간의 세상에 염증을 느껴 사계절을 벗 삼아 지내던 집이었을지도 모른다.

그곳에 작년부터 사제 두 사람이 살고 있었다. 스승인 가노 에이토쿠狩野永德는 마흔서너 살, 제자인 산라쿠山樂는 스물대여섯 살 정도였다. 두 사람 모두 젊었다.

에이토쿠는 그 유명한 고호겐 모토노부古法眼元信의 손자로, 예전에 노부나가가 아즈치를 건설할 때 장벽화를 그려 '옛 품격과 새로움을 두루 갖춘 예술인'이라는 평을 얻고 있었다. 그 그림과 명성이 지금은 나라 안 으뜸이라 일컬어질 정도였다. 그런 대가였으나 그는 《방장기》의 저자인 가모노 조메이와 같은 현세관으로 자신이 살고 있는 현재를 보았기에 허명에 취해 있지 않았다. 그는 격렬한 세상의 유전流轉, 영화의 덧없음, 믿지 못할 사람의 마음, 모든 유형의 것이 거품에 지나지 않는 부침이라는 사실을 너무나도 많이 보아왔다.

그가 필생 동안 심혈을 기울여 그린 아즈치 성안의 수많은 작품은 이제 하나도 볼 수 없는 상태가 되었다. 하루아침에 일어난 전화에 모두 재

---

3) 불교적인 무상관을 기조로 여러 실례를 들어 인생의 무상함을 이야기하고 결국은 은둔하여 히노日野 산의 방장에서 한거하는 모습을 기록한 가모노 조메이鴨長明의 수필집. 1212년에 완성.

가 되어버리고 말았다. 아버지인 쇼에이松榮, 할아버지인 모토노부, 집안의 시조인 마사노부正信 등의 작품도 모두 마찬가지였다. 무로마치室町 막부의 쇼군將軍을 비롯해 공경의 집, 무장의 성, 사원 등에 남긴 작품의 대부분이 같은 운명으로 끝나고 말았다.

"얘, 산라쿠야."

"네, 선생님. 무슨 일이십니까?"

"평소 너와 함께 오사카 성의 장지문에 그림을 그리러 다니고 있기는 하다만……. 권문세가의 벽에 필생의 업을 쏟아붓는다는 것이 문득 덧없다는 생각이 드는구나."

그날도 가노 에이토쿠는 제자인 산라쿠를 데리고 오사카 성안 금벽의 장지에 종일 역작을 그리다 돌아온 터였다.

어린 하녀와 노파의 시중으로 목욕을 하고 밥을 먹고 툇마루에 앉아 손질도 제대로 되지 않은 자연 그대로의 정원 구석에서 물 떨어지는 소리를 듣고 마음이 편안해진 순간 자신도 모르게 평소 품고 있던 생각이 불평처럼 제자 산라쿠를 향해 나온 것이었다.

"선생님께서는 권문세가의 일을 덧없는 것이라고 말씀하시지만, 세상의 화공들은 모두 선생님을 선망의 대상으로 여기고 있습니다."

"오호, 그러냐?"

"예전에는 아즈치 성, 지금은 히데요시 님의 오사카 성의 장벽화를 그리는 화공의 우두머리로 선생님이 뽑히셨다는 사실 때문에 세상으로부터 인정받지 못하는 도사土佐파 궁정화가들이 '화려한 색채로 속화俗畵를 그리는 사람'이라고 험담하는 것입니다."

"하하하, 가엾은 목소리로구나. 자신의 목소리야말로 속성俗聲이라는 사실도 모르고."

"고상한 척하는 그들은 선생님의 웅대한 구도를 속이 빤히 들여다보

이는 허세, 모리아게자이시키盛上げ彩色⁴⁾의 호화로움을 속된 기운이라 말하고, 섬세한 필치는 도사의 화법에서 훔친 것이라며 비난하고 있습니다."

"그래, 아주 틀린 말도 아니구나. 예술이라는 분야에는 국경이 없어서 좋은 점은 누구의 것이든 취해야 하는 법이다. 만약 그것이 잘못되었다면 조세쓰如雪와 슈분周文과 세쓰슈雪舟도 전부 표절한 자들이 되는 셈이다."

"저도 선생님을 표절한 자가 됩니다."

"하지만 그것은 조화, 조미調味라고 할 수 있다. 골수에서는 독자적인 것을 낳지 않으면 화공이라고 할 수 없다."

"선생님처럼 커다란 분이 나타나면 그 뒤 그림의 세계에 어떤 미개척 분야가 남을지, 독자적인 것은 낳지 못할 듯한 기분이 듭니다."

"쓸데없는 소리……."

에이토쿠는 부채로 무릎의 모기를 쫓고 다시 말을 이었다.

"예술이라는 분야는 무한한 법이다. 그저 덧없이 살아서는 안 된다."

"덧없이 살아갈 것만 같은 기분이 듭니다. 조금 전 선생님께서 권문세가에 붓을 팔고 싶지 않다고 중얼거리신 것처럼."

"너는 아직 이해할 수 없겠지. 너는 아직 욕심을 갖고 그리기만 하면 된다. 욕慾으로 그려라, 욕으로 그려."

"무슨 말씀이신지."

"맛있는 음식을 먹고 싶다, 예쁜 여자를 얻고 싶다, 좋은 집에서 살고 싶다, 지위와 명성을 얻고 싶다, 사람들에게 좋은 평가를 얻고 싶다. 그러한 욕망을 일의 원동력으로 삼는 것이다. 내가 조금 전에 말한 것은 이와 같은 평범함을 넘어선 뒤의 욕慾을 말한 것이다."

"조금은 알 것 같습니다."

---

4) 일본화에서 꽃잎이나 옷 등의 일부에 색을 두껍게 발라 입체감이 나게 하는 기법.

"너무 많은 것을 알게 되면 무슨 일에나 열정이 생기지 않는 법이다. 그렇게 된 뒤에도 높은 심미안을 지닌 자를 참된 화공이라 부르는 것이겠지. 아, 이야기에 정신이 팔려 못 들은 모양이로구나. 산라쿠야."

"네."

"문에 누군가 찾아온 것 아니냐?"

산라쿠가 정원 너머의 사립문 쪽으로 귀를 기울였다.

"그런 것 같습니다."

그리고 급히 스승 앞에서 물러나 문 쪽으로 다가갔다.

"누구십니까?"

산라쿠가 사립문을 열기 전에 물었다. 여자의 목소리가 들려왔다.

"여기가 가노 에이토쿠 님이 계시는 곳입니까?"

"네, 그렇습니다만, 누구신지……."

"오사카 성의 북쪽 구역에서 일하고 있는 몸입니다."

"무슨 일로 오셨습니까?"

"그림을 배우고 싶어서……."

산라쿠는 '또 왔구나' 싶었다. 그러한 사람들의 방문에 종종 골머리를 썩고 있었기에 산라쿠는 에이토쿠에게 물어보지도 않고 그 자리에서 거절했다.

"선생님께서는 제자를 두지 않으십니다. 다이묘의 자제분이라 할지라도 그림은 가르치지 않습니다. 게다가 오사카 성의 장벽화도 아직 몇 년이 더 걸려야 완성될지 알 수 없는 일이기도 하고……. 다른 화공을 찾아가보시기 바랍니다."

그렇게 말하면 곧 돌아가겠거니 싶었는데 잠시 뒤 다시 목소리가 들려왔다.

"자세한 사정은 에이토쿠 님을 뵙고 직접 말씀드리고 싶으니…… 어쨌든 말씀 전해주실 수 없으시겠습니까?"

"죄송합니다. 선생님께서 여기에 계시는 동안에는 누구도 만나고 싶지 않다고 하셨습니다."

"……."

문밖의 여자가 당혹감을 느꼈는지 다시 말소리가 끊겼다. 하지만 결코 돌아가려고 하지 않았다. 얼마쯤 지나 여자가 다시 가볍게 문을 두드렸다.

"저기 그럼……."

"아직 안 가셨습니까?"

"그럼, 선생님께 이렇게 전해주세요. 그제 성안 니노마루의 대서원에서 선생님께서 그림을 그리고 계실 때 히데요시 님이 진척 상황을 보러 가셨는데 그때 히데요시 님께서 '에이토쿠, 부탁하네'라고 은밀히 말씀하셨던 그 여자라고 전해주시기 바랍니다."

"응?"

산라쿠는 그런 일이 있었는지 심히 의심스러웠으나 히데요시의 이름을 대고 찾아온 여자를 그냥 돌려보내서는 안 될 것 같다는 생각이 들었다. 이에 분주히 달려가 툇마루에 앉아 있는 스승 에이토쿠에게 그대로 이야기를 전했다. 그러자 에이토쿠가 난처한 표정으로 말했다.

"왔구나."

틀림없이 그런 일이 있기는 했다. 그제 대서원의 커다란 장지문에 국화 그림을 구상하고, 또 계류 옆에 국자동菊慈童[5]을 배치할 생각으로 그 용모에 부심하고 있는데 어느 틈엔가 히데요시가 뒤쪽으로 와서 바라보고 있었다. 히데요시는 그림에 대해 이런저런 질문을 한 뒤 조그만 목소리로

---

5) 중국 주周나라 목왕穆王의 시동. 남양의 역현酈縣으로 유배되었는데 그곳에서 국화의 이슬을 먹고 불로불사를 얻었다고 한다.

이렇게 한마디를 건네고는 밖으로 나갔다.

"에이토쿠, 여제자 하나를 받아주게나. 가까운 시일 안에 보낼 테니."

에이토쿠는 다시 한 번 그 일을 떠올린 다음 산라쿠의 얼굴을 보았다.

"그 여자일까?"

산로쿠는 더욱 알 수 없었기에 애매하게 대답했다.

"아마도 그 여자인 듯합니다."

안으로 들어온 여자는 쓸쓸한 초암草庵 같은 곳으로 안내되어 에이토쿠를 기다렸다. 낮은 등불이 그녀의 옆얼굴과 몸의 반쪽을 비췄다. 산라쿠는 사립문을 연 순간 그녀의 얼굴을 보고 눈을 둥그렇게 떴다. 그 정도로 그녀는 미인이었다. 나이는 아직 열일고여덟 살로밖에 보이지 않았으나 차분한 태도에도 산라쿠는 적잖이 놀랐다.

"선생님, 안으로 들였습니다."

"흠……."

에이토쿠는 고개를 끄덕였다. 그러고는 툇마루 끝에서 안을 들여다보더니 그림을 그리기 위해 자연을 바라볼 때와 같은 눈으로 가만히 시선을 고정시켰다.

'아아, 이 얼굴이다.'

에이토쿠는 며칠이고 밑그림을 그렸다가 다시 고치고 했던 국자동의 모습을 지금 자신의 눈으로 직접 본 듯한 느낌을 받았다. 아름다운 모습에 기품이 있고, 예지로 넘쳐나나 차갑지 않은 얼굴. 게다가 고귀한 향기를 머금고 있어 백치미가 아닌, 꽃에도 지지 않을 얼굴의 아름다움. 그러한 그의 뜻에 맞는 용모는 그의 공상과 필치에서도 좀처럼 태어나지 않았다.

"선생님, 만나보실 생각이십니까?"

"그래, 만나보자꾸나."

에이토쿠는 가벼운 마음으로 그곳으로 들어갔다.

"제가 에이토쿠입니다만."

"스승님이십니까?"

그녀가 자리에서 조금 뒤로 물러나 절을 했다.

"저는 얼마 전부터 니노마루에서 부엌일을 하고 있는 오쓰라고 합니다. 늦은 시각에 죄송합니다."

"아닙니다. 밤이 아니면 집에 없으니."

"히데요시 님께서 당분간 에이토쿠 님의 집에 가 있으라고 하셔서 왔습니다."

"화공이 되고 싶으신가?"

"신세를 지는 김에 그림도 배워두었으면 합니다만."

"뭐라……."

어리둥절할 때는 자신도 모르게 그런 말이 나오는 법이다. 에이토쿠는 '신세를 지는 김에 그림도 배우겠다'는 말에 조금 당황한 듯했다. 하지만 평생을 바쳐서라도 여류 화공이 되겠다는 지원자보다 다루기가 쉬운 것도 사실이었다.

에이토쿠는 오사카 성을 짓기 시작할 때부터 성안을 출입했기에 히데요시의 가정과 규방에 대한 듣고 싶지 않은 소문까지 들어온 편이었다. 성안에서는 오쓰에 대해서도 여러 가지 소문이 돌고 있었다.

얼마 전 히데요시는 성으로 돌아올 때, 아름답고 재주가 뛰어난 소녀를 만났고, 그 소녀를 '고마키의 나비'라며 선물을 얻은 듯 득의양양하게 오사카 성으로 데려왔다. 그런데 뜻밖에도 그로부터 며칠 뒤 안채의 부인 네네와의 사이에 문제가 생기고 말았다. 그러자 히데요시의 노모가 오쓰를 니노마루의 부엌에서 일하게 했다.

오쓰는 그것이 불만이었다. 그녀의 꿈은 부엌에서 일하는 것이 아니었다. 그러다 보니 아마도 히데요시에게 불평을 늘어놓았을 것이다. 히데요시는 히데요시대로 그녀의 장래와 처우에 대한 한 가지 구상이 있었다. 그래서 잠시 에이토쿠의 여제자로 맡겨둘 생각으로 보낸 것이었다.

"그렇다면 특별히 화공이 되어야겠다는 생각도 아니란 말인가?"

가노 에이토쿠가 오쓰의 대답에 잠시 망연해하다 물었다.

"네, 화공이 꿈은 아닙니다. 하지만 성안에서 하는 일 가운데 부엌일은 제 취향에 더 맞지 않습니다."

"하지만 처음부터 안채나 니노마루로 들어갈 수는 없을 텐데."

"히데요시 님께서 말씀하셨습니다. '네가 원하는 대로 살게 해주겠다고. 그리고 노래도 배워라, 그림도 배워라, 학문도 익혀라. 예전에도 무라사키 시키부紫式部나 세이쇼 나곤淸少納言 등과 같은 재원이 있었다. 지금의 세상에서도 뛰어난 여성이 나오면 좋겠다. 너는 덴쇼天正 시절의 무라사키 시키부가 되어라. 현세의 세이쇼 나곤이 되어 보아라.' 그렇게 격려해주셨습니다."

"오호…… 지쿠젠 나리께서?"

"네. 그런데 히데요시 님께서 저를 혼마루의 부엌으로 보내며 상 차리는 사람 밑에서 일하라고 하셨기에 이건 약속하고 다르다고 말씀드렸더니 뭔가 굉장히 난처하신 듯 한동안 화공인 에이토쿠 님이 계신 곳에 머물라고 말씀하셨습니다."

"실례지만…… 몇 살인가?"

"열일곱입니다."

오쓰는 망설임 없이 대답한 뒤 다시 말을 이었다.

"열다섯 살 때 아즈치 성이 불에 타서 고향인 미노美濃로 돌아가 있었습니다. 선생님께서는 아즈치 성의 장지문에도 그림을 그리셨죠? 저는 선생님의 얼굴을 기억하고 있습니다."

"뭐, 아즈치에서?"

"열두 살 때부터 노부나가 님의 큰마님을 모시는 여동으로 있었기에 히데요시 님도 고마키에서 뵙기 전부터 알고 있었습니다. 여기서 다시 선생님을 뵙게 되다니…… 정말 기이한 인연입니다."

　열일곱이라고 했으나 어엿한 성인을 대하는 느낌이었다. 육체적인 성장보다 정신적인 발달이 더 앞섰던 것이리라. 타고난 아름다움과 과실을 떠올리게 하는 피부의 처녀색은 참으로 신선하고 생기가 넘쳤으나, 여자에게서 느껴지는 감미로운 향기는 아직 어딘가 부족했다.

　에이토쿠는 화가의 눈으로 그녀를 보는 동안 히데요시의 호사가적 기질과 유독 여자에게 무른 히데요시를 떠올리며 어이가 없다는 생각을 하기도 했다. '덴쇼 시절의 시키부가 되어라, 현대의 새로운 나곤이 되어라'라는 말은 이 소녀가 더없이 기뻐할 만한 말들이었으나, 전쟁터의 길가에서 데려온 일개 소녀에게 그렇게 동정하고 격려하며 약속했다는 것은 천하의 오사카 성의 주인으로서 너무나도 가벼운 언동이었다고 하지 않을 수 없었다.

　그러니 히데요시의 부인과 노모를 비롯해 다른 여자들로부터 일제히 비난과 규탄의 화살이 쏟아졌던 것이리라. 하지만 예전에는 그 역시 소년 히요시ᄇᅘ라 불리던 일개 유랑아였다. 에이토쿠는 히데요시의 그런 마음을 전혀 모르지 않았다.

안과 밖

　히데요시는 지난 한 달 오사카 성에 머물며 내정을 보살피고 외치를 꾀했다. 그러면서도 사생활을 충분히 즐기며, 고마키 전투의 난국을 때로는 남 일처럼 객관적으로 바라보기도 했다. 7월 중에는 미노에 잠시 다녀오기도 했다. 그리고 8월 중순이 되자 다시 대대적인 출진을 명했다.

　"너무 오래 끄는 것도 좋지 않다. 이번 가을에는 단번에 해치워야만 한다."

　출진을 이삼 일 앞두고 혼마루에서는 사루와카노猿若能의 피리 소리와 북소리가 들려왔다. 때때로 사람들이 한꺼번에 웃는 소리도 들려왔다.

　"한동안 떨어져 있어야 하니……."

　히데요시는 사루와카노를 잘 추는 사람을 불러 노모를 주빈으로, 부인을 객으로, 그 외 성안의 가족들까지 모두 초대해 즐거운 시간을 보냈다. 그중에는 히데요시가 산노마루의 비원에서 온실의 꽃처럼 자라기를 기다리는 세 아가씨도 있었다.

　차차茶茶는 올해로 열여덟 살, 둘째는 열네 살, 막내는 열두 살이었다. 그녀들은 작년에 기타노쇼北ノ庄 성이 떨어지던 날 세상을 떠나는 양아버지 시바타 가쓰이에와 어머니 오이치ぉ市를 뒤로하고 호쿠에쓰北越의 진중에서 이곳 오사카로 왔다. 그 뒤 동쪽을 보아도 서쪽을 보아도 아는 사람이 없는 가운데서 한때는 밤이고 낮이고 울며 지냈다. 한창 웃어야 할 묘령임에도 불구하고 얼굴에서 웃음기를 잃고 지냈으나 언제부턴가 성안 사람들과도 친해졌다. 히데요시의 활달한 성격에도 마음이 녹아 세 아가씨 모두 히데요시를 '재미있는 아저씨'라며 잘 따랐다.

그 재미있는 아저씨는 배우들의 무대가 몇 번이나 거듭된 뒤 이번에는 자신이 직접 대기실로 들어가 분장을 하고 나와 무대 위에 섰다.

"어머, 아저씨가……."

"세상에, 저렇게 우스운 모습으로."

둘째와 막내는 주위 사람들도 아랑곳하지 않고 손뼉을 치기도 하고, 손가락으로 가리키기도 하면서 흥겨움에 한껏 웃었다.

"손가락질을 해서는 안 된단다. 조용히 보도록 해라."

첫째인 차차는 이제 부끄러움을 알 나이라 동생들을 타이르며 애써 얌전하게 있었다. 하지만 히데요시의 사루와카가 너무나도 우습다 보니 결국 소매로 입을 가리고 배가 아플 정도로 웃었다.

"뭐야, 언니는. 우리가 웃을 때는 야단을 치더니 자기 혼자서만 그렇게 웃고."

동생들이 양옆에서 그렇게 말하자 차차는 더욱 웃음이 멈추지 않는 듯 어찌할 줄 몰라 했다.

히데요시의 노모는 그곳보다 높은 자리에 있는 다다미 위에 앉아 네네와 함께 구경을 했다. 노모는 익살스러운 아들이 펼쳐 보이는 극을 때때로 웃으며 지켜보았으나, 네네는 가정의 악실 안에서 남편의 그런 익살을 늘 보아왔기에 그다지 재미있다는 표정을 짓지 않았다. 다만 네네에게 있어서 오늘은 서쪽과 동쪽 곳곳에 있는 남편의 측실들을 한 단 높은 곳에서 가만히 관찰할 수 있는 날이었다.

얼마 전, 나가하마長浜에 있을 때만 해도 남편의 측실은 오유ぉゅう와 마쓰노마루松の丸 두 여자뿐이었다. 그런데 오사카 성으로 온 뒤부터는 산노마루에 산조노 쓰보네三條の局네, 가가노 쓰보네加賀の局네 하는 여자들이 생겼다. 또 니노마루에서는 작년에 북국北國 공략의 개선과 함께 데려온 아사이 나가마사淺井長政의 핏줄이며, 노부나가의 여동생인 오이치의 딸 셋을 비원의 꽃처럼 기르고 있었다.

정실인 네네를 섬기고 있는 여자들은 세 딸 중에 특히 첫째인 차차가 돌아가신 어머니 오이치보다 더 뛰어난 미인이라는 사실을 가슴 아파하며 이렇게 말했다.

"차차 님도 벌써 열여덟이세요. 나리께서 어찌 화병의 꽃처럼 바라보시기만 하겠어요."

네네는 남편의 타고난 성격을 포기한 듯 웃는 얼굴로 대답했다.

"옥에 티 같은 것이니 어쩔 수 없지 않느냐."

네네는 주위 사람들의 말에 좀처럼 흔들리지 않았다. 물론 예전에는 세상의 평범한 여자들처럼 화를 내기도 했다. 나가하마 성에 있었을 때는 일부러 선물을 들고 남편의 주인인 노부나가를 찾아간 적도 있었다.

"주군께서 제 남편에게 '여자를 밝히는 치졸한 짓만은 그만두도록 하게'라고 말씀해주시기 바랍니다."

그런데 그 뒤에 온 노부나가의 긴 편지에서 오히려 네네는 야단을 맞았다.

자네는 여자로 태어나서 세상에 보기 드문 사내와 연을 맺게 되었다네. 보기 드문 사내에게는 부족한 점도 있을 테지만, 좋은 점이 더 크다네. 그런데 커다란 산일수록 산속에 있는 동안에는 산의 크기를 알지 못하는 법일세. 누구보다 더욱 안심하고 그 사람이 하고 싶은 대로 하게 내버려둔 채 같이 삶을 즐기도록 하게. 그렇다고 질투가 나쁘다고 말하는 것은 아닐세. 적당히 질투도 해가며 부부의 맛을 더욱 짙게 맛보도록 하게.

그 뒤로 네네는 질투를 삼가기로 결심하고, 남편의 여자 문제에 대해서만은 천하제일의 대범한 아내가 되기로 마음먹었다. 하지만 요즘에는 남편의 행동이 도가 지나치다는 생각에 네네는 때때로 평온하지 않은 날을 보내고 있었다.

차차에 관한 일도 그중 하나였다. 얼마 전 히데요시가 고마키에서 돌아왔을 때 누구의 핏줄인지도 모르는 오쓰라는 소녀를, 그것도 유랑아 같은 아이를 데리고 와서 니노마루나 산노마루에 두려고 하자 네네가 못마땅한 듯 말했다.

"당신이 그렇게 처신하면 아무리 집안 단속을 잘하라고 하셔도 저는 더 이상 책임질 수 없습니다. 길가의 부랑아를 성으로 들이다니, 저는 당신의 마음을 이해할 수 없습니다."

노모도 히데요시를 나무랐다.

히데요시는 노모와 아내에게 무조건 복종하는 사람이었다. 가정에서 남자는 아무리 독재를 휘두를 수 있는 위치에 있다 할지라도 한편으로는 야단을 맞기도 하고 또 그저 '네, 네' 하며 어리광을 부리고 싶어 하기도 한다.

어쨌든 그는 지금 마흔아홉 살로, 남자로서 인생의 최전성기에 다가가고 있었고, 밖으로는 고마키에서 천하를 판가름할 대전을 끌어안고 있었으며, 안으로는 규방의 정치 문제로 다망한 나날을 보내고 있었다. 하나의 몸으로 평범함과 비범함, 대담함과 세심함, 허세와 진솔함을 잘도 내보이고 있다 싶을 정도로 하루하루 지치지도 않고 씩씩하게 살아가고 있었다.

"아아, 광대극도 볼 때는 우습지만 내가 직접 무대에 서보니 재미있기는커녕 참으로 힘들구나."

히데요시는 어느 틈엔가 어머니와 네네의 뒤쪽에 와 있었다. 조금 전에 구경꾼들의 갈채를 뒤로하고 무대 위에서 내려왔다. 그는 무대에서의 열기가 아직 식지 않은 듯한 투로 이렇게 말했다.

"네네, 오늘 밤에는 자네 방에서 좀 더 놀기로 하세. 음식을 좀 준비해 줘."

가면극이 끝나자 곳곳이 등불로 물들었으며, 초대를 받았던 손님들은 산노마루, 니노마루로 뿔뿔이 흩어져갔다. 히데요시는 피리 부는 사람, 고수, 배우 등을 여럿 데리고 네네의 방으로 갔다. 노모는 피곤하다며 자신의 방으로 갔기에 부부 두 사람과 여흥을 위한 사람들만이 남게 되었다.

네네는 공연을 하는 사람들이나 하인과 같은 아랫사람들에게는 평소 여러 가지로 신경을 써주었다. 특히 오늘과 같은 행사 뒤에는 그들의 노고를 치하했고, 사람들이 편안히 술을 마시며 농을 주고받는 모습을 즐겁다는 듯 바라보았다.

히데요시는 아까부터 멍하니 앉아 있었다. 아내인 네네도 상대해주지 않았고, 누구도 다가와 말을 걸어주지 않자 약간 심사가 틀어진 상태였다.

"네네, 내게도 술 한잔 정도는 따라줘도 되지 않겠어?"

"드시겠어요?"

"마셔야지. 무엇 하러 자네 방에 왔다고 생각하는가?"

"하지만 어머님께서 이삼 일 안에 당신이 다시 고마키로 내려간다 했으니 늘 그랬듯 출진 전에 다리와 허리에 뜸을 떠주라고 엄하게 말씀하셨어요."

"뭐? 뜸을 뜨라고?"

"아직 가을 늦더위가 남아 있으니, 상한 물이라도 마셔 몸을 해쳐서는 안 된다며…… 어머님께서 걱정하셨어요. 자, 뜸을 뜰게요. 술은 그다음에 드셔요."

"무, 무슨 소리를 하는 거야. 뜸은 싫어."

"싫으셔도 어머님의 명령이에요."

"자꾸 이러니까 자네의 방에는 나도 모르게 발길이 뜸해지는 게야. 낮에도 내 무대를 보고 점잖은 척, 웃지 않은 건 자네뿐이었어."

"타고난 성격이 이런걸요. 다른 아름다운 여자들처럼 하라고 해도 그럴 수가 없어요."

네네는 화가 난 투로 말했다. 그리고 문득 자신이 지금 차차 정도의 나이였고, 남편도 아직 스물예닐곱 살 정도로 도키치로藤吉郞라고 불리던 시절을 떠올렸다. 네네의 눈가에 눈물이 맺혔다.

"응?"

히데요시는 아내의 뾰로통한 얼굴을 과장스럽게 바라보았다.

"울고 있는 겐가? 왜 그러는가?"

"몰라요."

네네가 얼굴을 옆으로 돌리자 그 얼굴을 따라 히데요시도 무릎을 돌렸다. 그리고 참을 수 없다는 듯한 웃음을 얼굴에 숨기며 말했다.

"내가 또 출진한다고 하니 적적해서 그러는 겐가?"

"무슨 소리예요? 노부나가 님을 섬긴 이후, 미노와 아네姉 강의 전투, 그리고 주고쿠中國에서의 장기전으로 당신이 집에 계셨던 날이 얼마나 된다고 그러세요?"

"그래서 싸움은 싫다고 해도 세상이 조용해질 때까지는 어쩔 수 없어. 노부나가 공께 뜻밖의 일만 벌어지지 않았어도 나는 지금쯤 어딘가 시골에 있는 성으로 들어가 얼마든지 자네 곁에 머물 수 있었을 텐데."

"남세스러운 말씀 마세요. 그런 남자의 마음은 이 네네도 잘 알고 있어요."

"나도 여자의 마음은 잘 알고 있어."

"한마디도 지지 않으시네요. 당신은 저를 늘 우습게만 만드세요. 저는 세상의 다른 여자들처럼 질투심으로 드리는 말이 아니에요."

"세상 모든 여자들이 그렇게 말하지."

"장난 그만하고 잘 들으세요."

"이렇게 얌전히 앉아 듣고 있지 않은가."

"당신의 몸가짐도 당신의 일 가운데 하나라고 오래전부터 체념하고 있었어요. 그러니 출진 때문에 집을 비우는 날이 길어져 적적하다고 말씀드리려는 게 아니에요."

"정숙한 여자, 정숙한 여자. 도키치로라 불리던 옛날, 내가 자네를 택한 것도 그것 때문일세."

"이제 농담은 그쯤 하세요. 바로 그래서 어머님도 제게 말씀하신 거예요."

"어머니가 뭐라 하시던가?"

"'네가 너무 얌전히 지켜보기만 해서 그 아이가 제멋대로 행동하는 게다. 가끔은 따끔하게 말할 필요도 있다'라고……."

"하하하하, 그래서 뜸을 떠야 한다는 거로군."

"그렇게 걱정하시는 줄도 모르고 몸도 돌보지 않고 제멋대로 행동하는 것도 불효예요."

"내가 언제 몸을 돌보지 않았다고."

"그젯밤에도 산조노 쓰보네의 방에서 날이 밝을 때까지 소란을 피우셨잖아요."

"아, 알고 있었는가?"

"알고 있었는가가 아니에요. 당신은……."

옆방에서 술을 마시고 있던 근신들과 배우들은 히데요시 부부의 보기 드문, 아니 그렇게 드물지만도 않은 부부 싸움을 모르는 척하고 있었는데, 그때 히데요시가 먼저 큰 소리로 이렇게 말했다.

"이보게, 거기에 있는 구경꾼들. 지금 우리 두 사람의 광대극을 어떻게 보았는가?"

그러자 고수인 누이노스케縫殿介가 대답했다.

"네네, 장님의 축국처럼 보였습니다."

"칼로 물 베기란 말인가?"

"아닙니다. 언제까지고 승부가 나지 않을……."

"피리를 부는 오쿠라大藏는 어떻게 보았는가?"

"저는 제가 부는 피리 소리와 같다고 생각했습니다. 그 이유는 누가 옳고 누가 그른지, 시시비비, 시시피피, 시시피피~."

"잘하는구나."

히데요시가 갑자기 네네의 덧옷을 벗겨 상으로 던져주었다.

이튿날부터는 같은 성안에 있으면서도 그의 가족들조차 히데요시의 모습을 볼 수가 없었다. 히데요시는 하루 종일 그의 명령을 기다리는 부하와 그가 없는 동안 성을 지킬 장수와 또 멀리서 찾아온 사자와 서기와 근신들에 둘러싸여 분주한 시간을 보내고 있었다.

그다음 날, 그는 이미 말에 올라 전장으로 가는 사람이었다. 오사카에서 나온 병마의 기다란 행렬이 미노 전선을 향해 가고 있었다.

    건너기에 익숙해진 기소 강도
    건너는 마음은 평소 같지 않네
    여울은 볼 때마다 변하는구나

봄에는 향내 은은하던

루구와 그대의 모습도

여름 풀 무성하던 날 지나

어느 틈엔가 이슬 머금은 억새

고마키로 서둘러 가는 사내의 마음은

이삭으로 피지 못해 노래가 되는구나

자네도 잠에서 깬 검은 머리를

어찌 빗으려는 겐가, 오늘 아침의 가을 구름

아침 안개 속을 걸어가는 군마 가운데서 누군가가 갑자기 노래를 불렀다. 그러자 히데요시가 주위를 둘러보며 물었다.

"이 노래는 누가 부른 겐가?"

바로 옆에 있는 사람조차 알아볼 수 없을 정도로 안개가 짙게 깔려 있었다.

"누구냐?"

"누가 노래를 부른 것이냐?"

대열 속에서 서로가 서로에게 묻는 목소리가 차례로 흘러갔을 뿐, 대답하는 소리도 어디의 누구라고 스스로 이름을 대는 사람도 없었다.

히데요시는 생각했다. 지금의 노래는 자연의 목소리이자 사람의 목소리라고. 그렇게 생각하는 중에도 때로는 차차의 얼굴이 떠오르기도 하고, 오쓰의 옆얼굴이 그려지기도 하고, 네네와 어머니가 떠오르기도 했다. 미련을 품게 하는 사람들이 아니라, 자신의 뒤에 그처럼 사랑스러운 사람, 나약한 사람이 있는 사실이야말로 그를 강하게 만들었다.

8월 26일, 벌써 몇 번째 건넜는지 모를 기소 강을 건너 이튿날 니노미야二宮 산에서 적의 정황을 정찰했다. 28일에는 고오리小折 부근에 산발적으로 자리하고 있던 적을 몰아낸 뒤 불을 지르고 돌아왔다.

그 28일에는 이에야스도 히데요시가 온다는 급보를 듣고 노부오와 함께 기요스에서 이와쿠라岩倉로 달려가 순식간에 포진을 마친 뒤 히데요시 군과 대치했다. 이때도 이에야스는 철두철미하게 '수비'의 태세를 취했으며 아군에게 함부로 도발하는 행동을 하지 못하게 했다. 치고 들어가면 물러나고, 멈추면 다시 나왔다. 대대적인 작전을 감행할 만한 여지도 없는 철벽이었다. 그처럼 견고한 태세에 대해 강경하게 공격을 가하면, 공격하는 쪽이 무너질 게 뻔했다.

"참으로 끈질긴 사내로구나."

히데요시는 이에야스의 끈질긴 행동에 조금 애를 먹는 듯했으나 그렇다고 아무런 대책이 없는 것도 아니었다. 소라 껍데기는 망치로도 깰 수 없다는 사실을 알고 있었다. 소라 껍데기의 뒤쪽을 달구면 속살은 저절로 빠진다는 비속한 이치를 그는 얼마 전부터 생각하고 있었다. 니와 고로자에몬 나가히데丹羽五郎左衛門長秀를 써서 은밀히 화목의 가능성을 가늠해본 것도 소라의 뒤쪽을 달구기 위한 것이었다.

니와 나가히데는 오다 가의 유신 중에 대선배였으며, 또 온건한 인망가이기도 했다. 가쓰이에는 세상을 떠났고 다키가와 가즈마스는 몰락한 지금, 영향력을 행사할 수 있는 사람은 오로지 그뿐이었다.

히데요시는 고마키 전투에 임하기에 앞서 이 온량한 인물을 자기 수중의 '말'로 만들 필요가 있다는 사실을 잊지 않았다. 이에야스와 인내력 싸움이 되어버린 국면에서 그는 그 말을 쓰기 시작했다.

고로자에몬 나가히데는 마에다 도시이에前田利家와 함께 호쿠리쿠北陸에 있었으나 나가히데의 부장인 가나모리 긴고金森金五와 하치야 요리타카蜂屋頼隆는 히데요시를 따라 참전해 있었다. 언제부턴가 긴고와 요리타카는 자신들의 나라인 에치젠과 히데요시 사이를 몇 번이고 오갔다.

편지의 내용은 사자로 오간 두 사람도 알지 못했으나 이윽고 고로자에 몬 나가히데가 은밀하게 기요스로 갔고 아무도 모르게 이에야스와의 회합에도 성공했기에 '그렇다면 화의로구나' 하고 고개를 끄덕였다. 하지만 적과 아군 모두 극비리에 그 일을 진행시켰다.

히데요시 쪽에서 그 사실을 알고 있는 사람은 니와 나가히데와 그의 가신인 가나모리 긴고, 하치야 요리타카 정도였다. 이에야스 쪽에서는 히데요시의 명령으로 평소와 다름없이 이시카와 호키노카미 가즈마사에게 먼저 접근해서 비밀 회담이 이루어졌다.

그런데 서로 조건을 맞추기 위해 날을 보내는 동안, 누구의 입에서 나온 것인지 이에야스 집안 내부에서 소문이 새어나가 고마키를 중심으로 한 이에야스 군의 철벽 방어에 커다란 동요가 일기 시작했다.

"히데요시 군과의 화목을 위한 회담이 극비리에 진행되고 있는 듯하다."

게다가 이와 같은 비밀의 벽에서 새어나간 소문에는 반드시 꼬리가 따라붙기 마련이었다. 이번에도 예전부터 아군들이 곱지 않게 생각하는 이시카와 가즈마사의 이름이 등장했다.

"호키노카미가 주선한 것이라고 하더군. 무슨 일에 있어서나 히데요시와 가즈마사 사이는 아무래도 좀 이상해."

그러한 소문을 이에야스에게 직언하는 사람도 있었으나 이에야스는 오히려 그 말을 한 사람을 꾸짖으며 가즈마사를 추호도 의심하지 않았다.

"그와 같은 말이야말로 지쿠젠의 꾀에 넘어가는 것이다."

하지만 일단 아군 사이에서 그처럼 불순한 의심이 생긴 이상, 이에야스의 포진도 미카와 무사의 군은 의지도 건강한 상태라고는 할 수 없었다. 물론 이에야스는 화의를 할 마음이 충분히 있었으나 내부의 정세로 인해 갑자기 니와 나가히데의 밀사에게 거절의 뜻을 전했다.

"화목할 생각은 없소."

그리고 뒤이어 평소의 그와는 달리, 호언장담과 함께 강화가 결렬되었음을 알렸다.

"어떠한 조건이라 할지라도 이에야스는 지쿠젠과 화목으로 해결할 생각은 없소. 어디까지나 여기서 자웅을 겨루어 히데요시의 수급을 취해 천하에 정의가 있음을 알릴 것이오."

이윽고 그는 그 사실을 진중에 공표했다. 그러자 도쿠가와 쪽 장병들의 마음이 풀렸으며 가즈마사에 대한 소문도 일소되었다.

"히데요시도 지치기 시작했다."

그리고 기세가 몇 배나 더 오르고 사기가 더욱 높아졌다. 강화는 원래 니와 나가히데의 생각에서 나온 것이었다. 히데요시도 이에야스도 나가히데에게 설득을 당해 어느 쪽에서 먼저 청한 것도 아닌 형식으로 진행되고 있었으나 결과적으로는 히데요시가 이에야스에게 먼저 손을 내밀었다가 일축당한 형태가 되고 말았다.

"한 방 먹었군……."

히데요시는 기꺼이 고배를 마셨다. 그에게 있어서는 그러한 결과도 결코 나쁘지 않은 모양이었다. 이에 그는 굳이 무력을 쓰지도 않고 조용히 각지의 요소에 요새를 세우라 명을 내렸다. 그리고 9월 중순 무렵, 다시 병사를 물려 오가키 성으로 들어갔다.

누님의 아들

오가키 성에 도착하자 조카인 미요시 히데쓰구가 마중을 나왔다. 히데쓰구는 나가쿠테 전투에서 패한 이후 히데요시의 눈 밖에 나서 '쇼뉴의 가족과 함께 오가키 성이라도 지키고 있어라'라는 명령을 받고 지금까지 그곳에 머물러 있었던 것이다.

'외삼촌의 노여움이 풀렸구나.'

히데쓰구는 오랜만에 히데요시를 보고는 가슴을 쓸어내렸다. 그리고 히데요시가 머무르는 동안 히데요시의 직속 부장인 히토쓰야나기 이치스케가 그를 찾아와 잡담을 건네며 그의 우울한 마음을 풀어주었다.

"낙담하실 필요 없습니다. 실패도 해보지 않으면 험한 인생행로를 맛볼 수 없으니. 실패에 대한 반성이야말로 그 사람에게 중후한 맛과 깊이를 더해주는 법이니 실패한 것을 하늘의 은총이라고 생각해야 할 것입니다. 더구나 아직 젊으시니……."

그때 이치스케는 히데쓰구로부터 부탁을 받았다.

며칠 뒤 히토쓰야나기 이치스케는 히데요시에게 히데쓰구의 청이라며 문득 이런 말을 했다.

"쇼뉴 나리의 유신들 가운데는 참으로 쓸 만한 인물이 많지만 그중에서도 이케다 겐모쓰池田監物라는 자를 자신의 가신으로 받아들이면 좋겠다고 히데쓰구 님께서 말씀하셨습니다. 하지만 허락을 받지 않고서는 그렇게 할 수 없다며, 실은 말도 꺼내지 못했다고 합니다. 모쪼록 소망을 들어주시기를……."

말이 채 끝나기도 전에 히데요시의 얼굴에는 '한심한 소리!'라고 말하고 싶다는 듯한 표정이 선명하게 떠올랐다.

히토쓰야나기 이치스케는 아차 싶어 급히 말끝을 흐렸으나 이미 늦고 말았다. 히데요시가 근래 없을 정도로 불쾌함을 드러내며 그를 야단쳤다.

"이치스케."

"네."

"마고시치 놈이 뻔뻔스럽게도 자네에게 그런 부탁을 하던가?"

"뜻은 어떠하실지 걱정되기는 했습니다만."

"부탁한 마고시치로는 열일곱 살, 틀림없이 모자라기는 하지만 아직 젊다고도 할 수 있네. 그런데 자네는 대체 몇 살인가."

"황공하옵니다."

"마흔 가까이나 나이를 먹었으면서 그런 허튼소리를 잘도 고하는구먼. 애초부터 나가쿠테 전투에는 누가 나 대신 총대장으로 나갔었는가? 마고시치로 히데쓰구 아닌가?"

"네, 그렇습니다."

"그때 마고시치 놈이 지는 모습은 어땠단 말인가? 이에야스에게 추적당해 진 것은 어쩔 수 없는 일일세. 하지만 본군의 총대장으로서 쇼뉴 부자를 비롯해 모리 나가요시 등 아군이 전사하는 것도 지켜보지 않고 가장 먼저 가쿠덴으로 도망쳐온 한심한 놈……. 당장 배라도 가르게 하고 싶었지만 너무나도 한심해 더는 화를 낼 기운도 나지 않았네."

"……."

"그런데 자신을 돌아볼 생각도 않고 이케다 겐모쓰라는 자를 가신으로 받아들이고 싶다니, 대체 얼마나 뻔뻔스러운 놈이란 말인가. 이치스케! 만약 자네보고 와달라고 한다면 자네는 그런 한심한 놈 밑으로 기꺼이 들어가겠는가?"

이치스케는 엎드린 채 온몸에 식은땀을 흘리며 듣고 있었다.

히데요시의 노기는 좀처럼 식지 않았다. 근신들도 옆에서 듣고 있었다. 그리고 히데요시와 마찬가지로 '그처럼 한심한 말을 고하다니'라고 생각하며 이치스케를 쳐다보았다. 하지만 이치스케에게는 히데요시의 노기가 어쩐지 조카 히데쓰구를 향한 커다란 애정의 표출인 것처럼 느껴졌다. 히데요시만큼 주위 사람, 특히 가족에게 맹목적인 사랑을 품고 있는 사람도 없었다.

"어떤가 이치스케, 자네에게도 마고시치 같은 한심한 주인을 섬기는 것은 불안한 일이겠지? 쇼뉴 부자의 죽음도 보지 않고 도망쳐온 것은 그렇다 해도…… 그놈의 어린 나이를 생각해서 이 히데요시가 특히 사려 깊고 용기도 있는 기노시타 스케에몬木下助右衛門과 기노시타 가게유木下勘解由 두 사람을 곁에 붙여주었는데, 그 두 사람까지 머리를 나란히 하고 죽게 만들었으면서 이케다 겐모쓰라는 다른 집안의 인물을 가신으로 두고 싶다고 말하다니, 참으로 괘씸한 놈이다."

히데요시는 그렇게 화를 내며 말하는 동안 자신의 무릎을 정신없이 두드렸다. 이치스케는 그 소리가 날 때마다 자신이 맞고 있기라도 한 것처럼 머리를 더욱 깊이 숙여 바닥에 댔다.

"전사한 쇼뉴 부자와 특히 유족인 노모와 부인께는 이 히데요시도 한없이 죄송해서 정중히 사과하고, 아울러 마고시치 놈에게도 깊이 반성하라고 이 오가키 성을 지키라 명한 것인데, 벌써부터 이 히데요시의 눈치를 살펴가며 어린아이가 과자를 조르듯 떼를 쓰다니, 괘씸한 놈. 이치스케!"

"네."

"이케다 겐모쓰를 달라는 마고시치 놈의 청은 논할 가치도 없는 것이다."

"알겠습니다. 히데쓰구 님께는 제가 나리의 말씀대로 잘 전하도록 할 테니 이제 그만 노여움을 푸시기 바랍니다. 이 이치마쓰의 불찰이었습니다."

"자네도 자넬세."

"부디 용서해주시기 바랍니다."

"괘씸한 놈은 마고시치다. 내 훗날 반드시 야단을 치겠다."

히데요시는 곧 오사카로 돌아갔는데 돌아간 뒤에 조카인 히데쓰구에게 장문의 편지를 보냈다. 히데요시는 그 편지에서 히데쓰구가 나가쿠테에서 보인 추태를 질책한 것뿐만 아니라 평소 히데쓰구가 히데요시의 조카라는 생각에 걸핏하면 제멋대로 행동하고 무례한 행동을 한다는 점을 호되게 야단쳤다.

한때는 그냥 내칠까도 생각했으나 나이도 아직 어리기에 참고 있었던 것인데, 기노시타 스케에몬과 가게유 두 사람까지 죽게 내버려두었으면서 이케다 겐모쓰를 가신으로 맞이하고 싶다고 말하는 것을 보니 아직 정신을 차리지 못한 모양이로구나. 좋은 가신을 두고 싶다면 그럴 만한 자격과 인성을 갖추도록 해라. 만일 앞으로도 생각이 바뀌지 않는다면 이번에야말로 가차 없이 추방할 것이다.

히데요시는 매우 격한 어조로 히데쓰구의 단점을 철두철미하게 지적했다.

히데쓰구는 히데요시의 꾸지람을 어떻게 받아들였을까? 진심에서 우러나는 엄한 꾸지람은 진심에서 우러나는 사랑이 없으면 할 수 없는 말이라는 사실을 마음속으로 받아들이기에는 나이가 어렸을 뿐만 아니라 그의 천성은 외삼촌처럼 대범하고 솔직하지 못했다.

히데요시의 누나는 미요시 무사시노카미三好武藏守에게 시집을 갔다. 마고시치로 히데쓰구는 그 사이에서 태어난 아들이었다. 히데요시는 아직 열일곱 살밖에 되지 않은 조카에게 가와치河內 기타北 산의 이만 석을 주었다. 그리고 시즈가타케와 그 밖의 전투에 참전하게 했으며 조금이라도 공을 세우면 '잘했다, 잘했어'라고 격려하며 앞으로 중히 쓰려고 특별히 보살폈다.

히데요시가 히데쓰구를 사랑했기 때문이기도 하지만 또 다른 중요한 이유가 있었다. 그것은 그가 히요시라고 불리던 어린 시절, 효도도 하지 못하는 자신을 대신해 누나가 홀로 어머니를 잘 모셨고, 또 오랜 세월 어머니와 함께 빈곤과 싸우며 자신의 성장을 기다려주었기 때문이다.

그는 그 고마움을 잊지 않았고 누나가 보여준 효심과 고생에 어떻게 보답해야 할지 늘 생각했다. 그리고 히데쓰구를 볼 때마다 늘 누나의 마음이 되어 조카의 장래를 걱정했다. 그런데 히데쓰구의 성격은 결코 히데요시의 바람대로 되지 않았다.

에이로쿠永祿 11년(1568년)에 태어난 도련님 히데쓰구는, 히데요시나 히데요시의 누나와는 달리 태어날 때부터 가난도 몰랐으며 세상을 진실로 겪어본 적이 없었다. 그뿐만 아니라 히데쓰구가 이어받은 미요시 가는 무로마치 시대 이후부터 명문가였으며, 부모의 집은 하루하루 번창했고, 외삼촌인 히데요시는 날이 갈수록 천하에 혁혁한 세력과 명성을 떨치고 있었다. 그러한 가운데 가족의 총아로 사랑을 받고, 떠받들어지고, 주변에서 아첨을 했기에 히데쓰구의 나이에 우쭐한 생각에 빠지는 것은 어찌 보면 당연한 일이었다.

히데쓰구는 히토쓰야나기 이치스케로부터 대답을 듣고 뒤이어 히데요시가 보낸 편지를 통해서도 엄하게 꾸지람을 듣고 생애 처음으로 전율을 맛보았다. 그리고 그처럼 대범한 외삼촌도 일단 화가 나면 육친이고 권속이고 봐주지 않는 엄한 사람이라는 사실을 새삼스럽게 깨달았다. 그에게 나가쿠테에서의 추태는 먼 훗날까지도 뼈에 사무쳤던 모양인지, 훨씬 뒤의 일이지만 이런 일화가 전해진다.

한번은 관백關白(간파쿠) 히데쓰구와 도쿠가와 이에야스가 장기를 두고 있었다. 그런데 이에야스가 상대방의 왕을 몰아붙일 때마다 입버릇처럼 같은 말을 되풀이하며 공격했다.

"솜씨는 전부터 알고 있었습니다. 뒤쫓아라, 뒤쫓아."

그러자 옆에서 보고 있던 호소카와 산사이三齋가 다급히 이에야스의 소매를 잡아당겼고, 이에야스는 쓴웃음을 지으며 입을 다물었다. 마침내 물러나 돌아오는 길에 산사이가 다시 기회를 보아 이에야스에게 주의를 주었다.

"무슨 일이 있어도 관백 님 앞에서 나가쿠테 얘기를 하는 것은 금물입니다. 특히 장기를 둘 때 그처럼 말하는 버릇은 좋지 않습니다. 그것이 어디서 화근이 될지 모르는 일입니다."

"조심하겠소, 조심하겠소."

이에야스는 입을 가리고 그렇게 말한 뒤 떠났다. 그리고 그 호의에 대한 예로 훗날 산사이에게 노란 바탕에 줄무늬가 들어간 비단을 보냈다. 산사이는 늙어서까지도 그 비단으로 지은 옷을 입을 때마다 그때의 일이 생각났기에 곧잘 그 이야기를 하며 웃었다고 한다.

야다 강변

출진, 그리고 귀환. 오사카 성과 미노 지방을 몇 번째 오간 것인지. 길 가의 사람들도 그렇게 생각하고 있었다.

"고마키 전투는 교착상태에 빠졌다고 하더군."

"상대가 상대이니, 어쩌면 십 년이 걸릴지도 몰라."

사람들은 그렇게 내다봤다.

때는 10월 20일, 가을도 깊었다. 언제나처럼 오사카, 요도, 교토를 지나온 히데요시의 대군은 어찌 된 일인지 사카모토坂本에서 갑자기 길을 바꾸어 이가伊賀, 고가甲賀를 넘어 이세로 갔다. 지금까지는 미노 가도에서 오와리로 갔으나 이번에는 시각을 달리해 길을 바꾼 것이었다.

"구와나桑名로!"

이세 방면에 있는 노부오의 지성枝城과 첩자들은 생각도 못했던 둑이 무너져 탁류가 넘쳐나기라도 한 것처럼 거듭 전령을 보내 급보를 전했다.

"히데요시의 주력입니다."

"이번에는 일부 장수의 군대가 아닙니다."

"23일에 하네쓰羽津에 진을 쳤고 나오우繩生에는 요새를 지었으며, 가모 우지사토와 하치스카 이에마사峰須賀家政 등에게 그곳을 굳건히 지키게 한 뒤 시시각각으로 전진해오고 있습니다."

노부오는 침착하게 있을 수가 없었다. 그는 가슴속으로 한 달 전부터 그러한 폭풍이 다가올 것이라 예감하고 있었다. 도쿠가와 가에서 극비에 부치고 있는 이시카와 호키노카미 가즈마사의 내통 문제가 묘하게 과장되어 누구의 입을 통해서인지 그에게도 전해졌기 때문이다.

"도쿠가와 나리의 내부도 결코 긴밀하기만 한 것은 아닙니다. 호키노카미와 같은 마음을 품은 자들도 상당수 있어서 때를 기다리고 있는 듯합니다."

아니, 이 정도 소문으로 그치면 그나마 나았을 테지만 마치 진실인 양 다음과 같은 말을 수군거리며 돌아다니는 사람도 있었다.

"우리 집안의 아무개도 가즈마사와는 친분이 있으며, 또 얼마 전 양군의 조정에 나섰던 니와 고로자 나리와 친척처럼 친하게 지내던 자도 여럿 있어서 잘 아는데 그들 사이에 밀서가 빈번하게 오가고 있다고 합니다.'

그뿐만 아니라 얼마 전 조정은 도쿠가와 가에서 극비리에 히데요시에게 요청한 것으로, 이에야스는 내부의 파탄이 일기 전에 급히 화의를 성립시키려고 했으나 히데요시 쪽 조건이 너무나도 가혹했기에 결국 깨지고 만 것이라는 이야기도 나돌았다.

'있을 법한 얘기……'

솔직히 노부오는 몹시 걱정하고 있었다.

"만약에 이에야스가 나를 제쳐두고 히데요시와 강화를 맺는다면 도대체 어찌하면 좋단 말인가."

노부오의 중신 중 한 명이 말했다.

"만약 히데요시가 방침을 바꾸어 이세 가도로 나선다면 그때는 오사카와 이에야스 사이에 이미 우리 집안을 희생양으로 삼아 무엇인가 꾀하기로 약속한 것이라고 각오해야 할 듯합니다."

집안 전체의 저변에는 그러한 불안감이 흘렀고, 전략적 견지에서 봐도 모두의 의견이 일치했다.

아니나 다를까, 히데요시의 대군이 갑자기 노부오의 예감을 증명하기 시작했다. 노부오는 다급한 상황을 이에야스에게 알리고 도움을 청하는 것 외에 달리 방법이 없었다.

기요스는 사카이 다다쓰구가 지키고 있었는데, 다다쓰구는 노부오로부터 급보를 받고 곧바로 이에야스에게 전령을 보냈으며, 이에야스는 그날로 전 병력을 이끌고 기요스까지 나아갔다.

"구와나로 지원을 가라."

이에야스는 사카이 다다쓰구를 비롯해 각 부장들에게 바로 명령을 내려 급히 달려가게 했다.

구와나는 나가시마로 가는 길목이었다. 노부오도 그곳으로 병사를 보내 나오우 촌에 본영을 설치한 히데요시와 대치하고 있었다. 나오우는 구와나에서 남서쪽으로 십 리 정도 떨어진 지점이며 마치야町屋 강변에 위치한 마을인데, 기소 강과 이비揖斐 강 등의 해구와도 가까웠기에 수륙 양군으로 노부오의 근거지를 위협하기에는 절호의 지휘소였다.

늦가을, 갈대밭이 수만의 병마를 은밀히 감싸고 있어 아침저녁으로 병참부의 연기만이 물가 마을을 덮고 있을 뿐이었다.

아직 아무런 명령도 떨어지지 않았다. 성격이 느긋한 병사는 때때로 문절망둑 낚시를 했다. 그럴 때 뜻밖에도 히데요시가 가벼운 차림으로 말을 타고 진을 둘러보기 위해 오면 병사들은 당황해서 낚싯대를 버렸으나 히데요시는 눈치를 채고도 그저 싱글싱글 웃으며 지나갔다.

사실은 히데요시도 지금과 같은 상황이 아니었다면 문절망둑이라도 낚거나 맨발로 흙을 밟고 싶었을 것이다. 그렇게 그에게는 언제나 동심이 있었다. 그랬기에 시골에만 오면 어렸을 적 개구쟁이 마음을 더욱 불러일으켰다.

이 강 하나만 건너면 오와리 땅이었다. 오와리 나카무라의 흙냄새가 가을 햇살 아래서 그의 후각을 자꾸만 자극했다.

'한번쯤은 나카무라에도 가보고 싶구나.'

히데요시는 남몰래 그런 생각을 하며 말을 돌려 진문으로 돌아왔다.

그러던 어느 날, 도다 도모노부와 쓰다 도자부로 노부카쓰津田藤三郎信勝가 심부름을 다녀와 히데요시를 기다리고 있었다.

"오! 왔는가."

히데요시도 지난 이틀 동안 두 사람의 소식을 궁금해하며 홀로 답장을 기다리고 있었던 듯했다.

"이리로 오게."

히데요시는 진문으로 들어와 말에서 내리자마자 전에 없이 허둥지둥하며 마중을 나온 두 사람을 직접 데리고 아무도 없는 숲 속의 한 막사로 갔다. 숲 주변에는 창을 든 병사 여럿이 눈을 부릅뜨고 경계를 서고 있었다. 장막 가득 오동나무 문양이 흔들렸고 나뭇가지 사이로 가을 햇살이 들어왔다. 장막 안으로는 새소리밖에 들려오지 않았다.

"어땠는가? 산스케三助(노부오) 나리의 대답은?"

히데요시가 낮은 목소리로 물었다. 하지만 눈빛은 날카로웠다. 그 눈은 뭔가 커다란 것을 기대하고 있는 듯했다.

"기뻐하십시오."

우선 쓰다 노부카쓰가 말했다.

"노부오 경께서는 '지쿠젠 나리의 마음을 잘 알았다'고 말씀하시며 회견을 승낙하셨습니다."

"그래, 승낙했단 말인가?"

"오히려 매우 기뻐하시며……."

"그랬는가!"

히데요시는 가슴을 펴고 크게 숨을 훅 내쉬며 몇 번이고 말했다.

"그래, 그랬단 말이지."

히데요시가 이번에 이세 가도로 진출한 의중에는 처음부터 커다란 계산이 있었다. 전쟁이 목표가 아니라 외교가 목적이었다. 아니, 그보다는 일이 뜻대로 되면 외교로 문제를 풀고, 뜻과는 달리 결렬되면 단번에 구와나, 나가시마, 기요스로 진격해 고마키의 견고한 요새를 배후에서부터 무너뜨릴 계획이었다. 다시 말해 화목과 전투 두 가지 공략을 겸했다고 할 수 있다.

히데요시는 이번 계획은 어긋나지 않을 것이라는 자신감을 가지고 있었다. 그래서 나오우에 진을 치자마자 쓰다와 도다 두 사람에게 자세한 내용을 들려주고 그들을 은밀히 나가시마 성의 노부오에게 보낸 것이었다.

밀사인 쓰다 도자부로 노부카쓰는 오다 가와 혈연관계에 있는 사람으로 기타바타케 노부오의 육촌 형제였다. 도자부로가 설득하고, 도다 도모노부가 이해를 밝혀 마침내 노부오로 하여금 이렇게 말하게 했다.

"나는 결코 전쟁을 좋아하는 것이 아닐세. 지쿠젠이 그렇게까지 나를 생각하고 화의를 바란다면 화의에 응해도 나쁠 것은 없으나……."

두 사람은 마지막 패로 꺼내든 노부오와 히데요시의 단독 회견 제의에 대해서도 어려움 없이 승낙을 얻어냈다.

"만나는 것도 좋겠소."

그것으로 두 사람은 '이제 됐다'고 생각하며 나오우의 진으로 달려 돌아온 것이었다.

"수고했네, 수고했어."

히데요시는 기쁨으로 눈가에 주름을 그리며 몇 번이고 두 사람의 노고를 치하했다.

"그렇다면 산스케 님과 만날 날과 장소도 빠짐없이 정했겠지?"

"그렇습니다."

도자부로가 대답했다.

"'시일을 끌어서는 안 된다. 도쿠가와 쪽에 일이 새어나가서는 안 된다'고 말씀하셨기에, 노부오 경께서 회견에 응하겠다고 승낙하자마자 '이번 달 11일 사시巳時, 구와나의 서쪽에 있는 야다矢田 강변까지 오시는 것은 어떨지……. 지쿠젠 님께도 같은 날 같은 시각에 나오우에서 나와 그곳에서 기다리라고 전하겠습니다'라고 말씀드렸습니다."

"그래, 그래. 그것도 승낙했겠지?"

"이견 없다며 승낙하셨습니다."

"11일. 내일 아침이로군."

"그렇습니다."

"물러나서 쉬도록 하게. 자네들도 심적으로 부담이 컸을 테니."

"구와나를 지날 때도, 나가시마로 들어갈 때도 세심한 주의를 기울였으나, 나가시마 성에 발을 들여놓은 순간 '이번 일은 성공하겠구나' 하는 예감이 들었습니다."

"흠, 그와 같은 사기가 보였단 말인가?"

"앞서 오사카에서 손을 써서 나가시마의 가신과 성 아래 마을에까지 여러 가지로 공작해둔 것이 효과를 발휘한 듯……. 성 아래 마을에 와 있는 도쿠가와 쪽의 부대와 기타바타케 가의 무사들은 서로 차가운 눈으로 행동을 감시하고, 성안의 무사들은 같은 성안에 머물면서도 서로 단합하지 못하고 이론을 품는 미적지근한 관계에 있는 것 같다는 느낌이 들었습니다."

히데요시는 '그럴 테지' 하며 고개를 끄덕였다. 그는 기타바타케의 집안과 도쿠가와 진영의 내부에 기회가 있을 때마다 내분과 내홍의 요인을 심어왔다. 적국에 헛소문을 퍼뜨려 혼란을 일으키는 것은 동서고금 변하지 않는 방법이었다.

히데요시는 고마키에서의 첫 번째 싸움에서 이에야스와 맞붙는 것이 쉽지 않겠다고 판단한 뒤 미묘한 사람의 마음을 살피며 쓸 수 있는 모든 방법을 배후에서 자유자재로 조정해왔다.

도쿠가와 가의 내부에서 무슨 일이 있을 때마다 이시카와 가즈마사가 의심을 받는 것도 그 작용의 한 파도였으며, 니와 나가히데가 조정을 위해 움직이자 기타바타케 가의 내부에서 그와 인연이 있는 사람들이 평화파라고 배척받고, 노부오가 이에야스의 진의에 불안을 느끼고, 도쿠가와 가 무장들이 갑자기 기타바타케 군을 경계하는 것도 전부 멀리 오사카에서 나온 지령의 작용 때문이었다.

'이제는 된 듯하구나.'

히데요시는 그런 계산에서 이번 이세 진출을 단행한 것이었다. 그랬기에 그는 쓰다 도자부로와 도다 도모노부 두 사자로부터 실상을 듣고 '그랬을 테지' 하며 득의의 미소를 지을 수 있었다.

히데요시는 어떠한 모략을 쓰더라도 외교로 문제를 해결하는 것이 전쟁으로 희생을 치르는 것보다 훨씬 낫다고 생각했다. 그리고 고마키에서 이에야스와 대치해본 뒤 이에야스에게는 정공법도, 기발한 계책도, 위협도, 전쟁도 효과가 없다는 것을 분명히 알게 되었다. 그래서 다른 방법을 쓸 수밖에 없다고 생각했다.

이튿날 야다 강변에서 이루어질 노부오와의 회견이 바로 히데요시의 심려원모의 결과물이었다.

히데요시는 아침 일찍 일어나 하늘을 보았다.

"날씨도 딱 좋구나."

어제는 늦가을 바람을 품은 구름의 움직임이 어수선했기에 만일 오늘 아침에 비바람이라도 쳐서 노부오가 약속을 연기한다는 둥, 장소를 바꾼다는 둥 하면 도쿠가와 쪽에서 눈치를 챌 우려가 있고, 그렇게 되면 참으로 난처하게 될지도 모른다고 걱정하며 잠들었다. 하지만 밤새 맑아져 늦가을에 보기 힘들 정도의 파란 하늘이 펼쳐졌기에 히데요시는 좋은 징조라며 스스로를 축복하고 말에 올라 나오우의 진을 나섰다.

수행원으로는 극히 소수의 하타모토와 시동만을 뽑았으며, 전날 사자로 다녀왔던 도다와 쓰다만을 데리고 갔다. 하지만 마치야 강을 건너자 곳곳의 갈대숲과 민가 뒤쪽에 어젯밤 배치해둔 아군 장병들이 숨어 있었다. 히데요시는 그들을 못 본 척하고 말 위에서 담소를 나누며 구와나의 서쪽 외곽 부근에 있는 야다 강의 기슭까지 나아갔다.

"노부오 님이 오실 때까지 여기서 기다리기로 할까."

히데요시는 걸상에 앉아 주위 풍경을 바라보았다.

어젯밤까지는 노부오를 평소와 다름없이 산스케 나리라고 불렀다. 하지만 지금 히데요시는 노부오의 모습을 보기 전부터 그 사람의 호칭에까지 세세하게 신경을 쓰고 있었다. 소심한 사람의 마음을 받아들이려면 우선 소심해져야 한다고 생각한 것인지 전에 없이 근실한 태도를 보였다.

잠시 뒤, 노부오가 약속 시간을 어기지 않고 한 무리의 기마를 이끌고 모습을 드러냈다.

"아아, 와 있구나."

노부오도 말 위에서 강변의 사람들을 보았다. 그는 좌우의 심복 장수들에게 무슨 말인가를 건넨 뒤 히데요시의 모습에 시선을 고정시키며 다가왔다.

"오……. 오셨군."

강변에서 기다리고 있던 히데요시가 그렇게 혼잣말을 하며 걸상에서 일어났다. 그러자 맞은편에서 노부오가 말을 멈추더니 땅 위로 훌쩍 뛰어 내렸다.

'히데요시가 나를 어떤 태도로 대할지.'

노부오에게는 아직 근심이 남아 있는 듯했다. 그는 데려온 심복 무사들을 좌우에 펼치고, 무위를 갖추어 한껏 차려입은 채 중앙에 서서 굳은 표정으로 히데요시 쪽을 지켜보았다.

히데요시, 그는 어제까지만 해도 노부오가 천하를 향해 북을 울리며 극악한 괴수, 은혜도 모르는 무례한 인간이라고 욕을 하고 이에야스와 함께 그 죄를 낱낱이 밝히던 적이었다. 하지만 지금 노부오는 그 히데요시의 청을 받아들여 회견을 허락했으나 히데요시가 과연 어떤 눈빛으로, 어떤 저의를 가지고 자신을 기다릴지 결코 마음을 놓을 수 없었다. 그런데 노부오가 위용을 갖추고 서자마자 히데요시는 지금까지 앉아 있었던 걸상을 뒤로하고 혼자서 종종걸음으로 달려왔다.

"아…… 오오 노부오 님."

히데요시는 약속도 없이 우연히 만난 것처럼 두 손을 흔들며 이렇게 덧붙였다.

"참으로 그리웠던 모습."

히데요시의 첫마디였다. 그러고는 은근한 인사나 예를 취한 것이 아니라 저잣거리의 범속한 이들이 길 위나 교차로에서 흔히 보이는 것과 별반 다르지 않은 표정을 지어 보였다. 이는 두 개의 천하를 하나로 만들기 위해 다투고 있는 군문의 대표자로서 참으로 파격적인 행동이었다. 노부오도 뜻밖의 상황에 부딪쳐 당황했으며, 철창과 갑주로 무장한 채 긴장하고 있던 그의 장병들도 어리둥절한 모습이었다.

놀라운 일은 그것뿐만이 아니었다. 히데요시는 벌써 노부오의 발아래 무릎을 꿇고 그 신에 얼굴이 닿을 정도로 머리를 조아리고 있었다. 그리고 당황한 노부오의 손을 잡으며 이렇게 말했다.

"언제가 뵙고 싶다며 지난봄 이후부터 단 하루도 생각하지 않은 날이 없었습니다. 무엇보다 건강하신 듯하여 참으로 기쁩니다. 아아, 어떤 악마가 저희 주군을 유혹해서 피할 수 없는 싸움에 이르게 한 것인지…… 오늘부터는 다시 예전처럼 주군……. 이 히데요시는 오늘의 가을 하늘처럼 해를 다시 본 것 같은 기분이 듭니다."

히데요시는 마치 울고 있는 것이 아닐까 여겨질 정도로 말과 행동 모두 꾸밈이 없고 진솔했다.

"지쿠젠, 어서 일어나게, 어서. 어째서 피할 수 없는 전쟁에 이르게 된 것이냐고 자네가 후회한다면, 내게도 할 말은 없다네. 같은 죄인 아닌가. 우선, 우선 자리에서 일어나게."

노부오는 히데요시가 잡고 있던 손으로 그를 안아 일으켰다.

11월 11일에 열린 양자의 회견은 그렇게 척척 진행되어 단독 강화를 맺게 되었다. 원래대로 하자면 노부오는 이에야스의 동의를 얻거나 사전에 상의를 하는 게 순서였다. 그런데 그는 '마침 잘됐구나' 하며 응해버렸고, 또 단독으로 화의를 성립시켰다.

이에 대해 훗날의 사가들은 노부오의 경솔한 행동과 그 심사를 조롱하듯 이야기했다. 아라이 하쿠세키新井白石는 《한칸부藩翰譜》[6]에서 이렇게 특필했다.

노부오 크게 기뻐하며, 도쿠가와 나리에게 이 일을 알리지도 않고
11월 11일에 지쿠젠노카미를 만나 화해를 하고 말았다.

---

6) 아라이 하쿠세키가 고후 한주藩主인 도쿠가와 쓰나토요德川綱豊(훗날 6대 쇼군인 이에노부家宣)의 명령으로 편집한 책. 1600~1680년 사이 다이묘에 대해 기록한 것으로 전 30권으로 이루어졌다.

그리고 《호안 태합기甫庵太閤記》에는 이렇게 기록되어 있다.

어느 날, 노부오 경은 여러 가지 의심이 들었기에 곧 화목을 맺었다.

여러 의심이 무엇인지 다시 말할 필요는 없을 것이다. 결국 노부오는 히데요시의 꾀에 넘어간 것이다. 이에야스가 노부오를 손에 넣고 농락했던 것처럼 이번에는 히데요시가 노부오를 가로챈 것일 뿐이었다. 그날 히데요시가 첫 만남에서부터 노부오의 환심을 사기 위해 얼마나 달콤한 말을 속삭였을지는 상상하고도 남을 일이다.

히데요시는 까다롭고 신경이 날카로운 사람이라고 일컬어졌던 노부오의 아버지 노부나가를 섬겼을 때도 심기를 건드린 적이 거의 없었다. 그런 그에게 이와 같은 일은 더없이 간단한 일이었을 것이다. 하지만 앞서 두 사자를 통해 제시한 강화 조건의 내용은 결코 달콤한 것이 아니었으며, 그렇게 간단한 것도 아니었다. 조건의 내용은 다음과 같았다.

1. 히데요시는 노부오의 딸을 양녀로 받아들인다.
2. 히데요시가 점령한 이세 북쪽의 네 개 군은 노부오에게 반환한다.
3. 노부오는 일족인 오다 나가마스와 다키가와 가쓰토시瀧川雄利, 사쿠마 마사카쓰佐久間正勝, 고 나카가와 가쓰타다中川雄忠의 아들이나 어머니 등을 인질로 보낸다.
4. 이가의 나바리名張 등 세 개 군, 이세 남부의 스즈카鈴鹿, 가와와河曲, 이치시一志, 이이다카飯高, 이이노飯野, 다케多氣, 와타라이度會 등의 일곱 개 군, 거기에 오와리, 이누야마 성과 가와다河田 요새는 히데요시에게 양도한다.
5. 이세, 오와리 두 개 주에 걸친 임시 축성은 양쪽 모두 파기한다.

"됐소."

노부오가 조인하자 히데요시는 선물로 황금 스무 개, 후도 구니요키不
動國行의 칼 하나를 건넸으며, 이세 지방에서의 전리품인 쌀 삼십만 오천 가
마를 증여했다. 히데요시가 마음을 표하기 위해 몸을 굽혀 공경하고 그만
큼 실물을 건넸으니 노부오는 만족할 수밖에 없었다. 하지만 그것이 어떤
회답으로 돌아올지 노부오는 그다지 깊이 고려하지 않았다.

노부오는 명문가의 아들로 귀인의 자격을 갖추고 있었다. 하지만 시대
의 격렬한 조류를 생각해봤을 때 어리석은 인간이라는 말을 들어도 어쩔
수 없는 일이다. 명문가의 자제로 시류의 바깥에 있었다면 아무런 책망도
듣지 않았을 것을, 그는 시류의 첨단으로 나서 싸움의 괴뢰가 되었으며 자
신의 깃발 아래에서 많은 사람을 죽게 만들었다.

노부오가 히데요시와 화의를 맺은 사실이 밝혀진 뒤 가장 놀란 사람은
이에야스였으리라. 천하의 달인인 이에야스가 이 어리석은 도련님에게
보기 좋게 한 방 얻어맞은 셈이었다.

뜨거운 쇳물을 삼키다

이에야스는 히데요시와의 대전을 위해 오카자키^{岡崎}에서 기요스로 나와 대대적인 편제를 단행했다. 12일 아침이었다.

"갑자기 뵙고 말씀드려야 할 일이 생겨서."

구와나에 있던 사카이 다다쓰구가 밤새 말을 달려 찾아왔다.

"뭣이? 다다쓰구가?"

전선의 사령관이 무단으로 진지에서 벗어나 돌아온다는 것은 심상치 않은 일이었다. 더구나 다다쓰구는 육십 세의 노장이었다. 일족인 요시로 시게타다^{与四郎重忠}와 요시치로 다다토시^{与七郎忠利}가 함께 있는데 노인이 무슨 일로 밤새 달려온 것인지 의문스러울 뿐이었다.

이에야스는 아침을 먹고 있었으나 곧 자리를 옮겨서 그를 만났다.

"이상한 일이 일어났습니다."

"다다쓰구, 무슨 일인가……."

"어제 구와나의 서쪽에 있는 야다 강변에서 노부오 경이 히데요시와 회견을 했는데 우리 집안에는 아무런 말도 전하지 않고 화목을 맺었다는 소문이 돌고 있습니다."

"야다 강변에서……."

사에몬노조 다다쓰구左衛門尉忠次는 이에야스가 감정을 억누르는 것을 보고는 오히려 입술을 부르르 떨었다. 다다쓰구는 참을 수가 없었다. 천하의 명청이 같은 노부오라고 크게 외치고 싶었다. 지금 이에야스가 마음속에서 가만히 억누르고 있는 것도 아마 다르지 않으리라. 화를 내야 할지, 웃어야 할지. 순간 마음속에서 움직인 감정을 스스로도 어떻게 받아들여야 할지 몰라 억누르고 만 것이리라.

"……."

이에야스는 망연한 눈빛으로 어처구니가 없다는 듯한 표정을 지어 보였다. 그대로 시간이 흘렀다.

"……."

그사이에 이에야스는 눈을 두어 번 깜빡일 뿐이었다. 그리고 커다란 귓불을 왼손으로 잡고 얼굴을 옆으로 돌려 문질렀다.

'난처하게 됐군. 곤란하게 됐어.'

참으로 당혹스러운 듯한 모습이었다. 구부정한 등을 좌우로 흔들기 시작했다. 왼손이 귓불에서 떨어지더니 무릎을 철썩 내리쳤다.

"다다쓰구."

"네……."

"틀림없는 사실인가?"

"이처럼 중대한 일을 어찌 섣불리 고하러 왔겠습니까? 더욱 자세히 알아보기 위해 사람을 풀었으니 곧 소식을 가지고 전령들이 뒤따라올 것입니다."

"그런데…… 산스케 님으로부터는 자네의 진소로 아직 아무런 소식도 전해지지 않았단 말이지?"

"어제 나가시마에서 나오셔서 구와나를 지나 야다 강변으로 가실 때도 수비, 배치를 살펴보러 가시는 줄로만 알았으며, 성으로 돌아가실 때 역시 아무런 말씀도 하지 않으셨습니다."

"그런가……."

이에야스는 처음으로 고개를 끄덕인 뒤 중얼거렸다.

"그럴 만도 하군."

차례차례 들어온 보고는 노부오가 단독 강화를 맺었다는 소문을 더욱 확실하게 뒷받침해주는 것들이었다. 그런데도 노부오는 그날까지 아무런 연락도 취하지 않았다. 노부오가 단독으로 강화를 맺었다는 사실은 곧 도쿠가와 가의 가신들에게도 전해졌다.

"이런 뜻밖의 일이."

이이 효부, 사카키바라 야스마사, 오쿠보 다다스케大久保忠助, 오쿠보 다다치카大久保忠隣, 혼다 야하치로本多弥八郎, 혼다 헤이하치로 다다카쓰 등의 다혈질인 젊은 장수들을 비롯해 도리이 다다마사鳥居忠政, 도다 주로에몬戸田十郎右衛門, 나이토 신고로內藤新五郎, 마쓰다이라 야스쓰구松平康次, 마쓰다이라 요이치로 히로이에松平与一郎廣家, 마쓰다이라 마고로쿠로 야스나가松平孫六郎康長, 안도 히코주로安藤彦十郎, 사카이 요시치로酒井与七郎, 아베 마사사다阿部正定 등의 분별 있는 부장들까지 얼굴을 마주할 때마다 믿을 수 없다는 듯 서로 떠들어댔다.

"정말인가?"

"정말인 듯하오."

마침내 사람들은 납득할 수 없다는 듯한 얼굴로 기요스의 한 방에 모였다. 그들은 절조 없는 노부오를 탄핵하고, 따돌림을 당해 궁지에 빠진 도쿠가와 가의 입장을, 그리고 천하에 체면을 어떻게 세울 것인가 걱정하며 눈물을 머금은 채 분개했다.

"만일 이것이 사실이라면 아무리 노부오 경이라 해도 그냥 두지는 않아야 하오."

혈기 넘치는 헤이하치로 다다카쓰가 말했다. 그러자 이이 효부 나오마사도 눈을 치켜뜨며 말했다.

"우선 노부오 경을 나가시마에서 모셔와 잘못을 따져 묻고, 그 뒤 하시바 지쿠젠과 자웅을 겨루어야 할 것이오."

"이건 말도 안 되는 일이오."

"처음부터 도쿠가와 가가 누구를 위해 일어난 것이란 말인가."

"이에야스 님께서 도와주지 않으시면 고 노부나가 공의 일족은 히데요시의 야망 때문에 멸망할 수밖에 없다고 울며 매달렸기에 우리 도쿠가와 가가 의를 부르짖으며 일어난 것이거늘. 그 의전의 깃발, 명분의 주인이 적에게로 휙 돌아서다니, 한심해서 말도 안 나오는군."

"게다가 우리 집안에는 한마디 상의도 없이."

"심지어는 아직까지 아무런 연락도 해오지 않았소. 이대로 입을 다물고 앉아 있을 심산인가?"

"아니, 그렇게 내버려두지는 않겠소. 아무리 춘추의 도의가 무너졌다고는 하나."

"어쨌든 분한 일이오."

"이대로 있어서는 우리 나리의 체면도 떨어질 것이고, 우리도 천하의 웃음거리가 될 것이오. 고마키, 나가쿠테의 전장에서 목숨을 잃은 벗과 부하들의 영혼에게도 면목 없는 일이오."

"그렇소, 개죽음이오."

"전사자의 죽음을 의미 없는 것으로 만들고, 살아 있는 우리도 이처럼 분함을 참아야 할 이유는 없소. 나리께서는 이번 일을 대체 어떻게 하실 생각이신지."

"오늘 아침부터 나리의 거처는 매우 조용하오. 구와나에서 온 사에몬노조 다다쓰구 나리와 오스가 야스타카 나리 등과 같은 노신들만 부른 채……. 오늘도 뭔가 깊이 상의하시는 듯하오."

"누군가가 이곳의 의견을 노신들에게 전달하는 게 어떻겠소? 직접 말씀드리기는 조심스러우니."

"그렇다면 누가 좋겠소?"

아베, 나이토, 마쓰다이라 등이 자리를 둘러보았다.

"역시 이이 나리가 좋지 않겠소? 헤이하치로 나리와 함께."

"좋소, 말씀드리고 오겠소."

혼다 헤이하치로와 이이 효부 두 사람이 대표가 되어 그곳을 나섰을 때였다. 그 순간 그들의 부하들이 소식을 전해왔다.

"나가시마에서 온 노부오 경의 사자 둘이 지금 막 대서원으로 들어갔습니다."

"뭣이, 나가시마의 사자가 왔다고?"

그러자 사람들의 분노는 더욱 들끓어 올랐다.

"무슨 낯짝으로……."

"뻔뻔스럽게."

사람들은 저마다 분노를 표출했다. 하지만 사자들이 대서원으로 들어갔다고 하니 이미 사자와 이에야스가 만나고 있으리라 여겨졌으며, 곧 주군의 뜻도 표명될 터였기에 사람들은 서로를 달래며 그 결과를 기다리기로 했다.

노부오의 사자는 노부오의 숙부인 오다 엣추노카미 노부테루織田越中守信照와 이코마 하치에몬生駒八右衛門 두 사람이었다. 노부오의 의중이야 어찌 됐든 두 사람은 사자가 되어 도쿠가와 가로 온 것이 민망한 듯 매우 위축된 상태로 대서원의 자리에 앉아 있었다.

마침내 이에야스가 갑옷도 입지 않은 평복으로 시동들만 데리고 가볍게 모습을 드러냈다. 그리고 깔개에 앉자마자 바로 말을 건넸다.

"노부오 경께서 갑자기 생각을 바꾸어 지쿠젠과 손을 잡으셨다고 하더군."

"네……."

두 사자가 엎드려 얼굴도 들지 못한 채 그대로 대답했다.

"이번에 갑자기 하시바 나리와 화담을 나눈 일에 대해 나리의 집안에서는 틀림없이 뜻밖의 일이라고, 유감스러운 일이라고 생각하실 거라는 점은 잘 알고 있사옵니다만, 사실 거기에는 주인 노부오 나리의 여러 가지 심려원모와 눈앞의 사정이 있기에……."

"짐작이 가오. 그 일에 대해서는 장황하게 설명할 필요 없소."

"자세한 내용은 이 서면에 적혀 있으니 모쪼록 읽어보시기 바랍니다."

"흠, 나중에 천천히 보기로 하겠소."

"노여움을 사지 않을까, 주인께서는 그 일만 걱정하고 계십니다."

"무슨 소리요, 그런 걱정은 하실 필요 없소. 애초부터 이번 싸움은 이에야스의 사심이나 사사로운 생각에 의해 시작한 것이 아니오. 그대들도 그 발단에 대해서는 잘 알고 계시지 않소?"

"잘 알고 있습니다."

"이 모든 일이 오로지 노부오 경의 운명을 위한 일이었음은 이에야스의 마음에서 어제도 오늘도 변함이 없소. 쓸데없는 근심을 하실 필요 없소."

"말씀 전하도록 하겠습니다. 나리의 뜻을 전해 들으시면 주인께서 얼마나 기뻐하실지……."

"다른 방에 음식을 준비해두라고 했소. 이제 전쟁도 끝났으니 누가 뭐래도 축하할 일이오. 천천히 점심을 드시고 가시오."

이에야스는 그렇게 말하고 안으로 들어갔다. 나가시마의 사자는 별실에서 술과 밥의 향응을 받았으나 곧 창황히 돌아갔다.

　그 소식을 들은 혈기왕성한 무사들은 당치도 않은 일이라며 격분했다.

　"있을 수 없는 일이오!"

　팔을 부르쥐며 화를 내는 사람도 있었다.

　"아니, 틀림없이 주인께서는 달리 깊이 생각하신 바가 있을 것이오. 어찌 노부오 경과 히데요시의 야합을 그냥 승낙하셨겠소."

　한편으로는 그렇게 깊이 생각하며 위로하는 사람도 있었다. 그사이 이이 효부와 혼다 헤이하치로가 사람들의 의견을 노신들에게 전하러 갔다.

　"서기."

　이에야스가 서기를 불렀다. 조용하던 곳에서 들려온 목소리였다. 이에야스는 조금 전 대서원에서 노부오의 사자를 만나고 자신의 방으로 돌아온 뒤 누구도 들이지 않았다. 서기의 방에서 바로 누군가가 이에야스의 방으로 건너갔다.

　"료안了庵인가. 글을 하나 써주게."

　이에야스가 사방침의 자리를 바꾸었다. 서기는 벼루를 끌어다놓고 대필할 내용을 기다렸다.

　"기타바타케 노부오 경과 하시바 지쿠젠 나리께 각각 축하의 글을 보내려 하네. 내가 불러주는 대로 적게."

　"네."

　료안이 붓에 먹물을 묻힌 뒤 문득 이에야스의 얼굴을 올려다보았다. 이에야스는 노부오와 히데요시에게 화목을 축하하는 글을 보내기 위해 얼굴을 비스듬히 하고 눈을 감고 있었다. 아니, 글의 내용을 생각하기 전에 뜨거운 쇳물을 삼킨 것 같은 마음을 정리하고 있는 듯했다.

　잠시 뒤 이에야스가 글의 내용을 담담하게 불러주었다.

　일곱 살 때부터 이마가와今川 가에 인질로 가 있었지만 임제시臨濟寺(린자

이지)의 차가운 방에서 셋사이雪齋 화상에게 학문을 배운 이에야스였다. 그렇게 고등교육을 받은 이에야스는 교육 면에서 히데요시와 비교할 수 없는 상대였다. 따라서 히데요시의 서기는 히데요시가 입에서 나오는 대로 불러주는 것을 상식에 맞는 문체로 적는 것이 임무였으나, 이에야스의 서기는 이에야스가 불러주는 대로 한 글자 한 글자 깨끗하게 쓰기만 하면 되었다.

이에야스는 편지 두 통을 다 쓰고 나서 시동에게 명령했다.

"호키를 좀 오라고 해라."

서기는 편지 두 통을 이에야스 앞에 놓고 방에서 나갔다. 뒤이어 촛불을 든 근신이 들어와 조용히 두 곳에 불을 켜고 나갔다.

어느 틈엔가 날이 저물어가고 있었다. 불을 보자 이에야스는 오늘 하루가 왠지 짧은 것 같다는 생각이 들었다. 그만큼 자신의 마음속이 다망하고 공허했던 것일까 하고 생각했다. 그때 가만히 방문을 여는 소리가 들렸다. 이시카와 호키노카미 가즈마사는 주인과 마찬가지로 벌써 평상복으로 갈아입고 그곳에 엎드려 있었다.

집안의 장병 대부분이 아직 무장을 풀지 않았다. 그럼에도 불구하고 가즈마사는 오늘 아침부터 이에야스가 평상복으로 갈아입은 것을 보고 자신도 곧 평상복으로 갈아입었다.

'가즈마사의 저 차림은 또 뭐란 말인가. 갑옷을 입을 때는 느리면서 벗을 때는 빠르구나.'

사람들은 눈에 쌍심지를 세워 가즈마사의 겉모습뿐만 아니라 속마음까지 읽으려는 듯 노골적으로 그를 바라보았다. 어찌 된 일인지 사람들은 호키노카미 가즈마사가 하는 일에 대해서는 같은 가신이면서도 있는 그대로 받아들이지 않았다. 앞을 가리키면 뒤를, 바닥을 보이면 그 바닥에 다시 이중 바닥이라도 있는 것 같은 인물로 받아들였다.

'유감스러운 일이기는 하다.'

최근 가즈마사의 얼굴에는 깊은 주름이 새겨졌다. 피부색에도 생기가 없었으며 웃음을 잃은 지 오래였다.

"그래, 가즈마사 왔는가. 거기는 너무 머네. 가까이 오게. 좀 더 가까이."

언제나 변함이 없는 것은 주군뿐이었다. 가즈마사는 이에야스 앞으로 가자 오히려 맥이 풀렸다.

"호키."

"네."

"내일 이에야스의 사자로 가주었으면 하네."

"어디로 가는 사자입니까?"

"나오우의 진소에 있는 하시바 나리와 구와나의 노부오 경에게로."

"알겠습니다."

"축사를 담은 서장은 여기 있네. 두 곳에 잘 전해주기 바라네."

"화목에 대한 축사입니까?"

"그렇다네."

"나리의 심정은 짐작이 갑니다. 그런데 불만의 빛도 드러내지 않으시고 이처럼 축하의 말씀을 전하시는 것을 보면 아무리 노부오 님이라도 틀림없이 얼굴을 붉히실 것입니다."

"아닐세, 가즈마사. 산스케(노부오) 님에게 얼굴을 붉히게 한다면 역시 이에야스는 소심한 자가 되어 의에 따라 일어선 싸움이라는 공언이 우스운 것이 되어버리고 마네. 이에야스의 입장은 뒤로 돌려놓기로 하세. 거짓 평화가 됐든, 뭐가 됐든 평화에 대해서 불평을 토로할 이유는 어디에도 없네. 천하 만민의 기쁨과 함께 이에야스도 진심으로 만족스럽게 생각한다고 자네가 잘 말씀드리도록 하게."

이에야스는 호키노카미야말로 자신의 마음을 가장 잘 알아주는 사람이며, 또 이번 일을 가장 잘 처리할 수 있는 사람이라고 여기며 자세히 이야기를 들려주었다. 하지만 가즈마사는 다시 한 번 고통을 견뎌야 하는지 고민할 수밖에 없었다. 애초부터 자신에 대한 가신들의 오해는 자신과 히데요시가 접촉하면서 시작되었다.

작년에 히데요시가 야나가세柳ヶ瀬 전투에서 승리를 거두었을 때 이에야스는 히데요시에게 축하의 뜻을 전할 사자로 이시카와 가즈마사를 뽑아 하쓰하나初花 다기를 들려 오사카로 보냈다.

그때 히데요시의 기쁨은 이만저만한 것이 아니었다. 하쓰하나 다기를 자랑하기 위해 아직 공사 중인 오사카 성의 다실로 제후들을 불러 다도회를 열었다. 그날 히데요시는 제후들에게 도쿠가와 나리가 축하를 위해 보낸 선물이라며 자랑을 늘어놓았다. 게다가 사자로 온 가즈마사에게 '하루만 더 머물러라, 하루만 더'라고 말해 결국 예정일을 넘겨 돌아갔고, 돌아가는 길에도 주인인 이에야스와 가즈마사에게 수많은 선물을 준 탓에 짐을 실은 말이 행렬을 이룰 정도였다.

그 뒤에도 이에야스 가와 교섭이 있을 때면 히데요시는 반드시 가즈마사의 소식을 물었으며, 또 도쿠가와 가와 친교가 있는 제후와도 곧잘 가즈마사에 대해 이야기를 나누었다.

'호키노카미는 하시바 나리의 마음에 쏙 든 모양이더군.'

언제부턴가 미카와 무장들의 머릿속에 그러한 선입관이 깊이 뿌리를 내렸다.

고마키에서 대치할 때든 니와 나가히데의 조정 운동 전후든 무슨 일이 있을 때마다 미카와 무장들은 아군인 가즈마사의 움직임을 예의 주시했다. 흔히들 무인의 굳센 성격에 대해 이야기하지만 무인들의 시기와 소심한 성격 역시 시끄러운 법이다. 하지만 이에야스는 거기에 현혹되지 않았다. 그러다 보니 그에게는 가즈마사가 유일하게 기댈 수 있는 사람이었다.

"왜 이리 소란스러운 게냐."

이에야스가 가즈마사의 얼굴에서 문득 다른 곳으로 시선을 돌렸다. 그것은 몇 개나 떨어진 방에서 들려오는 사람들의 목소리였다. 화의에 불만을 품은 무장들이 가즈마사가 주군 앞으로 불려갔다는 소리를 듣고 더욱 의심이 생겨 거침없이 분노를 토로하는 모양이었다.

이이 효부, 혼다 헤이하치로 등을 대표로 해서 도리이, 오쿠보, 마쓰다이라, 사카키바라 등이 노신인 사카이 다다쓰구를 둘러싸고 있었다.

"노인께서는 선봉의 병사들을 이끌고 구와나 성 아래에 계시지 않았습니까? 노부오 경과 히데요시가 야다 강변에서 회합한 줄도 모르고, 히데요시의 밀사가 구와나 성을 지났다는 사실도 모르셨다니 말도 안 됩니다. 두 사람의 야합적인 화목이 이루어졌다는 사실을 알고 난 후에 급히 말을 달려온들 그게 무슨 소용입니까?"

사람들이 다다쓰구에게 따져 물었다. 하지만 상대는 히데요시였다. 사전에 새어나갈 계책을 쓸 사람이 아니었다. 다다쓰구도 할 말은 얼마든지 있었다. 하지만 노장답게 불만을 품은 무리와 젊은 혈기에 대해서는 순순히 그 분개와 매도를 받아주는 것이 가장 좋다고 생각해 사과만 하고 있을 뿐이었다.

이이 효부와 혼다 헤이하치로의 목적은 예순 살 노인을 괴롭히는 것이 아니었다. 단지 주군에게 자신들의 의중을 전하고 싶었던 것이다. 야합적인 화목을 단호히 일축하고 노부오의 단독 강화는 도쿠가 가와 상관없다고 천하에 선언하길 바랄 뿐이었다.

"말씀을 전해주십시오, 노인께서."

"아니, 이처럼 밀어붙이는 것은 온당치가 않네."

"저희는 아직 갑주도 벗지 않았으며 이곳을 전장이라 생각하고 있습니다. 평소의 예를 따질 필요는 없습니다.”

“곧 나리께서 직접 말씀을 전하실 게야.”

“그때는 이미 늦습니다. 그 전에 말씀을 올려야겠기에 저희도 이 소란을 피우는 것입니다. 말씀을 전해주지 않으시겠다면 어쩔 수 없습니다. 근신을 통해 나리의 거처로 직접 들어가겠습니다.”

“아니, 지금은 가즈마사 나리와 말씀을 나누고 계시는 중일세. 거처를 함부로 소란스럽게 할 수는 없네.”

“뭣이, 가즈마사가?”

이러한 때에 이시카와 가즈마사가 주군 앞에 홀로 있다는 사실을 듣게 되자 그들은 더욱 불안하고 불쾌할 수밖에 없었다. 그들은 고마키 전투 때부터 걸핏하면 화의가 전해졌으며, 그때마다 그 뒤에 가즈마사가 있다고 생각했다. 니와 나가히데가 조정을 위해 움직였을 때도 오로지 가즈마사가 그 일을 담당했으니 이번 노부오의 단독 강화에도 그의 책동이 있었던 것이 아닐까 의심할 수밖에 없었다.

사람들의 거짓 없는 감정이 소란스러운 소리가 되자 몇 개나 떨어진 방에 있는 이에야스의 귀에까지 전해진 것이었다. 한 시동이 종종걸음으로 복도를 달려와 이에야스의 말을 전했다.

“부르십니다!”

그리고 한마디 더 덧붙였다.

“여러분, 한 분도 빠짐없이 거실로 오라는 분부십니다.”

그곳에 모인 사람들은 뜨끔했는지 얼굴을 마주 보며 몹시 두려워했다. 하지만 헤이하치로와 효부처럼 강경한 사람들은 바라던 바라는 듯 사카이 다다쓰구와 다른 사람들을 재촉하며 앞장섰다.

“부르신다고 하지 않소. 어서 갑시다.”

이에야스의 거실은 갑옷을 입은 무사들로 가득 들어찼다. 장지문을 열어 옆방에까지 나란히 앉았다.

"모두 모였는가?"

모두 눈동자를 이에야스의 얼굴로 향했다. 이에야스도 한 사람 한 사람을 둘러보듯 한동안 입을 다물고 있었다. 그의 곁에는 이시카와 가즈마사가 있었다. 그다음에는 사카이 다다쓰구가 앉아 있었으며 이하 도쿠가와 가의 중견들이 모여 있었다.

"모두 듣기 바란다."

이에야스가 말을 꺼냈다가 끝자리 쪽을 보며 말했다.

"끝자리에 있는 사람은 좀 멀구나. 이에야스의 목소리가 낮으니 좀 더 이쪽으로 모이도록 하게. 이리 와서 내 주위를 감싸고 듣도록 하게."

사람들이 자리를 옮겼고, 끝자리에 있던 사람까지 모두 이에야스 주변으로 모였다.

"내 뜻과는 달리 노부오 경께서 어제 갑자기 하시바와 화목을 맺었다네. 실은 오늘 아침에 이 사실을 모두에게 알릴 생각이었으나 벌써 그대들의 귀에 들어가 적잖이 걱정을 끼쳤다고 하더군. 용서해주게, 결코 그대들에게 일을 숨기고 있었던 게 아닐세."

모두 고개를 숙였다.

이에야스는 이야기 중에 용서해달라는 말을 몇 번이고 되풀이했다.

"노부오 경의 요청에 응해 자네들을 일어나게 한 것도 이 이에야스의 잘못이었소. 고마키, 나가쿠테에서 애석하게도 좋은 가신들을 여럿 전사케 한 것도 이 이에야스의 과실. 그리고 산스케(노부오) 님이 나도 모르는 사이에 히데요시와 손을 잡아 자네들의 의로운 마음과 충성스러운 기개를 무의미하게 만든 것도 노부오 님에게 죄가 있는 게 아니라 전부 이 이에야스의 밝지 못함과 부주의에 있소. 오로지 충의밖에 모르는 자네들에게 이 이에야스는 주군으로서 뭐라 사과해야 할지 모르겠소."

이에야스는 윗자리에서 머리라도 조아릴 듯한 태도로 다시 사과했다.

"용서해주기 바라네. 물론 원통하겠지. 물론 화가 나겠지. 이에야스도 어리석기는 하나 그 마음에는 변함이 없다네. 하지만 이제 와서 산스케 나리를 비난한다면 그건 우리의 명분을 스스로 우습게 만드는 꼴이 되어버리고 말 걸세. 따라서 하시바 나리에 대해서는 그 지략을 칭찬해주고 동시에 평화를 축하할 수밖에 없네. 모략의 평화, 위장된 평화라고 욕해서는 결코 안 되네."

언제부턴가 모두 고개를 숙였고, 이에야스의 얼굴을 보는 사람은 아무도 없었다. 자꾸만 눈물을 떨어뜨리는 소리가 들려왔다. 사내의 눈물, 원통한 울음의 떨림이 어깨에서 어깨로 물결처럼 흔들렸다.

"어쩔 수 없는 일이라고…… 이번에는 참아주길 바라네. 마음을 크게 단단히 먹고 훗날을 기약하기로 하세."

이이 효부와 혼다 헤이하치로는 그곳으로 온 뒤 한마디도 하지 않았다. 아니, 두 사람 모두 고개를 옆으로 돌린 채 종이로 얼굴만 닦고 있었다.

"축하할 일일세. 전쟁은 끝났네. 내일은 축하하며 오카자키로 돌아가기로 하세. 자네들도 얼른 돌아가서 처자의 얼굴을 보도록 하게."

이에야스는 종이로 코를 풀어가며 말했다.

이튿날인 13일, 이에야스 이하 도쿠가와 군은 기요스 성을 떠나 산슈ᄐ州 오카자키로 돌아갔다. 같은 날 아침, 이시카와 가즈마사는 화목 성립을 축하하는 사자로 사카이 다다쓰구와 함께 구와나로 갔다. 그리고 노부오를 만난 뒤 다시 나오우의 히데요시를 찾아가 이에야스의 공식 의사를 전했다.

"경하스럽기 그지없습니다."

그들은 그렇게 축하의 글을 건네준 뒤 돌아왔다. 가즈마사가 돌아간 뒤 히데요시는 좌우의 사람들에게 이렇게 말했다.

"보게나, 과연 이에야스일세. 만약 다른 사람이었다면 이번의 통한을 마치 뜨거운 차를 마시듯 이처럼 아무렇지도 않게 삼키지는 못했을 걸세."

히데요시는 상대방에게 뜨거운 쇳물을 마시게 한 장본인이었던 만큼 상대방의 태도도 높이 평가했다. 입장을 바꾸어 자신이 이에야스였어도 이런 태도를 취할 수 있었을지 자문자답해보았다.

그러는 동안에도 득의만만한 사람은 노부오였다. 야다 강변에서의 회견 이후, 그는 완전히 히데요시 수중의 물건이 되어 전에 이에야스에게 모든 것을 의지하고 있었던 것처럼 무슨 일에나 '히데요시, 히데요시' 하며 오로지 그의 일거수일투족에 신경을 곤두세울 뿐이었다.

"지쿠젠은 어떻게 생각할지. 지쿠젠에게 물어보는 것이 좋을 듯하네. 지쿠젠에게 물어보게."

따라서 강화 조건은 히데요시의 뜻대로 실행되었으며 성의 분할, 인질과 서약서를 보내는 일도 전부 마무리되었다.

"우선은 일단락 지어졌군."

히데요시는 이제야 마음이 조금 편안했다. 하지만 아무래도 나오우의 진에서 새해를 맞이해야 할 듯했기에 오사카 성의 사람들에게도 편지를 보내 겨울 맞을 준비를 하고 있었다.

말할 필요도 없이 히데요시의 대상은 처음부터 노부오가 아니라 이에야스였다. 이에야스 문제가 해결되지 않는다면 시국은 평정을 되찾은 것이라 할 수 없었으며, 그의 의도도 아직은 그 도중에 있는 것이라 할 수밖에 없었다.

"요즘 건강은 어떠십니까?"

어느 날 구와나 성으로 찾아간 히데요시가 이런저런 얘기 끝에 노부오에게 물었다.

"아주 건강하다네. 무엇보다 근심거리가 없고, 전진에서의 과로도 완전히 풀려 마음이 편하기 때문이겠지."

노부오가 밝게 웃어 보였다. 히데요시는 자신을 잘 따르는 아이를 무릎에 안듯 몇 번이고 고개를 끄덕였다.

"그러실 겝니다. 마음에도 없는 싸움에 정신도 피로해졌을 테니. 하지만 아직 골치 아픈 일이 남아 있습니다만."

"그게 대체 무엇인가, 지쿠젠."

"도쿠가와 나리를 저대로 내버려두었다가는 언제 다시 골칫거리가 될지 모를 일입니다."

"그렇군. 호키노카미를 사자로 보내 축하한다고 말하기는 했으나……."

"차마 뜻을 거슬러 화를 낼 수도 없는 일 아니겠습니까? 애초부터 나리를 등에 업고 나선 일이었으니."

"그도 그렇군."

"그러니 나리께서 한마디 해주시는 것이 좋을 듯합니다. 도쿠가와 나리의 마음속에는 틀림없이 이 히데요시와 화의를 맺고 싶다는 생각이 가득할 것입니다. 하지만 자신이 먼저 항복을 청하면 체면이 서지 않을 것이고, 그렇다고 해서 계속 히데요시와 맞설 이유는 어디에도 없으니……. 아마 입장이 곤란하게 되었을 것입니다. 모쪼록 도쿠가와 나리를 도와주시기 바랍니다."

명문가 출신 중에는 자기중심적인 사람이 많은 편이다. 주위의 사람들은 모두 자신을 위해 존재한다는 착각에서 오는 것이다. 자신이 다른 사람을 위해 힘을 쓴다는 것은 생각도 하지 못할 일이다. 하지만 노부오는 히데요시의 말을 듣고 깨달았다.

"이에야스를 이대로 내버려두는 것은 옳지 않다."

그리고 자신에게도 득이 되지 않는다고 생각했다. 며칠 뒤 노부오는 자신이 히데요시와 이에야스의 중재자가 되겠다고 나섰다. 어쩌면 당연한 의무였음에도 불구하고 그는 히데요시의 말을 듣고서야 비로소 움직이기 시작한 것이다.

"이러한 조건을 받아들인다면 중재자의 얼굴을 봐서 도쿠가와 나리의 죄를 용서하도록 하겠다."

히데요시는 전승자의 입장을 취하며 노부오를 통해 그렇게 말하게 했다. 조건은 다음과 같은 것이었다.

이에야스의 친아들인 오기마루於義丸를 히데요시의 양자로 삼는다.
이시카와 가즈마사의 아들 가쓰치요勝千代, 혼다 시게쓰구의 아들 센치요仙千代 등을 인질로 보내야 한다.
앞서 노부오와 협정한 성채의 파기, 영토의 분할 외에 도쿠가와 가에 대해서는 현상의 변경을 요구하지 않는다.

"도쿠가와 나리에 대해서는 여전히 쉽게 풀리지 않는 분함이 이 히데요시의 마음에 아직 남아 있으나 나리의 체면을 생각해 이쯤에서 참기로 하겠습니다. 받아들일지 말지, 너무 시간을 끌어도 좋지 않습니다. 오카자키에 바로 사자를 보내셨으면 합니다."

이에 노부오는 그날로 자신을 대신해 중신 두 명을 오카자키에 보냈다. 가혹한 조건이라고는 할 수 없었으나 그것을 받아들이려면 이에야스에게는 커다란 인내심이 필요했다.

오기마루를 양자로 삼겠다고는 했으나 사실은 인질이었다. 세상에 그렇게 보였다. 거기다 도쿠가와 가 중신의 아들들을 오사카에 인질로 보낸다면 이는 누가 봐도 패자의 입장이었다. 그러다 보니 내부의 의견은 다시 경직되었다. 하지만 이에야스는 평정했다. 기요스에서도 그랬던 것처럼 그는 화를 낼 줄 모르는 사람처럼 보였다. 모든 것을 자신의 죄로 돌리고 사자에게 대답했다.

"조건을 수용하겠소. 잘 처리해주셨으면 하오."

몇 번에 걸쳐서 사람이 오갔다. 그리고 11월 21일, 히데요시 쪽의 정사 도다 도모노부와 부사 쓰다 노부카쓰 두 사람이 강화 사절로 오카자키에 도착했다. 노부오 쪽에서는 다키가와 가쓰토시가 대리인으로 와서 조인에 입회했다.

"우선은 됐구나."

히데요시와 이에야스의 화목이 성립되자 노부오도 안심했다.

12월 12일, 이에야스의 아들인 오기마루가 하마마쓰浜松 성에서 오사카로 보내졌다. 이시카와 가즈마사의 아들 가쓰치요와 혼다 시게쓰구의 아들 센치요도 함께 보내졌다. 인질들의 행렬을 지켜본 오카자키의 장병들은 연도에 서서 하나같이 눈물을 흘렸다.

한때 천하를 뒤흔들었던 고마키 전투도 이것으로 끝이 났다. 겉으로 봐서는 잠정적으로 일단 마무리 지어졌다.

노부오는 12월 14일에 오카자키로 가서 연말이 가까운 25일까지 머물렀다. 이에야스는 한마디 싫은 소리도 하지 않고 앞날을 알 수 없는 이 호인을 십여 일 동안이나 대접한 뒤 돌려보냈다.

호쿠리쿠의 겉과 속

노부오의 단독 강화로 인해 이에야스는 설 곳을 잃고 말았다. 그리고 이에야스와 히데요시의 화목이 성립되자 각 주에서 이에야스를 지지하고 있는 반히데요시 무리 역시 난을 꾀할 목표를 잃고 여기저기에 명분 없이 버려진 아이처럼 되어버리고 말았다.

기슈紀州의 하타케야마 사다마사畠山貞政, 네고로根來의 사이가雜賀 당, 그리고 시코쿠四國의 조소카베 모토치카長曾我部元親 등이 그러한 자들이었다. 특히 엣추越中의 삿사 나리마사佐々成政는 앞서 고마키에서 대란이 일어날 조짐이 보이자 때는 지금이라는 듯 평소의 야심을 시국에 걸고 가장 적극적으로 반히데요시를 외쳤던 사람 중 하나였다.

나리마사는 옛날부터 '원숭이를 싫어한다'고 공공연히 떠들고 다녔다. 그는 원숭이가 노부나가에게 막 쓰이기 시작했을 당시부터 비슈 가스가이 군의 성주였다. 그리고 시바타 가쓰이에와는 문경을 약속한 사이로, 가쓰이에가 멸망하는 날까지 둘도 없는 시바타의 지지자였다.

본능사本能寺(혼노지)의 변에서부터 시즈가타케, 기타노쇼 함락 등 그에게는 생각할 수도 없었던 세상의 급변이 차례차례 사실이 되어 다가왔다.

그는 노부나가의 명령에 따라 호쿠리쿠를 다스리던 가쓰이에의 보좌를 맡아 함께 엣추에 머물러 있었는데 가쓰이에의 멸망과 히데요시의 왕성한 기세를 보고는 체념할 수밖에 없었다.

'참아야 한다. 지금은 참을 수밖에 없다.'

몇 년 전, 히데요시에게 서약서를 보내 항복한 것은 결코 본심이 아니었다. 그의 자부심은 그 정도의 일로는 늙지 않았다. 히데요시 역시 그의 마음을 알고 있었다. '히요시, 도키치로'라고 불리던 시절 그 누구도 자신에게 주목하지 않는 동안 노부나가를 둘러싼 막장들의 성격과 버릇까지 자세히 관찰해두었던 것이 지금 커다란 도움이 되고 있었다.

'시바타와 삿사는 같은 유형으로 자부심이 강한 자들이다. 에이로쿠시대(1558~1570년)형의 무인이라고 할 수 있다. 힘을 앞세우는 같은 유형의 인물이라 할지라도 삿사는 시바타보다 그 크기가 한 아름 작고 거칠다. 그가 이대로 히데요시에게 순순히 복종할 리 없다.'

히데요시는 진작부터 그렇게 생각했기에 고마키로 출진하기 전에도 가나자와金澤의 마에다 도시이에에게 글을 보내 암암리에 삿사의 책동을 경고해두었다.

그대가 고마키로 올 필요는 없소. 오야마尾山 성의 경계를 굳건히 해서 호쿠리쿠를 잘 견제해주기 바라오.

마침내 나가쿠테에서의 전황이 히데요시에게 불리해지자 나리마사는 손뼉을 치며 쾌재를 불렀다.

"그러면 그렇지. 앞서 도쿠가와 나리께 크게 힘써 달라고 서간을 보내놓기는 했으나 만일을 위해 내가 직접 가서 일을 논의하고 와야겠다. 오야마 성에 있는 오이누尾大 놈에게 내가 성을 비웠다는 사실을 들키지 않도록 하라.”

나리마사는 그렇게 말하고 적은 수의 수행원들과 함께 엣추 사라사라ㅎㅎㅎㅎ 고개를 넘어 엔슈遠州로 길을 떠났다.

“이렇게 모습을 바꾸어 가벼운 차림으로 은밀히 오기는 했으나, 나는 삿사 구라노스케 나리마사요. 도쿠가와 나리를 위해 긴히 드릴 말씀이 있어서 멀리 엣추에서 찾아왔소.”

어느 날 밤, 그는 엔슈 이이다니井伊谷에 있는 이이 효부 나오마사를 찾아갔다. 때는 나가쿠테 전투 이후인 5월 초순으로, 이에야스를 비롯해 멀리서 달려온 장수들은 모두 고마키로 나가 있었다. 물론 나오마사도 부재 중이었으나 전선에서 소식을 듣고 이에야스의 뜻을 받아 이 진객珍客을 위해 이이다니로 돌아왔다.

“효부입니다. 처음 뵙겠습니다.”

“오오, 귀공이 도쿠가와 나리의 집안에서 붉은 차림의 부대로 유명한 효부 나오마사 나리시오? 아직 젊으십니다. 저는 삿사 나리마사요. 잘 부탁드리겠소.”

“주인께서는 고마키에 계십니다만, 한시도 진소를 비우실 수가 없습니다. 말씀 여쭈라고 하셨습니다. 무슨 일로 먼 길을 오셨는지 직접 뵐 수 없어 참으로 안타깝지만 모쪼록 잘 부탁드린다고 말씀하셨습니다.”

“이번 싸움에서는 이 삿사 나리마사도 부족하나마 호쿠리쿠에서 힘을 조금 보태고 있소. 그 일에 대해서는 일전에 도쿠가와 나리께 밀서를 보내 두었소만.”

“매우 기뻐하고 계십니다. 삿사 나리께서 호쿠리쿠에 머물며 뒤를 공격해주시는 것은 고마키에 참전하신 것보다 몇 배나 더 큰 힘이 된다고 말씀하셨습니다.”

"그럴 것이오. 이 나리마사가 있기에 오야마 성의 오이누[7] 놈도 히데요시의 꽁무니를 따라 고마키로 오지 못하는 형편이니."

"오이누라 함은 누구를 말씀하시는 것인지."

"모르셨소? 마에다 이누치요前田犬千代, 도시이에를 말하는 게요. 젊었을 때부터 오이누, 오이누라 부르던 게 입에 뱄기에 이제 와서 마에다라고도, 도시이에라고도 부르기가 쉽지 않소. 아하하하."

삿사 나리마사와 이이 효부는 술잔을 나누며 이야기를 나누었다. 술자리가 무르익을 무렵 효부가 넌지시 물어보았다.

"마에다 나리와 삿사 나리는 예전부터 견원지간보다 더 사이가 좋지 않았다고 들었습니다만, 이번에 저희 쪽에 가담하신 것도 오이누가 미워서 그러신 것인지요?"

"무슨 말씀을 하시는 게요!"

나리마사가 눈을 둥그렇게 뜨고 화를 냈다. 그러자 나이 어린 효부는 과연 자존심이 강하고 고지식한 무사답다고 생각하며 관찰적인 미소로 그의 노기를 바라보았다.

"시바타 가쓰이에가 세상을 떠난 뒤에도 고 노부나가 공의 뜻에 따라 호쿠리쿠에서 우에스기上杉와 그 외의 야망가들을 견제하고 있는 것은 이 삿사 한 사람밖에 없소. 오이누 따위는 같은 입장에 있었으면서 본능사의 변 직후 곧 태도를 바꾸어 히데요시 같은 놈에게 아첨해서 몸의 영달에 급급한, 그야말로 개와 다를 바 없는 자요. 물론 나리마사는 인간이기에 개와의 교제는 철저히 경멸하고 있기는 하지만, 이번에 도쿠가와 나리께 가담한 것은 결코 사사로운 원한 때문이 아니라 공분 때문이오."

나리마사는 바로 본심을 드러냈다. 자신의 정직을 커다랗게 이야기하

---

7) 이누는 우리말로 개를 뜻한다.

146

며 이마의 퍼런 힘줄로 그것을 증명해 보이는, 성격의 겉포장을 중히 여기는 사람이었다.

"무엇보다 도쿠가와 나리께서 노부나가 공과의 친분을 잊지 않으시고 노부오 경을 도와 괘씸하고 뻔뻔스러운 히데요시가 어지럽힌 정통성을 바로잡으려 하시는 마음에 대해 삿사 나리마사가 어찌 입을 다물고 가만히 있을 수 있었겠소? 참으로 듬직하다고 생각했기에 나도 의로운 마음을 일으켜 엣추에서 같은 결심을 하게 된 것이오."

나리마사는 효부가 질릴 정도로 히데요시의 잘못을 비난하고 이에야스의 덕을 칭송하며 장황하게 이야기를 늘어놓았다. 그리고 마지막으로 자신도 때를 가늠해 북국서 나와 참전할 테니, 대승을 거둔 뒤에는 그에 대한 보수로 북국의 오 개국을 받고 싶다며 이에야스의 승낙을 요구했다.

이에야스가 북국 오 개국을 그에게 주겠다고 묵약했는지는 분명하지 않았다. 하지만 이이다니에 며칠 머물고 있던 삿사 나리마사가 마침내 좋아서 펄쩍 뛰며 자신의 영지인 엣추 도야마富山 성으로 돌아간 것만은 틀림없는 사실이었다. 그리고 이후 그의 행동은 반히데요시의 기치를 더욱 힘차게 올리기도 했다. 그러자 그의 책사이자 일족이기도 한 삿사 헤이자에몬佐々平左衛門이 그를 타이르듯 말했다.

"마에다는 보통내기가 아닙니다. 나리처럼 아무런 계책 없이 처음부터 본심을 그대로 드러내서는 도저히 큰일을 이룰 수가 없습니다. 이번에는 조금 더 빈틈을 보일 필요가 있습니다."

"헤이자, 무슨 좋은 계책이라도 있는 겐가?"

"없지도 않습니다만, 나리처럼 본심을 드러내 기세를 올려서는 계책을 쓸 여지도 없습니다."

"어떻게 하면 좋겠는가?"

"우선 '오이누, 오이누'라고 부르는 버릇부터 고치시기 바랍니다."

"마에다 나리라고 부르란 말인가?"

"그리고 일부러라도 약하게 보이십시오."

"약하게 보이라니?"

"센 척하지 말라는 것입니다."

"어려울 것도 없군. 빈틈을 보이라는 건 그런 뜻이었나?"

"그리고 무슨 일에나 마에다 나리의 뜻을 받아들이고 그분을 통해서 오사카에도 좋은 말이 들어가면 좋겠다고 생각하는 것처럼 실제로 행동해 보이지 않으면 그도 마음을 허락하지 않을 것입니다."

"그렇다면 나리마사는 양다리를 걸친 자가 되지 않는가?"

"그렇습니다. 애써 양다리를 걸친 자라고 업신여김을 당하는 것이 좋을 것입니다."

책사는 그에게 여러 가지 계책을 들려주었다.

나리마사의 장점은 자신이 믿고 있는 사람의 말을 잘 듣는다는 점이었다. 그런 면에서 그도 범용한 사람은 아니었다.

어느 날 삿사 헤이자에몬이 다시 속삭였다.

"나리……. 과감하게 마에다 나리의 차남을 사위로 들이는 것이 어떻겠습니까?"

"뭣이, 오이누의 차남을 사위로 들이라고?"

"오이누라고 부르지 마십시오. 또 그 버릇이."

"나도 고치려고 하는데 저절로 입에서 나오는군. 혼담을 넣었다가 거절당하면 나리마사의 체면이 서지 않을 텐데."

"애초부터 이는 하나의 계책으로 마에다 가에서 거절한다면 마에다 가의 속내도 분명히 알 수 있고, 저희의 마음도 정하기 쉬우니 손해될 것은 없습니다."

"하지만 나와 마에다와는 오래전부터 사이가 좋지 않아 세상에서도

148

견원지간이라 부르고 있다네. 혼담을 넣는다는 건 너무 속이 보이는 일 아닐까?"

"그런데 때마침 좋은 중매자가 있습니다. 교토와 호쿠리쿠 사이를 자주 오가는 교토의 상인 아부라야 고킨油屋小金이라는 자가 있는데 마에다의 중신인 무라이 나가요리村井長頼와 왕래를 하고 있습니다. 그가 중매를 서겠다고 늘 말하고 있습니다."

"흠…… 그런 사내가 있다면 마에다와 은밀히 맥을 통하는 것도 나쁘지 않겠군."

"맥은 이미 짚어봤습니다."

"내게 말도 하지 않고 일을 진행시킨 겐가?"

"아니, 그렇지는 않습니다. 어디까지나 계책이니 빠져나갈 구멍이 없는 짓은 하지 않습니다. 하지만 고킨의 말에 따르면 마에다 가에서도 혼담을 받아들일 것 같다고 합니다."

그 뒤 혼담이 급속히 진행되었다. 교토의 상인인 아부라야 고킨은 설마 병가에서 흔히 볼 수 있는 책략이라고는 생각하지 못하고, 만약 이번 혼담이 성사되면 호쿠리쿠의 상권은 두 집안과의 인연에 의해 자신의 손에 전부 들어올 것이라는 나름의 야심을 품고 두 집안 사이를 부지런히 오갔다.

마침내 도시이에의 차남인 도시마사利政와 삿사 나리마사의 딸의 혼담이 성사되었다. 나리마사의 구실은 다음과 같은 것이었다.

"나도 머지않아 쉰 살이 되오만, 내게는 아직 후사가 없소. 만일 귀공의 차남을 우리 외동딸의 사위로 삼을 수 있다면 적당한 때를 봐서 나는 은거하고 뒷일은 젊은 두 사람에게 맡기고 싶소."

도시이에는 다음과 같은 말로 화답했다.

"만일 두 집안이 불화를 풀고 화목해지면 누구보다 호쿠리쿠 일원의 서민들이 안심하게 될 것이오. 참으로 경하스러운 일이오."

7월 말 여름이었다. 나리마사의 신하인 삿사 헤이자에몬이 약혼 예물을 전달하기 위해 도야마를 떠나 가나자와의 오야마 성으로 갔다. 마에다 도시이에는 성안의 모든 가신들과 함께 삿사 헤이자에몬을 정중하게 맞이했다.

"먼 길 잘 오셨습니다."

참으로 극진한 대접이었다. 밤에는 산가쿠散樂[8]를 펼쳐 보이고 곧 사위가 될 차남 도시마사에게도 손님 앞에서 춤을 추게 했으며, 낮에는 산해진미로 대접했다. 그리고 돌아가는 날 아침에는 후타후리ㄷㅁ의 명검과 준마 한 마리를 나리마사에게 건넸다.

"참으로 모자란 도시마사지만 도야마 성에 가게 되면 모쪼록 여러분이 잘 가르쳐주시기 바랍니다."

헤이자에몬의 보고를 듣고 나리마사는 득의의 미소를 지었다.

"보통내기가 아닌 마타자又左(도시이에)를, 한술 더 떠서 속이고 돌아온 그대는 참으로 중국의 지혜로운 자나 모사보다 뛰어난 자로다. 정말 수고했네."

혼사 준비에 분주한 척 보였지만 도야마 성의 밀실에서는 군사 회의에 여념이 없었으며, 무기고에서는 활을 시험하고 철포를 가다듬었다. 또 은밀히 군수물자를 모으고 있었다.

8월이 되어서도 더는 소식이 없었기에 마타자에몬 도시이에는 중신인 무라이 나가요리를 도야마에 사자로 보내 화촉을 밝힐 길일을 정하고 싶다고 상의했다.

나리마사는 사자에게 이렇게 답했다.

---

8) 중국에서 넘어온 마술, 곡예, 광대극 등의 총칭.

"예로부터 중추에는 혼인을 피한다는 말이 있소. 9월이 되면 다시 논의하기로 합시다."

"말씀 그대로 전하겠습니다."

나가요리는 고분고분 대답하고 대접을 받은 뒤 성에서 나왔다.

그런데 가나자와로 가는 도중, 그의 행렬을 따라 도야마 성에서 국경을 넘어온 사람이 있었다. 그는 다도를 담당하던 사람 중 하나였다. 아무리 두 집안 사이에서 화해의 말들이 오간다 할지라도 국경의 관문은 여전히 경계가 삼엄했다. 그의 탈출은 목숨을 걸지 않으면 불가능한 것이었다.

"수행원 중에 고바야시 야자에몬小林弥左衛門 님이라는 분이 계시지 않습니까? 저는 쇼린正林이라고 하는 자로 도야마에서 다도를 담당하고 있습니다. 야자에몬 님을 뵙고 꼭 말씀드려야 할 중요한 일이 있습니다."

쇼린은 아직 젊은 사람이었다. 도중에 흉변이 있을 것을 걱정했는지 얼굴에 고약을 바르고 다 떨어진 승복을 걸쳐 떠돌이 탁발승처럼 꾸몄다.

무라이 나가요리의 수행원 중 앞쪽에 있던 고바야시 야자에몬이 대열에서 벗어나 쇼린 앞으로 왔다.

"제가 고바야시 야자에몬입니다만, 삿사 나리의 다도를 맡고 계시는 분께서 무슨 일로 이런 곳까지 저희를 따라오신 것입니까?"

땅바닥에 엎드린 쇼린이 그 사람을 가만히 올려다보며 말했다.

"잊으셨는지……. 저는 어르신께서 팔 년 전에 나나오七尾 성 아래서 목숨을 구해준 떠돌이 부자 중 한 사람이었습니다."

"글쎄요……."

"벌써 오래전 일이니 어르신께서는 잊으셨을지도 모르겠으나 위험한 순간에 목숨을 구해주신 어르신의 은혜를 저희 부자는 지금도 잊지 못하고 있습니다."

"아아, 생각났소. 전에 도시이에 님께서 나나오 성에 계실 때 굶주림을 견디지 못해 성 아래 마을의 찻집에서 도둑질을 하다 여러 사람에게 붙들려 고통을 받고 있던 부자를 도와준 적이 있었는데, 그럼 그때의……."

"그렇습니다. 그때의 아들이 바로 저고, 떠돌아다니던 아버지는 그 뒤 우오쓰魚津에서 병사하고 말았습니다. 이후 연이 닿아 삿사 나리의 집안에서 다도를 맡아 생활하고 있었습니다만, 얼마 전 뜻밖에도 참으로 위태로운 풍문을 들었기에 옛 은혜를 생각해서 어떻게든 전해드려야겠다고 마음먹었습니다."

"호, 위태로운 풍문이란 무엇인지?"

"이번 혼담에 관한 것입니다. 삿사 나리의 본심은 결코 양가의 화목을 바라는 데 있지 않으며, 진심으로 도시이에 님의 차남을 사위로 바라는 것도 아닙니다."

"잠시만, 무슨 실없는 소리를 하는 게냐?"

야자에몬은 일부러 야단을 치듯 말했다.

"다른 일도 아니고 양가의 경사에 대해 느닷없이 그런 말을 하다니. 다른 사람이 듣는다면 무사하지 못할 것이다. 오늘 밤에 우리의 숙소로 와서 차분하게 말하도록 하라."

그날 밤, 고바야시 야자에몬은 쇼린의 입을 통해 삿사 나리마사의 겉과 속을 자세히 들었다. 쇼린은 이번 초여름에 나리마사가 엔슈 이이다니로 은밀히 가서 북국 오 개국을 받는 조건으로 이에야스와 비밀 협약을 맺고 돌아온 일부터, 이후 마에다 가와의 혼담을 진행하는 척하면서 실제로는 전쟁 준비를 서두르느라 밤이면 밤마다 군사 회의에 여념이 없다는 사실까지 일일이 사실을 들어가며 야자에몬에게 고했다.

야자에몬은 자신조차 잊고 있던 한 조각 은혜를 갚기 위해 목숨을 걸고 중요한 일을 고하러 와준 쇼린의 다정한 마음에 머리를 조아릴 듯 예를 취했다.

"고맙소……. 주인이신 나가요리 님도, 큰 나리이신 마에다 도시이에 님도 결코 삿사 나리마사를 진심으로 믿고 있었던 것은 아니나……. 그렇게까지 깊은 모략이 있을 줄은 생각도 못했소. 그대의 마음 참으로 크게 전해졌소."

야자에몬은 가나자와로 돌아와 그 사실을 무라이 나가요리에게 보고했으며, 나가요리는 오야마 성의 마에다 도시이에 앞으로 쇼린을 데리고 가서 삿사의 내정을 직접 이야기하게 했다.

도시이에는 그의 그러한 행동이 한 조각 은혜에 대한 감사에서 나온 것이라는 소리를 듣고 황금 두 개와 계절에 맞는 옷 등을 주었으며, 이후 자신의 다실에서 일하게 했다.

"요즘 같은 때, 참으로 기특한 자로다."

오리무중

가가加賀와 엣추의 경계에 있는 가호쿠河北 군 아사히朝日 산에 어느 틈엔가 새로운 요새가 구축되었다. 공사를 맡은 사람은 마에다 가의 장수인 무라이 나가요리와 다카바타케 규조高畠九藏, 하라다 마타에몬原田又右衛門 등이었다.

8월 22일 무렵, 가나자와에서 갑자기 나와 밤낮으로 쉬지 않고 공사에 임해 요새 하나를 구축한 것이었다. 그런 줄도 모르고 도야마의 삿사 나리마사는 마침내 때가 왔다는 듯 삿사 헤이자에몬을 주장으로, 마에노 고헤前野小兵衛를 부장으로 삼아 급히 천팔백 명의 병사를 풀어 아사히 산을 점령케 했다.

"우선 아사히 산에 의지해서 가가를 취하라."

그런데 놀랍게도 그곳에는 이미 새로운 요새가 구축되어 있었다.

"아, 저 깃발은 마에다인가?"

"마에다 군입니다. 성안에 천이삼백 명이 있는 듯합니다."

헤이자에몬은 깜짝 놀랐으나 자세히 살펴보니 방어 공사는 아직 절반밖에 진척이 되지 않아 공격을 퍼부으면 의외로 쉽게 무너질 것처럼 여겨지기도 했다.

"갑자기 지어 허울만 좋은 곳, 무너뜨리는 데 번거롭게 시간을 들일 필요도 없다. 공격하라!"

헤이자에몬은 공격에 나섰으나 마에다 군의 격렬한 저항에 이튿날까지 요새의 목책 하나 무너뜨리지 못했다. 그러는 사이 오야마 성에서 후와 히코조^{不破彦三}, 가타야마 나이젠^{片山內膳} 등의 기병대 칠십 명을 응원군으로 보냈다.

"그렇다면 가나자와의 응원군이 차례차례 올지도 모르겠구나."

공격에 지쳐 있던 삿사 헤이자에몬은 갑자기 군대를 거두어 도야마로 돌아가고 말았다.

화촉을 밝히려던 축제가 갑자기 피의 제전으로 변해 포고도 없는 전쟁 상태에 돌입하게 되었다.

"나리마사가 가면을 벗었구나."

마타자에몬 도시이에가 주위를 돌아보며 웃었다. 그리고 히데요시에게 서면을 보내고 사자를 통해서도 자세한 사항을 전했다.

"이번 가을에는 대충 짐작했던 일이 일어날 것 같소. 하지만 도시이에는 고마키 전투에도 참가하지 않고 영지에서 천천히 여름을 보내며 만반의 준비를 했으니 괘념치 마시고 안심하시길."

당시 가가 일원에 배치된 마에다 군을 돌아보면, 장남인 도시나가가 맛토^{松任} 성에, 마에다 히데쓰구^{前田秀次}와 그의 아들인 도시히데^{利秀}가 쓰바다^{津幡} 성에, 그리고 마에다 히데카쓰^{前田秀勝}와 요시쓰구^{良継}, 다카바타케 사다요시^{高畠定吉}, 나카가와 미쓰시게^{中川光重} 등이 많은 병사와 함께 나나오 성에 배치되어 있었다.

그 외에도 조 쓰라타쓰^{長連龍}가 도쿠마루^{德九} 성에, 메가타 마타에몬^{目賀田又右衛門}과 니와 겐주로^{丹羽源十郎}가 도리고에^{鳥越} 성에 이삼천 명의 병사와 함께 배치되어 손에 침을 뱉어가며 기치의 왕성함을 내보이고 있었다.

"삿사, 어서 오너라!"

한편 나리마사도 열을 올려 국경의 방어를 엄중히 했으며 각 요지에 성채를 증강했다. 엣추의 국경에 있는 가쓰야마勝山 성에는 니와 곤베丹羽權兵衛를 배치해 나나오 성에 대항하게 했으며, 아오阿尾 성에는 기쿠치 우에몬뉴도菊地右衛門入道와 그의 아들인 이즈노카미伊豆守를, 모리야마森山 성에는 진보 우지하루神保氏張, 도묘 세이주로同苗淸十郎를 배치했다. 그 외의 병력과 포진에 있어서는 마에다 군을 훨씬 압도했다.

싸움은 우선 적과 아군의 가장 작은 점과 점 사이에서 시작되었다. 국부적인 점과 점의 작은 전투에서부터 양군의 균형이 흔들리는 것이었다.

삿사 쪽에서는 모리야마 성의 진보 우지하루가 병사 삼천을 이끌고 마에다의 영토인 가시마鹿島 군으로 침입해 공격의 첫 번째 불길을 올렸다. 민가를 불태우고 베기 직전의 벼를 짓밟으며 적의 성인 도쿠야마로 짓쳐 들어가려 했다. 하지만 보기 좋게 격퇴당하고 말았다.

그 무렵 나나오 성에 있던 마에다 군의 장병들도 삿사 군이 있는 가쓰야마 성을 공격했다. 하지만 이들도 격렬한 반격에 부딪쳐 나나오 성으로 퇴각하고 말았다.

일승일패, 일진일퇴였다. 마침내 교착상태가 계속되었으며, 대국은 네 갈래로 대치한 채 좀처럼 움직일 수 없는 양상을 보이고 있었다. 이렇게 되었을 때 비로소 통솔자의 성격이 드러나는 법이다.

삿사 나리마사는 상황이 변하지 않자 마침내 조바심이 났는지 전략도를 가만히 들여다본 뒤, 이렇게 호언장담했다.

"내가 직접 샛길로 산을 넘어 가가로 공격해 들어가 노토能登를 차지한 뒤, 일거에 적의 심장인 가나자와를 짓밟도록 하겠다."

대대적인 작전을 생각해낸 삿사 나리마사의 심리에는 무인의 허영심이 강하게 작용하고 있었을 것이다.

'멀리에 있는 도쿠가와 나리와 기타바타케 노부오 경에게도 나의 용맹을 보여주겠다.'

때는 9월 8일이었다.

"우선은 가호쿠 군에 있는 적의 도리고에 성을 단번에 짓밟아라."

삿사 군의 정예 이만여 명이 기세를 올리며 도야마 성을 출발해 서쪽을 향해 나아갔다. 대군 속에는 화려하게 차려입은 무장이 한 무리의 하타모토들에게 둘러싸여 있었다. 갑옷 위에 노란 나사로 지은 겉옷을 입고, 남만 삿갓 모양의 투구를 쓰고, 장검을 비껴 찬 채, 금빛 술을 두른 저울추 깃발을 말 앞에 세우고 가는 사람이 바로 삿사 구라노스케 나리마사^{佐々內藏助成政}였다.

당시로는 매우 참신한 나사, 술, 남만 삿갓과 같은 이국의 풍물로 무장한 모습은 노부나가의 차림새를 떠올리게 했다. 아마도 그것들은 전부 나리마사가 예전에 노부나가로부터 받았던 것이리라. 그리고 노부나가가 세상을 떠난 지금, 은근히 '나를 보라'는 식으로 작은 노부나가라도 된 양 거들먹거리며 일생일대의 출진을 위해 한껏 차려입은 것이리라.

서쪽으로, 서쪽으로, 진즈^{神通} 강을 건너 이미즈^{射水} 벌판을 지나갔다. 마침내 다시 커다란 강 부근에 도착했을 때 나리마사는 말에서 내려 잠시 전군을 쉬게 했다.

"고헤를 불러라."

그사이 나리마사는 도야마 성 아래 마을에서 데려온 다바타 고헤^{田畑小兵衛}를 곁으로 불렀다. 고헤는 농민이었다가 숯과 장작을 파는 상인이 되었다. 여러 해 동안 숯과 장작을 산에서 다져다 호쿠리쿠 각 도시에 판매하는 직업에 종사했기에 산악의 샛길과 각 길의 지리에도 밝았다. 나리마사는 그런 그를 중군에 속하게 해서 길잡이로 삼았다.

"고혜, 이번에 길잡이를 하느라 수고가 많군."

"당치도 않은 말씀입니다. 대장님이야말로 고생이 많으실 줄로 압니다."

"아닐세. 이제 막 도야마에서 나오지 않았는가. 그런데 자네는 몇 살 때부터 산을 돌아다녔는가?"

나리마사는 이 사내를 충분히 신뢰하고 있었으나, 지금부터 들어서려고 하는 가가, 노토, 엣추 삼 개국에 걸친 산지는 처음 가는 곳이라 무척 걱정하고 있었다.

"네, 네. 거의 철들기 시작할 무렵부터 다녔습니다."

고혜가 걸상에 걸터앉아 있는 나리마사의 모습에 압도되어 머리도 들지 못하겠다는 듯한 태도로 말을 이었다.

"저는 산귀신처럼 구리카라俱利伽羅의 산골에서 태어났기 때문에 어렸을 때부터 사람의 마을이라는 것을 모르고 자랐습니다."

"부모도 숯을 구웠는가?"

"예, 아마타天田 고개에서 할아버지 때부터 숯을 구웠습니다."

"그렇다면 자네는 꽤나 출세한 셈이로군. 숯과 장작을 파는 자 가운데는 호쿠리쿠에서 으뜸이라 들었으니."

"전부 나리께서 돌봐주신 덕분입니다."

"점포와 집은 어디에 있는가?"

"나리의 영지 안인 진즈 강에 점포가 있는데 가족과 고용인 모두 한곳에서 살고 있습니다."

"그런가."

나리마사는 이 길잡이에 대해 한층 더 신뢰하게 되었다는 듯 고개를 끄덕였다. 처자권속과 재산까지 전부 자신의 영지 안에 있는 사람이라면 절대로 자신을 배신할 리 없다고 생각했기 때문이다. 하지만 인간의 마음을 그런 척도만으로는 측량하기 어려운 법이라는 사실을 곧 알게 되지만, 이때는 아직 그런 사실을 깨닫지 못하고 있었다.

효부의 커다란 무리는 마침내 한냐노般若野에서 쇼庄 강을 건너 도이데戸出에서 하룻밤 야영을 하고 이튿날 이스루기石動의 북쪽에서 산악지대로 접어들고 있었다. 험한 구리카라俱梨伽羅를 중심으로 한 첩첩산중은 가가, 노토, 엣추 삼 개국의 경계를 이루는 호쿠리쿠의 척추였다.

삿사 쪽에서는 구리카라에 미리 요새를 설치해 마에다 쪽의 쓰바타津幡와 도리고에의 공격에 대비하고 있었으나 그곳은 규모가 너무 작아 적을 제압하기에 부족했다. 게다가 지키는 데도 다급한 상황이 벌어지면 후방과 연락을 나누고 지원을 요청하기도 어려웠으며 지세도 매우 불편했다.

나리마사는 아군의 약점을 제거하고, 적이 난공불락이라 여기며 의지하는 아성인 도리고에를 점령해 노도 반도와 가가의 경계선을 끊고 단번에 마에다 쪽의 세력을 양분할 생각으로 대병을 움직여 온 것이었다. 그를 위해 도리고에 성과 대치하고 있는 아군의 구리카라 요새에도 들르지 않고 적이 눈치채기 전에 이스루기에서 북쪽 산악지대의 샛길을 따라 가가로 빠져나가 도리고에 성을 뒤에서부터 갑자기 급습하는 작전을 취했다.

이번 작전을 성공하면 틀림없이 형세가 유리해질 터였다. 하지만 가노, 노토, 엣추의 척추를 이루는 산맥을 넘기란 그리 쉬운 일이 아니었다. 그랬기에 산길에 밝은 길잡이까지 구해 선두에 세웠으나 때는 9월이라 산속은 특히 안개가 깊어 유감스럽게도 길잡이인 고헤마저도 때때로 기로에 서서 고개를 갸웃거릴 정도였다.

안개가 가져다주는 착각은 무시무시했다. 혼자 있든, 여럿이 있든 그 때문에 온갖 불안에 시달려 정신적 소모로 지치기는 마찬가지다. 아니, 혼자 있으면 오히려 움직이기 편하지만 작전을 목적으로 하는 이만여의 병마와 함께 있으면 행동을 일치하기조차 어려운 법이다.

"이보게."

"여길세."

대오와 대오는 서로를 확인하며 느리게 산길을 넘어갔다.

"치중대를 낙오하게 해서는 안 된다. 치중대는 끊임없이 나팔을 불고, 나팔에 답하라. 그리고 선봉대는 너무 멀리 떨어져 길을 잘못 들어서서는 안 된다."

삿사는 중군에서 끊임없이 신경을 쓰며 전령을 전후로 달리게 했으나 걸핏하면 좌우의 얼마 떨어져 있지 않은 하타모토들의 모습조차 새하얀 농무에 휩싸였으며 눈썹까지 물방울에 가려져 한동안 자리에 멈춰 설 수밖에 없었다. 그러할 때면 그는 언제나 길잡이인 고헤의 이름을 불렀다.

"고헤, 고헤. 이 길이 틀림없겠지?"

안개 속에서 고헤의 대답이 들렸다.

"안심하십시오. 이곳의 산길은 눈을 감고도 갈 수 있습니다."

"대체 지금 어디쯤을 지나고 있는 겐가?"

"로쿠로六郎 계곡 아래서 스가가하라普ヶ原 쪽으로 올라가고 있습니다."

"그런 낯선 산들의 이름으로는 짐작도 가지 않는데, 가가 국경 안으로 들어서는 것은 언제쯤인가?"

"우선 오늘 밤에는 우시쿠비牛首 고개 부근에서 야영을 하고, 내일 미쿠니三國 산을 넘어 보다이지菩提寺 산, 오키쓰興津 고개 등을 지나 모레 새벽쯤 도리고에 성을 뒤쪽에서 갑자기 치면 아군의 대승은 의심의 여지도 없을 것입니다."

"생각 외로 시일이 많이 걸리는구나. 그렇다고 군마를 너무 지치게 하면 막상 싸움에 임할 때 충분히 활약할 수 없을 터……. 우시쿠비라는 곳에 야영하기 좋은 곳이 있는가?"

"오르면 오를수록, 특히 밤에는 추위도 심해지지만, 북쪽을 피한 적당한 평지가 있습니다. 밤안개에 휩싸이기 전에 해가 조금 남아 있을 때 막사를 치는 것이 좋을 듯합니다."

고헤의 말에 따라 아직 날이 밝았지만 우시쿠비 고개의 팔 부 능선 부근에서 야영을 준비했다. 무지갯빛으로 물든 안개의 기류 속에서 황혼으로 방향을 알 수 있을 뿐이었다. 마침내 전군은 산이 보이지 않는 산속에서 그저 시뻘겋게 불을 밝혀놓은 채 밤을 맞이했다.

나리마사는 추위를 쫓기 위해 술을 데우게 하고 일족, 하타모토들과 도리고에 성을 취한 다음 펼칠 2차 작전을 부지런히 협의하고 있었다. 그때 끝자리에 앉아 있던 고헤의 모습이 언제부턴가 보이지 않았기에 곁에 있던 사람에게 물었다.

"고헤는 어디로 갔는가?"

아무도 눈치채지 못했다는 듯 서로의 얼굴을 마주 보며 말했다.

"글쎄…… 어디로 간 거지. 벌써 자러 갔을 리도 없을 텐데."

나리마사는 곳곳의 진영과 막사 안을 찾아보게 했다.

"보이지 않습니다. 어디에서도 고헤의 모습은 보이지 않습니다."

병사들과 함께 찾으러 갔던 시동들이 돌아와 고했다. 나리마사가 문득 눈썹을 찡그리더니 취기를 억누르며 보이지 않을 리 없으니 좀 더 신중하게 찾아보라고 외쳤다. 신기하게도 그날 밤 고헤의 모습은 어디에서도 찾아볼 수가 없었다. 길잡이가 갑작스럽게 도망을 가자 이만여 명의 병사들은 산속에서 미아가 되어버리고 말았다. 그것도 적지로 들어서기 직전이었다.

"그렇다면 처음부터 이 나리마사에게 적의를 품고 있던 몹쓸 놈이었을지도 모르겠구나. 나의 불찰이로다. 찾아내서 갈가리 찢어놓아라."

나리마사는 날이 밝자마자 부하들을 나누어 계곡과 봉우리의 길이 없는 깊은 곳까지 찾게 했으나 결국 고헤의 발자국조차 찾아내지 못했다.

아침에 잠깐 해가 보이기는 했으나 얼마 지나지 않아 다시 젖빛 안개가 모든 산과 전군의 시야를 감쌌다.

"괘씸한 놈. 영토로 돌아가 녀석의 일족을 불태워 죽여도 시원치 않을 것이다. 이놈, 두고 보아라."

나리마사는 덧없이 발을 구르며 전후의 대군을 둘러보았으나 나아가야 할지, 물러나야 할지 진퇴양난에 빠진 모습이었다.

정오 무렵, 안개가 조금 걷혔다.

"이 틈에 적의 도리고에 성까지 발걸음을 서둘러라."

나리마사는 병사들을 독려해 산지에서 벗어나려 했으나 가도 가도 산은 끝나지 않았으며 오히려 더욱 좁은 계곡으로 들어서는 듯한 느낌이 들었다.

"멈춰라! 이상한데……."

지도를 펼쳐놓고 사방의 산세와 가만히 대조해보니 아무래도 가가 국경을 뒤로한 채 엣추의 서쪽 끝에 있는 고이五位 산에서 나시노키梨ノ木 고개를 향해 가는 듯 여겨졌다.

이튿날, 병사들을 풀어 사냥꾼의 집을 찾아내서 길을 물어보니 지난 이틀 동안 목적지와는 전혀 반대되는 방향에서 헤맸다는 사실을 알 수 있었다. 나리마사는 온몸의 털을 곤두세우고 다시 고헤를 욕하며 자신의 불찰에 대한 책임을 전가했다.

"이러한 고난을 맛보았는데 어찌 덧없이 돌아갈 수 있겠느냐. 나시노키 고개에서 서쪽으로 가면 아즈마노吾妻野를 지나 오미大海 강의 북쪽이 나오고 노토 가도의 가가로 들어가는 입구에 있는 스에모리末森 성의 측면에 다다르게 된다. 알겠느냐, 적의 스에모리 성이 바로 거기에 있다."

그는 갑자기 기운을 내더니 바라던 바의 초점을 되찾은 듯 손가락으로 가리키며 외쳤다.

162

"저곳으로 향하라. 노슈熊州 스에모리 성은 적의 나나오와 가나자와를 잇는 도로 위의 가장 중요한 요충지다. 쓰바타, 도리고에 같은 조그만 성을 몇 개 짓밟는 것보다 저 한 곳이 훨씬 더 중요하다. 스에모리 성을 우리 손에 넣으면 마에다 군은 단번에 무너질 것이다. 이틀 전, 산에서 헤맨 것은 오히려 하늘이 우리로 하여금 작은 공을 버리고 큰 공을 이루게 하기 위해 이끌어주신 것이라 여겨진다. 모두 떨쳐 일어나라!"

나리마사 역시 노회한 무문이었다. 화를 바꾸어 복으로 만드는, 이른바 용병상의 요령을 터득하고 있었다.

군마는 갑자기 목적지를 바꾸어 나시노키 정상으로 오르기 시작했다. 만약 안개가 걷힌 사이에 그곳에서 서쪽을 바라보면, 동해의 고등어 등 같은 바다를 길게 가르는 반도의 선 한쪽 끝으로 하얀 벽, 돌담, 망루가 있는 스에모리 성의 모습을 바로 코앞에서 볼 수 있었다.

그런데 삿사 군 이만 명이 그곳을 넘어 서쪽으로 향할 무렵, 도중에 모습을 감추었던 다바타 고헤가 한 봉우리에서 이마에 손을 얹고 저 멀리 병마가 향해 가는 쪽을 바라보고 있었다.

"아하하하. 아하하하."

고헤가 혼자 손뼉을 치며 웃었다.

"아이고 맙소사. 저런 쪽으로 가다니."

그는 아주 고소하다는 듯 계속 웃어댔다. 그의 세 치 혀끝 하나로 이만 명의 군대를 이틀 동안이나 심산계곡 속에서 헤매게 해 목표를 잃게 했으니 틀림없이 유쾌했으리라. 하지만 고헤가 진심으로 기뻐한 것은 그렇게 해서 옛 주인의 은혜에 보답할 수 있었기 때문이다.

고헤의 아버지는 원래 마에다 가의 가신이었다. 그런데 어느 날, 변명의 여지가 없는 잘못을 저질러 오야마 성의 일실에서 할복을 하라는 명을 받았다. 하지만 정이 두터운 도시이에는 시동에게 명을 내려 깊은 밤에 성의 뒷문으로 그를 도망가게 해주었다. 그리고 날이 밝은 뒤 모든 일을 알고 있었으면서도 일부러 화난 모습을 보이며 다른 방향으로 추격대를 풀었다. 물론 고헤의 아버지가 잡힐 리는 없었다.

"우리는 그 덕분에 여생을 구리카라 계곡에서 보내며 너를 기를 수 있었던 것이다. 꿈에라도 도시이에 님의 은혜를 잊어서는 안 된다."

고헤의 아버지는 세상을 떠나며 머리맡의 형제들에게 그렇게 말했다. 아버지의 그 이야기는 평소 화롯가에 모여 앉았을 때도 자주 들을 수 있는 것이었기에 형제는 훗날 숯과 장작을 파는 상인이 되어 도시인들과 교류하면서도 그 일을 밤이나 낮이나 잊지 않았다.

그런 상황에서 생각하지도 못한 전쟁이 일어났다. 고헤는 아버지의 말을 떠올리며 마에다의 영지에서 벗어나 삿사의 영지에 점포를 두고 드디어 은혜를 갚을 때가 왔다고 남몰래 생각했다. 그래서 애써 삿사 가의 근신에게 접근해서 온갖 충의를 내보였다. 모든 사람들이 이번 작전의 길잡이로는 고헤가 적임이라고 입을 모아 말할 정도로 사전 작업을 해둔 셈이었다.

"산을 넘어가 도리고에 성의 뒤편을 불시에 공격할 생각이니 그 길을 안내하라."

고헤는 나리마사의 명령을 받은 순간, 이는 돌아가신 아버지가 자신에게 명령한 것이라고 생각했다. 그는 자신의 목숨과 전 재산을 걸고 길을 나섰다. 그리고 의심 많은 삿사 나리마사를 감쪽같이 속여 이만 명의 병사를 끌고 다녔다.

하지만 고헤는 지금 삿사 군이 가는 방향에 마에다 쪽의 스에모리 성이 있다는 사실을 문득 깨닫고 급히 일어나야만 했다. 그는 원숭이처럼 가가 국경의 산코쿠 산을 넘어 가호쿠가타河北潟의 물을 멀리로 바라보며 달리기 시작했다.

고헤는 도야마에서 나올 때부터 후환을 염려해서 가족에게 점포를 접고 피난하라고 말해두었으니 아마 그의 가족도 지금쯤은 모든 가재도구를 배에 실어 진즈 강을 따라 바다로 나가서 다른 영지로 달아났을 것이다. 그랬기에 고헤는 가족을 염려할 필요가 없었다.

오쿠무라 부부

그날 아침, 나시노키 고개를 넘은 삿사의 군 이만 명은 요나데^{米出} 강 상류에 있는 호다쓰^{宝達} 산 계곡을 건너, 목표로 삼은 스에모리 성과 이마하마^{今浜}의 어촌 등을 바로 눈 아래로 내려다볼 수 있었다.

정오 무렵에는 우에다^{上田} 촌으로 나섰다. 마을을 남북으로 가로지르고 있는 나나오 가도야말로 가가와 노토 양국을 연결하는 동맥이었다.

나리마사는 곧 가도에서 샛길까지 차단한 뒤 병마에게 군량과 휴식을 주고 그사이에 부하인 진코 우지하루, 노노무라 몬도^{野々村主水}, 구제 다지마^{久世但馬}, 삿사 요자에몬^{佐々与左衛門}, 노이리 헤이에몬^{野入平右衛門}, 데라지마 진스케^{寺島甚助}, 삿사 헤이자에몬 등을 불러 명을 내렸다.

우선 가가 본국에서 올 구원군을 끊기 위해 진보 우지하루에게 전군의 사분의 일을 주어 스에모리 성의 남쪽, 오미 강을 경계로 하는 나스^{茄子} 산과 가와지리^{川尻} 부근으로 가게 했다. 그리고 북쪽의 나나오 성과의 연락을 끊기 위해 하쿠이^{羽咋} 강과 스에모리 성 중간 지점에 있는 데하마^{出浜}, 시키나미^{敷浪} 부근에 일선을 포진하여 해상을 감시하게 했다. 그런 다음 직접 공격할 부대를 정한 뒤 성의 정면에 있는 쓰보이^{坪井} 산을 등진 산기슭에 본진을 설치했다.

"일몰을 신호로 일제히 공격하라."

나리마사는 명령을 내렸다.

민가를 불태우며 성으로 접근했다. 첩자를 풀어 유언비어를 퍼뜨렸다. 침입자의 상투적인 수단이었다.

성안 사람들은 이만저만 놀란 게 아니었다. 물론 조금 전 농부 두어 명이 성문으로 급변을 알려온 덕분에 들끓어 오르는 듯한 소란 속에서 전투 준비를 서두르기는 했으나 그 시간이 너무나도 짧았다.

"아아, 벌써 적이 보인다."

"성 아래를 불태우고 있다."

그때 스에모리 성을 지키고 있던 장수 오쿠무라 스케에몬 나가요시奧村助右衛門永福는 당황해서 떠들어대는 가신들 속을 한 바퀴 둘러보며 일단 어수선한 분위기를 가라앉혔다.

"오늘도 평소와 다를 바 없고, 평소도 오늘과 다를 바 없다. 무얼 새삼스럽게 떠들어대는 것이냐. 평소의 위치에서 훈련한 대로 하기만 하면 된다. 멀리 깊은 산을 넘어온 삿사의 군대이니 아직은 그저 떠보려는 것일 뿐, 제대로 준비하지는 못했을 것이다. 일단 맞부딪쳐 그들의 공세를 살펴보기로 하자."

스케에몬은 직접 한 무리의 병사를 이끌고 마을 입구까지 나아갔다. 그리고 삿사의 선봉과 정면으로 맞부딪쳤다.

스케에몬이 데리고 나간 미요시 간자三好勘左, 노세 지로野瀬二郎 등의 젊은 이는 오쿠무라 가 무사들 가운데 정예 중의 정예라고 할 수 있었다.

"어서 오너라. 들개 같은 놈들."

두 사람이 분전하는 것을 보고 스케에몬의 부하들도 갑옷 차림의 경쾌한 몸놀림으로 창을 내지르고 장검을 휘두르며 적을 맞아 역공을 퍼부었다. 빗나간 총알이 땅에 박히기도 하고 민가의 벽에 붙은 널빤지를 뚫고 지나가기도 했다. 삿사 군도 한때는 잘 싸웠으나 점점 무너져 뒤로 물러나기 시작했다.

"위험하다. 적이 나약한 모습을 보이는 것은 유인책이다. 쫓지 마라, 쫓지 마라. 적의 함정에 빠질 것이다."

스케에몬은 아군을 불러들여 마을 입구에 불을 지르고 성으로 돌아왔다. 인간의 집단 속에서는 언제 무슨 일이 벌어질지 알 수 없는 법이다. 어제까지 무탈하게 살아오던 평화로운 해변의 어촌과 성 아래 마을이 삽시간에 아비규환의 소용돌이에 휩싸이고 말았다.

침입자와 그 침입자를 막으려는 사람들 사이에서 가장 먼저 희생양이 된 것은 어촌의 주민들이었다. 성 아래 마을의 집들이었다. 들불이 번지듯 마을과 거리에도 불이 붙어 가재도구를 챙기기는커녕 노인과 어린아이를 끌어안은 채 우왕좌왕할 수밖에 없었다.

스케에몬은 성주로서 그 검은 연기 아래 펼쳐진 광경을 그냥 지켜볼 수가 없었다. 그는 평소 자신을 성주로 섬기게 하고 성을 의지하게 했던 주민들을 보며 자책감에 사로잡혔다.

"신스케新助, 신로쿠新六. 성의 뒷문을 열어 저들을 산노마루로 받아들이게."

스케에몬이 바깥을 지키고 있던 망루에 서서 아래를 내려다보고 외치자 노신인 다카노세 사콘高野瀨左近과 오니시 긴에몬大西金右衛門이 낯빛을 바꿔 간언했다.

"안 됩니다. 성의 뒷산으로 달아나 헤매고 있는 자들은 하나같이 나약한 아녀자와 노인들일 뿐, 장정은 더 멀리로 피난했기에 성으로 들여봐야 도움이 될 만한 자는 얼마 되지 않습니다."

"무슨 소리냐! 바로 그렇기 때문에 성안으로 받아들여 지키려는 것이다."

"나리! 그럴 만한 여유가 없습니다. 성안에는 병사들의 식량조차 넉넉지 않으며…… 무엇보다 전투력이 없는 백성은 걸림돌이 될 뿐입니다."

"나도 알고 있다."

스케에몬이 야단을 치듯 말하며 고집을 피웠다.

"백성이 있어야 영주도 있는 법이고, 백성이 있어야 성도 있는 법이다. 이러한 때에 어찌 백성들을 죽게 내버려둘 수 있겠느냐! 우리의 힘이 모자라 성이 무너진다면 그건 어쩔 수 없는 일이다. 이 성에 스케에몬이 있는 한 그들을 못 본 척할 수 없다."

"하지만 어쩔 수가 없습니다. 성안의 식량이."

"더 이상 말할 것도 없다. 죽을 나누어 먹는 한이 있어도 그들을 구해야 한다. 뒷문을 열어 갈 곳을 잃은 자들을 성안으로 받아들여라."

성주의 명령에 그곳을 지키고 있던 무사들이 마침내 문을 열어 피난민들을 안으로 받아들였다. 지푸라기라도 잡고 싶은 심정으로 공포에 빠져 있던 사람들이 강물이 흘러 들어오듯 성안으로 쏟아져 들어왔다. 그때 공격 부대 중 한 무리가 그 모습을 보고 백성들의 뒤를 따라 성안으로 들어오려고 했다.

성안의 장수인 마에나미 산시로前波三四郎와 다카사키 지헤에高崎次兵衛가 그 사실을 깨닫고 문을 닫은 뒤 경고했다.

"이 가운데 삿사의 병사가 섞여 있다."

백성들은 자신들 주위를 살피며 샅샅이 적병들을 찾아냈다. 함께 들어왔던 적병들은 독 안에 든 쥐가 되어 여기저기서 목숨을 잃고 말았다.

성주인 스케에몬은 다시 성문을 열게 해서 나머지 피난민까지 남김없이 수용했다. 그리고 그들 앞에 서서 이렇게 말했다.

"이제 걱정할 것 없다. 설령 스케에몬이 목숨을 잃고 이 성이 떨어진다 할지라도 너희는 무문과 무문의 전투와는 아무런 상관이 없는 자들이다. 적인 삿사 나리마사도 선량한 백성을 함부로 죽이지는 않을 것이다. 백성 없이 영주는 있을 수 없는 법이니……. 너희는 서로를 돌보며 이번 일을 가만히 지켜보기만 하면 된다."

성주인 오쿠무라 스케에몬에게도 가족이 있었다. 그의 장남인 스케주로助十郞는 아직 열네 살밖에 되지 않았으며, 아내인 쓰네조常女도 이제 막 서른한두 살이 된 미인이었다.

쓰네조가 씩씩한 차림으로 장검을 들고 남편 곁으로 와서 말했다.

"성으로 들어온 노인과 아녀자는 제 손으로 지키겠습니다. 당신께서는 걱정 마시고 성문을 지켜주시기 바랍니다."

"오, 자네도 옷을 갖춰 입고 나왔는가?"

스케에몬이 아내를 보고 싱긋 웃었다. 사실은 이 성의 갑작스러운 위기를 듣고 안채의 여자들과 함께 울며 떨고 있거나, 혹은 어린아이들을 끌어안고 당황해서 허둥지둥하는 게 아닐까 걱정하고 있던 차였다.

"네, 아이들은 노모와 여자들에게 맡기고 스케주로도 처음 출진이지만 성의 방어전에 참가하는 것이 좋을 듯하여 갑옷을 입혀 병사들 가운데로 보냈습니다."

"잘 생각해주었소. 그럼 여기를 부탁하겠소."

스케에몬은 그렇게 말하고 다시 망루 위로 뛰어 올라갔다.

그날 밤이 지나고 다시 불안한 아침이 찾아왔다. 망루 위에서 성 아래를 내려다보니 삿사 군이 포위망을 더욱 좁혀오고 있었다. 모든 길이 막혔으며 여기저기 불에 타고 남은 잔해에서 연기가 피어올랐다.

적군은 적어도 일만 칠천에서 이만 가까이 되는 듯했다. 스케에몬은 성안의 병력을 헤아려보고 마음의 결정을 내릴 수밖에 없었다. 성안의 병사는 채 칠백 명도 되지 않았다. 탄약과 식량에도 한계가 있었다. 더구나 우군의 성인 나나오와 쓰바타는 멀리 떨어져 있었으며 그곳으로 가는 길도 모두 차단된 상태였다.

고립무원孤立無援. 의지할 곳이라고는 자신밖에 없었다. 오늘까지 하나의 성에서 살며, 하나의 길을 함께 걸어, 하나의 주인을 기둥으로 부족함 없이 살아온 사람들의 마음과 마음이 과연 이 뜻밖의 커다란 사태를 맞아 어떤 모습으로 변하게 될지.

"참으로 장한 아내로다."

스케에몬은 적의 불화살과 빗발치는 총알 속의 망루에 서서 문득 행복에 젖었다. 남편의 눈에는 혼례를 맺은 날 첫날밤에 본 아내의 모습보다 이러한 때 자신과 같은 각오를 하고 씩씩한 차림으로 나선 아내의 모습이 훨씬 더 깊고 아름답게 보였던 것이다.

그는 지휘하는 동안에도 때때로 아내의 모습을 찾아보았다. 그녀는 수많은 피난민을 위험한 곳에서 안쪽의 숲과 공터로 이동시킨 뒤, 하녀들을 데리고 그들을 둘러보고 있었다. 몸이 좋지 않은 사람에게는 약을, 아이들에게는 과자를 주었다. 그리고 커다란 솥을 가져오게 해서 죽을 쑤었다.

"성안에는 한정된 식량밖에 없으니 모두 목숨을 연명할 수 있을 만큼만 나누어 먹기 바라네. 설령 무슨 일이 벌어진다 한들, 자네들과는 상관없는 싸움이네. 몸을 해치지 않도록 잘 참아주기 바라네. 조금도 무서워할 것 없다네."

스케에몬의 아내는 사람들을 격려하고 위로하며 보살펴주었다. 스케에몬은 멀리서 그 모습을 지켜보며 기뻐했다. 무엇인가를 각오한 마음에 또 하나의 만족감이 찾아들었다.

"나리! 봉홧불이 보이지 않습니다. 이제 가나자와와의 연락도 완전히 끊겨버린 듯합니다."

노신 오니시 긴에몬이 스케에몬 앞에 무릎을 꿇더니 곧 무너질 듯한 표정으로 말했다. 그는 성을 지키기보다 봉홧불이 오를 먼 하늘만을 바라보고 있었던 것이다. 삿사 군의 내습과 동시에 성안에서 네 번이나 일의 다급함을 알리기 위해 가나자와를 향해 적중돌파의 결사적 전령을 보냈기 때문이다.

첫 번째 전령은 붙잡혔다. 두 번째 전령도 적에게 발각되었으며, 세 번째 전령도 실패했다. 그리고 오늘 새벽에 마지막으로 달려가게 한 전령 역시 함흥차사였다. 약속한 봉홧불이 하늘에 오르지 않았다. 만약 적의 경계선을 뚫고 무사히 가사시마笠島 부근에 도착하면 산 위에서 봉홧불을 올려 탈출에 성공했음을 알리기로 하고 나섰던 것이다.

"아직까지 봉홧불이 오르지 않는 것을 보니 마지막 전령도 적의 손에 걸린 듯합니다. 아아, 어찌하면 좋겠습니까?"

오니시 가나에몬은 탄식하며 성주의 대답을 기다렸다. 하지만 오쿠무라 스케에몬은 웃으며 가나에몬을 위로했다.

"가나에몬, 상대는 오다 군의 용장으로 예전부터 이름 높던 삿사 구라노스케 나리마사일세. 이런 조그만 성 하나를 포위하는 데 전령이 빠져나갈 만한 빈틈이 있을 리 없지……. 그 증거로 적은 우선 나나오와 이곳 사이에 있는 시키나미로도 군대를 보냈고, 쓰바타와 이곳 사이에 있는 가와지리에도 벌써부터 군대를 배치했다네. 무엇 때문인지 그 이유를 알겠나?"

"용병에 관한 일은 잘……."

"나나오에서 가나자와까지, 노토와 가가에 걸친 요소요소의 성에 연계 봉화가 있다는 사실을 삿사도 이미 잘 알고 있기 때문일세. 다시 말해 가와지리와 시키나미 두 곳을 지키고 있으면 이 스에모리 성에서 아무리 봉화를 올려도 그 중간에 끊겨버려 목적을 달성할 수 없다는 사실을 잘 알고 있기 때문일세. 그러니 삿사 나리마사가 우리 성을 공격하기 전부터 우리가 아군에게 연락을 취할까 얼마나 두려워하고 이를 중히 여겼는지 알 수 있을 것이네."

"참으로 옳은 말씀이십니다. 하지만 만에 하나 다행스럽게도 적의 눈을 피해 전령이 탈출에 성공한다면."

"그만두게. 덧없이 용감한 무사의 목숨 하나를 버리는 것은 안타까운 일이니. 다시 전령을 보내는 것은 무의미하기 짝이 없는 일일세."

"그렇다면 성과 함께 이대로 최후를 맞이할 각오를 하신 겁니까?"

"죽음을 서두를 필요는 없지. 후회가 남지 않을 때까지 전력을 다하다 그래도 성이 떨어진다면 그 또한 어쩔 수 없는 일이지만."

"아아, 농성할 생각이었다면 어제 어째서 그토록 많은 백성을 성안으로 받아들이셨단 말입니까. 곳간의 식량도 이십 일을 간신히 버틸 수 있을 정도밖에 남지 않았습니다. 그것을 그 수많은 백성에게 헛되이 먹게 해서는."

"노인, 먹을 것 때문에 투정을 하는 건 보기에 좋지 않소. 한 그릇의 밥을 반씩 나누어 먹기로 하세. 열흘 먹을 것을 보름 동안 먹으며 싸우기로 하세. 이러한 때에 불쌍하고 무고한 백성들의 생명을 지켜주는 것이 무문의 임무 아니겠는가? 자네나 나 같은 사람은 그나마 상관없지만, 더없이 딱한 것은 같은 무문에서 태어난 젊은이들일세. 얼른 망루에서 내려가 그 젊은이들을 격려해주기 바라네. 내가 그렇게 말했다고 모두에게 전해주게."

삿사 군은 밤낮으로 쉴 새 없이 맹공을 퍼부어 성의 병사들에게 잠시도 숨 돌릴 틈을 주지 않았다.

"산노마루가 위험하다."

어딘가에서 그러한 소리가 들려왔다. 나리마사는 지형적으로 그곳이 성의 약점이라 보고 각 부대에 명령했다.

"뒷문과 외곽을 집중적으로 공격하라."

삿사 헤이자에몬, 노노무라 몬도, 구제 다지마 등의 부대에 별동대인 노이리 헤이에몬, 사쿠라 진스케櫻基助의 부대까지 더해 수천의 병사가 함성을 지르며 앞다투어 공격에 나섰다.

밤에 가랑비가 내리자 둑, 돌담 등에서 미끄러져 서로 엉겨 붙으면서도 혈전을 멈추지 않았다. 하지만 성안의 병사들은 적의 몇 분의 일밖에 되지 않는 병력이라 벌써 삼 일 밤낮을 잠도 자지 못했다.

"틀렸다!"

비통한 외침이 들려왔을 때, 이미 비와 불과 피와 진흙 범벅이 되어버린 산노마루는 적의 그림자로 가득 넘쳐나고 있었다. 그렇지 않아도 열세에 있던 성안의 병사 대부분이 그날 밤, 그곳에서 성을 지키다 목숨을 잃고 말았다.

"원통하고 분하다."

남은 병사들은 그렇게 말하면서도 일단 혼마루에 모였다가 다시 성과 외곽 사이에 밤새도록 방어선을 구축했다. 빗속에서 돌과 흙주머니를 쌓고 또 숲의 커다란 나무를 베어 되는 대로 방어 목책을 짜는 등 부장에서부터 말단 병사까지 인력의 한계에 이르도록 일을 했다. 그러는 동안 불평을 하거나 나약한 소리를 하는 사람은 아무도 없었다. 그들 역시 이 성 하나, 아니 이미 산노마루를 잃어 반밖에 남지 않은 고립된 요새가 이제 머지않아 떨어질 것이라는 사실을 무언중에 알고 있었을 테지만, 어찌 된 일인지 달아나는 사람이 하나도 없었다.

이는 성을 지키는 장수인 오쿠무라 스케에몬이 평소에 보인 인애와 오늘의 명확한 결의가 치열한 질타와 격려 없이도 각 부장에서 병졸들에게까지 잘 전달되었기 때문이라고 할 수 있을 테지만, 더욱 커다란 힘이 그들의 사기를 고무시켰기 때문이기도 했다. 그것은 스케에몬 아내의 힘이었다. 그녀 역시 말단 병사와 하인들과 함께 첫날부터 단 한시도 허리의 끈을 풀고 쉰 적이 없었다.

그녀는 남편의 뜻을 받들어서 백성들을 잘 돌봤을 뿐만 아니라 곳곳의 방어진지에서 부상자들을 혼마루로 옮기게 해 직접 상처를 닦아주기도 하고, 헝겊으로 감싸주기도 하는 등 피로도 잊고 간호를 했다. 부상자의 상처를 감싸는 그녀의 눈에서 눈물이 고였다. 아무리 사과해도 다 사과하지 못할 것 같은 마음에서 자연스럽게 배어나오는 눈물이 그 부상자에게는 무한한 위로가 되었으며, 애정의 유대 관계를 맺게 해주었다.

"이 정도의 부상쯤이야."

그들은 창을 지팡이 삼아 다시 방어를 위해 나섰다. 그 모습에 전우들까지 고무되었으며, 그 숭고한 방어 정신에 보답하기 위해 그녀는 스스로 밥을 지어 돌렸고, 또 찻잔을 날랐고, 술을 좋아하는 사람에게는 술 창고의 술이 떨어질 때까지 술을 부어주었다.

당장이라도 떨어질 것 같았던 성은 이처럼 끈질기게 버티고 있었다. 더욱 놀라운 것은 겁을 먹고 떨고 있던 백성들 중 남자는 나무를 베기도 하고 커다란 돌을 굴리기도 하는 등 방어책을 쌓는 데 자진해서 참가했다는 점이다.

"아직인가?"

삿사 나리마사는 스에모리 성이 이미 떨어진 것이나 다름없다고 보고 쓰보이 산에서 본진을 훨씬 앞으로 옮겨 성 아래 마을 가까이까지 와 있었다.

"꽤나 시간이 걸리는구나."

삿사 나리마사는 산노마루를 점령했다는 전황을 듣고도 여전히 부하들의 굼뜬 태도가 불만이라는 듯한 표정을 지었다.

밤이 되자 성과 성 아래 마을 모두 화상으로 문드러진 것처럼 보였으며 가랑비 내리는 하늘은 흐릿하게 붉었고, 그 반영 때문에 걸상에 앉아 있는 그의 얼굴이 붉은 가면처럼 보였다.

"그래, 몬도 왔는가. 무슨 일인가, 성이 떨어졌는가?"

나리마사가 비에 젖어 번뜩이는 갑옷 차림으로 본진의 막사를 걷어 올리고 들어온 노노무라 몬도를 보며 재촉하듯 물었다. 노노무라 몬도가 무거워 보이는 몸을 털썩 굽히고는 말했다.

"떨어지지 않았습니다. 적이 생각보다 완강합니다."

"뭣이, 떨어지지 않았다고."

"뜻밖이다 싶을 정도로 견고합니다. 아군의 숫자만 믿고 마구 덤벼들었다가는 돌이킬 수 없을 정도로 많은 희생을 치러야 할지도 모르겠기에……. 우선은 장군의 뜻을 여쭙고 마음을 정하자고 헤이자 나리를 비롯해 여러 사람과 담합한 뒤에 제가 뜻을 여쭙기 위해 온 것입니다."

"그렇다면 오늘 밤 안으로 떨어뜨리기는 어렵다는 말인가?"

"밤이 지나면 적이 혼마루와의 경계에 더욱 견고한 방어막을 구축할 것이기에 어려워질 듯하며, 또 그렇다고 이 빗속에서 단번에 점령하겠다고 덤비면 아군의 사상자가 얼마나 나올지 알 수 없는 상황입니다."

"뭐야, 그건 떨어지지 않을 것이라는 말과 다를 바 없지 않은가?"

"떨어지지 않을 리는 없습니다. 하지만 꽤나 시간이 걸릴 듯합니다."

"시일이 지나면 아무리 모든 길을 봉쇄하고 연계 봉화를 끊었다 할지라도 나나오와 가나자와의 적이 변을 알고 달려올 것은 자명한 사실일세. 이 삿사 나리마사가 어찌 그처럼 어설픈 싸움을 할 수 있겠는가? 무슨 수를 써서라도 날이 밝기 전에 짓밟도록 하게. 자네들 손으로 떨어뜨리지 못하겠다면 이 나리마사가 직접 나서겠네."

"네! 그러한 뜻 전군에 전하겠습니다."

노노무라 몬도는 어쩔 수 없다는 듯 자리에서 일어섰다. 가슴을 아릿

하게 만드는 무엇인가가 부하들을 떠올리게 했기에, 자신도 모르게 분연한 빛이 얼굴을 스치고 지나갔다.

"그럼, 이것이 주군께 드리는 마지막 인사가 될 듯합니다. 부디 평안하시기 바랍니다."

노노무라 몬도가 막사 밖으로 나서려는 순간 무슨 생각을 한 것인지 나리마사가 그를 급히 불러 세웠다.

"잠시만."

"네. 무슨 일이신지……."

"몬도, 잠시 들어오게."

몬도가 다시 무릎을 꿇자 나리마사가 목소리를 낮추며 말했다.

"자네 언젠가 스에모리 성안에 옛 친구가 있다고 하지 않았던가?"

"네, 있습니다. 지아키 도노모노스케千秋主殿助라고 하는데 전에는 에치젠에 살았으며, 후에 마에다 가가 후추府中에 있을 때 섬기기 시작한 자입니다."

"그거 잘됐군. 그 도노모노스케에게 자네가 슬쩍 말을 넣어 잘 중재해보지 않겠는가? 충분한 대가를 약속하고 말일세."

나리마사가 그에게 계책 하나를 주었다.

농성하는 사람 가운데 지아키 도노모노스케라는 사람이 있었다. 도시이에가 오쿠무라 스케에몬에게 직접 붙여준 사람이었는데 지금도 스에모리 성의 부장으로 동쪽 성곽을 지키고 있었다.

그날 밤, 공격 부대의 밀사는 밀서 한 통을 들고 도노모노스케를 은밀히 찾아갔다.

"어찌하실지 답을 주셨으면 합니다."

밀서에는 삿사 나리마사의 부장인 노노무라 몬도의 이름이 있었다. 도노모노스케와 몬도는 서로 아는 사이였다. 도노모노스케는 무슨 일일까 싶어 불의 심지를 돋우고 밀서를 읽었다.

　　자네와의 옛 정을 생각해보면 오늘 맞이한 서로의 입장이 운명이라
고는 하나 착잡함에 아픈 마음을 금할 길이 없다네.

노노무라 몬도는 우선 오랫동안 끊겼던 정을 이야기했다.

　　하지만 가만히 생각해보면 한때의 기세와 세상의 평판에 연연해서
서로 미워할 수 없는 자끼리 시체를 쌓고 성을 불태워 평생의 업을 마
친다는 것은 참으로 어리석은 일일세. 자네가 성주인 오쿠무라 나리께
한번 말해보지 않겠는가? 스케에몬 나리 부부도 아직 젊은 몸이니 목
숨을 잃을 것이 뻔한 길을 굳이 택할 이유는 없지 않겠는가? 특히 당신
이야 어찌 되었든 아직 나이 어린 자제분과 노모도 계시지 않은가? 게
다가 수백 명에 이르는 부하를 헛되이 죽게 만들 만큼 무분별한 분도
아닐 것이라 여겨지네.

노노무라 몬도는 이치를 따져 말한 뒤 그 대가로 다음과 같은 조건을
덧붙였다.

　　만일 스케에몬 나리께서 성문을 열고 삿사 나리의 처분을 기다린다
면 노슈 두 개 군의 영주로 봉하고 황금 일천 냥을 드리겠다고 말씀하
셨다네. 물론 자네에게도 충분한 은상을 약속할 수 있네. 어떻게 생각
하는지 밀사에게 바로 뜻을 전해주었으면 하네.

도노모노스케는 팔짱을 낀 사이로 잠시 얼굴을 묻었다. 그도 인간이

다. 생각이라는 것은 인간의 행위에 지나지 않기 때문에 그것을 오래하면 오래할수록 당연히 높은 정신은 상식적인 수준으로 떨어져버리고 만다.

'아무리 잘 막는다 할지라도 내일이면 성이 떨어질 것은 불을 보듯 뻔한 일. 멀리 있는 가나자와의 원군도 필시 때를 놓치고 말 것이다. 내 목을 줍게 하고 불에 타고 남은 자리에 시체를 맡기기보다는……'

도노모노스케는 마침 자리에 있던 대나무 주걱에 '낙諾'이라는 한 글자만을 써서 수결한 뒤 밀사에게 건네주었다. 그러고는 한밤중이었으나 곧 혼마루로 들어갔다.

"나리께서는?"

도노모노스케가 묻자 수비병이 망루 위를 가리켰다. 그곳으로 가보니 스케에몬은 적이 공세를 늦추자 망루의 벽에 기대 꾸벅꾸벅 졸고 있었다.

"나리, 나리……."

도노모노스케는 스케에몬의 어깨를 가볍게 흔들었다.

"오…… 지아키, 무슨 일인가?"

스케에몬이 도노모노스케를 올려다보며 평소와 다름없는 미소를 지어 보였다.

도노모노스케는 망루 위의 병사들을 모두 멀리 물러가게 했다. 그리고 노노무라 몬도의 밀서를 스케에몬에게 건넸다.

"어떻습니까? 나리의 생각은……."

"그렇군."

스케에몬이 서면을 말아 도노모노스케에게 돌려주며 되물었다.

"자네는 어떻게 생각하는가?"

"조금 생각해볼 문제인 듯합니다만."

"그렇다면 나도 내 생각을 보여주기로 하지."

스케에몬은 그렇게 말하며 갑자기 도노모노스케의 멱살을 쥐어 바닥에 쓰러뜨린 뒤, 그 위에 올라탔다. 도노모노스케가 눈을 허옇게 뜨며 분노했다.

"무, 무슨 짓인가? 자네를 생각해서 밝힌 것인데 그 우정을 배신할 생각인가?"

위에 깔고 앉은 스케에몬은 짓누르고 있는 손에서 힘을 빼지 않았다.

"주군을 배신하고 성안의 전우들을 배신하려 했던 네놈이 우정을 논하다니, 참으로 가소롭구나. 네놈이야말로 배신자 아니냐!"

"제길!"

도노모노스케가 죽을힘을 다해 발버둥 쳤으나 스케에몬의 목소리를 듣고 달려온 병사들이 곧 그의 팔을 뒤로 꺾어 묶었다.

"그놈을 성벽 모서리에 있는 망루의 기둥에 묶어두어라."

스케에몬은 동생인 오쿠무라 가헤奥村加兵衛를 불러 도노모노스케 대신 동쪽 성곽을 맡겼으며, 그곳의 병사들도 자리를 옮기게 했다.

내부에 이와 같은 위험이 있었으나 스에모리 성의 방어는 여전히 견고했다. 성주인 스케에몬의 의연한 태도 덕분이기도 했으나, 한편으로는 그의 아내가 자신의 목숨조차 돌보지 않은 채 병사들을 위로하고 백성들을 지킨 덕분이었다.

성이나 가정이나 마찬가지다. 집안사람들이 힘을 모으다 보니 갑작스러운 재난에도, 세상의 풍파에도 쉽게 무너지지 않았다.

삿사 나리마사는 노노무라 몬도가 가져온 길보에 기대를 걸며 성안에서 배신이 일어날지, 혹은 함께 나와 항복할지 기다렸으나 아무런 변화도 없을 뿐 아니라 사기가 더욱 높아지자 다시 총공세를 퍼부었다.

12일 날이 밝기 전, 성 밖에서 농부 하나가 위험을 무릅쓰고 소식을 전해왔다.

"어제저녁, 쓰바타 성 부근 하늘에서 틀림없이 봉화라 여겨지는 연기가 보였습니다. 이 스에모리 성에서는 너무 멀어 보이지 않았을 테지만, 오미 강 부근에서는 분명히 보였습니다."

"그것은 아군이 구원을 오겠다는 신호임에 틀림없다. 가나자와의 병력이 쓰바타에서 여기까지 왔다는 사실을 봉화로 알린 것이라 여겨지는구나."

부장들은 어두운 밤중에 빛을 본 것처럼 미친 듯이 기뻐했으나 스케에몬은 그들을 나무라고 눈썹을 조금도 움직이지 않으며 엄하게 말했다.

"아니, 갑자기 그 말을 믿을 수 없네. 만일 오보라면 병사들 모두 낙담해서 오히려 사수할 용기를 잃고 말 것일세."

날이 밝아 동쪽에 붉은 구름이 길게 드리우기 시작한 묘시 무렵, 망루에 있던 병사가 아래를 향해 절규했다.

"보인다, 보여! 틀림없이 원군이 오고 있다. 가나자와의 병력이다!"

성안 사람들은 함성을 내지르며 미친 듯이 기뻐했다.

"오오, 이마하마 해변에 종규鐘馗를 새긴 깃발이 보인다! 가나자와의 아군이 정말로 도착했다. 아아아! 모두 기뻐하라, 기뻐하라! 우리를 도울 군대가 이마하마까지 왔다."

보병의 조장인 우에하라 세이베上原清兵衛는 커다란 나무 위로 올라가 두 손을 치켜들고 성을 향해 외치다 너무 기쁜 나머지 아래쪽 환호하는 목소리 사이로 떨어지고 말았다.

연계 봉화

　가나자와, 오야마 성으로 스에모리 성의 위급한 상황이 알려진 것은 10일 밤이었다. 소식을 가장 먼저 알린 사람은 도야마의 상인인 다바타 고헤였다. 삿사 나리마사의 군대를 가가와 노토의 국경 부근에 있는 산속에서 한껏 헤매게 한 뒤, 미쿠니 산에서 발걸음을 돌려 가나자와까지의 먼 길을 있는 힘껏 달려와 급보를 전한 것이었다.

　"큰일 났습니다!"

　다바타 고헤가 성문을 두드려 성안으로 사라진 지 겨우 일 각쯤 지났다.

　"큰일입니다."

　이번에는 어부 차림의 사내가 스에모리 성이 위험하다며 성문을 두드렸다. 그때 성문을 지키는 병사는 이미 전시 태세를 갖추고 있었다.

　요즘 마에다 마타자에몬 도시이에는 밤에 마시는 술도 줄였으며 부인이 이상히 여길 정도로 잠자는 시간도 일정했다.

　"나이 탓일세."

　부인이 걱정하자 도시이에가 부인에게 말했다.

"무인은 목숨을 소홀히 하기 쉬운 법이야. 미련 없이 깨끗한 것과 소홀한 것은 다르니까."

도시이에는 최근 들어 무엇인가 깨달은 바가 있는 듯했다. 그는 최근 살벌한 세상의 모습을 유심히 관찰한 뒤 깊이 생각하게 되었다.

'자신의 목숨조차 소홀히 여기는 자가 어찌 타인의 목숨을 아낄 수 있겠는가? 타인의 목숨을 아끼지 않는 자에게 어찌 무수한 목숨들 위에 서서 정치를 행하고 세상을 바로잡을 자격이 있겠는가!'

도시이에는 자신의 생활 태도를 돌아보며 다짐했다.

'술도 약이 될 정도로만……'

목숨을 아끼기 위해 좋아하는 술까지 자제할 정도였으니 여색과 음식은 물론 모든 면에서 생활 태도를 바꾸었다. 그는 마음속으로 이렇게 생각했다.

'오래 살며 편안한 마음으로 인내심을 갖고 기다리는 것 외에 히데요시나 이에야스 위에 서거나 어깨를 나란히 할 수 있는 방법은 없다.'

시세를 보는 눈도 어쩌면 오십을 맞은 그의 마음속에 잠재되어 있었을지 모른다.

도시이에는 아닌 밤중에 홍두깨 같은 삿사의 이변을 듣고 바로 침소에서 나와 이렇게 중얼거렸다.

"나리마사가 할 만한 행동이기는 하군."

그는 세수를 하고 양치질을 한 뒤 서원으로 나갔다. 그리고 직접 고헤를 만나 그의 심정과 삿사의 길잡이로 나서게 된 사연을 자세히 들었다. 그러는 사이에 두 번째 소식을 가져온 사내가 서원의 정원에 무릎을 꿇었다. 어부 차림의 사내는 스에모리 성에서 적진의 돌파를 꾀했던 여러 명의 급사 중 한 명으로, 적군이 육로를 차단한 탓에 배로 가호쿠가타의 바닷길을 서둘러 오노 강까지 온 것이라고 했다.

"두 사람 모두 쉬도록 하게."

도시이에는 노고를 치하한 뒤 성안의 방으로 자리를 옮겨 숙직을 하던 숙로와 무사들을 불러 모았다.

"맛토로 얼른 전령을 보내게."

아들인 도시나가가 있는 성으로 급보를 가장 먼저 알린 뒤, 곳곳에 있는 부하 장수들에게도 출동 명령을 내렸다. 그의 아내는 사태를 깨닫고 얼른 도시이에의 갑옷과 장비를 준비했으며, 말린 전복과 황률 등을 굽 달린 쟁반에 담은 뒤 물을 담은 술잔과 함께 한 방의 등불 아래 차려놓았다.

잠시 뒤, 도시이에는 말들이 모여 있는 정원으로 나갔다. 그가 그곳으로 모습을 드러내자마자 두 번째 출진 나팔이 울렸다.

"산 위에 있는 자들은 봉화를 올려라."

성 뒤편에 봉화산이라 불리는 산이 있었다. 봉화를 맡은 병사가 그곳으로 달려 올라가 미리 준비해두었던 초연통에 불을 붙였다.

한 줄기 연기가 밤하늘 높이 피어오르더니 우산을 펼치듯 펑 하고 불꽃이 일었다. 만약 낮이었다면 짙은 회색 연기가 한동안 중천으로 피어올랐을 것이다. 이렇듯 오야마 성에서 한 줄기 불꽃이 피어오르면 북쪽으로는 고사카小坂, 요시하라吉原, 후쓰카이치二日市, 쓰바타와 노토의 나나오까지, 남서쪽으로는 노노이치野々市, 맛토, 가사마笠間, 데토리手取 강까지, 각지의 산에서 산으로 전해져 순식간에 비상사태가 일어났다는 것을 영지 구석구석까지 알릴 수 있었다.

이것을 연계 봉화라고 하는데 원래 중국 대륙에서 행해지던 오래된 전법 중 하나를 그대로 가져와 일본 병가에서 쓰고 있는 것이었다.

"자, 출발하자."

도시이에는 맛토에 있는 도시나가의 병력이 도착하기를 기다리지 않았다. 그는 따라올 사람은 나중에 뒤따라오면 된다고 생각하며 성문을 나섰다. 그런데 그 순간 이제 겨우 열네다섯 살쯤으로 보이는 소년 하나가 조그만 언월도를 들고 그의 말 앞에서 뒤지지 않겠다는 듯 앞다투어 달리고 있었다. 그러자 도시이에가 눈에 거슬린다는 듯 야단을 쳤다.

"꼬맹이 놈, 옆으로 비켜라."

소년은 야단을 맞고서도 여전히 그의 코앞에서 말보다 빠른 발을 자랑하기라도 하듯 달렸다. 도시이에가 다시 소리를 질렀다.

"앞에 달려가는 놈은 대체 누구냐?"

그러자 소년이 달리며 뒤를 돌아 대답했다.

"숙부님, 접니다."

"앗, 게이지로慶次郎 아니냐. 누구의 허락을 받고 온 것이냐?"

"숙모님께서 함께 가도 좋다고 허락하셨기에."

"뭐, 안채의 허락을 받고 왔다고?"

"네. 이미 여기까지 왔으니 어쩔 수 없습니다. 부디 데려가주시기 바랍니다."

소년이 발을 멈추고 도시이에의 안장에 매달려 떼를 썼다.

소년은 도시이에 형의 아들, 즉 도시이에의 조카인 마에다 게이지로로 성안에서 제일가는 개구쟁이였다. 예전에 도시이에가 게이지로를 교토로 데려간 적이 있었다. 하루는 히데요시가 도시이에를 찾아갔는데, 괴짜 히데요시조차 게이지로를 보고 '천하의 개구쟁이'라고 할 정도로 게이지로의 장난에 놀란 적이 있었다.

오늘 밤에도 게이지로는 출진한다는 사실을 알고 숙부 도시이에에게 자신도 데려가라고 한껏 떼를 썼으나, 워낙 종잡을 수 없는 아이였기에 도중이나 전장에서 짐이 될 것이라 여겨졌고, 또 형의 아들에게 무슨 일이라도 벌어져서는 안 된다고 생각했기에 간신히 달래놓고 온 길이었다.

"그래, 듬직하구나. 성을 지켜주기 바란다. 성을 지키는 것이야말로 전장에 나가는 것보다 커다란 일이다."

게이지로는 그런 말에 속을 게이지로가 아니라는 듯한 표정을 지어 보였다. 도시이에는 쓴웃음과 함께 고개를 끄덕이고 일부러 그를 자극한 뒤 훌쩍 말을 달리기 시작했다.

"어쩔 수 없는 놈이로구나. 그렇게 보고 싶다면 따라오너라. 하지만 전장에 가서 울어서는 안 된다."

도시이에가 이끄는 부대가 성 아래 마을을 벗어나 작은 언덕에 도달했을 때, 니와 고로자에몬 나가히데의 사자가 그를 뒤따라와 주인의 말을 전했다.

"우선은 무라카미 지로村上次郎右, 미조구치 긴우溝口金右 두 사람에게 병사 삼천을 주어 함께 출진하도록 했으니 모쪼록 병력의 끝자락에 더하시기를."

도시이에는 호의를 감사히 받아들일 뒤 종군에 대한 제의를 거절했다.

"이렇게 생각해주신 점 감사하기는 하나 도시이에와 도시나가는 열 번 죽어도 한 번 살 생각은 하지 않고 있습니다. 니와 나리께서 뒤에 남아 만일의 봉기나 배신 등에 대비해주신다면 그 역시 도시이에의 힘이 될 듯합니다. 모쪼록 제가 없는 동안 잘 지켜주시기 바랍니다."

때는 이미 술정시(오후 9시 무렵)였다. 도시이에는 말을 재촉해 길을 가는 도중 모모사카百坂, 모리모토森本, 후쓰카이치 등에서 지역 무사들을 받아들여 장병의 숫자를 점점 늘렸다. 그리고 12일 새벽에 쓰바타 성 아래에 도착했다.

그곳 사람들도 연계 봉화의 신호를 받은 뒤 성과 영토를 무장하고 도시이에의 본군이 오기를 밤새 기다리고 있었다.

"피곤하실 테니 곧 대서원으로."

성주인 마에다 히데쓰구가 성안으로 맞아들였으나 도시이에는 해자

부근에 말을 묶게 한 뒤 걸상에 앉았을 뿐, 성안으로는 들어가지 않았다.

"아니, 휴식은 여기서 취하겠소."

그러고는 뒤따라 달려오는 장병들을 기다렸다가 병사를 점호했다. 부장으로는 후와 히코조, 무라이 나가요리, 우오즈미 하야토魚住隼人 등이 있었고, 그 외에 칠백여 명 정도의 장병을 거느리고 있었다. 아무리 그래도 아군은 소수였고, 적은 대군이었다.

'위험할 정도로 무모하다.'

누구나 그렇게 생각하지 않을 수 없었다. 그렇게 보는 편이 오히려 상식적이었다.

쓰바타의 성주인 히데쓰구와 그의 노신인 데라니시 무네토모寺西宗与 등이 걱정하며 말했다.

"정찰병들의 정보에 따르면 스에모리 성은 이미 떨어지기 직전에 있는데 이렇게 달려가봐야 적이 대군이라 도저히 구할 수 없을 것이라고 합니다. 차라리 이 쓰바타 성을 굳게 지키며 오사카의 원조를 기다리는 것이 어떨까 싶습니다만……."

히데쓰구의 말이 채 끝나기도 전에 도시이에가 갑자기 노여운 기색을 띠며 말했다.

"적이 대군이라는 소리를 들으면 들을수록, 스에모리에 있는 가엾은 스케에몬의 마음은 어떨지 더욱 걱정이 되는 것이다. 그러한 의견은 사기를 떨어뜨릴 뿐, 우리에게 무슨 도움이 된단 말이냐. 스케에몬을 내버려두어 적 속에서 헛되이 죽게 만든다면 그야말로 세상의 좋은 웃음거리 아니겠느냐."

히데쓰구는 얼굴을 붉혔으나 그래도 어떻게 해서든 도시이에를 말려볼 생각이었는지 일부러 용하다는 점쟁이를 불러 출진의 길흉을 점치게 했다.

도시이에는 점쟁이라는 말을 듣고 실소를 금치 못했다. 그는 점쟁이를 한껏 노려보며 이렇게 말한 뒤 점을 치게 했다.

"이보게, 점쟁이. 나는 무슨 일이 있어도 스에모리로 갈 생각이네. 그리 알고 조심해서 점을 치도록 하게."

"네……."

점쟁이는 몸을 움츠렸다. 그리고 점을 치더니 마침내 소매 안에서 작은 책 하나를 꺼내 자못 심각한 척 말했다.

"날도 길하고 때도 대길, 군을 움직이면 커다란 공을 세우게 될 것입니다. 그렇습니다, 아군의 승리는 의심의 여지도 없습니다."

"길하단 말인가. 아하하하."

도시이에는 손뼉을 치고 웃으며 점쟁이에게 상을 내린 뒤 좌우를 재촉했다.

"아침밥, 아침밥."

장병들은 이미 아침을 먹고 있었다. 히데쓰구가 성안에 아침을 준비해두었으나 도시이에는 끝내 성안으로 들어가지 않았다. 어쩔 수 없이 상을 그곳으로 가져왔으나 도시이에는 맛난 음식에는 손도 대지 않고 주먹밥 두 개와 국 한 사발만 먹었을 뿐이다. 그러는 동안에도 많은 장병이 도착했다.

"나가요리는 선봉에 서라. 도시히데, 나이젠은 제2대에 서라. 제3대는 도시마스利益, 미쓰유키光之, 요사부로与三郎 등으로 구성하고, 제4대는 도시나가의 부대에게 맡기겠다."

도시이에는 거침없이 명령한 뒤 누구보다 먼저 말에 올라 채찍을 가했다. 그 모습에 놀란 장병들이 뒤따라 달려가며 대오를 갖추었다. 군의 지휘는 미야카와 다지마宮川但馬, 무사의 우두머리는 야마자키 쇼베山崎庄兵衛가 맡았다.

"달리면서 진을 짜기는 처음이야."

그들은 그렇게 말하고는 있는 힘껏 대오를 갖추라고 외치며 나아갔다. 맛토의 도시나가도 참가하고 주변 무사들도 모이자 총인원은 삼천오륙백 명쯤 되었다.

가호쿠가타 부근에서 날이 밝았으며, 정오 전에 이미 다카마쓰高松 해변에 도착해 있었다. 밤새 추적추적 가랑비가 내리기도 하고, 바람이 불기도 했는데, 날씨가 맑은 가을날로 바뀌어 손을 이마에 얹고 멀리 바라보면 고립된 성 스에모리도 보일 것만 같았다.

전날 밤, 삿사 쪽의 진보 우지하루 군은 마에다 쪽의 쓰바타와 도리고에 등에서 봉화가 피어오르는 것을 보고 잔뜩 긴장한 채 바로 정찰대를 풀어 살펴보게 했다. 그리고 가나자와의 원병은 아직 쓰바타에 이르지 않았으며, 설령 도시이에가 도착한다 할지라도 오늘 밤에는 쓰바타 성에서 묵을 것이라고 의견을 모았다.

"날씨도 좋지 않고 가나자와에서 달려와 피로도 쌓였을 테니, 틀림없이 쓰바타에서 묵을 것이다."

그래서 그날 밤에는 아무런 대비도 하지 않고 가와지리의 진에 보초만 늘렸다. 그런데 그 보초들이 '적이다!' 외치며 자신의 임무가 얼마나 중대한지를 깨달았을 때는 바로 눈앞에 있는 이마하마 해변까지 도시이에의 깃발이 진출했으며, 마에다 군이 몇 개의 무리로 나뉘어 오미 강의 얕은 곳을 건너오는 것이 보였다.

이마하마 해변에서 도시이에의 깃발을 들고 선 하타모토 무리가 깃발을 머리 위로 높이 치켜들고 멀리 고립된 성에 있는 친구에게, 목소리는 들릴 리 없으나 있는 힘껏 이렇게 외치고 있었다.

"왔다, 우리가 왔다. 나리를 비롯해 우리가 여기까지 왔다. 힘내라! 스에모리 사람들이여!"

그러자 목소리가 들린 것도 아닐 텐데, 스에모리 성안 사람들이 멀리 이마하마 쪽을 보며 '와아' 하고 함성을 내질렀다. 커다란 나무 위로 올랐던 성의 병사 우에하라 세이베가 너무 기쁜 나머지 나무 위에서 떨어진 것도 바로 그 순간이었다.

바다를 따라 은밀히 달려오고 있던 마에다 군의 선봉은 언제나 중군의 깃발보다 훨씬 앞서 달리고 있었다. 중군에 있어야 할 도시이에도 자신의 깃발을 추월해 선봉대와 함께 달렸다.

"적의 본진은 쓰보이 산에 있는 듯하다. 쓰보이 산으로 달려가 가장 먼저 삿사 나리의 목을 취하라."

선봉대장인 무라이 나가요리의 명령에 도시이에가 말 머리를 돌려 말했다.

"나가요리, 나가요리. 공은 나중에 생각하라. 위급한 아군을 먼저 확인한 뒤."

그리고 스에모리 성 아래를 향해 똑바로 달려 나갔다. 그곳에는 삿사의 각 장수들이 빈사에 빠진 외로운 성을 물 샐 틈 없이 철통처럼 둘러싸고 있었다. 당연히 일각에서 격전이 벌어졌다.

도시이에는 나가요리와 두 갈래로 나뉘어 뒷문 쪽으로 다가갔다. 혼조 이치베本庄市兵衛, 노노무라 몬도, 사쿠라 진스케, 구제 다지마 등의 삿사 군이 총구를 돌려 돌진해 들어오는 도시이에 부대를 향해 광적으로 총을 쏘아댔다.

"이놈들!"

가까이 접근할 때까지 몇 기가 쓰러졌다. 하지만 삿사 군이 당황하며 두 번째, 세 번째 탄알을 장전할 무렵, 도시이에 군의 철기갑 부대는 이미 그들 속을 휘젓고 다니며 그들의 포진을 뿔뿔이 흩어놓고 있었다. 마에다 군의 무사인 한다 한베半田半兵衛는 창을 휘둘러 적의 용맹한 장병들만 골라

쓰러뜨렸다.

"저놈은 누구냐? 얄미울 정도로 잘 싸우는구나."

적의 부장인 사쿠라 진스케가 그렇게 말하고는 한베의 왼쪽 어깨를 향해 활을 쏘았다. 한베는 활을 맞고 어지러운 싸움의 파도에 휩쓸려 덧없이 쓰러지고 말았다. 그때 한베에게도 뒤지지 않을 만큼 적 속으로 깊숙이 들어가 마구 날뛰는 작은 사내가 있었다. 아니, 작은 사내인 줄 알았는데 가만히 살펴보니 아직 열네댓 살밖에 되지 않은 소년이었다. 옷차림이나 창을 다루는 법, 진퇴의 민첩함이 한 사람의 장수 이상이었기에 문득 조그만 괴물 같다는 생각이 들 정도였다.

"이놈, 오너라."

"각오해라."

"네 이놈!"

그렇게 외치는 모습이 참으로 어린아이다워서, 마치 화염 속 부동명왕不動明王의 옆구리에서 튀어나온 긍갈라 동자처럼 느껴졌다. 이 동자는 삿사의 부장인 사쿠라 진스케가 활을 당겨 아군만 골라 쏘는 것을 보고는 대담하게도 '이놈!' 하며 외치더니 그의 곁으로 달려갔다.

체구가 작았기에 진스케를 둘러싸고 있던 장병들도 방심하고 있었다.

"앗!"

진스케가 동자의 창끝에 찔려 말 위에서 굴러떨어지자 그제야 비로소 이 작은 괴물이 마에다 군 중 하나라는 사실을 알고 그를 쫓아 에워쌌다. 하지만 동자는 날랜 다람쥐처럼 이리저리 도망 다녔다.

"이 꼬맹이 놈! 우리 주인의 빈틈을 잘도 노렸겠다."

사쿠라 진스케의 가신인 고가와 나마즈노스케小川鯰之助가 동자를 뒤쫓았다. 그러자 동자는 숨이 찼는지 발걸음을 멈추고 나마즈노스케의 얼굴을 노려보았다.

"정말 귀찮은 놈이로구나. 나를 붙잡으면 네놈에게 오줌을 싸겠다."

그곳은 전장이었다. 아이들의 전쟁놀이와는 차원이 달랐다. 그럼에도 불구하고 겁 없는 동자는 아이들끼리 장난을 치다 악에 받쳐 하는 소리를 내뱉었다. 그 소리에 나마즈노스케는 순간 맥이 빠지고 말았다.

"뭐, 뭐라고. 이 애송이가."

"사람이 도망을 치는데 어디까지 따라올 생각이냐, 이 멍청한 놈아."

"전장에서 달아나는 놈을 쫓는 건 당연한 일이다. 네놈은 머리가 이상한 듯하구나."

"무슨 소리를 하는 거냐. 이 전장에서 무기를 들고 서로를 죽이는 사람의 머리는 전부 이상한 것 아니냐. 그중에서도 너는 미친 멧돼지다. 그러니 가까이 오면 오줌을 갈기겠다고 말한 거다. 그게 어쨌다는 거냐?"

"정말 말도 안 되는 소리만 지껄이는 애송이로구나. 네놈은 대체 마에다 군 누구의 아들이냐?"

"고풍스럽게 서로의 이름을 밝힐 생각이라면 네 이름부터 대라."

"내가 바로 삿사 군의 여섯 장수 중 하나인 사쿠라 진스케 님의 으뜸가는 가신, 고가와 나마즈노스케다."

"나는 마에다 도시이에의 조카인 마에다 게이지로다."

"뭣이, 마에다 나리의 조카라고."

"그렇다. 전쟁이 어떤 것인지 보기 위해 여기로 처음 출진한 것이다."

"그렇다면 더욱 놓칠 수 없겠구나. 상대로는 부족하나 도시이에 일족의 첫 출진, 그 목은 나마즈노스케가 가져가도록 하겠다."

게이지로가 고개를 흔들며 말했다.

"좀 봐줘. 목을 버리러 온 게 아니야. 전쟁을 보러 온 거야. 목을 가져가는 것만은 참아줘."

게이지로의 철없는 모습, 천진난만하다기보다 오히려 상식이 부족한 듯한 맹한 얼굴에 나마즈노스케는 고개를 끄덕이며 생각했다.

'아하, 알겠다. 이놈은 백치로구나.'

하지만 군공을 기록할 때는 백치의 목이든 영리한 사람의 목이든 구분하지 않는다. 중요한 것은 신분의 상하뿐이었다.

"이놈, 목을 내놓아라."

나마즈노스케가 달려들었다. 그리고 간단히 사로잡으려고 덤빈 것이 그의 마지막 실수였다. 그 순간 쿵 하고 갑자기 얼굴에 철권이 날아들었다. 게이지로는 비틀거리는 정강이를 향해 창을 있는 힘껏 내리쳤다. 세 번, 네 번, 닥치는 대로 마구 내리쳤다. 땅바닥에 완전히 쓰러졌는데도 계속해서 내리쳤다.

"어떠냐, 이 메기鯰 같은……."

게이지로는 만약을 위해 그의 얼굴과 가슴을 몇 번이고 더 짓밟았다. 하지만 유명한 적의 목을 취하려고 들지는 않았다. 그저 꿈틀꿈틀 움직이는 적을 내려다보며 창을 어깨에 걸치고 갑옷 아래로 허리춤을 풀어 한가롭게 오줌을 누기 시작했다. 오줌이 나마즈노스케의 얼굴과 어깨에 떨어지며 비말을 일으켰다. 가엾은 적은 간신히 몸을 꿈틀거릴 뿐이었다.

"와하하, 꼴좋다."

게이지로는 창을 짊어지고 달리기 시작했다. 앞을 바라보니 그곳에는 이미 적도 없었고 아군도 없었다.

성의 뒷문이 활짝 열려 있었다. 스에모리 성안 사람들은 도시이에가 구원을 위해 온 사실을 알고 환호성을 올리며 성 밖으로 나와 공격에 가담했다. 그리고 그 방면의 포위를 뚫고 도시이에 군을 맞아들였다. 사람들이 서로 손을 맞잡고 구사일생으로 살아남았다며 기쁨의 눈물을 흘리느라 성안은 오히려 순간 침묵에 빠졌다.

이러한 때 사람은 울어야 하는 건지, 춤을 춰야 하는 건지 모르는 법이다. 성주인 오쿠무라 스케에몬은 도시이에를 맞아 말없이, 그저 말없이 그 앞에 무릎을 꿇고 있었다.

"스케에몬, 이제야 도착했네."

도시이에가 그렇게 말하며 들어갔으나 스케에몬은 말없이 그저 그 모습을 우러러보는 듯한 표정으로 그의 뒤를 따라 혼마루로 갔다. 혼마루도 그렇고, 대서원도 그렇고 하나같이 황량하기 짝이 없는 농성의 전장이었다. 아니, 그 농성전은 아직 끝나지 않았다. 도시이에는 걸상에 앉아 스케에몬을 돕고 있는 장수들을 보며 위로의 말을 건넸다.

"잘 견뎌주었네."

그리고 곳곳의 방어진지를 둘러보았다.

도시이에와 갈라져 다른 성문으로 접근한 무라이 나가요리는 쓰보이 산의 뒤편을 공격하여 적장 삿사 요자에몬을 베었으며, 그 외에도 사십여 명의 수급을 거두었다. 그가 역투를 펼치고 있는 사이 후속 부대인 노무라 덴베野村伝兵衛, 야마자키 히코에몬山崎彦右衛門, 시노하라 가즈타카篠原一孝 등도 각각의 부하들을 이끌고 성 아래 일대에서 싸움을 벌였다. 그 싸움에서 마에다 군의 희생도 적지는 않았으나 삿사 군은 칠백오십여 명의 전사자를 버리고 총퇴각을 하기 시작했다.

곳곳의 문과 돌담을 지나 성안으로 우군이 들어왔다. 그 깃발 하나하나, 그 얼굴 하나하나를 맞아들일 때마다 성안의 병사들은 환호성을 내질렀으며 감격한 눈에 눈물을 글썽이며 손을 내밀었다.

"아아…… 이렇게까지."

그들이 사수한 흔적을 둘러보는 도시이에의 눈에도 눈물이 고였다. 특히 도시이에의 마음을 크게 감동시킨 것은 이처럼 다급한 위기 상황에서도, 식량이 부족한 성안으로 수많은 백성을 수용했다는 사실이었다. 그리고 그 백성들과 부상병들 사이에서 일하고 있는 한 여인을 보게 되었다.

"저 여인은 누구인가?"

스케에몬이 움찔하며 대답하지 못하는 모습을 보고 도시이에가 이렇게 말했다.

"자네의 집사람인가?"

"그렇습니다."

"이리로 부르게."

"네……. 하지만 나중에 머리라도 좀 매만지게 한 뒤 인사를 드리도록 하겠습니다."

"그러하겠는가?"

도시이에는 스케에몬의 마음을 읽고 그 자리를 그냥 지나쳤다.

일단 적이 물러나자 도시이에는 성안의 장병을 모두 불러 위로한 뒤 은상을 약속하고 오쿠무라 스케에몬 부부에게 다음과 같이 말했다.

"앞으로도 그대들 부부의 공을 오래도록 잊지 못할 것이오."

도시이에는 그날 가져온 종규의 깃발과 금부채, 장검에 감사장까지 더해 스케에몬에게 건넸다. 이제 도시이에에게 남은 즐거움은 늘어지게 잠을 자는 것이었다. 적과도 잘 싸웠지만 도시이에는 육체적 욕구도 잘 극복했다고 스스로 생각했다.

한편 쓰보이 산 본진에 있던 삿사 나리마사는 하룻밤 사이에 전황이 역전되어 근신들조차 허둥지둥하는 것을 보고 격노했다.

"한심한 놈들."

나리마사는 군용을 재정비해서 스에모리 성으로 다시 공격해 들어가기 위한 계책을 세웠다.

"쓰보이 산의 나리마사가 권토중래의 기세를 보이고 있습니다."

도시이에는 첩보를 듣고 중얼거렸다.

"과연 올까?"

그러다 무슨 생각을 했는지 웃으며 말했다.

"아니, 오지 않을 것이다. 나는 그와 함께 오다 가를 섬겼을 때부터 비슷한 지위에 있었는데 나리마사는 쉽게 화를 내기도 하지만 식는 것도 빠른 성격이다. 격정과 이지의 양극단을 지니고 있어서 그 둘로 이해를 잘 따지는 성격이기도 하니."

아니나 다를까 잠시 뒤 들어온 첩보는 다음과 같은 것이었다.

"쓰보이 산에 있는 적의 본군은 한때 우리 성으로 총공격을 감행해올 것 같은 태세를 보였으나, 무슨 생각에서인지 갑자기 방향을 바꾸어 전군이 쓰바타 가도를 따라 남쪽으로 급히 퇴각하기 시작했습니다."

"그것 보게. 역시 나리마사답군."

도시이에가 웃고 있는데, 그 옆에 있던 무사 하나가 몸을 앞으로 당겨 그에게 진언했다.

"참람스러운 말씀이오나……."

그는 미카와의 혼다 사도노카미 마사노부本多佐渡守正信의 동생으로 혼다 마사시게本多正重라는 젊은이였다. 마사시게는 호쿠리쿠 각 주를 돌아다니며 무사 수행을 하고 있었는데, 마침 이번 전쟁을 만난 참에 도시이에가 이곳으로 급히 달려왔을 때 자신의 이름을 밝히고 후학을 위해 종군에 합류한 무사였다.

그것을 '진 빌리기'라고 하는데 수행하는 무사뿐만 아니라 기회를 얻어 녹봉을 받기를 원하는 재야의 무사들도 곧잘 터진 갑옷에 한 자루 창을 짊어지고 와서는 군의 한쪽 끝에 가담하게 해달라고 청하는 경우가 많았다.

"오오, 진 빌리기를 한 수행 무사인가? 무슨 일이지?"

"지금 듣자 하니 쓰보이 산에 있던 적이 남쪽으로 썰물처럼 퇴각하고 있는 듯한데, 그 사실을 알고 있으면서도 덧없이 기쁨만을 맛보고 있는 것은 옳지 않은 일이라 생각합니다. 어째서 한 무리의 철기를 앞세워 그들의 어지러운 발걸음을 쫓지 않으시는 것입니까? 나리마사 나리의 목을 얻기란 식은 죽 먹기라 생각합니다만."

"옳은 말이오."

도시이에는 젊은 수행 무사의 말에 가만히 귀를 기울이고 감탄한 듯 고개를 끄덕였으나 그 대답은 부정적이었다.

"예전에 시즈가타케 전투에서 시바타 나리의 조카인 사쿠마 겐바佐久間玄蕃가 승리한 여세를 몰아 적의 뒤를 쫓은 적이 있었다네. 무릇 아군의 위기는 아군 전체가 이겼다고 생각하고 있을 때 일어나기 쉬운 법일세. 너무 신경 쓸 것 없네. 나리마사의 목 하나 따기 위해 그처럼 커다란 위험을 감수할 필요는 없네."

도시이에는 그렇게 말하고는 끝내 뒤를 쫓지 않았다. 하지만 방향을 바꾼 삿사의 용맹한 군대가 퇴각하면서 혹시라도 쓰바타 성을 공격할지 몰랐기에 그는 이튿날 아침, 짧은 밤의 쾌면에서 깨자마자 총군을 이끌고 쓰바타 가도를 따라 남쪽으로 내려갔다.

노토의 나나오에서 이미 마에다 야스카쓰前田安勝와 다카바타게 사다요시高畠定吉 등이 수천의 병사를 이끌고 달려온 터라 마에다 군의 총병력은 일만 명이 넘은 상태였다.

앞서가던 나리마사는 쓰바타 근처에 이르자 바로 그곳을 엿보았다.

"쓰바타 성을 취하라."

나리마사의 군대는 일관된 목표도 궤도도 없었다. 마치 불연속적인 구름과도 같았다.

눈의 미로

쓰바타 성을 지키고 있던 성안의 장병들은 스에모리 방면에서 갑자기 방향을 바꾸어 노도처럼 밀려오는 삿사 군을 보고 홍수를 만난 것처럼 놀랄 수밖에 없었다. 하지만 순간적인 기지를 발휘해 성안의 숲과 뒤편 산등 곳곳에 기치를 내걸어 허장성세를 꾸몄다.

쓰바타 성은 스에모리 이상으로 험한 성이었다. 나리마사는 멀리서 바라보고 조금 전의 패배에 질렸는지 매우 조심스러운 태도를 취했다.

"함부로 다가가서는 안 된다. 짐작컨대 이곳은 가나자와로 가는 가도의 요해지이니 적잖은 병력이 지키고 있을 것이다. 부근에 불을 지른 뒤 도리고에 성으로 향하라."

나리마사는 급히 명령을 바꾸었다. 민가 일부와 가모加茂 신사 등에 불을 질렀으나 나리마사는 끝내 쓰바타 성을 공격하지 못하고 북쪽으로 방향을 틀어 쓰바타와 구리카라 사이에 있는 도리고에 성으로 나아갔다.

그곳은 미쿠니 산의 남쪽, 구리카라의 서쪽에 위치해서 어느 쪽을 바라보아도 산밖에 보이지 않는 산성이었다. 메가타 마타에몬, 니와 겐주로와 같은 마에다 군의 장수들이 지키고 있었다. 그런데 지리적 이점과 험한 지세 때문에 안도하고 있었는지 태풍의 권외에 있는 듯 매우 느긋하게 성을 지키고 있었던 듯하다. 그곳으로 마을 사람이 요란스럽게 고하러 왔다.

"삿사 군이 쓰바타를 공격하기 위해 왔다고 합니다."

길은 산의 고갯길을 넘어야 했으나 거리는 십 리도 되지 않았다.

"뭣이, 삿사 군이."

그들은 아닌 밤중에 홍두깨 같은 소리를 듣고 실상을 파악할 여유도 없이 그저 당황하기만 했다.

"그렇다면 스에모리도 떨어진 듯하구나. 이런 상황이라면 가나자와의 원군도 어떻게 될지 모를 일이다."

"나리마사가 직접 쓰바타를 공격하러 왔다니 아군의 패배는 불을 보듯 뻔한 일이다. 그렇다면 이 작은 성에서 무엇을 할 수 있겠는가."

성안을 발칵 뒤집어놓은 것 같은 소란 속에서 요란스럽게 고하는 사람이 있었다.

"이 도리고에로도 벌써 삿사 군의 선봉이 물밀듯이 밀려오고 있다."

성주인 메가타 마타에몬은 어느 틈엔가 가족들을 데리고 구리카라의 깊은 산속으로 달아나버렸다.

"성주가 달아났으니……."

니와 겐주로도 부하들을 버려둔 채 도망쳤다. 남은 병사들은 곧 사관들과 함께 도적 떼가 되어 성안의 기물들을 가지고 순식간에 한 명도 남김없이 어딘가로 달아나버리고 말았다.

잠시 뒤 나리마사가 군대를 이끌고 도리고에 성 아래로 다가갔으나, 이번에도 조심하느라 한동안은 멀리서 감싸고만 있었다.

"이상한데……."

나리마사는 이상히 여겼다. 이 산간 지방에 많이 사는 까마귀가 성의 혼마루와 성문의 지붕 위 등 곳곳에 떼를 지어 앉아 있었기 때문이다.

"누가 보고 오너라."

명령을 받은 척후병 중 하나가 마침내 살금살금 성벽을 기어올라 안을 자세히 살펴보고 돌아왔다.

"어떤가, 성안의 모습은?"

"까마귀가 놀고 있을 만도 합니다. 성안은 쥐 죽은 듯 고요하고, 개미 새끼 한 마리 보이지 않습니다."

"뭣이, 병사 하나 남아 있지 않단 말이냐. 아하하하, 그것 참 유쾌하구나."

나리마사는 쾌재를 부르며 성안으로 들어갔다. 그리고 그곳에서 병마를 쉬게 하자 십 년 묵은 체증이 내려가는 듯한 기분이 들었다.

삿사 나리마사는 곧 도야마로 돌아갔다. 아무런 힘도 들이지 않고 취한 도리고에 성에는 부장인 구제 다지마를 남겨두고, 구리카라 요새에는 삿사 헤이자에몬을 남겨두었다.

그 직후 마에다 쪽에서 도시이에의 사자로 고바야시 기자에몬小林喜左衛門이 왔다. 도시이에도 그도 아직 아무것도 모르고 아군인 메가타 마타에몬에게 승전보를 전하러 온 것이었다.

"앗, 저건 삿사의 깃발 아닌가?"

기자에몬은 성 위에서 높다랗게 펄럭이는 깃발을 보고 깜짝 놀라 말 머리를 돌려 돌아갔다.

도시이에는 스에모리를 떠나 쓰바타까지 돌아왔으나 도리고에 성의 불미스러운 일을 듣고 메가타 마타자에몬의 비겁한 행동에 크게 노하고 말았다.

"무문의 불명예, 마에다의 체면을 구기다니. 당장 도리고에로 가서 되찾아야 한다."

도시이에는 곧바로 출전 명을 내리려고 했으나 무라이 나가요리와 일족들이 간하자 불쾌한 감정을 가슴에 품은 채 우선 가나자와로 개선했다.

한편 메가타 마타자에몬에 대해서는 여담이 전해진다. 훗날 교토에 있는 히데요시의 저택에 가모 히다노카미, 아사노 단조淺野彈正 등이 모였을 때 마에다 가의 도쿠야마 고헤德山五兵衛와 사이토 교부齋藤刑部 두 사람이 그곳으로 와서 간곡히 청한 적이 있었다.

"실은 몇 해 전, 엣추의 싸움에서 도리고에 성을 비우고 달아나서 크게 체면을 구겨 지금까지 모습을 감추고 있던 메가타 마타자에몬이라는 자가 있습니다만……. 그때의 불찰을 본인도 진심으로 참회하고 있고, 또 머리를 깎고 만담꾼으로라도 다시 한 번 마에다 가에서 일할 수 없겠느냐며 평생의 소원이라 말하고 있으니 다이나곤(도시이에) 님께 잘 좀 말씀드려 주실 수 있겠습니까?"

오랜 친구들이 가서 말하면 들어줄지도 모른다고 생각했기에 간곡히 청한 것이었다. 그래서 히다노카미와 단조가 곧 도시이에를 만나 말을 꺼내보았다.

"마타자에몬도 한껏 웃음거리가 되었으며, 또 머리까지 깎을 각오라 하니 그만 용서하고 다도를 맡는 무리나 만담꾼으로라도 받아들이는 것이 어떻겠는가?"

하지만 도시이에는 자세를 바로 하고 앉아 단호히 거절했다.

"이렇게 중재를 해주니 고맙소만, 때로는 목을 쳐야 할 자를 용서하는 경우도 있고, 또 그렇게 커다란 실수는 아니나 결코 용서할 수 없는 경우도 있는 법이오. 마타자에몬은 국경에 위치한 중요한 성을 믿고 맡겼던 자요. 그 신의를 저버리고 나라의 위급함도 돌아보지 않은 채 오로지 자기 한 사람의 안전만을 생각해 살아남은 자요. 그러한 자를 다시 받아들인다면 다른 자들이 무사로 일하기 싫어질 것이오. 미안한 말이지만 다시 받아들인다는 건 생각할 수도 없는 일이오."

스에모리를 구하고 가나자와로 돌아간 당시 도시이에의 마타자에몬에 대한 분노가 어떠했는지 쉽게 상상해볼 수 있을 것이다. 하지만 이런 무사도 있고 또 오쿠무라 스케에몬과 같은 무사도 있기에 무문을 인간 사회에 지나지 않는 천태만상의 도가니라고 할 수 있는 것이리라. 커다란 '때'의 창조에 참여했다가 다시 그 '때'에 의해 내쳐지고, 과거, 현재, 미래의 세 갈래 길에서 피었다가는 지고, 졌다가는 떠나고, 덧없는 성쇠를 어느 사회보다 빨리, 부지런히 병마와 창검의 순간에 새긴 채 쉴 새 없이 명멸한 것이 바로 무문 속의 사람들이었다.

도시이에는 삿사가 일으킨 이변을 곧 서면으로 작성해 히데요시에게 보고했다. 9월 중순이라는 날짜가 적혀 있으니 그때 히데요시는 고마키에서의 난관에 봉착해 일단 오사카로 물러났다가 다시 군대를 이끌고 미노와 오와리로 출동하는 한편 니와 나가히데에게 은밀히 명령을 내려 도쿠가와 쪽에 화목할 마음이 있는지 넌지시 살피고 있었다.

이윽고 히데요시는 전승을 축하하는 답장을 보냈다. 그리고 사자의 입을 통해 이렇게 말했다.

"고마키의 전황도 결코 걱정할 것 없소. 올해 안으로는 반드시 결판날 것이오. 그리고 내년에는 내가 직접 호쿠리쿠로 가서 진압할 생각이니 지금은 삿사가 무슨 짓을 하든 가만히 지키기만 하고 섣불리 병마를 움직일 생각은 꿈에도 하지 마시오."

히데요시는 도시이에가 오사카로 보냈던 일곱 살 딸을 즉시 아버지 품으로 돌려보냈다.

"이번 일로 자네의 마음을 더욱 잘 알게 되어 지쿠젠도 얼마나 기쁜지 모르오. 그러니 전부터 데리고 있던 딸은 유모를 딸려서 다시 돌려보내기로 하겠소."

한 가지 더 특기할 만한 일은 히데요시가 직접 쓴 편지에도 '오쿠무라 스케에몬이 분골쇄신하여 성을 견고히 지켜낸 일……'이라고 쓰여 있을 정도로 오사카까지 스케에몬의 이름이 전해졌다는 사실이다. 이는 스케에몬에게 있어서나 스케에몬의 아내에게 있어서나 얼마나 커다란 기쁨이었는지 모른다. 아니, 가가 지방 사람들의 자랑 가운데 스케에몬 부부의 이름은 반드시 포함되어 있었다.

결국 도시이에는 스에모리 성의 위기를 무사히 잘 넘겼으나, 전체적으로 봤을 때 삿사 구라노스케 나리마사는 커다란 실패를 경험하고 말았다. 무모한 원정, 확고한 자신감이 없는 작전은 다시 말해 망동妄動이라고 할 수 있었다. 돌아오는 길에 텅 빈 도리고에 성을 취한 것으로는 그 전력의 소모와 사기의 좌절을 메울 수 없을 정도로 큰 타격이었다. 특히 그의 괴로운 마음은 달랠 길이 없었다.

"이번에 길잡이로 나섰던 고헤를 찾아 잡아오너라. 집은 몰수하고 일족은 책형에 처하라."

포졸들이 곧 그의 집과 점포를 덮쳤으나 가재도구, 고용인들은 그림자도 보이지 않았으며 고헤는 그길로 모습을 감춰버렸다.

"마에다의 첩자에게 당했구나. 영내의 잡인들을 샅샅이 뒤져 조금이라도 냄새가 나는 자는 전부 잡아다 취조하도록 하라."

나리마사는 갑자기 제오열 공포증에 사로잡히고 말았다. 바다 및 육지의 통로와 성 아래 마을의 여관과 사원에 이르기까지 여행객의 왕래에 엄격한 제도와 번잡한 수속을 법령화했기에 도야마의 경제는 겨울과 함께 완전히 얼어버리고 말았다. 반면 군비와 방어책에 박차를 가해 마치 껍데기를 뒤집어쓴 것처럼 국경을 단단히 지켰다. 이를 보고 마에다 군의 외성에 있는 장수들이 일거에 도야마로 공격해 들어가자고 가나자와에 헌책했으나 도시이에는 받아들이지 않았다.

"아닐세, 삿사도 한때는 노부나가 공의 눈에 띄어 인정을 받을 정도로 대단한 사내일세. 그를 얕잡아보는 것은 좋지 않아. 또 싸움에 져서 분을 삭이지 못하고 있는 인간을 상대하는 것도 좋지 않은 일일세. 상대하지 않는 것이 좋아."

그 뒤로 호쿠리쿠의 삿사와 마에다 두 세력은 서로를 노려보며 대치한 채 겨울을 맞았다.

대국을 놓고 살펴보면 이는 히데요시가 바라던 기정방침이기도 했다. 고마키의 귀결에 애를 먹고 있던 히데요시에게는 욕심을 부리기보다 호쿠리쿠의 현상을 유지하는 것이 오히려 바람직한 일이었던 것이다. 고마키가 정리되기까지 어쨌든 마에다가 삿사의 움직임을 붙들어놓기만 하면 된다고 생각한 것이었다.

하지만 나리마사는 도시이에의 견제에 그대로 묶여 있기만 할 사람이 아니었다. 그는 도시이에와의 대치와 풍설에 갇힌 호쿠리쿠의 겨울에 갑갑증이 일었다.

"최근 고마키의 전황도 전혀 들려오지 않는데 중앙의 형세는 어찌 되었는지."

나리마사는 마음을 졸이다 덴쇼 12년(1584년) 11월 23일 결국 수행원 백여 명쯤을 데리고 도야마 성을 은밀히 나섰다. 몰아치는 눈보라를 헤치고 인마도 지날 수 없을 것 같은 산길을 더듬어 마침내 신슈信州의 가미스와上諏訪에 도착했다. 그리고 곧바로 사자를 보내 이에야스의 상황을 물었다.

"구라노스케 나리마사가 눈보라 치는 산길을 넘어 지금 막 이곳에 도착했소. 지난가을 이후 호쿠리쿠의 상황을 말씀드리고, 한편으로는 고마키에서의 전황과 앞으로의 방책을 듣고, 히데요시 정벌의 대계에 빈틈이 없도록 논의하고, 겸사겸사 건강하신 모습도 뵙기 위해 이렇게 왔소. 언제, 어디서 만나줄 수 있겠소?"

"뭣이, 삿사가 호쿠리쿠에서 찾아왔다고?"

이에야스는 당혹스러웠다.

그 무렵 그는 이미 고마키에서 군대를 물리고 기요스에서 물러나 하마마쓰로 돌아갔으며, 그곳에서 답답하고 즐겁지 않은 나날을 보내고 있던 차였다.

"어쩔 수 없군. 사람을 보내 맞이하도록 하게."

이에야스는 가신에게 일을 맡겨 도중에 갈아탈 말과 짐을 실을 말, 길잡이 등의 사람을 보내놓고 손님 맞을 준비를 했다.

"참으로 골치 아픈 손님……."

이에야스는 나리마사를 만나 무슨 말을 해야 좋을지 고심했다. 반년에 걸친 고마키에서의 대전이 히데요시의 기발한 수법과 노부오의 경솔하기 짝이 없는 단독 강화로 인해 전부 끝나버린 뒤였기 때문이다.

히데요시가 이에야스를 제쳐두고 노부오를 직접 설득했으며, 노부오도 이에야스를 배제하고 야다 강변에서 직접 히데요시를 만나 단독 강화를 맺은 것이 같은 달 11일이었으니, 삿사 나리마사가 도야마를 떠나기 전에 이미 천하의 정세는 급격히 변해 있었던 것이다.

그 때문에 역경에 빠진 이에야스는 11월부터 12월 초까지 복잡한 마음으로 고마키 전투의 뒤처리를 하고, 히데요시와 화목을 맺고, 오사카로 인질을 보내고, 가신들의 불평과 울분을 달래야 했다. 그렇게 하마마쓰는 안팎으로 어두운 겨울을 맞이하고 있던 차였다. 그런데 호쿠리쿠의 빈객인 삿사 나리마사는 아직 아무것도 모르는 듯 마중을 나갔던 사람들을 따라 하마마쓰 성으로 들어왔다.

12월 4일이었다. 이에야스는 이러한 때에도 얼굴에 당혹감을 내보이지 않았다. 먼 길을 오신 귀한 손님을 맞이하듯 나리마사를 객전으로 맞아들여 극진하게 대접했다.

미카와의 전통을 지키는 도쿠가와 가에서는 예전부터 외교상의 사절이나 귀한 빈객을 맞이할 때 음식 대접이 지극히 소박했다. 하지만 그날 밤의 삿사 나리마사 앞에는 미주가효美酒佳肴가 놓였으며 술을 그다지 많이 마시지 못하는 이에야스도 거듭 술잔을 들며 살갑게 대했다.

"많이 추우셨겠습니다. 한겨울에 고시지越路의 산과 큰 눈을 헤치고 먼 길을 가는 것은 결코 쉬운 일이 아닙니다. 산간 지방 사람들은 대체로 술을 잘 드신다고 들었습니다. 자, 편히 드십시오."

하지만 나리마사는 평소의 강한 기질을 꺾지 않았다. 그는 진수성찬을 먹기 위해 온 것이 아니라는 듯한 태도를 보이더니, 술잔을 내려놓고 접대하는 근신과 시동들을 둘러보며 말했다.

"물론……. 술이라면 주당이라 불릴 만큼 좋아하나, 그 전에 은밀히 이야기를 나누었으면 합니다만."

그렇게 해서 이에야스와 단둘이서만 마주 앉게 되자 나리마사는 무릎을 앞으로 당겨 정중하게 물었다.

"앞서 서면으로도 말씀드렸으나 고마키의 전황은 어떻게 되었는지, 또 앞으로의 방책은 어떠한지 의중을 분명히 듣고 싶습니다."

"……."

이에야스는 술기운이 살짝 돌아 새빨개진 얼굴을 말없이 숙인 채 나리마사가 말하는 것을 가만히 듣기만 했다. 나리마사는 그 정력적인 몸을 양 팔꿈치로 과장하고, 머리의 조잡함을 혀로 보충하는 듯한 웅변으로 평소의 포부를 끝도 없이 늘어놓았다.

"저는 남몰래 호쿠리쿠의 겐신謙信이라 자부하고 있으며, 도쿠가와 나리는 그야말로 당대의 신겐이라 믿고 있습니다. 겐신과 신겐 두 사람이 그와 같은 실력과 기략을 가지고 있으면서도 지금껏 시운을 얻지 못해 평생을 깊은 산 구석에서 보낸 것은 두 영웅이 용호의 투쟁을 서로의 국경에만 고집해 시선을 천하에 두는 대계를 끝내 도외시했기 때문입니다. 만약 두 사람이 이와 입술처럼 서로 군사 협약을 맺고 일찍부터 그 뜻을 중원에 두었다면…… 틀림없이 지금의 세상은 전혀 다른 세상이 되었을 터입니다."

나리마사는 목이 마른지 자꾸만 술잔을 비우고 국물을 마셨다. 그럴 때마다 이에야스는 다시 술을 따라주었고, 나리마사는 다시 술잔을 비우고 말을 이었다. 어쨌거나 나리마사는 자신을 겐신에 빗대고 이에야스를 신겐에 빗댄 뒤, 두 사람이 협력해서 천하에 뜻을 펼쳐보자는 이야기를 하고 싶은 듯했다.

"히데요시 따위는 원래 밑바닥에 있다가 벼락출세한 몸. 도저히 나리의 적이 아닙니다. 만약 고마키의 군을 전진케 해서 교토로 향하신다면 나리마사는 마에다를 짓밟고 고슈江州, 교토로 밀고 들어가 오사카 성과의 길을 끊어 원숭이 놈을 사로잡도록 하겠습니다. 하지만 그 전에 긴밀하게 협의하고 앞으로의 계책을 듣지 않으면 안 될 터……. 도쿠가와 나리, 시원하게 속내를 들려주시기 바랍니다."

나리마사가 무릎을 바싹 당겨 묻자 이에야스가 마침내 얼굴을 들었다. 그리고 새삼스럽게 길게 한숨을 내쉬며 말했다.

"삿사 나리, 늦었습니다. 때는 이미 지났습니다. 한발 늦었단 말입니다."

나리마사가 낯빛을 바꾸더니 갑자기 조바심을 내며 수염이 덥수룩한 얼굴을 앞으로 내밀었다.

"무슨, 무슨 말씀을 하시는 겁니까? 이미 늦었다니……."

이에야스가 나리마사의 날카로운 눈빛을 피해 온화하게 설명했다.

"지난 11월 11일에 기타바타케 나리께서 이 이에야스와 상의하지 않으시고 돌연 이세의 야다 강변에서 하시바 나리와 회견한 뒤, 참으로 갑작스럽게 화목을 맺으셨습니다. 이 이에야스의 체면은 말도 아니게 되었습니다. 삿사 나리, 생각해보십시오, 늦었다고 말씀드린 것은……. 나리의 계획과 친절한 말씀도 지금은 이미 늦어버리고 말았습니다."

"뭣이!"

나리마사는 발밑의 대지를 잃은 듯 매우 놀란 표정을 지어 보였다.

"그, 그렇다면…… 히데요시와 노부오 경은 이미 화약을 맺고 고마키에서 서로 병사를 물렸단 말씀이오?"

"그렇습니다. 모든 것이 끝나버리고 말았습니다."

"그렇다면 나리와 히데요시와는?"

"애초부터 이 이에야스는 하시바 나리에 대해 어떤 원한도 품고 있지 않았습니다. 단지 기타바타케 나리의 요청을 묵살할 수 없었기에 의를 생각해서 가담했던 것뿐인데, 그 노부오 경께서 하시바 나리와 손을 잡으셨다니 그저 축하한다고 말씀드릴 수밖에 없었습니다. 이에야스의 역할은 이미 끝난 것입니다."

"그야말로 패륜이라고 하지 않을 수 없습니다. 노부오 경이 아무리 세상 물정 모르는 귀인이라 할지라도……."

"아니, 그분이 충분히 하실 만한 일입니다. 거기까지 생각하지 못했던 것이 이에야스의 불찰입니다. 노부오 경을 세상 물정 모르는 자라고 생각하기 전에 나 역시 아직 어리다, 어리다 하고 홀로 머리를 두드리며 자책하고 있던 차였습니다."

"짐작컨대 간교한 원숭이 놈에게 그대로 속아버린 듯합니다. 하지만 노부오 경은 그렇다 쳐도, 도쿠가와 나리까지 그 장단에 맞추어 순순히 히데요시 밑으로 들어가 히데요시가 사욕을 천하에 마음대로 펼치는 것을 손가락만 문 채 바라보고 있을 필요는 없지 않습니까? 앞으로의 방침은 어떠한 것입니까? 일단 고마키의 병사를 물렸다고는 하나, 앞날에 대한 생각은 있을 것 아닙니까?"

이에야스가 나리마사의 벌건 얼굴을 향해 부채질을 하듯 손을 흔들며 대답했다.

"아니, 아무것도 없습니다. 앞서 말씀드린 대로입니다. 노부오 경께서 요청하신 의전義戰이었기에 무문의 체면을 생각해서 어쩔 수 없이 하시바 나리와 맞선 것이었는데, 일이 매듭지어졌으니 제가 나서서 오사카에 싸움을 걸 생각은 조금도 없습니다."

"흠, 조금도 없다는 말씀이십니까?"

나리마사가 커다란 콧구멍으로 귀에 들릴 만큼 숨을 내쉬며 한탄했다. 그리고 분노와 실망과 주체할 길 없는 마음속 잡다한 상념 속에서 눈을 둥그렇게 뜨고 무엇인가 이야기의 실마리를 찾으려는 듯 이에야스를 바라보았다.

이에야스는 나리마사가 노부오를 섬기던 시절부터 그의 장점과 단점을 잘 알고 있었다. 그러다 보니 그가 가담하겠다고 할 때부터 그를 그렇게 높이 평가하지 않았다. 하지만 잘만 하면 호쿠리쿠에서 그를 움직이게 해서 자신의 말 중 하나로 이용할 수 있겠다고 생각한 것은 사실이었다.

이에야스는 너무 냉담하게 나리마사를 돌려보내면 훗날의 화근이 될지도 모른다고 생각했는지 약간의 여지를 남기는 듯한 말을 덧붙였다.

"지금 이 이에야스가 움직이면 세상에 명분이 서지 않으나, 만일 공께서 결심한다면 이 이에야스는 뒤에서 반드시 힘을 보태도록 하겠습니다. 어떠한 식으로든 힘을 보낼 것입니다."

참으로 성의가 담긴 듯한 말이었지만 실은 상대방에게 그 참뜻을 알 수 없게 하고, 또 언질도 주지 않아 교묘하게 자신을 숨기는 말이었다. 이것은 이에야스가 흔히 쓰는 화법이었다.

결국 삿사 나리마사는 이에야스의 참뜻을 파악하지 못한 채 하마마쓰 성에서 나왔다.

"하나같이 마음에 들지 않는 일들뿐이로구나. 노부나가 공을 잃은 뒤 세상에는 더 이상 인물다운 인물이 없는 듯해. 같잖은 히데요시 따위에게 농락당해 도쿠가와 나리까지 뒤로 물러나 원숭이 놈이 제멋대로 천하를 굴리도록 내버려두다니……."

나리마사는 숙소로 돌아와서도 부아가 끓고 화가 치밀어 견딜 수 없다는 듯 가신들과 함께 연거푸 술을 마셨다.

"불초의 자식이란 노부오를 두고 하는 말이다. 그 양반은 사람이 좋은 게 아니라 멍청한 거야. 희대의 멍청이야. 이에야스에게 울며 매달려서는 이에야스의 장식품이 되더니, 히데요시에게 안겨서는 히데요시의 좋은 도구로 쓰이고……."

나리마사는 마음을 터놓고 지내는 가신들 앞에서 술기운에 울분을 토로하기 시작했다. 그리고 언제부턴가 쉴 새 없이 입에서 험한 욕이 흘러나왔다. 그의 가신들도 장단을 맞추며 주워들은 소문을 재료 삼아 그의 울분에 동조했다.

"이대로 돌아가기도 허무하고 이왕 이렇게 됐으니 기요스까지 가보기로 하자."

기요스에 기타바타케 노부오가 왔다는 소식을 듣고 급히 떠올린 생각이었다.

다음 날 나리마사는 기요스에서 노부오를 만났다.

"오오, 삿사 아니시오."

노부오는 이에야스와 달리 천연덕스러운 얼굴로 나리마사를 맞이했다. 그런 노부오를 보고 나리마사는 맥이 풀렸다. 하지만 그런 만큼 마음속 울분을 담아 노골적으로 말했다.

"듣자 하니 히데요시와 화목하셨다고 하던데, 말도 안 되는 착각을 하신 듯합니다. 놈의 간계에 빠져서 후회의 쓴맛을 보기보다는 내년 봄에 다시 이에야스 나리께 청해 오사카를 치는 것이 좋을 듯합니다. 그 소식이 들리는 대로 이 나리마사도 북국에서 공격해 들어와 고 우후(노부나가) 님의 마음을 편히 해드리도록 하겠습니다."

노부오는 나리마사의 추근거리는 말투와 충의를 앞세워 강요하는 태도가 귀찮다는 듯 대답했다.

"너무 그렇게 말하지 말게. 히데요시도 괜찮은 사내이니 그렇게 미워하지 말게. 나리마사, 한잔하지 않겠는가? 정월은 객지에서 보낼 생각인가?"

히데요시와 이에야스조차 부추겼던 사람이니 자신도 한번 이 세상 물정 모르는 사람을 부추겨봐야겠다고 생각했으나 노부오는 나리마사의 말에는 좀처럼 움직이려 들지 않았다.

나리마사는 작별 인사를 할 때 시 한 수를 노부오에게 보인 뒤, 봄을 기약하며 그곳을 떠났다.

　모든 것이 변한 세상에
　아무것도 모르고 하얀 눈이 내리는구나

그날 마침 큰 눈이 내리자 나리마사는 눈에 빗대어 자신의 마음을 술회한 것이나, 아무것도 모르는 것은 눈뿐이 아니라 삿사 나리마사 역시 변해가는 세상의 움직임을 알지 못하는 사람 중 하나였다.

북풍남파 北風南波

덴쇼 12년(1584년)도 저물어가고 있었다. 사람들은 이번 연말에 특히 여러 가지 감정을 품고 있었다. 틀림없이 세상에 일대 변혁이 일어났다는 사실을 통감하고 있었다. 덴쇼 10년, 노부나가가 죽은 지 겨우 이 년 반이 지났다. 모든 사람들 마음속에 '세상이 이렇게 빨리 변할 수도 있구나' 하는 놀라움이 자리하고 있었다.

실제로 예전에는 노부나가에게 있었던 인망과 영위와 사명이 지금은 히데요시에게 전부 옮아갔다. 아니 노부나가 이상으로 히데요시적 색채와 대범함이 더해졌으며, 히데요시를 중심으로 정치와 문화 등 모든 면에서 세심한 선회와 추진이 일어나고 있었다.

이에야스조차 이 '시조'를 보고 '때를 거스르는 것의 어리석음'을 스스로에게 들려주지 않을 수 없을 정도였다. 이에야스는 무릇 때를 거슬러서는 그 일생을 얻은 사람이 한 사람도 없었다는 사실을 잘 알고 있었다. 인간의 왜소함과 때의 위대함을 분별해서 그 때를 얻은 인간에게 저항해서는 안 된다는 사실을 원칙으로 모든 것을 히데요시에게 거듭 양보했다.

지금은 히데요시를 볼 때면 이에야스조차 그렇게 생각하고 있었는데 삿사 나리마사처럼 단순한 일개 무사가 호쿠리쿠의 한쪽 구석에서 옛 껍데기를 벗지 못한 머리로 시운의 대국을 뒤엎으려 하다니, 나리마사는 자신과 세상을 몰라도 너무 모르는 사람이었다.

하지만 이처럼 눈 없는 새는 세상이라는 숲 곳곳에 의외로 많이 둥지를 틀고 있어서, 때때로 광야나 창공으로 날아올랐다가 드넓은 세상을 보고는 당황해서 원래의 어두운 숲으로 돌아가기도 하는 법이다.

이에야스는 삿사 나리마사가 하마마쓰를 떠나 기요스에서도 아무런 소득 없이 호쿠리쿠로 돌아갔다는 소식을 듣고 그제야 한숨을 돌렸다. 하지만 그 순간, 기슈에 있는 하타케야마 사다마사가 '심복 둘을 은밀히 보내니 그들에게 숨김없이 뜻을 밝혀주시기 바랍니다'라고 적힌 서간과 함께 자신의 가신인 에지마 다로자에몬江島太郎左衛門과 와타나베 이즈미渡辺和泉를 보내왔다. 사다마사의 사자들도 삿사 나리마사와 다를 바가 없었다.

"대체 어떤 화의였습니까?"

그들은 마치 화목에도 여러 종류가 있지 않느냐는 듯 질문을 했다.

"주인인 사다마사 님은 틀림없이 도쿠가와 나리께 깊은 뜻이 있을 것이라고 말씀하셨습니다. 내년 봄에 다시 일어나서 원대한 뜻을 펼칠 생각이신 듯하다며, 그때가 오면 우리는 사이가, 네고로의 승려들과 말을 맞추고, 시코쿠의 조소카베 모토치카 나리도 세토나이瀬戸内의 해적까지 끌어들여, 때를 같이해서 오사카 성으로 공격해 들어가겠다고 하셨습니다."

그들은 연합작전의 협정을 제시한 뒤, 히데요시의 진출을 억제하고 천하를 안정시킬 지도력을 가진 인물은 도쿠가와 나리밖에 없다며 치켜세웠다.

이에야스는 그들의 말을 시종 진지하게 들었다. 그러고는 그들의 장광설이 끝나기를 기다렸다가 참으로 안타깝다는 듯 이렇게 말했다.

"그렇습니다. 말씀하신 것과 같은 작전으로 오사카를 동서, 바다와 뭍에서 양면으로 협공했다면 히데요시도 앞뒤의 다망함을 견디지 못해 끝내 무너지고 말았을 것입니다. 하지만 이미 화목을 맺었으니 그러한 이야기도 때를 놓친 듯합니다. 이에야스의 속내라고 말씀하셨으나 화목에 두 가지 뜻은 없습니다. 조금 더 일찍 말씀해주셨다면 모르겠으나, 지금은 그러한 묘안도 불을 끄고 난 뒤의 물통이라고 할 수 있겠습니다. 하타케야마 나리와 조소카베 나리께도 잘 좀 전해주시기 바랍니다."

투쟁과 술책의 세계에서는 언제나 남을 부추기는 사람이 있기 마련이다. 남을 부추겨 자신의 야망을 이루려는 것이다. 춘추 이후, 세상에는 세객이라는 직업까지 생길 정도로 각 나라마다 유세를 위한 변설가들이 반드시 있었다.

그러한 무리들이 하마마쓰의 문을 두드린 것은 어제오늘 일이 아니었으나 지금까지 이에야스를 부추기는 데 성공한 사람은 아무도 없었다. 하지만 단 한 사람, 이에야스는 자신을 부추기는 것이라는 사실을 알면서도 그 사람에게 응한 적이 있었다. 그 사람은 바로 기타바타케 노부오였다. 아니, 노부오는 자신이야말로 이에야스에게 부추김을 당한 것이라고 히데요시에게 참소하고 있으리라.

어쨌든 인생의 최고 전성기를 맞이해, 자신의 뜻대로 덴쇼 13년(1585년)의 신춘을 향해 나아가는 사람은 바로 히데요시였다. 그는 해를 넘겨 마흔아홉 살이 되었다. 쉰에서 한 살이 모자라는 나이로 남자의 최고 전성기를 보내고 있었다.

연말을 며칠 앞두고 오사카에 이에야스의 아들인 오기마루가 표면상으로는 히데요시의 양자로, 실질적으로는 인질로 오게 되었다. 연하의 손님도 작년보다 배로 늘어 봄단장을 한 사람들이 새로운 오사카 성문으로 모여들었다.

물론 이에야스는 오지 않았다. 이에야스를 지지하는 소수의 제후들도 오지 않았다. 그리고 반히데요시를 분명하게 내세우며 정월에조차 군비와 첩보에 광분하고 있는 일부 세력도 오사카 성의 문에는 말을 묶지 않았다.

권문의 왕래는 인심의 축소판이나 다름없었다. 세력의 쟁패를 둘러싼 인간 분포도라고 해도 좋을 것이다. 히데요시는 꼬리에 꼬리를 물고 찾아오는 손님을 맞으며 그것을 바라보았다.

2월이 되자 노부오가 이세에서 찾아왔다.

'정월에 오면 다른 제후들처럼 히데요시에게 연하를 위해 온 것처럼 보여 체면이 서질 않는다.'

노부오다운 생각이 얼굴에 드러나 있었다. 그러한 사람의 자존심을 만족시켜주는 것만큼 쉬운 일도 없었다. 히데요시는 앞서 야다 강변에서 그의 발아래 무릎을 꿇었을 때처럼 예를 취해 더할 나위 없는 성의를 내보였다. 그러자 노부오는 마음속으로 생각했다.

'야다 강변에서 히데요시가 했던 말은 거짓이 아니다.'

이에야스에 대한 이야기가 나오면 노부오는 암암리에 이에야스의 계산적인 성격을 비난했다. 히데요시가 기뻐할 것이라 생각했기 때문이다. 하지만 히데요시는 경계하며 말없이 끄덕일 뿐이었다. 노부오와 같은 사람은 언제라도 하마마쓰로 달려가 오사카에 대한 이야기를 술안주로 삼을 수 있기 때문이다.

노부오는 오사카 성에 사오 일 머물며 크게 만족하고는 마침내 이세로 향했다. 도중에 히데요시의 알선과 내주內奏로 노부오에게 정3위 곤다이나곤權大納言의 서임이 있었다. 노부오는 교토에도 오 일 정도 머물렀는데 그곳에서도 온갖 환대를 받았다. 그는 이제 히데요시가 아니면 밤이고 낮이고 지낼 수 없을 만큼 만족한다는 뜻을 내비친 뒤 3월 2일에 이세로 돌아갔다.

오사카를 중심으로 한 신춘 이후 각 제후들의 왕래, 특히 기타바타케 노부오의 움직임에 대해서는 일일이 하마마쓰에도 전해졌다. 하지만 이에야스는 히데요시가 노부오를 회유하고 있는 상황을 제삼자처럼 방관할 수밖에 없었다.

울적한 이에야스의 가슴속 응어리가 마침내 병이 되었는지 이에야스가 병이 났다는 소문이 들려오기 시작했다. 얼굴에 불치병인 악성 종기가 났으며, 중태라고 말하는 사람조차 있었다.

소문은 이웃 나라인 호조北條 가와 고슈를 비롯해 잠복 세력을 기쁘게 했다. 특히 오사카의 하시바 쪽에서는 손뼉을 치며 '이에야스가 병들었다', '이에야스가 위독하다', '이에야스가 죽었다'는 이야기가 퍼졌으며, 마치 그 이야기들이 사실인 양 전해지고 있었다.

에치고越後의 우에스기 가에도 마침내 풍문이 전해졌다. 하루는 숙로들이 우에스기 가게카쓰上杉景勝 앞에서 그 소문을 이야기하자 가게카쓰는 장탄식과 함께 안타까워하며 풍문이 진실이 아니기를 진심으로 바랐다고 한다.

"만약 소문이 사실이라면 너무나도 안타까운 일이다. 불과 십 년 전만해도 신겐, 겐신, 우지이에氏家, 노부나가 네 거성이 각자의 특징을 갖춘 채 무문의 숲과 같은 장관을 이루었지만 지금은 오사카에 히데요시, 도카이東海에 이에야스 두 사람 정도밖에 인물다운 인물이 없다. 게다가 이에야스는 이제 마흔 살이 조금 넘은 젊은 사람이고, 장래가 기대되는 커다란 그릇이라 여겨졌는데 여기서 그를 잃는다면 이는 크게 봐서 일본의 손실이기도 하다. 만약 이야에스가 세상을 떠났다면 히데요시 역시 좋은 적을 잃는 셈이니, 일을 너무 빨리 이룬 데서 오는 폐단이 생겨 결코 좋은 결과를 얻지 못할 것이다. 우리에게도 뭔가 커다란 긴장감이 풀린 듯한 느낌을 줄 것이다."

그 무렵, 엔슈 아키바秋葉의 한 수행자가 에치고에 머물고 있었는데, 우에스기 가의 가신으로부터 그 이야기를 듣고 급히 서둘러 엔슈로 향했다고 한다.

"도쿠가와 나리는 아키바에 있는 절의 커다란 후원자일세. 만약 위독하다는 소문이 사실이라면 산의 모든 사람들을 모아 쾌차를 위한 기원을 올려야 하네."

이 승려의 이름은 가노보叶坊였다. 그는 곧 하마마쓰에 있는 사카이 다다쓰구의 저택을 찾아가 낮은 목소리로 물었다.

"에치고의 여행지에서 들었습니다만, 떠도는 소문이 사실입니까?"

그 말에 다다쓰구가 웃으며 말했다.

"자네도 들었는가? 소문이라는 것은 참으로 묘해서 누구의 입에서 나온 것인지 도처에서 들려오기에 가신들도 대체 무엇이 원인인지 이상히 여기고 있던 차일세. 짐작컨대 지금 도쿠가와 나리가 돌아가시기를 바라는 사람들 사이에서 하찮은 이야기가 계기가 되어 이런 소문이 나돌기 시작한 것이 아닐까 여겨지네. 참으로 가소로운 일일세. 요즘에는 전쟁도 없기에 나리께서는 더욱 건강하시다네."

"아아, 그렇다면 아무 일도 없다는 말씀입니까?"

"지난달 등에 조그만 종기가 나서 전의인 가스야 료사이糟谷良齋의 진료를 받은 적이 있었다네. 그것이 과장되어 전해진 것이 아닐까?"

"아아, 그렇다면 다행입니다. 하지만 에치고 부근에는 벌써 돌아가셨으나 도쿠가와 가에서 상을 숨기고 있다는 소문까지 있기에……."

가노보는 자신이 들은 우에스기 가게카쓰의 이야기를 그대로 들려준 뒤 자리에서 일어났다. 그 이야기는 훗날 다다쓰구를 통해 이에야스의 귀에도 들어갔다. 이에야스는 가게카쓰야말로 참다운 나의 지기라며 이렇게 말했다.

"우에스기 가는 겐신 이후부터 무사의 기풍이 바로 서 있고 의리를 아는 집안이었는데 지금의 주인인 가게카쓰 역시 성실한 사람인 듯하구나."

훗날 이에야스는 세키가하라關ヶ原 전투 전후에도 우에스기 가게카쓰와 마주치면 반드시 가마에서 내려 두텁게 예의를 갖췄다고 한다.

일본의 북방에서 은연히 존재를 나타내고 있는 세력이 바로 에치고의 우에스기 가게카쓰였다. 그는 겐신 이후의 무사적 풍토를 지녔으며, 강건하고 소박하며, 굳이 남을 침범하지 않으며 다른 곳에서 침범하는 것도 용납하지 않는 독자적이며 보수적인 성격을 가지고 있었다.

가게카쓰에 대한 세상의 평판도 좋았으나 근신 중에 나오에 야마시로노카미直江山城守와 같은 사람이 있었기에 도쿠가와 가와도 좋은 관계를 유지하고 있었다. 물론 오사카에서도 좋은 감정을 가지고 있었다.

이처럼 국교의 조화를 잘 이루면서, 에치고라는 변경에서 중원 쟁패 밖에 머물며 국가의 부를 충실히 하고 백성과 병사를 강하게 기르고 있다는 사실을 히데요시와 이에야스도 알고 있었기에 그를 경시할 수 없었다. 그리고 모든 일에 절의를 중히 여기고 신의를 쌓기에 게을리하지 않는 가게카쓰의 인간적인 면에 대해서는 말할 필요도 없었다.

삿사 나리마사의 망동과 그 방심할 수 없는 야망을 견제하기 위해 히데요시는 벌써부터 가게카쓰와 친분을 쌓았으며 수시로 편지도 주고받았다. 하지만 해가 바뀌어 덴쇼 13년(1585년) 이른 봄이 되자 히데요시는 '북쪽보다, 우선은 남쪽'이라 생각하고 앞선 해에 도시이에와의 약속도 있었으나 갑자기 기슈를 평정하겠다는 군령을 내렸다.

3월 22일, 오사카의 대군은 오랜 화근이었던 기슈 방면을 일소하기 위해 남쪽으로 출발했다. 네고로로, 네고로로. 오사카의 대군은 성난 물결을 이루며 흘러갔다.

네고로의 무리들은 첩보를 통해 일찌감치 그 사실을 알고 센슈泉州 기시와다岸和田 부근에서부터 센고쿠보리千石堀, 적선사積善寺(샤쿠젠지), 하마시로浜城에 걸쳐 요새를 구축했다.

"어서 오너라. 한판 붙어보자."

그들은 방어를 단단히 한 뒤 시코쿠의 조소카베, 세토나이의 해적 등 반히데요시 세력에게 격문을 띄웠다.

"변이 일어났다. 우리를 도와 오사카를 쳐라."

하지만 오사카의 급습은 참으로 빨랐다. 호소카와 다다오키, 가모 우지사토 등의 군은 하루 만에 적선사 요새를 공격해 짓밟았으며, 히데요시의 조카 히데쓰구도 앞서 나가쿠테 전투에서 얻은 오명을 씻겠다며 필사적으로 센고쿠보리를 공격해 순식간에 함락시켰다. 다카야마 우콘나가후사高山右近長房와 나카가와 도베中川藤兵衛 군도 불화살과 철포 등 풍부한 신병기의 위력으로 하마시로를 초토화시켰다.

별동대인 호리 히데마사, 쓰쓰이 사다쓰구筒井定次, 하세가와 히데카즈長谷川秀一 등은 이미 이치조一乘 산에 있는 네고로의 본거지를 공격하고 있었다. 히데요시의 본군도 그곳에 있었다.

수많은 승병을 기르고 무기와 화약을 저장하여 이른바 '네고로 무리', '네고로 법사'라는 이름으로 그들이 세상의 난류亂流 속에서 제멋대로 폭력을 휘둘렀다는 사실은 세상 모두가 알고 있는 일이었다.

이제 그 소굴에 대한 심판의 날이 다가왔다. 그곳의 승방과 가람은 겨우 전법원伝法院(덴포인) 하나만을 남겨둔 채 전부 전화에 불타버리고 말았다. 무리들은 사방으로 흩어졌으며 그들은 무문의 호응을 기다릴 틈조차 없었다. 히데요시의 서기인 오무라 유코는 그날을 이렇게 기록했다.

이치조 산의 네고로는 가이잔開山 법사가 전법원을 건립한 이후 오로지 투쟁을 일삼아 활 잡기를 사법射法으로 삼았다. 육백 년 동안 부를 마음껏 누렸으며 강적에는 맞서지 않고 작은 적을 업신여겨 마치 우물 안의 개구리와도 같은 자만심에 빠져 있었다. 단번에 깨지고 만 지금 한 수행자의 노래가 들려온다. 분수를 모르는 네고로 법사의 완력이 자신을 깨뜨리는 화살이 되었다.

원래 기슈는 노부나가조차 애를 먹었던 암적인 존재였다. 네고로의 무리뿐만 아니라 사이가 당, 구마노熊野의 무리, 고야高野 산 등의 사원에 깃들어 있는 승병들 모두 암적인 존재였다. 게다가 바다 너머 그들을 사주하고 있는 시코쿠, 거기에 힘을 보태고 있는 세토 섬들의 해상 무족 등이 있다 보니 하루아침에 화근을 없앨 수 있는 게 아니었다.

"이번에는 반드시 해치우겠다."

히데요시는 노부나가조차 애를 먹었던 수술을 앞두고 단단히 마음을 먹었다.

사이가 당은 네고로가 순식간에 무너지는 것을 보고, 또 히데요시 군의 질풍신뢰疾風迅雷와도 같은 기세에 놀라고 두려워 싸우지도 않았다. 그리고 사이가 마고이치雜賀孫一 이하 여러 도당은 모두 히데요시에게 항복했다. 그런데 사이가의 북쪽에 있던 한 당이 시코쿠의 원병에 의지해 항전을 계속해왔다. 결국 히데요시는 특유의 수공을 써야만 했다.

"사방에 둑 사십팔 정을 둘러 길이는 사십 리, 높이는 여섯 간, 토대는 열여덟 간이 되도록 하라. 부근에 있는 집의 지붕보다 다섯 자 정도 높게 둑을 쌓아라."

실로 대대적인 토목공사였다. 사람들 중에는 오타太田라는 작은 성 하나를 공격하는 데 그처럼 대대적인 공사는 필요 없다고 생각하는 사람이 많았으나, 그러한 공사야말로 히데요시가 믿고 있는 히데요시만의 전략이었다. 히데요시는 많은 인명을 손실하는 것에 비하면 대규모 토목공사를 하는 게 오히려 비용이 적게 들고 효과도 확실하다고 여기는 듯했다.

4월, 기노紀之 강의 대홍수로 둑의 일부가 무너졌으나 곧 삼십만 관의 흙 가마니로 수축해 수공을 위한 포위를 철벽처럼 다졌다. 이를 보고 성안의 장병들은 곧 깨달았다.

"농성은 어리석은 짓이다."

이에 사자를 하치스카 마사카쓰蜂須賀正勝에게 보내 주선을 부탁하고 무조건 항복을 청했다. 이로써 주모자 오십여 명을 오타 벌판에서 책형에 처하고, 그 외 사람들은 모두 용서해주었다.

구키, 센고쿠, 나카무라 가즈우지中村一氏가 이끄는 군이 다시 구마노로 공격해 들어갔다. 구마노 본영의 사인社人9)과 향당들이 무릎을 꿇고 항복했기에 히데요시는 신정新政을 펼쳤으며, 필요 없는 곳곳의 관문을 파기해 통상과 여행의 편의를 도모했다. 그리고 이번에는 고야 산으로 향했다.

고야 산의 무리들도 전율하지 않을 수 없었다. 고야는 노부나가 때부터 주시하고 있던 폭력 법성法城 중 하나였다. 하지만 히데요시는 노부나가처럼 함부로 사원 박멸을 하는 사람이 아니었다.

"그동안 쌓아두었던 무기와 초약 등을 전부 산 밖으로 반출하라. 절의 승려와 수행자들은 모두 무장을 풀어라. 그리고 최근에 무력과 위협으로 약탈한 부근의 토지는 전부 반환해야 한다. 그런 뒤 고야는 원래의 고야로 돌아가고, 승려는 승려 본연의 모습으로 돌아가면 병사를 들이지 않겠다."

히데요시의 말에 고야의 무리들은 연서의 서약서를 만들고 이를 모쿠지키木食 화상에게 맡긴 뒤 오로지 히데요시의 관용을 기다렸다.

모쿠지키, 이름은 오고応其였으며 고잔興山 대사라고도 불렸다. 그는 일

---

9) 신사에서 잡무를 보는 사람.

대의 걸승傑僧으로 언변이 좋았다. 그러다 보니 히데요시를 만나 오히려 귀의시켜 본령을 안심하게 하고 산의 무리들을 도왔으며, 히데요시에게 새로이 흥산사興山寺를 짓게 했다. 모쿠지키만은 이 악한 시대의 법등 가운데서도 승려로서 생기 넘치는 생명을 가지고 있던 사람이라고 해도 좋을 것이다.

네고로의 무리와 고야의 무리는 예로부터 견원지간이라 일컬어지고 있었다. 히데요시 앞에서 무기력했던 것은 그들이 결속하지 못했기 때문이기도 하지만, 한편으로는 그 때문에 네고로와 함께 목숨을 잃지 않고 고야산은 병화와 유혈을 면할 수 있었다.

고야가 난을 면했을 뿐만 아니라 이후 도요토미豊臣 가의 원조와 보호까지 약속받을 수 있었던 것은 모두 모쿠지키 대사 덕분이었다. 산에 단한 명의 참된 승려만 있으면, 아무리 황폐한 산의 법등이라 할지라도 다시등불을 밝힐 수 있는 법이라는 사실을 모쿠지키는 당시의 승려들에게 몸소 가르쳐주었다.

4월 27일 벚꽃이 필 무렵, 히데요시는 약 한 달 만에 오사카로 돌아왔다. 그사이 그는 셋슈攝州, 가슈河州, 센슈, 와슈和州 등 네 개 주에 걸친 지역을 돌아다녔다.

《호안 태합기》의 필자인 오제 호안小瀬甫庵은 온갖 말로 기슈 평정이 신속했고, 시기가 적절했으며, 처치 또한 훌륭했다고 극찬했다.

노부나가 공 시절에조차 따르지 않았던 곳곳을 그처럼 짧은 시간에 다니며 네고로, 사이가, 구마노, 고야에까지 전부 쓰러뜨린 과단果斷, 결단을 깊이 생각해야 할 것이다. 또 생각해야 할 것은 관문 폐지. 이는 후세의 길손에게까지 덕이 미쳤다.

히데요시도 틀림없이 '우선은 됐다'며 스스로를 위로하고 편안한 기분을 맛보았을 것이다.

히데요시는 오사카로 돌아오는 길에 기슈 와카노우라和歌浦에서 노닐며 즉흥시를 읊었다.

옛사람도 바라보았던 와카노우라
조개 줍기도 흥겹구나.

분명 그는 이 시를 어머니와 네네에게도 들려주며 여행담에 흥을 더했으리라. 하지만 오사카로 돌아온 그의 가슴을 먹먹하게 하는 일이 하나 있었다. 잊을 수 없는 대선배이자, 은인이기도 하고, 한편으로는 은밀한 협력자이기도 했던 니와 고로사 나가히데가 세상을 떠났다는 소식이 전해진 것이었다.

에치젠에서 온 사자에 따르면 나가히데의 건강은 작년부터 이미 예전 같지 않았다고 한다. 병 때문인지 요즘에는 특히 앙앙불락怏怏不樂했는데, 병에 시달리다 죽기는 싫다며 4월 14일 자신의 방에서 할복하여 16일 새벽에 끝내 세상을 떠났다는 것이었다.

그리고 유서를 통해 노신들에게는 뒷일에 대해서는 모두 히데요시 나리의 뜻을 따르고, 아이들에게는 연장자의 의견에 따르라고 당부하며 히데요시에게 유품까지 남겼다는 것이었다.

히데요시는 전후의 사정을 들으며 사람들이 앞에 있다는 것도 생각하지 않고 눈물을 훔쳤으며 몇 번이고 탄식했다.

"그런가……. 틀림없이 이 히데요시를 만나 해두고 싶은 말도 있었을 텐데……. 애석하구나, 이 히데요시가 호쿠리쿠 원정을 이루지 못해 고마키 이후 끝내 만나지 못하고 이렇게 되었으니 마음에 여한이 되겠구나."

그날 밤, 히데요시는 가족들과 함께 식사도 하지 않고 음식도 삼갔다. 물론 여자들의 방에도 들어가지 않고 침상에 홀로 누워 니와 고로사에몬을 추억하며 진심으로 명복을 빌었다.

'아아…… 가엾은 사람. 그는 선인이었다.'

히데요시는 니와 고로사라는 인물을 생각할 때면 그의 정직함과 성실한 성격과는 완전히 대조가 되는 자신의 교활함과 악함을 인정하지 않을 수 없었다.

"이 히데요시에게 자신의 반생을 전부 이용당했고, 또 히데요시를 위해 힘써 왔다고, 남들에게는 말하지 못할 후회와 근심도 있었으리라."

히데요시는 고로사에몬이 할복한 마음, 불치의 병이 가장 큰 원인이었을 테지만 그렇다 해도 스스로 죽음을 서둔 마음을 알 수 있었다. 실제로 누구보다 직접적으로 그것을 알고 있었던 사람은 바로 히데요시였을 것이다.

노부나가가 최전성기를 누렸던 시절의 오다 중신으로는 니와, 시바타가 가장 먼저 손에 꼽혔다. 그들을 본받고 싶다며 두 사람의 성 가운데 한 글자씩을 따서 하시바라는 성을 쓰기 시작한 일개 도키치로는 어느 틈엔가 오늘과 같은 세력을 이루어 명성과 실력에서 노부나가 이상의 자리를 차지하게 되었으며, 이에야스 한 사람을 제외하고는 천하에 대등한 행동을 취할 사람이 아무도 없었다.

이러한 현상을 보고 니와 고로사는 평소 무슨 생각을 했을까? 당연하다고 생각했을까, 뜻밖이라고 생각했을까? 또 바라던 바라고 생각했을까, 유감스러운 일이라고 생각했을까? 만약 바라던 바이며 당연한 일이라고 생각했다면 자결할 필요가 없었으리라. 하지만 그 반대였다고 한다면 다른 사람들에게는 다음과 같은 의문과 반문이 생길 것이다.

원래 본능사의 변이 있었을 때부터, 시코쿠 정벌을 가던 중 오사카에 있던 니와 고로사가 아케치 미쓰히데明智光秀에 맞서기 위해 누구보다 믿고 있었던 사람은 히데요시였다. 빗추備中에서 돌아온 히데요시를 기다렸다가 마음을 합치고 힘을 모아 주군의 복수전을 수행했다. 그 야마자키山崎 전투부터, 뒤이은 기요스 회의에서도 만약 니와 고로사가 히데요시에 가담하지 않았다면 시세는 결코 이처럼 히데요시에게 비약의 날개를 주지는 않았을 것이다.

그리고 고마키, 야나가세 때도 그랬다. 만약 니와 나가히데라는 인격자가 노부오, 이에야스의 공동성명도 무시한 채 히데요시 편을 들어주지 않았다면 세상의 무문, 인심의 향배는 아마도 칠 할 이상이 노부오와 이에야스 쪽으로 기울었을 것이다.

특히 히데요시의 부탁으로 히데요시의 뜻에 따라 화목을 위해 배후 운동을 펼쳤으며, 노부오를 달래기도 했다는 사실은 이면에서 행한 일이기는 했으나 세상이 다 아는 사실이기도 했다. 따라서 히데요시도 그에게는 와카사若狹, 오우미, 에치젠, 가가의 일부 등 백만 석에 가까운 보수와 우대를 해주었다. 당연한 보은이었다.

하지만 니와 고로사는 히데요시가 지금 천하인이 되려고 하는 것을 보고는 무슨 이유에서인지 앙앙불락했다. '만사 뜻 같지가 않구나' 하는 고민이 날이 갈수록 눈에 띄었다고 한다.

성실하고 주인을 극진히 모시며 분별력이 있는 그는, 자신이 지금까지 히데요시를 지원한 것은 히데요시를 위해서가 아니라 기요스 회의에서 노부나가의 정사로 세운 산포시三法師(히데노부)를 지키기 위해서라고 생각했다. 자신을 유비 현덕으로부터 아들을 부탁받은 제갈공명의 심사에 빗대어 오로지 때가 오기만을 기다렸던 것이다.

그런데 어찌 알았겠는가. 시대의 사람들은 언제부턴가 산포시의 이름조차 까맣게 잊었으며, 다음 세대의 천하인은 히데요시라고, 히데요시 자신도 받아들이고 사람들도 전부 그것을 자연스러운 일이라고 인정하고 있었다.

'세상은 이렇게 되는 법. 세상은 틀림없이 이렇게 될 것이다'라며 관측을 잘못하는 것만큼 비참한 인생을 스스로 초래하는 것도 없는 법이다. 인간의 작은 지혜로 복잡한 인의인력人意人力에 의한 시세와 미묘하고 형태가 없는 천의천수天意天數의 운행을 예측하고 거기에 의지해서 자신의 업과 뜻을 의탁하는 것만큼 후회스러운 일도 없는 것이다.

니와 고로사는 결코 자신의 선견지명에 취해 그런 과오를 저지른 것이 아니었다. 오히려 그의 경우는 '분별이 있는 자의 지나친 분별'이라고 하는 편이 옳을 것이다. 그는 자신이 우직한 만큼 남들도 우직할 것이며, 자신의 성의에는 남들도 성의로 답할 것이라고 생각했다. 하지만 어지럽고 소란스러웠던 시절을 몇 년 지나고 보니 그가 홀로 그리고 있던 양심의 일들은 모두 그 반대가 되어 현실로 나타났다.

'아뿔싸, 이럴 생각이 아니었는데.'

그는 남몰래 후회했지만 자신이 도와 쌓아 올린 당대의 오사카 성은 이미 밖에서 어떻게 할 수 없는 것이 되어 있었다. 그곳의 주인은 천하인으로서, 자신이 가슴에 품고 있는 주인과는 전혀 다른 인물이었다.

만약 니와 고로사에게 육체적인 건강과 낙천적이고 초월적인 성격이 조금만 더 있었다면 '그 또한 세상이고, 이 또한 세상이다. 즐기지 않는다면 어찌 인생이라 할 수 있겠느냐. 이렇게 된 이상 히데요시의 신하가 되어 천하인의 심기를 건드리지 말고 얼마 남지 않은 만년이라도 즐기는 것이 최선이다'라고 심기일전해서 가끔 오사카에도 얼굴을 내밀며 훗날을 적당히 꾀했을지도 모른다. 하지만 그는 노부오와 히데요시가 단독 강화를 맺을 즈음부터 히데요시에게 소식도 거의 전하지 않았다.

앞서 삿사 나리마사의 떠들썩한 암약과 난동에 대해 히데요시는 마에다 도시이에에게 무슨 일이든 고로사와 협력해서 하라고 말했으나, 그 뒤 고로사의 행동은 조금도 적극적이지 않았다. 물론 적극성이 부족한 점은 성실하고 분별력이 있는 그의 오랜 성격이었으나 최근에는 자신의 마음이 어디에 있는지 뜻을 전혀 내비치지 않는 느낌이 들었다. 히데요시를 섬길 만큼 비굴하지 않았지만, 그렇다고 히데요시에 대항해서 의지를 명백하게 하기에는 용기가 부족했다. 아니, 이미 그럴 만큼 건강하지 않았다.

"아아, 어리석은 푸념을……. 오늘 밤은 정상이 아니야. 그만 자기로 하자."

히데요시는 침상에서 머리를 흔들었다. 니와 고로사의 죽음에 잠을 방해받은 이후부터 그의 생각은 꼬리에 꼬리를 물고 이어졌다.

'고로사가 선량했기에 더…….'

히데요시는 쓸쓸한 느낌을 지울 수 없었다. 이튿날 아침, 그는 평소와 달리 불당으로 들어가 고로사의 위패 앞에서 무엇인가를 중얼중얼 읊조렸다. 이는 좀체 보기 드문 일이었다. 그에게도 불심이 있다는 증거였다.

히데요시는 식사를 마친 뒤 아무도 없는 다실로 들어가 차를 끓여 모습 없는 손님에게 다례茶禮를 하고 한동안 바닥에 머리를 조아리고 있었다.

"……"

그런가 싶었는데, 그날부터 이미 히데요시의 머릿속에는 시코쿠 공략에 대한 계획이 세워져 있었던 모양이다. 정오가 지난 뒤, 히데요시는 여러 장수를 한 방으로 불러 꽤 오랜 시간 무엇인가를 논의했다.

나루토 전투

히데요시에게는 누나와 남동생과 누이동생이 있었다. 다시 말해 그는 사 형제 중 하나였다. 핏줄에 따라 나누면 두 동생은 히데요시와 아버지가 달랐다. 아버지와 어머니가 모두 같은 형제는 누나인 오쓰미뿐이었다.

오쓰미는 이름을 도모코智子라고 바꾸었으며 미요시 무사시노카미 가즈미치三好武藏守一路에게 시집을 가서 아들 셋을 낳았다. 그중 장남인 미요시 히데쓰구는 이미 성인이 되어 앞서 있었던 나가쿠테 전투에서도 한 부대를 책임졌다.

히데요시는 특히 히데쓰구를 아꼈다. 그러다 보니 나이에 비해 너무 이른 감이 있을 정도로 중임을 맡기기도 하고, 그 실패를 야단치기도 하고, 골육에 대한 번뇌의 일면을 보이기도 했다. 그것은 사실 히데쓰구의 소질을 아꼈다기보다 '누님의 아이 아닌가. 히데쓰구를 잘 보살펴주면 누님도 틀림없이 안심하실 것이다'라고 생각하며 누나를 기쁘게 해주고 싶었기 때문이다.

늘 그의 마음속에서 잊히지 않는 여자는 어머니와 누나였다. 물론 부인인 네네는 여느 집안의 아내처럼 절대적인 위치와 발언권을 가지고 남

228

편의 마음을 파악하고 있었으며, 동시에 히데요시도 그런 아내의 마음을 파악하고 있었으니 이는 격이 다른 것이라 할 수 있을 것이다.

히데요시를 둘러싼 여자로는 마쓰노마루松の丸, 산조노 쓰보네, 가가노 쓰보네, 그리고 아직 너무 순진하지만 차차와 오쓰가 있었다. 지금은 그 규문의 정원도 형형색색이어서 서로 아름다움을 다투고 있었으나, 그처럼 색을 좋아하는 그에게 남자로서의 본심을 털어놓으라고 하면 틀림없이 이렇게 자백했을 것이다.

"그야 당연히 아름다운 것이 가장 좋지. 그 아름다움에도 여러 가지가 있지만, 미모는 마쓰노마루, 마음씨와 살결은 설국雪國의 여인인 가가노 쓰보네, 지체 높은 여인네와도 같은 지성미와 기품은 산조노 쓰보네일세. 그런데 웃을지도 모르겠으나 나는 원래 비천한 출생으로 청소년 시절부터 규방의 꽃에는 일종의 동경을 품고 있었다네. 도쿠가와 나리는 하음下淫을 좋아한다고 들었네만, 앞서 이야기한 이유 때문인지 나는 상음上淫을 좋아한다네. 차차를 아끼는 것도 그런 이유 때문이라 할 수 있을 게야."

하지만 이것도 히데요시의 본심으로는 피상적인 것에 불과했다. 여기까지 말했다면 그는 틀림없이 다음과 같은 말도 덧붙이고 싶었을 것이다.

"하지만 내 마음속에 육적인 사랑의 대상과 심적인 사랑의 대상은 같은 여자라 할지라도 둘로 나뉘어 있어. 앞서 이야기한 여자들은 그 단아함, 아름다움, 청초함의 정취가 각각 다르지만 모두 하나같이 육적인 사랑의 꽃들이야. 이 히데요시는 바람기 든 나비. 나비와 꽃의 관계에 지나지 않아. 하지만 심적인 사랑의 진심에 있어서 가장 첫 번째는 아내. 이를 면전에서 말하면 꼭대기까지 기어오르기 때문에 언제나 반대로 표현하지만 누가 뭐래도 내 몸의 관세음보살이라고 우러르고 있는 것만은 틀림없는 사실이야. 하지만 숨김도 거짓도 없이 말하자면 그 아내보다 더, 세상의 모든 여자 가운데서도 내게 으뜸가는 연인은 우리 어머니일세, 엄니일세.

누나는 그 어머니의 부속물로 어렸을 때부터 함께 가난을 견뎌왔고 특별히 방해가 되는 것도 아니기에 안쓰럽게 여겨 돌봐주고 있는 것뿐이야."

안쓰러운 사람, 안쓰러운 사람. 그는 그렇게 안쓰럽다는 말을 자주 했다. 오로지 육친을 볼 때만 그런 것이 아니라 실제로 주위 사람들을 보는 그의 눈에는 안쓰러워하는 눈빛이 어려 있었다. 그의 관점에서 보자면 인간이란 원래 안쓰러운 존재끼리 모여 있는 것으로, 안쓰럽지 않은 사람은 없었다. 그중에서도 가장 안쓰러운 사람은 바로 자기 자신이라고 히데요시는 생각했다.

그런데 세상에서 가장 안쓰러운 그 일개 부랑아가 우연히 때를 얻어 오사카 성의 주인이 되어 자신의 뜻대로 사생활과 정치까지 행할 수 있다 보니 같은 시대를 살아가는 사람들 모두가 더욱 안쓰럽게 여겨져 견딜 수가 없었다. 나이 탓도 있겠지만 근래 들어 사람들이 더욱 가엾다는 생각이 들었다.

특히 전국 시대의, 그것도 근본적으로 나약함을 가지고 태어난 여자들은 히데요시에게 있어서 어머니도 그렇고, 누나도 그렇고, 누이동생도 그렇고, 측실들도 그렇고 하나같이 안쓰러운 사람들뿐이었다.

씨가 다른 남자 동생인 하시바 히데나가羽柴秀長도 기슈와 센슈의 영주로 지금은 오사카 성안의 유수한 다이묘 중 한 사람이었으나 형인 히데요시의 눈으로 보면 그 역시 안쓰러운 삶 속에 태어난 동생이었다.

어머니는 같지만 히데요시의 아버지는 야에몬弥右衛門이며, 히데나가의 아버지는 지쿠아미筑阿弥라 불리던 사내다. 히데나가는 지쿠아미가 어린 히데요시를 얼마나 냉혹하게 다뤘는지 기억하고 있었다.

히데요시보다 다섯 살 어렸지만 어머니와 누나에게 들어 나이를 먹을수록, 그리고 지금처럼 일문의 영달을 함께하는 몸이 되어갈수록 강하게 느낄 수밖에 없었다. 지쿠아미는 원래부터 술꾼에 도박을 좋아하고 게으른 자였기에 의붓자식이든 친자식이든 아이들에게 애정을 보인 적이 없었다. 아이들의 어린 마음에도 아리게 남을 정도로 어머니를 울렸다. 그랬기에 지쿠아미가 병사했다는 말을 듣고 운 사람은 어머니뿐, 아이들은 모두 태연했다.

그 당시 히데요시는 히요시라 불리며 방랑하던 중이었기에 지쿠아미의 죽은 얼굴조차 보지 못했다. 따라서 히데요시는 지금까지 의붓아버지에 대한 추억만은 절대 이야기한 적이 없었다. 어머니도 물론 히데요시의 마음을 알고 있었기에 그 앞에서는 이야기하지 않았으며 그저 기일이 되면 혼자 조용히 불당에 꽃을 바치고 앉아 있었다.

"히데나가, 이번 시코쿠 공격에는 네가 나 대신 나가도록 해라. 히데쓰구도 힘을 보태라. 히데나가를 돕도록."

오늘의 평의는 히데요시의 한마디로 마무리 지어졌다. 정오를 지나서부터 저녁에 이르기까지 논의한 의제는 모두 시코쿠 공격에 대한 준비와 진격 순서에 관한 것이었다.

히데요시는 나가쿠테 전투에서 히데쓰구에게 미카와 침입의 총사를 명했다가 크게 실패하고 후회를 맛보았을 텐데, 이번에도 다시 육친인 히데나가에게 시코쿠 공격의 총사를 명했다.

"알겠습니다."

히데나가는 많은 말을 하지 않고 받아들인 뒤 예를 취했다. 각 장수들의 시선이 그의 모습과 나루토嗚門 해협의 지도로 모였다.

아와지淡路의 후쿠라福良 항구에는 지난 열흘 사이에 크고 작은 배가 몇백 척이나 결집되어 있었다. 바다는 5월의 빛깔로 깊었다.

배들을 헤아려보니 작은 배가 백삼 척, 큰 배가 오백팔십 척이나 되었다. 뱃머리의 깃발을 보니 야마토, 기이, 이즈미和泉, 셋쓰攝津, 단바丹波, 하리마播磨 등의 나라에서 와 있었다.

기이와 이즈미의 배는 하시바 나가히데의 병사가, 셋쓰와 단바는 조카인 히데쓰구가 이끌 것이라는 사실을 바로 알 수 있었다. 즉 히데요시를 대신해 시코쿠의 조소카베를 치기 위해 총사 나가히데와 부장 히데쓰구가 출항 준비를 마친 것이라 여겨졌다.

본군은 후쿠라를 출발해 나루토의 소용돌이치는 조수를 건너 아와阿波의 도사 항구에 기지를 마련할 계획이었다. 하지만 시코쿠를 공격하는 하시바 군은 나루토를 건너갈 부대가 하나만이 아니었으며, 따로 산요도山陽道에서 나이카이内海를 건너 시코쿠의 서북쪽을 진압하고 있는 대군도 있었다.

우키타 히데이에宇喜多秀家, 하치스카 마사카쓰, 하치스카 이에마사, 구로다 간베 등은 사누키讚岐의 야시마八島로 상륙했으며, 모리 데루모토毛利輝元, 깃카와 모토하루吉川元春, 고바야카와 다카카게小早川隆景 등은 이요伊予의 니이마新麻로 진격했다.

이를 대략 정리하면 시코쿠 가운데 태평양 쪽을 제외한 삼면으로 진로를 취한 셈이 된다. 그리고 그 총수는 십만이라 칭해졌으며, 실제로는 팔만이라 일컬어지기도 했다. 어쨌든 조소카베 한 사람을 치기에는 참으로 많은 숫자였다.

물론 시코쿠 공격은 노부나가 이후부터 어려운 숙제였다. 노부나가가 자신의 아들인 노부타카와 니와 고로사에게 시코쿠 출병을 명령해 그 병선이 호리노우라堀ノ浦를 출발하려던 순간 예의 본능사 사변이 돌발했고 그 뒤 그대로 내버려둔 상태였다.

도사의 조소카베는 그사이에 전 세력을 시코쿠에 펼쳤으며, 또 기슈 이즈미의 불평분자를 통해 은밀히 이에야스, 노부오와 통하고 있었다. 히데요시 역시 언젠가는 노부나가의 계책을 답습해서 당연히 시코쿠로 병사를 보낼 것이라는 점을 기정사실로 예견하고 있었기 때문이다.

아니나 다를까, 그날이 왔다. 게다가 조소카베 쪽 예상을 뛰어넘은 이른 시기에 대대적인 병력이 눈앞에 닥쳐왔다.

조소카베의 노신인 다니 주베_{谷忠兵衛}는 자신이 지키던 이치노미야一ノ宮 성에서 몰래 빠져나와 하쿠치 성으로 가서 주군인 모토치카를 만났다.

"이치노미야 성도 히데나가의 대군에 포위되어 곧 떨어질 듯합니다. 이쯤에서 다시 생각하는 것이 현명할 듯합니다."

"이쯤에서 다시 생각해보라니, 무엇을 다시 생각해보라는 말인가?"

"무릇 전쟁이란 나라의 구석구석까지 초토화되어 전사자, 아사자의 시체를 산처럼 쌓아야만 승패를 알 수 있는 것이 아닙니다. 우선 한두 곳의 전장에서 맞붙어보면 이길지 질지를 알 수 있는 법입니다."

"그렇다면 주베 자네는 이번 전쟁을 처음부터 아군이 패전할 거라 생각하고 있단 말인가?"

"너무나도 명백합니다. 질 것이 명백하니 하루라도 빨리 항복하시는 것이 백성의 커다란 행복, 집안의 안전, 그리고 가엾은 여러 인명을 잃지 않는 길이라 생각했기에 수많은 어려움을 무릅쓰고 그 뜻을 전하기 위해 온 것입니다."

모토치카도 어리석은 장수는 아니었다. 주베의 지략과 무사로서의 기량은 노신 가운데서도 으뜸이라는 사실을 잘 알고 있었다. 하지만 아무리 그렇다 해도 모토치카에게 다니 주베의 간언은 뜻밖의 폭언으로밖에 들리지 않았다.

"이놈, 그만두어라. 닥치지 못할까. 닥쳐라 주베."

모토치카는 얼굴 가득 노기를 드러내며 이러한 때에 지켜야 할 전선의 성을 버리고 뻔뻔스럽게 자신에게 항복을 권하러 온 노신을 다짜고짜 야단쳤다.

"내가 잘못 보았구나. 비록 나이는 들었으나 믿을 만한 자라 여겼기에 이치노미야라는 요해지를 맡긴 것이었는데……. 농성한 지도 보름에서 스무 날 정도밖에 지나지 않았는데 이곳으로 도망쳐와서 나약한 소리를 할 줄이야."

"나리, 아아, 나리야말로 잠시 기다려주십시오."

"뭐냐, 더 할 말이라도 있단 말이냐?"

"제가 언제 나약한 소리를 했습니까? 언제 도망쳐왔단 말입니까?"

"한심한 놈, 방금 모토치카에게 항복을 권하지 않았느냐! 그 말을 하기 위해 너는 여기에 와 있지 않느냐?"

"그것은 전부 나리와 견해가 다르기 때문입니다. 황공하오나 다니 주베는 창끝의 공을 다투는 잡병이 아닙니다. 일국의 노신입니다. 노신의 임무는 국가가 위급존망에 임하면 실수 없이 일을 잘 처단해서 국가의 멸망을 막고 백성들의 안온을 유지하는 것이라 믿고 있기에 나리의 분노를 사는 한이 있어도 소신을 관철시킬 생각으로 여기에 온 것입니다."

"아무리 교묘하게 말한다 해도 이 모토치카는 결코 히데요시에게 항복하지 않을 것이다. 이치노미야에는 다른 자를 보내기로 하겠다. 자네는 더 이상 갈 필요 없어. 주베, 근신을 명하겠다."

"아뢰옵기 황공하오나 국가 존망의 때에 한가로이 근신하고 있을 수는 없습니다. 부디 평소의 현명함을 발휘하시어 생각을 돌리시기 바랍니다. 지금 항복하면 도사 일국과 조소카베 가는 보전할 수 있습니다. 하지만 마지막까지 싸운다면 무엇이 남겠습니까?"

"네놈이 정말 무문의 사내란 말이냐?"

"무문의 주석柱石으로 열심히 일하고 있습니다. 이기자, 이겨야 한다고 말하는 것은 무문의 공염불. 어떻게 지는 것이 좋을지 생각하는 가신이 한 사람 정도는 있어도 좋지 않겠습니까?"

"네놈은 이 모토치카를 우롱하고 있구나."

"당치도 않은 말씀을……."

주베는 그의 노여움을 두려워하기는커녕 오히려 무릎을 끌어 모토치카 앞으로 점점 다가갔다.

"무릇 참으로 나라를 사랑하는 자는 국토에 득이 될 것이 없는 어리석은 전쟁을 펼치지 않는 법입니다. 그리고 참으로 주군을 공경하는 자는 주군이 적의 손에 붙들려 효수당하는 것을 볼 수 없는 법입니다. 불초 주베가 육십여 년 동안의 난국을 견디며 얻은 체험을 통해 배운 것을 바탕으로 이번 하시바 히데요시가 일으킨 시코쿠 공략의 배치를 보면, 시코쿠의 세 방면에서 놀라울 정도로 많은 배에 병력과 물자를 싣고 일제히 상륙하여 성 아래까지 압박해 들어올 게 분명합니다. 그에 비해, 아뢰옵기 황공하옵니다만, 우리 조소카베 가의 방어력은 너무나도 뻔한 것입니다. 나리의 휘하에 아무리 무예가 뛰어난 무사들이 있다 할지라도 히데요시가 하늘을 얻고, 땅을 얻고, 사람을 얻고, 또 거기에 풍부한 물자를 쏟아부어 공격해오는 데는 맞설 수가 없습니다. 승패는 분명합니다. 그러니 한시라도 빨리 항복을 위한 사자를 보내 무익한 싸움을 피해야 하지 않겠습니까? 바로 명령을 내려주시면 이 다니 주베가 사자가 되어 하시바 쪽과 교섭을 위해 가겠습니다."

주베의 말에는 나라를 생각하고 주인을 걱정하고 백성을 사랑하는 진실한 마음이 담겨 있었다. 그러다 보니 모토치카도 더 이상 화를 낼 수 없었다. 특히 이 노신은 할아버지 대부터 집안을 섬겨왔다. 비록 가신이라고는 하나 나라를 위해, 집안을 위해 적극적으로 나서면 아무리 주인이라 해도 권위를 앞세워 '목을 치겠다'는 둥, '무례한 놈, 물러나라'는 둥 폭군들이 늘 하는 협박으로 의견을 무시할 수 없었다. 그리고 무시당한 채 물러날 다니 주베도 아니었다.

"알겠네, 생각할 시간을 주게."

모토치카가 먼저 꽁무니를 빼고 잠시 안쪽 방으로 들어가려 했다.

그 뒷모습를 향해 주베가 다시 한 번 말했다.

"그렇다면 나리, 내일 아침에라도 일족과 각 장수들을 불러 평의를 열어주셨으면 합니다. 일이 다급합니다."

모토치카는 대답하지 않았다.

그날 다니 주베는 먼 곳에 있는 사람들에게는 전령을 보내고, 성안과 성 아래에 있는 사람들에게는 직접 찾아가 자신의 소신을 설명했다. 그는 히데요시와 싸워 승산이 없는 이유를 다음과 같이 설명했다.

히데요시의 군병과 군선을 보니 그 부강함은 애초에 시코쿠가 맞설 수 있을 만한 것이 아니다. 우리 시코쿠는 이십여 년에 걸친 병란으로 민가는 불에 타고, 마을의 업은 무너지고, 논밭은 잡초에 덮여 앞으로 삼 년, 오 년 동안은 경작도 하지 못할 것이며 오곡이 익을 날도 없을 것이다. 그리고 백성은 피폐하고 병사는 지쳤으며, 병기와 마구도 낡고 썩어서 신예의 정기가 없고, 무인은 헛되이 호언장담하나 밭의 소와 길을 가는 말은 쇠약해 있으니 이것으로 전장을 달리게 한들 무슨 소용이 있겠는가?

마음을 가라앉히고 히데요시 군을 살펴보니 무구와 마구도 번뜩이고 장병들의 기세도 높으며 진의 꾸밈도 찬란하다. 말도 크고 사나우며 병사들은 해외에서 들여온 신무기와 화약 등도 잘 다룬다. 무사의 기강이 엄격하고 군율에 잘 따르다 보니 오사카와 멀리 떨어져 있어도 마치 히데요시가 늘 있는 것과 같다.

이를 갑옷 끈이 끊겨져 삼베로 엮어 입고, 허리에 찬 깃발을 비스듬히 하고, 길이가 맞지 않는 짚신을 신은 우리 시코쿠의 병사들과 비교해보면 그저 가소로울 뿐, 너무나도 차이가 커서 히데요시 군과는 비숫한 점이 하나도 없다. 게다가 바다로 둘러싸인 사면 가운데 삼면이 적에게 막혔는데 나라 안의 식량도 얼마 되지 않는다. 이 한 가지 사실만 봐도 히데요시 군과 맞서는 것의 무익함은 필부조차 알 수 있는 일이다. 열에 하나라도 맞붙어 이길 승산이 없다.

다니 주베의 진심에서 우러나온 이야기는 다른 가로와 중신과 모토치카의 혈족까지 움직였다. 그토록 뜨겁던 주전론자도 하룻밤 사이에 전부 비전론자로 바뀌어버리고 말았다.

"참으로 옳은 말이다."

"이치노미야 성과 이와쿠라 성을 모두 잘 지키고 있는 지금이야말로 항복하기에도 유리하고 훗날을 위해서도 매우 좋을 듯합니다. 모쪼록 이번에는 현명하게 판단하셔서……."

이튿날 아침, 다니 주베는 뜻을 같이하기로 한 가로, 중신, 일족들을 데리고 다시 모토치카 앞으로 나가 고간苦諫을 했다. 이에 모토치카도 마침내 뜻을 꺾고 눈물을 흘렸으며, 중신들도 모두 함께 눈물을 삼켰다.

"뜻대로들 하시게."

이면이 있으면 표면도 있는 법이다. 시코쿠 측의 내부에서는 다니 주베처럼 혜안을 가진 무사가 있어서 앞날을 미리 내다보고 모토치카에게 동의를 구하였으나, 전국상의 표면을 보면 공격하는 하시바 군에서는 작전 기도가 쉽게 진행되지 않았다.

7월이 되었는데도 이치노미야 성은 떨어지지 않았으며, 곳곳의 나성만 몇 개 무너뜨렸을 뿐이었다. 이에 히데요시 군은 이치노미야 성 하나에 전 주력을 쏟아붓고 있었다. 하지만 조소카베 모토치카, 모리치카盛親 부자가 도사와 아와의 경계에 있는 오니시大西 하쿠치白地 성을 본영으로 삼아 이치노미야 성을 원조하고 있었기에 공격군은 난공불락의 절벽에 부딪치고 말았다.

그동안 오사카에 있던 히데요시가 지지부진한 전황 소식을 듣고 쓰쓰이 시로筒井四郞에게 명령해 배를 준비하게 했다는 사실이 시코쿠에까지 들려왔다.

"히데나가, 히데쓰구의 손으로 감당할 수 없다면 내가 시코쿠로 출마할 수밖에 없겠구나."

히데나가는 크게 부끄러워하며 곧 비토 도모사다尾藤知定를 전령으로 보내 오사카 성에 글을 전하게 했다.

친히 출마하신다는 소식을 듣고 몸 둘 바를 모르겠습니다. 애초부터 이 히데나가의 힘이 부족해 심려를 끼쳐드린 점 자책을 금할 길이 없으나 이대로는 천하에 체면이 서지 않습니다. 분발해서 반드시 기대에 부응하도록 하겠습니다. 하오니 움직이겠다는 뜻은 거두어주시기 바랍니다.

히데요시는 서면을 보고 히데나가의 뜻을 받아들인 것인지, 혹은 처음부터 히데나가를 분발하게 하려고 취한 행동인지 모르겠지만 어쨌든 자신의 출마를 취소했다.

히데나가는 당연히 몇 배나 더 힘을 쏟아붓고 분발하여 이치노미야를 공격했다. 포위 공격에 임한 장수들을 살펴보면 히데쓰구를 비롯해 하치스카 부자, 센고쿠, 호리, 하세가와, 히네노, 도다, 다카야마, 히토쓰야나기 등 오사카의 장성 대부분이 모여 있었다.

7월 15일부터 총공격을 개시해 맹렬한 포격으로 외성을 깨고 적의 수로를 파괴하는 데 성공했다. 수로가 끊겨버린 성에는 며칠 만에 죽음의 그림자가 드리워졌다.

"끝이 보인다."

"낙성은 시간문제다."

공격 부대는 이 단계 공세를 갖추었다. 그리고 단번에 성을 짓밟기로 한 전날 밤, 성안에서 수장인 에무라 마고자에몬江村孫左衛門과 다니 주베가 사자를 보내왔다.

"닷새 동안의 휴전을 청한다."

히데나가는 휴전을 받아들였다. 그리고 조소카베 모토치카가 인질을 보내 항복을 청했다.

"처분은 히데나가 나리, 히데쓰구 나리의 뜻에 맡기겠다."

모토치카는 거의 무조건으로 처분을 기다렸다. 하지만 히데나가와 다니 주베 사이에는 사전에 조건의 묵약이 있었음은 말할 필요도 없을 것이다. 설령 히데요시의 반대가 있다 할지라도 조소카베의 존속과 도사 일국의 영지는 반드시 보증하겠다는 약속을 받아둔 상태였다.

히데요시도 그것을 허용했다. 그리고 아와를 하치스카 마사카쓰에게, 사누키를 센고쿠 곤베仙石權兵衛에게, 이요를 고바야카와 다카카게에게 각각 분할해서 나누어주었다. 이로써 7월 하순경 시코쿠에 관한 모든 일이 해결되었다.

잔챙이와 대어

히데요시의 머릿속에서 무엇이 그려지고 있는지는 늘 옆에 있는 사람들도 알지 못한다. 규모가 크다고 해야 할지, 복잡하다고 해야 할지, 다각적이라고 해야 좋을지, 어쨌든 그가 당연하게 행하는 일도 때로는 사람들에게 의외라는 느낌을 심어준다. 덴쇼 13년(1585년) 여름에 있었던 삿사 정벌이 그러했다.

7월 17일은 시코쿠 전투에 참가한 장병들이 이치노미야 성을 총공격해서 그 외성을 간신히 짓밟았을 때였다. 하지만 그 누구도 시코쿠 공략의 난이를 짐작할 수 없었기에 만약 히데나가와 히데쓰구가 힘을 쓰지 못한다면 히데요시가 직접 바다를 건너가겠노라고 말한 직후였다.

아무도 모르는 사이에 히데요시는 7월 17일자로 편지를 써서 하치야 요리타카를 사자로 삼아 호쿠리쿠의 마에다 도시이에에게 보냈다.

작년에 약속한 대로 8월 초에는 그 지방으로 넘어가서 오래전부터 제멋대로 날뛰게 내버려두었던 삿사 나리마사를 처단하고 오랜 화란의 땅에 질서를 바로잡도록 하겠네. 그리 알고 빈틈없이 준비하고 대비한 뒤 이 지쿠젠을 기다려주게.

8월에 들어서자 오사카 군은 갑자기 남쪽에서 북쪽으로 방향을 바꾸었다. 초순인 4일과 5일 연속해서 선봉대가 북국 공략을 위해 길을 나섰다. 6일에는 히데요시가 오사카를 출발했다. 배를 타고 가는 병마가 요도 강을 가득 메웠다.

"무슨 일이지? 시코쿠 공략을 내버려두고 이 많은 인마와 깃발은 대체 어디로 가는 걸까?"

사람들은 히데요시의 의도를 의심했다. 아니, 종군한 장병들조차 불안해했다. 조소카베의 청으로 시코쿠의 전투를 휴전했다는 이야기를 들었으나, 그 이후 처리가 아직 끝나지 않았기 때문이다.

어떠한 명장이라도 작전에는 반드시 중점이 있다. 남쪽도 아직 정리되지 않았는데 다시 북쪽으로 대군을 나누어, 그것도 오사카 성을 비운 채 히데요시가 직접 나서는 이유가 무엇인지 알 길이 없었다.

하지만 히데요시에게 물었다면 '걱정할 것 없다'며 웃어 보였을 것이다. 그의 이번 움직임은 결코 양면작전도 아니었으며, 덧없이 전국을 넓혀 스스로 힘을 양분하는 것도 아니었다.

그에게도 싸움의 중점이 있었는데, 그 중점의 다리를 떼어내고 손을 자른 뒤 적의 폐부로 공격해 들어가기 위한 계책을 하나하나 밟아가는 것에 지나지 않았다. 그렇다면 그의 적은 시코쿠의 조소카베가 아니란 말인가? 북국의 삿사 나리마사도 목표로 삼고 있는 적이 아니란 말인가?

물론이다. 히데요시는 일개 조소카베, 일개 삿사 따위를 적으로 생각하고 있지 않았다. 그들은 그가 노리는 중점이 아니었다. 지금 히데요시가 노리는 사람은 오직 한 사람, 도쿠가와 이에야스밖에 없었다. 히데요시는 자신에게 있어서 앞으로 장애가 될 사람은 바로 이에야스라며 혜안으로 다음 역사를 꿰뚫어보고 있었다.

　그는 이에야스에게 의지하려는 사람, 이에야스를 도우려는 사람, 이에야스를 통해 야망을 펼치려는 사람, 이에야스의 사지가 되어 이에야스와 통한 사람의 맥을 모두 끊은 뒤 도마 위에서 요리를 하기 위해 그물을 남쪽으로 펼치고 북쪽으로 펼쳐 대어를 자신에게로 천천히 끌어들이려는 것이었다.

　눈이 녹으면 전쟁이 시작되고, 전쟁이 끝나면 눈에 갇히는 북국의 서민들은 오래도록 평화를 갈망했다. 삿사와 마에다의 전쟁은 올해도 늘 그랬듯 4, 5월 무렵부터 곳곳에서 전화를 일으켰으며 서로 성 하나, 요새 하나를 빼앗기 위해 짓밟지 않은 들판이 없었다.

　히데요시의 북벌군은 고호쿠湖北를 넘어 에치젠으로 들어갔다. 총군은 십만이라 일컬어졌는데 그 기치를 나라별로 살펴보면 오와리, 미노, 이세, 단고, 와카사, 이나바, 에치젠, 가가, 노토 아홉 개국에 걸쳐 있었다. 그리고 그 부장은 오다 노부오, 오다 노부카네織田信包, 니와 나가시게丹羽長重, 호소카와 다다오키, 가나모리 지카시게金森近重, 하치야 요리타카, 이케다 데루마사池田輝政, 모리 나가카즈森長一, 가모 우지사토, 호리오 요시하루堀尾吉晴, 야마노우치 가즈토요山内一豊, 가토 미쓰야스, 구키 요시타카였으며, 그 외에도 당연히 마에다 부자가 참가할 터였다. 늘 그랬듯 히데요시는 싸우기 전부터 양적으로나 질적으로나 이미 이길 수 있을 정도로 준비를 하고 나섰다.

　히데요시가 에치젠으로 들어서자 마에다 도시이에가 가나자와에서 맛토까지 나와 히데요시를 기다리고 있었다. 8월 하늘은 뜨거웠지만 깨끗하게 청소된 가도와 수축된 가로와 다리가 시원하게 십만의 여행자를 위로하고 있었다. 누른색 나사로 지은 겉옷에 일곱 개 별로 장식한 투구를 쓴 마타자에몬 도시이에는 아들 도시나가와 조카들과 함께 말을 가로수에 묶어두고 길가에 나란히 서 있었다.

마침내 매미 소리 속으로 히데요시의 하타모토들이 말발굽을 울리며 다가왔다. 숲을 이룬 창, 철포의 흐름, 깃발, 화려한 차림의 시동들 속에서 불그스름한 얼굴로 빙글빙글 웃고 있는 사람이 있었다.

"아, 원숭이 나리시다!"

도시이에 뒤쪽에 있던 조카 게이지로가 괴상한 소리를 지르며 손가락으로 가리켰다. 그러자 도시이에가 뒤돌아 그 손을 치며 말했다.

"이놈!"

서로의 거리가 서른 간쯤 되었을 때, 히데요시는 말에서 내려 고삐를 무사에게 넘겨주고 성큼성큼 도시이에 쪽으로 걸어갔다. 그러자 도시이에도 서둘러 수십 걸음 앞으로 나아갔다. 도시이에와 히데요시는 이미 멀리서부터 미소를 주고받으며 눈빛으로 기타노쇼 함락 이후의 일들을 이야기하고 있었다.

"오오, 마타자."

히데요시가 도시이에를 향해 손을 내밀었다.

"아아, 먼 길 오느라 고생 많았소."

두 사람은 손과 손의 온기를 느꼈다.

"드디어 왔다네, 작년의 약속을 지키기 위해."

"기다리고 있었네. 이 도시이에의 힘이 부족하다 보니 시코쿠 방면의 일로도 바쁠 텐데…… 이렇게 번거롭게 해서 참으로 송구할 뿐일세."

"무슨 소리……."

히데요시가 머리를 흔들며 도시이에의 어깨를 두드렸다.

"특별한 일 없어도 일 년에 한 번 정도는 서로 만나 옛정을 나누면 좋지 않은가. 마침 좋은 여행이 되겠다 생각하고 왔다네."

"하하하, 다른 사람도 아니고 자네이니 틀림없이 그렇게 가벼운 마음으로 오실 거라고 집사람도 얘기하더군."

"제수씨가? 음, 자네 집안의 안주인은 지쿠젠의 마음을 잘 알고 있는 사람 중 한 명이로군. 건강하신가?"

"여전하다네."

"그건 그렇고 자네의 누른빛 나사 겉옷이 아주 잘 어울리는데. 그것도 제수씨가 고르신 건가?"

"아니, 이건 나가시노長篠 전투 후에 노부나가 님께 받은 추억이 담긴 옷으로……."

두 사람은 전쟁에 대해서는 조금도 이야기하지 않았으며 마치 길가에서 만난 일개 친구들처럼 보였다.

도시이에가 맛토에서 오야마 성까지 안내했고, 히데요시와 그 군대는 줄줄이 기다란 선을 그리며 따라갔다. 선두가 가나자와에 도착했는데도 후미의 부대가 아직 기타노쇼를 떠나지 못했을 정도로 대부대였다.

그 소식은 청천벽력이 되어 도야마 성에 있는 삿사 나리마사의 귀를 때렸다. 그날(8월 18일) 삿사 쪽의 움직임 역시 오야마 성안에 있는 히데요시에게로 자세히 전해졌다.

삿사는 지금이야말로 자신의 생애에서 가장 중요한 때라며 엣추 전국에 걸쳐 방어를 굳건히 하고 있었다. 구리카라 언덕의 좌우, 도리고에의 험한 곳, 오하라小原, 마쓰가네松ヶ根와 그 외의 요지 삼십육 개 성을 손보았으며, 또 네지로根城, 기후네木舟, 모리야마, 마스야마益山 등 십여 곳에 새로이 나무를 심고 커다란 돌을 쌓아 방어벽과 망루를 세웠다. 그리고 국경에 이르는 곳곳에 방어책을 마련해 병사를 배치하고 목책과 관문 등을 오십팔 개소나 설치했다.

"이번에야말로 나리마사를 따르는 자에게는 죽음을 각오한 싸움이 될 것이다."

나리마사는 그러한 공포의 말로 전토에 있는 사람들을 격려했다. 하지만 방어를 강요받은 나리마사의 하급병과 일반 서민들 사이에서는 일찍부터 불평하는 소리가 나왔다.

"'너희는 죽게 하지 않겠다. 우리 무문이 앞장서서 서민을 지키겠다. 특히 여자들은 다치지 않도록 조심하라……'고 말해주었다면 같은 땅에 사는 사람이니 '아닙니다' 하고 우리도 나서서 적과 맞서겠지만, 이런 때만 나리마사를 따르는 자라고 하니 참을 수 없군. 따르는 자란 함께 영화를 누리고 함께 허세를 부렸던 자들을 말하는 거겠지."

이렇듯 민심은 참으로 미묘한 법이다. 나리마사도 곧 사람들의 마음을 눈치챘다.

"선을 넓게 펼쳐 지키려 하면 선의 힘, 즉 세력이 약해지는 법이다. 총력을 진즈 강 일선까지 물려 임전무퇴의 각오로 지키도록 결집시켜라."

나리마사는 갑자기 국경 부근의 작은 방어벽을 버리고 진즈 강을 앞에 두었으며, 안으로는 국내의 불평분자들을 억압했다.

"여자들까지 사수에 나서라."

나리마사는 광기 어린 포고령을 내리며 기를 쓰고 준비를 서둘렀다.

히데요시는 도시이에의 병사 팔천 명을 선봉으로 세워 엣추로 전진시켰다. 도중에 소규모의 적들이 히데요시에게 항복을 해왔다.

20일, 구리카라를 넘어 도나미礪波 산을 지나 하치만八幡 봉우리에 올랐다. 히데요시는 그곳에서 엣추 일원을 내려다보고 손가락으로 가리키며 각 부대의 배치를 명령했다.

"저기에는 누구누구를, 저쪽에는 누구를."

히데요시는 걸상에 앉아 호쿠에쓰 산맥의 장관과 동해 바다의 빛깔을 바라보며 때때로 좌우의 장수들과 담소를 나누었다. 그 모습은 정말로 유람이라도 온 듯한 사람처럼 보였다.

그는 고후쿠 산에 임시 성을 짓게 하고, 8월 내내 그곳에서 머물렀다.

계절의 영향으로 호우가 계속되었다. 곳곳에서 산사태가 났으며, 또 각지의 강이 범람했다.

그러던 어느 날 밤, 세 탁발승이 고후쿠 산 기슭에 있는 오다 노부오의 진소를 찾아와 보초병을 통해 만나기를 청해왔다.

"은밀히 만나고 싶다며 찾아온 자가 있습니다만……."

보초병이 이름을 물어도 탁발승들은 만나보면 알 수 있다며 끝내 이름을 밝히지 않았다.

"결코 수상한 자들이 아닙니다."

탁발승 가운데 한 사람이 붓을 꺼내 조그만 종이쪽지에 무엇인가를 써서 묶은 뒤 건네주었다. 그것을 보초병이 부장에게, 부장이 노부오에게 전달했다. 종이에는 에치젠의 가신 삿사 헤이자, 삿사 요자에몬, 노노무라 몬도, 세 사람의 이름이 적혀 있었다.

"응?"

어쨌든 만나보니 그들 세 사람은 주인 나리마사를 대신해 항복을 청하러 온 사람들이었다.

"처음에는 전국을 초토로 만드는 한이 있어도 목숨이 붙어 있는 한 맞서려 했으나 지쿠젠 나리께는 도저히 이길 수 없다는 사실을 깨닫고 주인이신 구라노스케 나리마사 이하 저희 중신은 성 아래에 있는 한 절에 모여 모두 머리를 깎았습니다."

그들은 그렇게 사정을 말한 뒤 말을 이었다.

"모쪼록 지쿠젠 나리께 잘 말씀드려서 주인 나리마사의 목숨을 건질 수 있도록 해주십시오. 그를 위해 밤을 틈타 부끄러움도 무릅쓰고 이렇게 찾아뵌 것이니……."

그들은 이제 막 깎은 머리를 번갈아 바닥에 조아리며 노부오에게 청했

246

다. 그러자 노부오는 기분이 좋아지기도 했고, 또 가엾다는 생각이 들기도 했다. 그랬기에 자신이 한마디 하면 히데요시도 토를 달지 못할 것이라고 장담하며 그들의 청을 받아들였다.

"그래, 알겠네. 돕기로 하지. 누가 뭐래도 나리마사 역시 나쁜 사람은 아니니까. 특히 아버지 노부나가도 일개 전령이었던 사람을 발탁해 꽤나 아끼셨던 사내 아닌가."

"나리마사의 심중에는 오로지 옛 주인의 은혜에 보답하기 위해 의를 지켜 어디까지나 절개를 굽히지 않겠다는 생각도 있었습니다."

"알고 있소. 그렇다면 삿사는 지금 대체 어디에 계신가?"

"근처 사원에 조용히 머물고 있습니다. 만약 목숨을 보장해주신다면 데리고 오겠습니다."

"잠깐 기다리게. 어쨌든 내가 지쿠젠을 만나 일을 잘 처리하도록 하겠네. 그때까지는 소식을 기다리도록 하게."

노부오는 곧 히데요시의 진영을 찾아갔다. 하지만 도시이에가 있어서 말을 꺼내지 못했다. 그러자 히데요시가 싱글싱글 웃으며 노부오에게 먼저 말했다.

"노부오 경, 전쟁의 끝이 벌써 보입니다."

"네? 어째서?"

"저물녘에 진즈 강 방면에서 돌아온 첩자의 말에 따르면, 삿사 집안에서는 앞서 지쿠젠이 퍼뜨린 '노토의 나나오 항구로 군선 백 척을 보내 옛 추의 토지 곳곳에 대군을 상륙시킬 것이다'라는 유언비어를 정말이라 믿고 당황한 모양입니다."

"아하, 그것 때문이었군."

"무슨 일이 있었습니까?"

"실은……."

노부오가 도시이에를 바라보며 입을 다물었다. 눈치를 챈 도시이에가 다른 평계를 대고 자리에서 물러났다.

"실은 삿사 구라노스케가 삭발하고 항복을 청하러 왔었습니다."

"흠……."

히데요시는 기쁜 빛을 보이지 않았다.

"먼저 삭발을 하고 항복한 것은 목숨이 아까워서였겠지요. 노부오 님, 그들을 어떻게 했습니까?"

"지쿠젠 나리께 여쭙겠다고 하고 돌려보냈습니다."

"받아들였습니까?"

"어쩔 수 없이……."

"이거 난처하게 됐군."

히데요시는 일부러 씁쓸한 표정을 지으며 입을 다물었다.

웃으시오

노부오는 히데요시의 낯빛을 보고 자신이 맡은 일의 중대함과 어려움을 퍼뜩 깨달았다. 그리고 당황해서 속삭이듯 말했다.

"아무래도 나리마사를 살려줄 수는 없겠습니까?"

그리고 굳게 다문 히데요시의 입술을 보고 혼잣말처럼 말했다.

"지금은 나리마사도 지쿠젠 나리께 맞선 것을 진심으로 후회하고 있다고 합니다. 그 사람은 단순하고 고집스러운 무인으로 다른 생각이 있었던 것이 아니라 도쿠가와 나리가 부추겨 교묘하게 이용당한 것입니다."

그러다 문득 말이 지나쳤다 싶었는지 노부오 역시 입을 다물어버리고 말았다.

히데요시는 여전히 말이 없었다. 하지만 그가 누구인가? 사실은 벌써부터 마음을 정했을 터였다. 단, 노부오가 너무나도 경솔하게 받아들인 것이 마음에 들지 않았다. 아니, 그보다는 아직도 안일한 생각에서 벗어나지 못한 노부오에게 일종의 경고를 주고, 또 장래를 위해 노부오를 약간 난처하게 만들어야지 그렇지 않으면 버릇이 될 것이라고 생각했다. 하지만 노부오는 곤혹스러워하다 못해 두려움을 느끼고 있었다.

"벌써 밤이 깊었습니다. 어찌 되었든 내일 아침 다시 찾아뵙고 지도를 받도록 하겠습니다."

노부오는 서둘러 인사를 하고 영문 밖으로 나왔다. 그는 돌아가려다 문득 생각이 났는지 마에다 도시이에의 막사로 찾아가 사실을 있는 그대로 밝혔다.

"어찌하면 좋겠소. 이미 삭발을 하고 내게로 목숨을 빌기 위해 찾아온 나리마사를 그냥 죽게 내버려둘 수도 없고……."

노부오는 탄식을 하며 암암리에 도시이에에게 조언을 구했다.

도시이에는 히데요시의 마음이 훤히 들여다보였다. 그랬기에 나리마사를 돕는 데 자신도 힘을 쓰겠다고 약속하고 노부오를 돌려보냈다. 그 때문인지 이튿날 노부오의 진소로 이시다 사키치石田佐吉가 와서 이렇게 전하고 돌아갔다.

"경께서 그렇게 마음을 쓰시고, 또 마에다 나리께서 오랜 적이었던 묵은 원한도 잊으신 채 구라노스케 나리마사를 살려주자고 이른 아침부터 지쿠젠 나리께 간곡히 청하자 마에다 나리의 얼굴을 봐서 목숨만은 살려주시겠다고 하셨습니다. 후에 나리마사 나리를 영으로 데리고 오시기 바랍니다."

노부오는 그제야 마음이 놓였다. 그때 삿사 헤이자와 요자에몬은 옆방에 몸을 숨긴 채 사키치의 말을 듣고 있었다. 노부오가 두 사람을 향해 말했다.

"들은 대로일세. 바로 나리마사에게 고해 이리로 오라고 하게."

하지만 노부오는 이번 조명助命의 성공이 어쩐지 자신의 힘이 아닌 도시이에의 청에 의해 이루어진 것 같아 흥이 나지 않았다.

마침내 기슭의 사원에서 나리마사가 홀로 올라왔다. 그는 머리를 깎고 승복을 걸치고 있었다. 수년 동안 호쿠리쿠의 산야를 떨게 만들었던 맹호도, 지금은 손목에 걸친 한 줄기 염주로 다스려지고 있었다.

삿사 나리마사는 앞서 시바타 가쓰이에와 손을 잡고 히데요시에게 반항한 적도 있었다. 그때도 시바타가 멸망한 뒤 항복을 해왔다. 그러니 이번이 두 번째 항복이었다. 그는 그 거친 반골 정신을 민머리와 승복에 감싼 채 멋쩍은 듯 노부오를 따라 히데요시 앞으로 다가갔다.

히데요시는 웃는 얼굴로 그런 그를 맞아들였다. 그러자 나리마사가 문득 얼굴을 붉히며 무엇인가 하려던 말도 하지 못하고 말없이 머리를 조아렸다.

"이 나리마사는 할복하라는 명령을 받아도 마땅한데 관대한 처분을 받았기에 감읍하고 있습니다. 지난 일은 모두 잊으시고 앞으로도 잘 돌봐주시기 바랍니다."

노부오가 옆에서 중재자의 역할을 충실히 하고 있었다. 그러자 히데요시가 여전히 웃음을 그치지 않고 말했다.

"하하하, 아닙니다. 언제까지 지난 일을 마음에 품고 있겠습니까. 지쿠젠이 웃은 것은 삿사의 머리가 너무나도 우습기 때문입니다. 오늘 처음으로 삿사의 머리가 울퉁불퉁하다는 사실을 알았습니다. 너무 기분 나쁘게 생각하지 말게, 삿사. 얼굴을 들게, 얼굴을."

그리고 허리에서 자신의 단도를 풀어 앞으로 내밀며 말했다.

"삿사, 항복한 상으로 이것을 주겠네."

당황한 나리마사가 어쩔 줄 몰라 하다 무릎을 꿇은 채 다가가 두 손으로 받아들였다. 그리고 바로 물러나려 하자 히데요시가 그를 불러 세웠다.

"잠깐 기다리게. 아무리 삭발을 하고 승복 하나만 걸친 가벼운 몸이 되었다고는 하나 녹봉이 없으면 먹고살 수 없겠지. 서로 헤어지기 어려운 처자와 권속들도 있을 테니……. 그래, 서기, 붓을 가져오게."

히데요시는 직접 종이에 증서를 써주었다. 이후에도 도야마 성을 포함

한 신카와新川 군을 나리마사의 녹으로 주겠다는 인가서였다.

"화, 황공하옵니다."

나리마사는 입술을 떨며 간신히 그렇게 말했을 뿐이었다.

"조만간 오사카에도 오게."

히데요시는 마치 옛 친구처럼 그를 대했으며 더 이상 그가 부끄러워하는 모습을 보고 싶어 하지 않았다.

"그렇게 하겠습니다."

나리마사는 인사를 하고 물러났다.

훗날 나리마사는 히데요시의 이야기 상대로 오사카에서 살게 되었다. 만약 노부나가의 경우였다면 이와 같은 관용을 베풀 리 없으니 그의 목은 두 개라도 모자랐을 것이다.

"무시무시한 사람이다."

나리마사는 새삼스럽게 히데요시의 참모습을 본 듯 진소에서 물러나 마에다의 막사 앞을 맥없이 지났다. 그때 마에다 도시나가와 그 하타모토들이 완전히 변해버린 그의 모습을 놀란 눈으로 바라보았다. 하타모토 중 한 사람이 말했다.

"웃음을 참는 것은 몸에 독이 됩니다. 모두 웃으십시오. 웃으세요."

그것을 계기로 진중의 모든 사람들이 일제히 웃음을 터뜨렸다.

나리마사는 새빨개진 얼굴로 발걸음을 서둘렀다.

웃는다는 건 당시의 가장 커다란 사회적 제재였다. 웃음거리가 되었다는 건 때로는 죽음 이상의 치명적 모욕을 의미했다. 단지 무문뿐만 아니라 서민들의 차용증서에도 '만약 갚기를 게을리한다면 웃음거리가 되겠소'라는 문구가 있었다. 목숨을 거는 것 이상으로 사람들에게 웃음거리가 되는 것은 괴로운 일이었다. 그렇게 나리마사는 웃음거리가 되고 말았다.

하룻저녁의 만남

나리마사가 항복한 직후, 히데요시는 고후쿠 산에서 떠나 진즈 강을 건너 도야마 성으로 들어갔다.

그에 앞서 이웃 나라의 우에스기 가게카쓰는 니가타^{新潟} 성을 공격하기 위해 간바라^{蒲原} 군으로 출격 중이었다. 하지만 '히데요시가 오사카를 떠나 북상 중이다'라는 정보를 듣고 만일의 변을 고려해 급히 병사를 돌리고 에치고의 이토이가와^{糸魚川} 성으로 들어갔다. 그러고는 팔천여 기로 국경을 지켰다.

'삿사의 배후를 치는 것도 아니고, 또 삿사를 뒤에서 돕는 것도 아니다. 히데요시에게 맞서려는 것도 아니고, 또 히데요시에 가담하려는 것도 아니다. 우에스기는 우에스기다.'

우에스기는 미묘한 입장을 취하고 엄하게 권위를 지켰으며 함부로 움직이지 않았다. 그렇다고 해서 히데요시로 하여금 의심을 품게 할 만한 행동도 하지 않았다. 더군다나 히데요시가 에치젠에 도착하자마자 우에스기 가의 사신이 찾아와 '이번 일의 성공을 빕니다'라는 뜻이 담긴 가게카쓰의 서신과 선물을 전하며 적의가 없음을 내보였다. 그렇게 아첨을 하는 것도 아니고, 아군에 가담하는 것도 아닌 입장을 고수하겠다는 것이 우에 스기 가 특유의 방침인 듯했다.

'이처럼 속내가 들여다보이는 짓을 하다니, 그는 대체 어떤 자란 말인 가?'

히데요시는 마음속으로 의아하게 생각했다. 이번만이 아니라 이 년 전 기타노쇼가 함락될 때도 그랬으며, 고마키 전투 때도 마찬가지였다. 아울 러 그의 눈은 에치고 지방의 북쪽 끝자락에 자리한 우에스기 집안의 충실 한 실력에도 섣부른 견해는 보이지 않았다.

'어쨌든 가게카스의 마음을 사로잡아 우에스기의 실력을 포용해두어 야 한다. 나에게 기울지 않는다면 훗날 반드시 이에야스에게 기울 것이다. 만약 이에야스의 배후에 우에스기 가가 가지고 있는 지리적 이점과 중후 한 무사 정신이 더해진다면?'

히데요시는 일찍부터 그렇게 생각하며 우에스기 가와 손을 맞잡을 기 회를 엿보고 있었을 것이다. 도야마 성으로 들어간 이튿날, 그의 모습이 홀연 그곳에서 사라졌다. 가벼운 차림으로 장병 스무 명 정도만 데리고 군 郡 안을 한 바퀴 돌아보겠다며 성 밖으로 나선 것은 알지만 그의 행선지를 아는 사람은 아무도 없었다. 아니, 도시이에나 심복들 중 일부는 당연히 알고 있었을 테지만 모르는 척하고 있었던 것이리라.

히데요시는 가벼운 차림으로 말을 나란히 하고 달려가는 스무 명 사이 에 있었다. 일행은 험한 오야시라즈親不知를 넘어 에치고로 들어가 오치미 즈越水의 역참까지 내달렸다. 그곳은 이토이가와에서 그리 멀지 않은 곳이 었다.

일행 중 기무라 히데토시木村秀俊는 사자가 되어 이토이가와로 향했다. 그는 성 아래 마을에서 우에스기 가의 병사에게 의심을 받았으나 병사의 안내로 성문까지 가서 자신이 온 이유를 밝혔다.

"저희 주인이신 하시바 지쿠젠노카미 님께서 이 성에 가스가야마春日山의 태수이신 가게카쓰 님이 계신다는 말을 듣고 천재일우의 호기인 만큼 꼭 하룻저녁 뵙고 싶다며 도야마의 진중에서 잠시 짬을 내어 오셨습니다. 가게카쓰 님께서 오치미즈까지 오셔도 좋고, 또 저희 주인께서 이곳으로 오셔도 좋다고 말씀하셨습니다. 가게카쓰 님의 뜻은 어떠한지 여쭈러 왔습니다."

히데토시는 성문의 부장을 통해 성안으로 말을 넣었다. 그 말을 들은 우에스기 가의 가신들은 하나같이 눈을 동그랗게 뜨고 의심할 만큼 놀라고 말았다.

"설마 거짓일 리는 없을 텐데."

그들은 당대를 호령하고 있는 오사카 성의 히데요시가 아무런 예고도 없이 홀연 에치고의 성 아래까지 왔다는 이야기를 도저히 믿을 수 없는 모양이었다.

"자, 우선은 서원으로 드십시오."

기무라 히데토시는 의심을 받으면서도 성안의 한 방으로 안내되었다. 얼마 지나지 않아 스물예닐곱 살쯤으로 보이는 젊은 무사가 평복 차림으로 와서 정중하게 인사를 건넸다.

"저는 가게카쓰의 신하인 나오에直江라고 합니다."

히데토시는 속으로 가게카쓰가 창황히 나올 것이라 생각했는데, 뜻밖에도 평복 차림의 젊은 무사가 혼자 와서 인사를 건네자 평정심을 잃고 말았다.

"죄송하지만 주인 히데요시 님께서 오치미즈에서 기다리고 계시기에 형편만을 여쭙고 바로 돌아갈 생각입니다. 인사는 생략해주셨으면 합니다."

그러자 젊은 무사가 생긋 웃으며 말했다.

"알겠습니다. 제가 바로 모시러 가서 이곳으로 안내하도록 하겠습니다. 주군 가게카쓰도 뜻밖의 일이라며 매우 기뻐하고 계십니다."

북국 사람 특유의 성격 때문인지, 입으로는 매우 기쁘다고 했으나 성 안도, 이 젊은이의 모습도 참으로 조용하기만 했다. 무엇보다 히데요시를 맞아들이는 데 이 청년 한 사람만을 보냈다는 사실이 히데토시는 마음에 들지 않았다. 하지만 그런 일까지 지적할 수는 없었으며 그 젊은 무사가 곧 말을 타고 나왔기에 두 사람은 그대로 성문을 나서야 했다.

"그럼 함께……."

"잠시만 기다려주십시오."

젊은 무사가 문밖에서 말을 멈추더니 부장을 두어 명 불러 작은 목소리로 속삭이고는 다시 히데토시와 함께 달리기 시작했다.

히데요시 일행은 오치미즈 가도에 면한 호농의 집에서 휴식을 취하며 된장절임과 차를 마시고 있었다. 히데토시가 말에서 내려 보고를 했다.

"그럼, 바로 가기로 하세."

히데요시의 목소리였다. 히데요시는 누가 마중을 나왔든, 상대의 모습이 어떻든 상관하지 않았다. 마중을 나온 우에스기 가의 젊은 무사는 조금 멀리 떨어져서 인사를 한 뒤 앞장섰다. 길을 가는 중에 히데요시는 젊은 무사의 뒷모습을 보며 중얼거렸다.

"참으로 대장부답구나."

히데요시의 말에 모든 사람이 '에치고에는 미녀가 많다는 소리를 들었는데 미남도 있구나' 하며 넋을 잃고 바라보았다. 미남이라고는 하지만 갯버들처럼 유약한 모습이 아니라 사지가 길쭉길쭉하고 눈썹이 짙고 뺨이 보리와 같은 색이고 입술이 붉어 참으로 건강해 보이는 미장부, 대장부의 풍모였다.

"히데토시, 우에스기 가의 저 사람은 이름이 무엇인가?"

히데요시가 물었으나 히데토시는 잘 생각이 나지 않았기에 이렇게 대답했다.

"그게…… 아직 이름도 제대로 듣지 못했습니다. 우에스기 가도 좀 소홀한 듯합니다. 바로 안내를 하겠다며 저런 젊은이만 한 사람 보내다니."

잠시 뒤 이토이가와의 마을 입구가 보이기 시작했다. 그곳에 놀라울 정도로 질서 정연한 군대가 영빈의 예를 취한 채 기다리고 있었다. 거리에는 먼지 하나 보이지 않았다.

우에스기 가게카쓰는 그곳까지 마중을 나와 있었다. 나가오 곤시로長尾權四郎, 혼조 에치젠本庄越前, 후지타 노부요시藤田信吉, 야스다 노리야스安田順易 등 가신 열두 명을 이끌고 길가에서 히데요시를 기다리고 있었다. 우에스기 가의 정중한 태도에 조금 전에 젊은이만 한 사람 내보냈다며 불만을 토로했던 기무라 히데토시는 눈을 둥그렇게 뜨고 부끄러워했다.

가게카쓰는 히데요시를 알아보고 빠른 걸음으로 다가와 히데요시가 탄 말의 부리망을 쥐었다.

"아아, 먼 길 잘 오셨습니다. 가게카쓰입니다. 인사는 나중에 드리기로 하고 우선은 시골의 누추한 성입니다만 안으로 들어가시지요."

"오오, 가스가야마 나리시오?"

히데요시는 서둘러 안장에서 내리려 했으나 가게카쓰가 미소를 짓는 얼굴로 머리를 흔들며 말했다.

"아니, 그대로 타고 계십시오."

그리고 말의 부리망을 쥔 채 이토이가와 거리를 지나 성문 안으로 맞아들였다.

히데요시가 형식에 구애받지 않고 갑작스럽게 방문한 것처럼 가게카쓰 또한 허식이 없는 진솔한 모습으로 히데요시를 맞아들였다. 하지만 성안의 방들은 손님을 맞기 위해 깨끗이 청소되어 있었으며, 정원에는 물이 뿌려져 있었고, 땅거미가 지자 등롱에 불이 들어왔으며, 무기와 방어 설비는 모두 숨겨져 있었다.

"시골의 음식이라 참으로 보잘것없습니다만."

가게카쓰는 그렇게 말했지만 상 위에는 동해 연안의 진미인 신선한 어패류와 산야의 채소가 우아하게 조리되어 있었다.

"이번 출마는 험한 호쿠리쿠 산맥을 넘어야 하는 길로, 진중의 어려움도 많았을 터인데 피곤한 모습도 없으십니다."

가게카쓰가 가볍게 히데요시의 건강을 칭찬하자 히데요시가 웃으며 말했다.

"북벌이라고 하면 대단한 듯하지만, 반은 북국 유람을 겸해서 온 것이오. 여기에도 갑자기 찾아와서 지쿠젠의 마음에 뭔가 의도가 있는 게 아닐까 생각하실지 모르겠으나 그냥 한번 얼굴을 뵙고 싶었던 것뿐이었소. 오래전부터 언젠가 한번은 뵙고 싶다고 생각하고 있었기에."

"고마키 전투 이후, 기슈, 시코쿠를 연달아 공략하신 일, 이 가게카쓰도 멀리서나마 그 솜씨를 보고 놀라지 않을 수 없었습니다."

"그때마다 은근히 보내주신 원조에는 이 지쿠젠도 깊이 감사하고 있소. 참, 그렇지. 여기에 온 첫 번째 이유가 바로 그에 대한 인사를 올리는 것이었는데. 하하하하."

"아닙니다. 가게카쓰는 가게카쓰에 어울리는 기량밖에 가지고 있지 않다는 사실을 알고 있기에 그저 선친이신 겐신의 유언을 지키고 있을 뿐입니다. 그런데 오래도록 바로 이웃 나라에 호랑이가 혈거穴居하고 있었기 때문에 때때로 원하지 않는 싸움을 해왔습니다만……."

"그 호랑이가 이번에는 거친 호랑이의 야망도 이룰 수 없다는 사실을 깊이 깨달았는지 얌전하게 머리를 깎고 사과를 하러 왔소. 이제 나리와의 국경에서도 시끄러운 일은 벌이지 않을 것이오."

"참으로 축하할 일입니다. 그것만으로도 제가 감사의 말씀을 드려야 하지요."

"그런데 오늘 지쿠젠을 데리러 오치미즈까지 왔던 젊은이는?"

히데요시가 잔을 들어 가게카쓰에게 소개를 청했다.

"나오에 야마시로노카미 가네쓰구直江山城守兼統 말씀이십니까? 야마시로, 잔을 내리시겠단다. 인사를 올려라."

가게카쓰는 남 앞에 세우기에 부끄러울 것 없는 가신이라는 듯 끝자리를 바라보며 말했다.

"야마시로라고 하느냐?"

"기억해주시기 바랍니다."

"오늘은 고생 많았다."

"술잔, 감사합니다."

나오에 야마시로는 잔을 히데요시 앞으로 돌려주고 원래의 자리로 물러났다. 히데요시는 이 미장부의 행동을 시종 지켜보고 있었다. 그는 호쿠리쿠로 와서 수많은 사람을 보았다. 그중에서 이 나오에 야마시로만큼 인상에 남은 사람은 흔하지 않았다. 그리고 오늘 가게카쓰가 직접 말의 부리망을 쥐고 맞아준 것도 히데요시에게는 기쁜 일 중 하나였다.

'에치고에는 아직도 겐신의 기풍이 남아 있구나. 잘 사귀어 모독하지 않아야겠다.'

히데요시는 남몰래 그렇게 생각했다. 그리고 잡담을 나누다 가게카쓰에게 물었다.

"겐신 공의 후계자인 가스가야마의 주인께서 말의 부리망을 쥐어 안내한 자는 아마도 이 지쿠젠 한 사람뿐일 듯한데 도중의 백성들이 그것을 보고 그대를 가벼이 여기지는 않을지?"

그러자 가게카쓰가 웃으며 대답했다.

"아닙니다. 가게카쓰를 가볍게 볼 염려는 전혀 하지 않아도 됩니다. 백성들도 소문으로만 듣던 하시바 지쿠젠 나리를 직접 보고 더욱 중히 여겼을 것입니다."

식사 뒤, 히데요시와 가게카쓰는 서로의 가신들을 물리고 저녁부터 초경 무렵까지 회담을 나누었다. 자리를 지킨 사람은 히데요시의 신하인 이시다 미쓰나리石田三成와 우에스기 쪽의 나오에 야마시로 두 사람뿐이었다.

훗날 사가들은 이 하룻저녁의 일을 두고 '오치미즈의 회맹'이라 부르며, 이후 세키가하라 전투에 이르기까지 계속된 도요토미 가와 우에스기 가의 금석의 맹약은 그때 양자 사이에 맺어진 것이라 여기고 있다. 아니, 그날 밤을 계기로 또 다른 한 쌍이 젊은 맹우의 약속을 맺었다.

이시다 미쓰나리와 나오에 야마시로는 그곳에서 처음으로 서로를 알게 되었다. 무사는 무사를 알아보는 법이다. 두 사람은 주인 곁에 있는 동안 함께 이야기를 나누는 상대로 만족했다. 그리고 서로의 마음을 허락하는 미소를 지으며 야마시로는 미쓰나리를 보았고, 미쓰나리는 야마시로를 보았다.

두 사람 모두 물러나 잠시 휴식을 해도 좋다는 허락이 떨어지자 미쓰나리와 야마시로는 함께 정원으로 나갔다.

8월 초가을, 하늘에는 커다란 달이 떠 있었다.

"실례입니다만, 야마시로 나리께서는 몇 살이십니까?"

"올해로 스물여섯입니다. 그런데 귀공께서는?"

"이거 참 우연입니다. 저도 올해로 스물여섯 살이 되었습니다."

"아아, 동갑이었군요."

"서로 아직 젊습니다."

"그렇습니다. 시세도 젊습니다."

"자중하기로 합시다."

"뜻밖에도 벗 하나를 얻은 기분입니다."

"저 역시……."

정원 구석에 다문천왕多聞天王을 모신 당이 있었다. 두 사람은 달빛이 새어드는 툇마루에 앉아 천하의 인물을 논했으며, 시운을 이야기하고, 또 이러한 때에 젊은 생명을 받은 몸을 서로 축복하느라 밤이 깊어가는 줄도 모르고 있었다.

나오에 야마시로는 원래 우에스기 가의 부엌에서 숯과 장작을 담당했던 하급 가신의 아들이었다. 하지만 겐신 곁에서 시동으로 일하면서 그 재능을 인정받았다. 그러던 때, 우에스기 일족 가운데서 명문가 중 하나인 나오에 야마토노카미直江大和守의 대가 끊길 것 같았기에 겐신이 양자로 추천했다.

"요로쿠与六(야마시로노카미의 아명)를 들여 뒤를 잇게 하면 틀림없을 것이오."

겐신의 지명으로 요로쿠는 일개 하급 가신의 아들에서 단번에 우에스기 가의 노신인 나오에 야마토노카미의 후계자가 되었다. 그 뒤로 수차례 전장과 내정에 참여해 겐신의 밝은 헤아림을 부끄럽게 하지 않았다. 그리고 지금은 백면 스물여섯 살의 청년으로 이미 우에스기 가에서 기량이 가장 뛰어난 존재로 인정받고 있었다.

이시다 미쓰나리 역시 비천한 낭인의 아들이었다. 미쓰나리는 사키치라 불리던 어린 시절 고슈의 한 절에서 동자승으로 길러졌는데, 마침 히데요시가 휴식을 위해 들렀을 때 차를 나르는 모습을 보고 절에서 데려와 나가하마 성의 시동으로 키운 것이 오늘의 그를 있게 한 시초였다.

두 사람은 나이도 같았고 성장 과정도 비슷했다. 특히 미쓰나리는 오로지 무사도만 아는 게 아니라 정치적인 두뇌도 가지고 있었으며, 야마시로노카미는 약관의 나이에 이미 전진에서 무사로서 이름을 날리고 있었으나 그 본질은 어디까지나 경세적인 포부에 있었으니, 그러한 점에서도 닮은 점이 많았다.

두 사람은 다문천왕의 당 위에 뜬 달 아래서 끝없이 이야기를 나누어도 싫증이 나지 않았다. 서로 마음을 터놓고 사귄다는 말은 그야말로 이 젊은 두 사람의 경우를 두고 하는 말인 듯싶었다.

"평생에 좋은 벗을 만나는 것도 쉬운 일이 아니라고 합니다만 저희 두 사람은 좋은 주인을 만났습니다. 좋은 주인을 모시고 있습니다. 이러한 기쁨은 하루하루 보람을 가져다줍니다."

"좋은 주인을 모신다는 건 좋은 사명을 가지고 있다는 말이기도 합니다. 하지만 미쓰나리 님, 모시고 있는 주인에는 부족함이 없으나 서로가 몸을 둔 곳에는 지리적 차이가 있습니다. 나리는 중앙의 땅에서 일하고 있으나, 저는 북국의 변방을 나설 일조차 없습니다. 제 욕심을 말씀드리자면 그것만이 부러울 따름입니다."

"아닙니다, 야마시로 나리. 그렇게 단정적으로 생각할 필요는 없을 듯합니다. 우리의 훌륭한 주인께서 건재하실 동안에는 각국의 전란과 사투私 鬪도 종식되어 태평스러운 날들이 지속될 테지만, 우리가 오십, 육십이 될 무렵에도 과연 세상이 계속 통일되어 있을지."

"그야 알 수 없지요. 누구도 알지 못할 것입니다."

"그렇겠지요. 우리는 사투도, 전란도 없는 가운데서 평화로운 생활을 희망하고 있으나 세월의 움직임이 사람의 바람과 반드시 일치하는 것은 아니니까요. 역사가 되풀이되는 과거를 살펴보면 군웅할거의 소국과 소국이 싸워 대국이 되고, 대국과 대국이 싸워 중국의 육국이나 삼국처럼 대립하는 세상이 되고, 결국에는 두 강국 아래 두 개의 천하가 됩니다."

"두 개의……. 그렇군요."

"그리고 그 두 개의 천하 역시 결국에는 하나가 되지 않으면 평화로워

지지 않습니다. 숙명적인 운명을 걷고 있습니다. 어리석습니다. 하지만 그 어리석음이 인간의 역사입니다."

"어째서 두 개의 분권으로는 지상의 인간이 평화로울 수 없는 걸까요. 생각해보면 귀공의 주군이신 히데요시 나리와 도카이의 영웅 이에야스 나리는 그야말로 두 개의 천하를 대표하는 분들입니다만."

"그렇습니다. 귀공께서 그렇게까지 말씀하셨으니 저도 숨김없이 제 마음을 말씀드리겠습니다."

미쓰나리는 야마시로노카미의 시원스러운 눈동자를 바라보며 평소 사람들에게 거의 드러내지 않던 정열을 얼굴에 담아 말했다.

"지금을 두 개의 천하라고 생각한다면 말씀하신 대로 누구나 서쪽의 하시바 나리, 동쪽의 도쿠가와 나리를 떠올릴 것입니다. 만약 그 두 사람이 진정 마음을 하나로 합쳐 오로지 지상 만민의 이해만을 생각하신다면 말할 필요도 없이 세상은 태평할 것이나, 안타깝게도 그 반대라고 생각할 수밖에 없습니다."

"그건 어째서입니까?"

"미쓰나리의 작은 지혜로 말씀드리는 것이 아닙니다. 앞서 말씀드린 것처럼 역사가 그렇게 말하고 있습니다. 인간의 어리석은 되풀이를."

"그것은 알고 있습니다만, 몇천 년 동안의 어리석은 전례를 역사 속에서 보고 있으면서 어째서 또 두 개의 천하가 뻔한 어리석음의 전철을 밟으려는 것인지 저는 이해할 수가 없습니다."

"저도 참으로 이해할 수가 없습니다. 하지만 두 개의 분권은 틀림없이 두 개인 채로 끝나지 않을 것입니다. 공명의 천하삼분지계도 뜻대로는 되지 않았습니다. 둘로 갈린 천하는 더욱 치열한 대립 양상을 보일 것입니다. 두 사람의 일거일동一擧一動이 모두 그 상대를 향하고 있기 때문입니다. 더욱 커다란 이유는 양자의 의심과 그에 편승한 책모가, 야망가, 불평가

등의 선동이 있기 때문입니다. 아니, 인간이 원래 갖고 있는 지칠 줄 모르는 욕망 자체라고 종교가들은 말할 것입니다. 어차피 우주의 운행과 천수의 약속처럼 다시 역사를 되풀이하게 되는 것 아닐까 싶습니다.”

“그렇다면 두 개의 천하가 하나가 될 것이라 보고 계십니까? 하시바 나리나, 도쿠가 나리의.”

“그렇게 될 것입니다. 저만의 견해입니다만.”

“하나가 되면 천하는 태평해지고, 서민은 오래도록 안온하게 살아갈 수 있을까요?”

“그렇게 될 것입니다. 하지만 또다시 한계가 찾아오게 됩니다. 두 영웅이 함께 살아갈 수 없는 법이지만, 적이 없는 나라 또한 멸망하는 법이라는 말이 있습니다. 완전한 하나도, 세태를 놓고 생각해보면 불완전한 것일지 모릅니다. 하나의 세상에서는 난숙이 빠르고, 부패에 빠지기 쉽고, 인간의 투쟁 본능이 내홍을 만들어내고, 예측하지 못했던 불만이 또 일어날 것입니다. 그리고 결국에는 다시 자궤를 일으키고, 또다시 분열 작용을 빚어낼 것입니다. 혁명이란 끝을 의미하는 것이 아니라 앞선 혁명을 이야기하고, 다음에 올 혁명을 약속하는 것입니다. 중국 대륙의 긴 역사, 우리 일본의 근세를 돌아봐도 그렇게 생각되지 않습니까?”

“네, 그렇게 생각해보니 제가 태어났을 무렵부터 지금까지도.”

“지금부터 삼십 년, 오십 년 앞은 어떻게 변할지 알 수 없는 일입니다. 그러니 귀공께서도 북국의 변방에서 태어났다고 그리 한탄할 필요는 없을 듯합니다. 나는 평생 북쪽 변방에서 움직이지 못할 것이라 생각해도, 천하가 움직이는 시운은 의외로 빠른 법입니다.”

“그렇다면 무슨 일이 있어도 장수를 해야겠습니다.”

“목숨을 사랑하지 않는 무인은 이야기할 가치조차 없습니다.”

미쓰나리가 단호히 말하고 다시 말을 이었다.

"그 때문에 저는 오사카 성안에서도 가장 겁쟁이라고, 같은 시동 출신 무사들로부터 늘 따돌림을 당하고 있습니다."

"하하하, 참으로 귀한 말씀을 들었습니다. 이 나오에 야마시로도 무사로서의 기운이 조금은 지나친 것 아닌지 모르겠습니다."

두 사람이 손뼉을 치며 웃고 있을 때였다.

"출발하십니다, 하시바 나리의 가신 여러분 주인 어르신이 출발하십니다!"

우에스기 가의 가신이 달려와 미쓰나리에게 알려주었다.

히데요시의 수행원들조차 당연히 하룻밤 묵고 갈 것이라고 생각했으나 이경 무렵 히데요시는 갑자기 우에스기 가게카쓰에게 이별을 고했다.

"이제 그만 돌아가겠소."

그리고 바로 성문으로 말을 끌어오게 했다.

미쓰나리는 주인이 출발하기 전에 간신히 그곳으로 갈 수 있었다.

가게카쓰 이하 야마시로와 우에스기 가의 사람들이 성문에 횃불을 밝히고 히데요시 일행을 배웅했다.

"안녕히 계시오."

"조심해서 가십시오."

그렇게 해서 두 사람의 회맹은 하룻저녁 만에 끝나고 말았다.

히데요시는 이 회견에서 우에스기 가와의 제휴를 굳건히 해서 호쿠리쿠의 장래에 든든한 기반을 만들어놓았다. 아니, 결국 이 행동 역시 도쿠가와를 견제하기 위해 '선수'를 둔 것이라 해도 좋을 것이다.

9월 1일, 히데요시는 도야마를 떠나 가나자와까지 물러났으며, 오야마 성에서 십여 일을 머물렀다. 원정에 나선 장병을 위로하기 위해 오야마 성에서는 다도회와 노가쿠가 개최되었으며 히데요시 역시 한껏 즐겼다.

"북국의 사민들도 이제는 업을 즐길 수 있게 되겠지. 그대들의 활약이야말로 커다란 공이라 하지 않을 수 없네. 마타자에몬 도시이에를 커다란 기둥으로 삼아 이후에도 안태를 지키도록 하게."

히데요시는 무라이 마타베村井又兵衛, 후와 히코조, 나카가와 세이로쿠中川淸六, 조 구로사에몬長九郎左衛門, 마에다 도시히사前田利久, 마에다 야스카쓰, 히데쓰구 등에게 그렇게 말하고 황금, 의복, 칼 등을 상으로 나누어주었다. 특히 오쿠무라 스케에몬 부부를 불러 직접 차를 타주며 그 충성을 치하하고 도시이에에게 이렇게 말했다.

"다급한 때에 이 정도의 인물을 데리고 있으니, 다른 것은 몰라도 우선 사람들에게 자랑해도 주눅이 들지는 않을 듯하네."

오쿠무라 부부는 명예를 얻어 돌아갔다.

마침내 오사카로 떠나기 전날, 히데요시는 마타자에몬을 불러 친근하게 말했다.

"노토는 자네의 힘으로 복속시킨 영토이니 내가 따로 진상할 이유는 없을 듯하네. 뜻에 따라 영지로 삼도록 하게. 삿사의 엣추 삼 개 군도 잘 다스리게나. 그리고 관위서작 등도 생각하고 있으나, 우선은 나의 하시바라는 성을 자네에게 줄 테니 이 히데요시가 자네의 신의에 얼마나 감사하고 있는지를 잘 헤아려주기 바라네."

히데요시가 도시이에에게 최고의 기쁨과 은우恩遇로 보답하자 도시이에는 감격할 수밖에 없었다. 이십 대라는 젊은 시절부터 쉰 살에 가까운 오늘까지 배반이 난무한 세상에서 사귀며 단 한 번도 배신하거나 배신당하지 않고 일관되게 교우를 이어왔다는 사실만으로도 참으로 보기 드문 사이라 할 수 있을 것이다.

두 사람은 그처럼 굳은 교우의 양심 위에 쌓은 성과의 기쁨을 함께 나눌 날을 맞이하게 되었다. 인생의 지극한 즐거움, 남자의 뜻에 부합하는 일, 이보다 더한 것은 없으리라.

그 당시 마에다 가는 북국의 강력한 호족으로 수 세기에 걸친 치민과 번영을 약속받았다. 하지만 마타자에몬 도시이에는 히데요시와의 교정交情과 은우 때문에 중원으로 나가 천하를 다투겠다는 생각은 포기할 수밖에 없었다.

그렇다면 그 역시 히데요시의 수중에 있던 물건 중 하나라고 볼 수도 있을 테지만, 긴 역사를 놓고 보면 도요토미 가가 멸망한 뒤에도 마에다 가는 오래도록 북국을 지배했다. 흥망의 변화 가운데 과연 무엇이 행복이고 무엇이 불행인지는 알 수 없는 일이다.

관백

히데요시는 봄부터 가을까지 글자 그대로 남선북마南船北馬의 정벌을 마치고 9월에 오사카 성으로 돌아왔다. 그는 오랜만에 내치외정을 살피고, 틈틈이 히데요시다운 평범한 생활을 누렸다. 그리고 때로는 반생 동안 올라온 언덕길을 돌아보고 '여기까지 잘도 올라왔구나'라고 느끼며 깊은 생각에 빠지기도 했다.

내년이면 그도 오십 세가 되었다. 오십이라는 나이는 인생행로에서 과거를 반성하고 앞으로 가야 할 길을 생각하게 하는 시기다. 그러니 인간인 이상, 아니 남보다 한층 더 범부의 번뇌에 예민했으니, 당연히 밤이면 '마흔아홉도 이제 몇 달 남지 않았구나' 하며 남몰래 과거, 현재, 그리고 미래로 생각을 거듭했을 것임에 틀림없다.

인생의 긴 행로를 등반에 비유하면 그는 지금, 목표인 산 정상의 칠팔부까지 오른 상태였다. 등산의 목표는 당연히 산의 정상이다. 하지만 인생의 재미, 삶의 즐거움은 산 정상이 아니라 산 중턱의 역경에 있다고 해도 좋을 것이다. 골짜기가 있고, 절벽이 있고, 계곡물이 있고, 벼랑이 있고, 눈사태가 있는 험한 길에 부딪쳐, 한편으로는 '이젠 틀린 걸까?'라고 생각

하고 '차라리 죽는 편이 낫겠다'고까지 생각하면서도 '아니, 그렇지 않아'
하며 당면한 어려움과 싸워 이기고 극복한 뒤 멋지게 뒤를 돌아봤을 때,
'나는 살아 있다. 용케도 살아 있다'는 생명의 기쁨이 인생의 길 가운데 놓
여 있는 것이다.

만약 사람의 일생이 복잡한 방황과 다난한 싸움도 없이 그저 탄탄한
평지를 걷는 것 같다면, 얼마나 지루하고 얼마나 싫증이 나겠는가? 결국
인생이란 고난과 고투의 연속이며 인생의 쾌감은 오로지 그 하나하나의
파도를 극복한 순간에 주어지는 짧은 휴식에만 존재하는 것이라 해도 좋
을 것이다. 따라서 고난을 두려워하지 않는 사람에게만 인생의 개가와 축
연이 주어지며, 고난에 약하고 방황에 쉽게 지는 사람에게만 비극이 이어
지는 법이다.

'역경이야말로 인생의 재미다.'

그렇게 생각하고 과감하게 맞서는 인생의 투사 앞에 그 사람을 자살하
게 할 만한 역경은 나타나지 않는다. 하지만 박약하고 번민하는 사람은 역
경의 악마가 조그만 돌 하나만 던져도 커다란 상처를 입고 금세 낙오하고
만다.

그러한 점에서 히데요시는 역경 속에서 태어나 역경을 벗 삼아 성장한
사람이었다. 지금의 그가 선 자리에서 보면 욱일승천의 속도로 영달을 누
리는 것처럼 보일지 모르겠으나 노부나가를 섬기기 시작한 뒤에도 역경
이 없었던 적은 단 일 년도 없었다.

참으로 순조로웠던 때는 노부나가의 사후인 덴쇼 10년(1582년)부터
덴쇼 13년 가을까지로 겨우 이 년 반에 걸친 기간뿐이었다. 그 이 년 반
동안에 생애의 대부분을 구축했다. 게다가 그 일기가성一氣呵成의 대업 또한
파란만장했다.

결실의 계절이 히데요시에게 찾아온 것이었다. 지난여름, 히데요시는

커다란 수확을 거두었다. 관백이 되었으며 처음으로 도요토미라는 성을 쓰게 되었다. 히데요시가 관백이 된 것은 북국으로 출정하기 직전이었다. 호쿠리쿠로 떠나기 한 달 전에 이미 관백의 자리에 오르는 영광을 누렸으나 전진 중에는 격식에 구애받지 않고 예전처럼 일개 무장 하시바 지쿠젠으로 지냈던 것이다.

히데요시가 관백이 되고, 도요토미라는 성을 창시한 데에도 참으로 그다운 일화가 전해진다. 히데요시의 소망은 평범했다. 정이대장군征夷大將軍, 즉 쇼군將軍이라는 종전의 직위를 최고의 직으로 희망하고 있었던 듯하다. 하지만 쇼군이라는 직명은 요리토모賴朝 이후, 겐源 씨 계통의 사람에게만 내리는 것이 관례가 되었다. 히데요시는 노부나가의 가신으로 헤이平 씨를 칭하고 있었기에 그것을 쓸 수가 없었다. 이에 그는, 지금은 몰락한 전쇼군 아시카가 요시아키足利義昭를 떠올렸다.

"요시아키 나리는 요즘 어디서 무엇을 하고 계시는가?"

수소문 끝에 망명에 망명을 거듭하며 시대의 흐름 밖으로 까맣게 잊힌 채 서쪽 나라인 모리 가에서 건강하게 기식하고 있으며 머리를 깎고 이름도 뉴도쇼잔入道昌山이라고 고쳤다는 사실을 알게 되었다.

"싫다고 하지는 않겠지. 그를 만나서 차분히 이야기해보아라."

히데요시는 곧 사자를 보냈다. 요지는 아시카가 가의 양자라는 명목을 얻는 것이었다. 이는 요시아키에게도 나쁠 게 없는 일이었다. 히데요시를 양자로 삼으면 자신의 생애는 망명 생활에서 해방되어 도읍 가운데서도 훌륭한 저택을 갖게 될 터였다. 하지만 요시아키의 대답은 뜻밖이었다.

"거절하겠다."

요시아키는 오랜만에 자신의 자부심에 만족하며 그렇게 대답했다. 그리고 히데요시의 사자를 돌려보낸 뒤, 모리 가의 사람들에게 그 심경을 매우 자랑스럽다는 듯 이야기했다.

"아무리 몰락했다고는 하나 아시카가 가가 여러 대에 걸쳐 맡아온 중직을 씨도, 성도 없는 비천한 자리에서 벼락출세한 자에게 팔 수는 없지 않겠는가. 이 쇼잔도 지금은 이 댁의 식객으로 지내고 있기는 하나 아직 조상님의 영예를 팔아 살아갈 정도로 타락하지는 않았네."

사람의 심리는 참으로 재미있다. 자신의 생활도 책임지지 못하면서 과거에 집착하여 공위공명空位空名으로, 가엾게도 옛 허영심의 자취를 만족시키고 있는 것이다. 하지만 히데요시 역시 그런 요시아키에게도 지지 않을 만큼 어리석음이 있었다. 아니, 인간 모두에게 있는 어리석음이라고 해도 좋을 것이다. 특히 의관, 관계의 존귀가 절대적으로 사람의 심리에 크게 작용했던 때였으니 히데요시는 단지 자신의 범정凡情을 만족시키기 위해서만이 아니라 천하의 인심을 거두기 위한 도구로도 반드시 필요했던 것이리라.

"하하하, 틀렸는가."

히데요시는 요시아키의 대답을 듣고 웃었다. 그 소심한 체면을 지키기 위해 요시아키가 지불한 오기가 얼마나 값비싼 것이었는지를 생각하면 웃지 않을 수 없었다. 하지만 그는 요시아키의 거절을 오히려 사랑스러운 소심자라며 가엾게 여겼으며, 그 뒤에도 모리 가에서 은거를 돕는다면 우선 커다란 재앙의 불씨가 될 염려는 없겠다고 안심했다.

"기쿠테이 나리께 은근슬쩍 의중을 여쭙는 것이 어떻겠습니까?"

누군가 히데요시에게 의견을 내놓았다. 히데요시의 좌우에 인재는 많았다. 유감스럽게도 누가 그런 지혜를 냈는지는 분명하지가 않다. 어쨌든 매우 현명한 사람이 있어서 두 사람의 회합을 획책한 것만은 틀림없는 사실이다.

기쿠테이 우다이진 하루스에菊亭右大臣晴季는 타고난 정치가였다. 조정의 형태는 있으나 거기에는 무력도, 재력도 없었다. 있는 것이라고는 정신적

존숭^{尊崇}의 상징뿐이었다. 실질적인 힘도 재력도 없는 그 존엄함을 지키기 위해 수많은 벼슬아치가 의관을 바로 하고 위계훈직의 옛 제도만을 요란스럽게 평의하여 결정하고 있었다.

이처럼 숙명적으로 무능한 사람들 사이에서 조금이라도 시세에 관심을 갖고 야망을 품으려면 당연히 무문의 무^武와 권^勸과 재^財와 결탁하지 않을 수 없었다. 그렇지 않으면 아무것도 할 수 없었다.

"기쿠테이 나리는 책사 아니신가."

기쿠테이가 그런 말을 듣는 것도 앞서 이야기한 바와 무관하지 않았다. 아침에 오나라의 장수를 보내고, 저녁에 월나라의 장수를 맞아들여 마치 유녀처럼 열심히 교태를 부려 가난한 조정 생활을 윤택하게 하고, 나약한 벼슬아치의 존재를 유지하며, 또 다케다^{武田}, 우에스기, 오다, 아케치, 하시바 할 것 없이 교토로 들어오는 사람들을 임금에게 아뢰고, 그들 무문이 원하는 서작과 영직의 이름을 청허하여 무가의 선물과 황백^{黃白}을 수입으로 삼는 것이 어쨌든 그들이 살아가는 길이었던 것이다.

그렇게 살아가는 사람은 기쿠테이 하루스에 한 사람만이 아니었다. 멀리 후지와라^{藤原} 씨가 몰락하고 무문 독재의 시대가 된 이후부터 조정의 책사들은 모두 비슷한 삶을 살았다. 그러한 사람들 중에서도 기쿠테이 하루스에는 무문의 우두머리와 거래할 때조차 사람을 사뭇 깔보는 듯한 면이 있었으며, 헛되이 싼값으로는 팔지 않고 조정을 위해, 그리고 자신을 위해 충분한 이익을 거두면서도 위엄을 잃지 않는 뱃심이 두둑한 인재였다.

"뭐, 나보고 오사카로 한번 놀러오지 않겠느냐고? 물론 가도 상관은 없으나……."

하루스에는 히데요시의 사자에게 관심을 내비쳤다. '드디어 왔구나' 하고 벌써부터 짐작하고 있는 듯한 얼굴이었다.

그는 날을 약속하고, 공용의 명목을 만들어 오사카 성으로 갔다. 그리고 히데요시를 만났다.

형식에 따른 향응을 마친 뒤, 예의 다도회가 열렸다. 히데요시가 차를 끓였으며, 센노소에키千宗易와 또 한 명의 묘한 사내가 하루스에를 주객으로 대접했다.

당시 무인들 사이에서는 차가 크게 유행했으나 하루스에를 비롯해 공경 사이에서는 이와 같은 '유한幽閒'이네 '한적閑寂'이네 하는 것에 흥미를 갖고 있는 사람이 아무도 없었다. 극단적으로 빈궁한 생활에 새삼스럽게 '유한'이네, '한적'이네 하는 것을 받아들여야 할 만큼 일상이 호사스러운 것도 다망한 것도 아니었기 때문이다. 오히려 있는 그대로의 가난한 생활 자체가 지나치게 한적할 정도로 빈궁하고 결핍된 삶이었다.

더욱 중요한 원인으로는 무인들과 달라서 생활에 긴장이라는 것이 전혀 없었다. 아침에는 목숨이 붙어 있으나 저녁에는 어떻게 될지 모른다며 생명을 걱정할 필요도 없었다. 공경들에게는 그런 관념이 자연스럽게 풍모에도, 감각에도 드러나 있었으나 하루스에에게는 좀 더 세속적인 기운이 있었다.

소에키는 다도회가 끝난 뒤 모습을 감추었으나 다른 한 명의 묘한 사내만은 히데요시 곁에 머물며 주객의 이야기를 빙그레 웃는 얼굴로 듣고 있었다. 그 사내가 마음에 걸렸기에 하루스에가 끝내 속내를 털어놓지 못하자 히데요시가 눈치를 챘는지 웃으며 말했다.

"기쿠테이 나리, 이 사람은 사카이堺의 소로리そろり라는 자인데 독도 약도 되지 않는 사내입니다. 신경 쓰지 마시고 속내를 들려주시기 바랍니다."

히데요시는 앞서 속내를 털어놓은 상태였다. 그는 아시카가 요시아키에게 양자를 거절당했다는 사실도 숨기지 않고 말했다. 그러자 하루스에가 무릎을 앞으로 당겨 앉으며 말했다.

"그렇다면 기탄없이 말씀드리겠소. 쇼군 직은 단념하시는 것이 좋을 듯하오."

"가망이 없겠습니까?"

"있다 해도 하찮은 것 아니겠소."

"흠, 과연 그럴까요?"

히데요시가 콧잔등에 주름을 만들며 옆을 돌아보았다.

뒤에 앉아 있던 소로리가 히데요시와 눈이 마주치자 빙그레 웃었다. 최근 이 소로리라는 등이 구부정한 노인은 히데요시의 허리에 차는 돈주머니라고 불릴 만큼 언제나 히데요시 곁에 있었다. 하지만 히데요시의 기분에 따라 때로는 눈에 거슬리는 적도 있었는데 지금이 바로 그러했다.

"신자에몬."

"네."

"자네도 물러나 있게. 나중에 부를 테니."

"네, 네."

소로리는 말 잘 듣는 고양이처럼 다실에서 나갔다.

"묘한 노인이오만, 저 사람도 다인※人인가 뭔가 하는 사람이오?"

기쿠테이는 구부정한 노인이 계속 신경이 쓰였는지, 그가 나가자 그제야 편안한 얼굴로 물었다.

"아닙니다. 사카이에서 칠기를 만드는 자로 스기모토 신자에몬杉本新左衛門이라는 익살스러운 사내입니다. 칼집을 잘 만들기에 사람들이 소로리 칼집이라고 불렀는데 언제부턴가 그것이 성처럼 되어 모두 소로리 신자에몬曾呂利新左衛門이라고 부르고 있습니다."

"칠기 장인을 곁에 두다니 귀공도 참 호사가십니다."

"그렇게 따지자면 쇼군이라는 칭호를 원하는 것이야말로 그것 이상의 호사가적 기질이라 할 수 있지 않겠습니까? 저 등이 구부정하고 이가 빠진 늙은이를 사카이에서 불러들여 이야기꾼 무리 속에 넣어둔 것과, 쇼군이 되고 싶어 하는 내 마음 모두 무엇에도 뒤지지 않는 어리석음이기는 합니다만……. 기쿠테이 나리, 우습지 않습니까? 이 히데요시는 무슨 일이 있어도 쇼군이 되고 싶습니다. 묘안이 없겠습니까, 뭔가 묘안이."

"그만두시기 바랍니다, 쇼군 따위는. 그보다는 귀공과 같은 분께서 어찌 그 이상의 직위를 바라지 않는 겐지."

"응? 쇼군 이상의 직위라니……. 흠, 쇼군 위에 더 높은 칭호가 있었단 말입니까?"

"관백입니다. 차라리 관백의 자리에 오르시는 것이 좋지 않겠습니까?"

"관백이라. 그렇군."

어린아이가 갖고 싶던 물건을 눈앞에서 본 것처럼 히데요시의 얼굴에 순간 의욕의 피가 붉게 번졌다.

"하지만 기쿠테이 나리……. 지금 그 관백 직은 자리가 차 있지 않습니까? 니조 간파쿠아키자네二條關白昭實라는 자가 현직에 있지 않습니까?"

"마침 잘되었소……."

하루스에가 짓궂은 미소를 보이며 한동안 히데요시를 생글생글 바라보았다. 지금 오사카 성의 주인이라면 공경백관은 물론 천하의 제후까지 모두 습복하지 않는 사람이 없었으나, 하루스에의 눈에는 마치 어린아이처럼 우습기만 했다. 자신의 손바닥 위에 올려놓은 것 같은 느낌이 들었다. 하루스에는 그러한 쾌감을 한동안 마음속으로 즐긴 뒤 입을 열었다.

"사실 그 관백의 자리는 니조 나리에게서 고노에 노부스케近衛信輔 나리에게로 벌써 넘겨졌어야 했습니다. 그런데 현직에 연연해서 사임할 기색이 전혀 보이지 않습니다. 그 때문에 얼마 전부터 고노에 파와 니조 파 사이에서 암투가 일고 있습니다만……. 참으로 좋은 기회 아니겠습니까? 어부지리를 얻는 일, 귀공이라면 어려울 것도 없으리라 생각합니다만."

기쿠테이 하루스에가 교토로 돌아간 지 한 달쯤 지났다. 갑자기 조정에서 히데요시에게 관백의 자리를 내렸다. 전임 관백인 니조 아키자네를 대신해 이후 관백의 자리에 오르라는 명령이었다.

하루스에의 암약에 의한 일이었음은 말할 필요도 없을 것이다. 원래 조정의 정치적 움직임은 무문의 그것 이상으로 비밀이 잘 유지되었다. 조야의 사람들은 어리둥절했다. 모든 사람들이 그 발표를 뜻밖이라고 생각했다.

"유사 이래 없던 일이다."

"다이라노 기요모리平淸盛가 태정대신太政大臣이 된 것을 고금의 이례라 여겼다고 하지만, 기요모리는 그나마 다이라 씨의 황통을 이어받은 자……. 가문의 내력도 알 수 없는 일개 필부와는 얘기가 다르다."

당연히 공경들 사이에서 불평의 소리가 높았다. 하지만 얼마 지나지 않아 논의도 불평도 사라지고 말았다. 히데요시의 인심 회유책이 바로 효과를 나타냈다. 한 무리의 공론가가, 그것도 낡은 고전과 구습을 부르짖어 봐야 그것이 무슨 힘이 되겠는가? 세상은 실력의 시대였다. 실력만이 사람을 움직였으며 세상일을 처리해 나갔다.

7월 13일, 히데요시는 배명에 대한 예로 남전南殿에서 사루가쿠猿樂를 개최했다. 그는 그곳에서 예람叡覽을 함께하겠다며 천황부터 황자, 다섯 대가大家, 높고 낮은 공경들, 각 대신들에 여러 시신까지 한자리에 초대했다.

연무는 오전부터 오후에 이르기까지 펼쳐졌다. 그사이에 소나기가 내려 무대도 관중도 흠뻑 젖었으나 오오기마치正親町 천황도, 히데요시도 자리를 움직이지 않았으며, 배우들도 구경꾼들도 그대로 흥을 이어갔다. 소나기는 바로 그쳤으며 소나무와 오동나무 잎에 노을이 물들었고 히가시東산의 하늘에는 무지개가 걸렸다.

관백 나리께

어제 입궐하신 일, 특히 잊을 수 없다 하셨소. 종일 마음을 위로받으신 일도 말로 표현할 수 없을 정도라 하셨소. 종종 상경하시기를 기다린다 하셨소.

이는 이튿날 권수사勸修寺(가주지)의 다이나곤大納言을 통해 히데요시에게 전달된 내칙內勅이었다. 히데요시는 우선 피폐할 대로 피폐해진 조정의 경제에 공헌을 꾀했으며, 가난한 공경을 구휼하기에 노력했다. 그로 인해 조정 사람들은 가뭄에 단비처럼, 연회를 베풀었던 날의 소나기처럼 숨을 쉴 수 있게 되었다.

그렇게 해놓은 뒤 히데요시는 삿사 퇴치를 목적으로 한 북벌의 길에 오른 것이었다. 그리고 9월 중순, 북국에서 돌아오자마자 다시 기쿠테이 하루스에에게 자문을 구해 도요토미라는 새로운 성을 만들고 조정에 청해 자신을 도요토미 히데요시라 칭하게 되었다.

관백은 가문 가운데 으뜸이라 여겨져 입궐할 때 내람內覽, 병장兵仗, 우차牛車가 허락되는 최고의 직위였는데, 오와리 나카무라에 살던 일개 농민의 아들에게는 원래 분명한 혈통도 가계도 없었다.

예로부터 문무의 사족士族 가운데는 미나모토源, 다이라平, 후지와라藤原, 다치바나橘 등 네 개의 성이 있었는데, 그들도 전부 그 쓰임과 공에 따라 조정으로부터 명을 받은 것이니 후세에 이르기까지 네 개 성에만 국한시킬 필요는 없었다. 옛 성을 물려받은 사람이어야만 한다는 것은 우스운 일이다. 새로운 시대에, 새로운 사명을 가진, 새로운 인간이 나타난 이상, 새로운 성을 받고 싶다는 것이 히데요시가 주청한 이유였다.

무슨 일에 있어서나 고전, 격식, 구례舊例를 들어 한바탕 논쟁을 벌인 뒤가 아니면 납득하지 않는 공경들도 사성 타파론에는 이론을 제기할 여지가 없었다.

성씨뿐만 아니라 예전의 사실과 제도는 전부 공경들의 관념 속에만 있는 것일 뿐, 히데요시의 눈에는 그 무엇도 절대적으로 보이지 않았다. 그러한 점에서 모든 신시대의 구현자들과 마찬가지로 그 역시 자기의 창의와 건설만이 언제나 자신을 독려하는 흥밋거리였다.

인내

　지난 일 년 동안 히데요시가 이룬 일들을 다달이 항목별 표로 만들어 보면 히데요시 자신조차 놀라지 않을 수 없을 것이다.

　"채 일 년도 되지 않는 동안에 이처럼 많은 난제를 잘도 처리했구나. 이는 대체 어디서 나오는 힘일까?"

　사람들은 한때 고마키에서 고전하는 히데요시의 모습을 보고 '그렇게 설쳐대던 히데요시가 마침내 고꾸라지는 것 아니냐'며 위태롭게 생각하기도 했다. 하지만 히데요시는 기상천외한 술책을 써서 노부오와 단독 강화를 맺은 것을 계기로 이에야스조차 완전히 망연하게 만들어 아무런 손도 쓸 수 없는 고립 상태에 빠뜨렸다. 그리고 그 뒤로 도쿠가와 가는 거들떠보지도 않고 도쿠가와 가를 지지하던 기슈, 구마노를 공략했으며, 시코쿠의 조소카베를 굴복시켰고, 나이카이 일대를 진압했으며, 다시 숙제였던 삿사 정벌을 감행해 호쿠리쿠 평정의 기초를 마에다 도시이에에게 맡기고, 거기에 우에스기 가게카쓰와 만나 동맹을 굳혔다. 히데요시의 방대하고 신속한 일처리는 그야말로 덴쇼 13년(1585년) 일본의 위관이었으며, 세상 사람들에게 일본이 갑자기 좁아진 듯한 느낌까지 심어주었다.

거기에 밤낮을 가리지 않고 군무에 열중했으며, 정벌 중에 짧은 여가를 이용해 관백 직에 오르고 도요토미라는 성을 세웠으며, 또 어머니에게는 오만도코로大政所라는 칭위를, 아내인 네네에게는 만도코로政所라는 칭위를 주어 내사를 착실히 갖추어 나갔다.

히데요시가 관백의 자리에 오르자 그의 고굉지신들도 모두 임관을 하거나 서작을 받았다. 이시다, 오타니大谷, 후루타古田, 이코마, 이나바稻葉 등 열두 명이 다이부大夫에 임명되었으며, 특히 내정의 쇄신을 위해 인재 다섯명이 선발되어 새로이 오 부교奉行의 문관제가 생겼다. 마에다 겐이前田玄以, 마스다 나가모리增田長盛, 아사노 나가마사淺野長政, 이시다 미쓰나리, 나쓰카 마사이에長束正家 다섯 부교가 분담할 직무의 범위는 다음과 같이 정해졌다.

마에다 겐이는 교토의 쇼시다이所司代10)를 겸하고 금리, 사원을 담당하며 교토 안팎의 여러 사건을 재판한다. 나쓰카 마사이에는 녹봉, 금전의 세출입, 물자의 구입, 징세 등의 경제 분야를 재결한다. 이시다, 아사노, 마스다 세 사람은 그 외의 일반 내무를 담당하고 중요한 문제는 오 부교의 합의로 분별을 일결하여 모든 정사를 간결하고 민활하게 한다. 그리고 이 오 부교에 대해서는 따로 세 개 조항의 서약이 행해졌다.

제1항 권위를 휘둘러 한쪽만을 편들지 말 것.
제2항 원한, 사사로운 모략을 품지 말 것.
제3항 지나치게 금은을 쌓고 주연, 유흥, 여색, 미식을 밝히지 말 것.

직무도 서약도 참으로 단순한 것이었다. 하지만 그 사명의 중요성은 무엇보다 그 사람들에 대한 신뢰에 맡겨두었다. 이후 다이고醍醐, 모모야마

---

10) 교토의 경비와 정무를 담당하던 사람.

桃山, 게이초慶長에 걸친 한 세대의 찬란한 문화의 흥륭에 이들 오 부교의 문화적 공적은 다른 무장들의 무훈에도 뒤지지 않았다. 노부나가가 시작조차 하지 못했던 문치, 문화 면에서의 시책을 히데요시는 경륜의 첫걸음으로, 이 바쁜 덴쇼 13년(1585년)에 이미 착수했던 것이다.

히데요시와 오사카 성을 중심으로 한 내외의 움직임, 그리고 덴쇼 13년의 심상치 않은 나날들을 도쿠가와 이에야스는 과연 어떤 구상과 심경으로 보고 있을까. 여기서 이에야스를 살펴보는 것은 히데요시의 동공 속을 들여다보는 것과 같은 일이기도 하다.

이에야스는 봄부터 여름까지 하마마쓰 성에서 지냈다. 오카자키는 이시카와 호키노카미 가즈마사에게 맡기고 당분간 휴식을 취하는 듯했다. '휴식'이라는 명목은 역경에 처한 정객이나 사업가들이 흔히 즐겨 쓰는 말이지만, 실제로 한가로움을 즐기며 휴식의 진가를 한껏 맛보는 사람은 천 명 중 한 명도 되지 않을 것이다.

이에야스의 경우는 애초부터 문제가 다르기는 하지만 족장의 위치에 있는 그는 책임과 체면, 대책 등을 생각하느라 고뇌가 컸을 것이다. 고마키 이후 히데요시에게 노부오를 빼앗긴 뒤부터 도쿠가와 가는 그야말로 역경에 처할 수밖에 없었다. 성운盛運을 갑자기 오사카의 광휘에 빼앗겨 '내리막에 들어선 진영'이라는 느낌을 지울 수 없는 게 사실이었다.

내리막길에 접어들면 조금도 손을 쓰지 못하고 나약한 본질을 드러내 추한 모습으로 몰락하는 사람이 있는가 하면, 그와는 반대로 역경에 서면 타고난 생명력을 가득 드러내서 오히려 그 사람의 깊은 곳에 있는 소질의 은근함을 내보여, 이 사람은 역경에 있으면서도 역경을 모르고 역경을 사랑하는 것이 아닐까 여겨질 정도로 늘 온화한 얼굴로 미소를 잊지 않는 사람이 있다. 이에야스는 후자의 경우였다.

이에야스는 봄바람을 느끼게 하는 자광慈光은 가지고 있지 않으나 언제나 미소를 머금고 있었다. 그러니 사람들에게 잠시라도 '참으로 우울해 보이는구나. 딱하게도'라고 생각할 만한 참담함이나 곤궁함을 결코 보이지 않았다.

이에야스는 제일선에 가까운 오카자키에서 물러나 명목상으로는 하마마쓰에서 한가로운 휴식을 즐기며 오사카의 일 따위에는 전혀 신경 쓰지 않는 듯 살았는데, 올해 들어서는 사냥에 자주 나섰다. 가신 일고여덟 명을 데리고 매를 팔에 얹고 개를 끌고 하마마쓰 근방의 시골을 자주 돌아다녔다.

"논도 늘어난 듯하구나. 모내기도 올해는 특히 잘된 듯하고."

이에야스는 간평을 나온 관리처럼 논밭의 경작 상황을 자세히 살펴보았다. 그리고 따르는 사람들에게 옛일을 들려주었다.

"너희는 이제 거의 잊었겠지. 내가 이마가와 가에 인질로 잡혀 슨푸駿府에서 어린 시절을 보내고 있을 때, 너희도 코흘리개였으나 너희의 아버지와 할아버지가 오다와 이마가와와 같은 강국들 틈바구니에 껴서 주인도 없는 하마마쓰 성을 간신히 지켜냈다. 그때 너희의 할아버지와 아버지 들은 아침에 국경에서 조그만 전투가 벌어졌다는 소식이 들리면 바로 달려갔으며, 저녁에는 갑옷을 벗자마자 바로 논으로 들어가 김매기를 하고, 밭으로 가서 쟁기질을 해서 간신히 마죽이나 조밥을 먹었다. 그 덕분에 내가 열여덟 살이 되어 이마가와 가에서 풀려나 하마마쓰로 돌아왔을 때는 식량 창고와 무기고에 성을 비운 오랜 시간 동안 쌓아둔 물자가 있었기에 나라를 지키고 훗날 세를 확장할 수 있었던 것이다. 그때 이미 여든 살이 넘은 노신인 도리이 다다요시鳥居忠吉가 내 손을 잡고 창고 앞으로 가서 안을 가리키며 했던 말을 아직도 잊을 수가 없다. 그때를 생각하면 나도 요즘에는 사치스러워진 듯하구나. 다다요시를 볼 면목이 없어."

돌아보면 어렸을 때부터 장년기에 이르기까지 이에야스의 반생은 인忍

이라는 한 글자로 표현할 수 있을 것이다. 그는 인을 지킬 줄 아는 사람이 되었으며, 인으로 강국 사이에서 살아남았고, 인에 이겨 오늘의 지위를 얻게 되었다. 소극적인 인이 아니라, 커다란 희망을 먼 미래에 걸고 있는 적극적인 인이었다. 아마 앞으로의 인생에서도 그 특질을 바꾸는 일은 없을 것이다.

특히 요즘에는 가신들에게도 기회가 있을 때마다 인내를 이야기했다. 자벌레가 몸을 웅크리는 것은 앞으로 나아가기 위해서라는 사실을 깨우쳐주려고 노력했다. 불평불만이 날이 갈수록 커지고, 오사카 쪽의 정보가 들려오면 곧 오카자키, 하마마쓰에서 그에 대한 반발이 일었기 때문이다.

"나리는 미동조차 하지 않으시는구나."

"이대로 시간을 보내며 원숭이 놈이 제멋대로 날뛰게 내버려두면 곧 천하는 그야말로 그의 뜻대로 되어 후회해도 소용없는 일이 되어버리고 말 것이다."

"그때가 되어서는 아무리 맞서봐야 쓸데없는 짓이다. 지금…… 지금 결판을 내지 않으면 안 된다."

여전히 주전론자들의 목소리가 압도적이었으며, 히데요시의 행동에 대해 이를 갈고 팔을 걷어붙이며 벼르는 사람 중에 홀로 말없이 씁쓸한 표정을 짓는 사람은 이시카와 가즈마사 정도였다. 그리고 또 다른 한 사람은 도쿠가와 이에야스였다.

이에야스는 오사카 쪽의 움직임에 완전히 무감각해진 사람처럼 행동했다. 예를 들어 고마키 전투 전후부터 도쿠가와 가와의 묵계를 바탕으로 오사카 성을 거듭 위협하던 기슈와 구마노, 그리고 시코쿠의 조소카베 등을 이에야스의 수족을 떼어내는 것처럼 차례차례 정벌해도 이에야스는 가만히 그 사지가 떨어져나가는 것을 지켜볼 뿐이었다. 그뿐 아니라 이에야스와 노부오에게 정열적으로 가담할 뜻을 밝히고 호쿠리쿠 일대의 반

히데요시 기세를 전부 짊어지고 있던 삿사 나리마사의 궤멸까지도 가만히 앉아 지켜보았다. 그러다 보니 혈기 넘치는 미카와 무사들이 입을 다물고 있지 않는 것은 당연한 일이었다.

"대체 무슨 생각을 하고 계신 건지……."

미카와 무사들은 이에야스의 무표정을 심지어는 무능이라고까지 생각하며 불평을 해댔다.

"우리 나리도 히데요시를 그토록 두려워하고 계신 걸까? 그것은 결국 우리가 약하다는 뜻이야."

"어쩌면 천하는 오사카에 맡겨두고 스루가駿河, 도토미遠江, 미카와, 시나노信濃에 걸친 사 개국을 무사히 지키기만 하면 된다고 작은 성공에 안주하는 것인지도 몰라. 만약 그렇다면 이건 위험해."

"히데요시가 눈엣가시 같은 도쿠가와 가를 어찌 그냥 내버려두겠어? 도쿠가와 가를 지지하는 무리를 전부 잘라낸 뒤에는 곧 적의 주체를 향해 달려들 것이 뻔해."

"우리가 직접 뵙고 이러한 근심을 나리께 솔직하게 건의해보는 것은 어떻겠는가?"

오카자키에 있던 중견들이 일제히 건의서에 서명을 했다. 하지만 이시카와 가즈마사의 이름은 없었다.

중견들의 건의서에 대한 회신 또한 없었다. 이에야스는 아무 말도 하지 않은 채 매와 개를 데리고 들판으로 나갈 뿐이었다.

이러한 때에 무슨 일인지 오다와라小田原의 호조 우지마사北條氏政와 우지나오氏直 부자가 보낸 전령이 하마마쓰에 와 있었다. 문제는 이에야스의 고민 중 하나인 듯, 호조 가의 사자가 왔다고 하면 언제나 직접 만나 무엇인가 변명을 하느라 애를 썼다.

독촉을 위해 호조 가에서 온 사자는 마쓰다 오와리노카미 노리히데松田

尾張守憲秀였다. 야마나카山中 성의 성주로 우지마사의 신임이 두터운 오다와라 가의 숙장 중 한 명이었는데, 풍모와 웅변이 오만한 사람이었다.

"언제나 같은 대답만 하시면 어린아이가 심부름 온 것 같아서 저도 입장이 난처해집니다. 솔직히 말씀드리면 오다와라의 두 나리(우지마사와 우지나오)께서도 조금 화가 나신 상태입니다."

말 뒤에는 반드시 위압이 있었다. 호조 가가 있기에 도쿠가와 가도 있을 수 있는 것이며, 만약 호조 가가 마음을 돌리면 도쿠가와 가는 존재할 수 없다는 것이 호조 가의 통념이었다. 사실 이에야스는 노부나가의 죽음을 계기로 호조 가와는 평화 노선을 취해왔다.

본능사의 변이라는 커다란 전환과 혼란이 일어났을 때, 호조 가와 도쿠가와 가는 서로 비밀 협약을 맺었다.

"도쿠가와 가에서는 신슈를 취하겠소. 호조 가에서는 조슈上州를 취하시오. 그리고 서로 침략하지 않기로 합시다."

그리고 히데요시가 야마자키 전투 이후 오늘에 이르기까지 주로 중앙에서 바쁜 나날을 보낸 몇 년 동안 두 강국은 불이 난 집을 터는 도둑처럼 유감없이 자신들의 배를 불렀다. 그사이 서로의 불만은 적었다. 화목에 대한 맹세로 이에야스는 자신의 딸을 우지마사의 아들인 우지나오에게 시집보냈다. 이 혼인 정책은 고마키 전투 때도 커다란 효력을 발휘했다. 만약 그 빗장이 없었다면 히데요시와 우지마사는 바로 연맹을 맺어 덴쇼 13년에 도쿠가와 씨의 이름은 이미 도카이에서 사라지고 없었을 것이다.

호조 우지마사는 이러한 거래에서 오산할 만한 사람이 아니었다. 그는 쉰 살을 막 넘었을 때부터 일찌감치 아들 우지나오를 가장으로 세운 뒤, 이름을 세쓰류사이截流齋라 바꾸고 삭발을 했다. 하지만 오다와라 성에서 실질적으로 집정을 하는 등 집안의 시조인 소운早雲 이후부터의 야망을 조금도 버리지 않았다.

"이에야스는 만만한 사내가 아니다. 이 우지마사까지 멋대로 조종하려 하고 있다."

우지마사는 호조 가의 은연한 비호가 마침내 이에야스의 위치를 크게 만들었다는 사실을 깨닫고 즉시 하마마쓰로 사자를 보내 강경하게 독촉을 했다.

"덴쇼 10년 이후 화목과 동시에 도쿠가와 나리는 신슈를 취하고, 호조 가는 조슈를 지배하기로 협정을 맺었는데, 결과적으로 도쿠가와 가는 사쿠마 군과 그 외의 지방을 더했으나 우리 집안은 조슈 누마다沼田 성을 양도받아야 함에도 우에다上田의 사나다 아와노카미 마사유키眞田安房守昌幸가 양도를 하지 않는다. 그 사나다 마사유키는 의심할 여지도 없이 귀댁의 가신이니 사나다를 쫓고 즉시 누마다 성을 우리에게 양도하기 바란다."

우지마사의 주장은 당연한 것이었다. 그리고 이에야스 입장에서도 고마키 전투는 끝났으나 히데요시 외에 새로이 큰 적을 만드는 것은 크게 불리했다.

"알겠습니다. 바로 사나다 아와노카미에게 명령해 우지마사 나리의 뜻대로 일을 처리하겠습니다."

하지만 우에다의 사나다 마사유키와 그의 아들인 유키무라幸村 일족은 거기에 완강히 저항했다.

"누마다도 건네줄 수 없습니다. 우에다에서도 움직일 수 없습니다."

그들은 이에야스의 명령을 따를 마음이 조금도 없는 듯했다. 이에야스의 거듭되는 독촉에 사나다 쪽에서는 그럴듯한 명분을 내세웠다.

"누마다 성은 앞서 우리가 일족의 운명을 걸고 우리의 힘만으로 취한 곳이다. 이에야스의 힘을 빌려 취한 땅이 아니다. 그런데 어째서 갑자기 호조 가에 건네주라고 명령하는 겐가. 도쿠가와 가에 그럴 권리가 어디 있단 말인가?"

명령의 부당함을 부르짖는 사람은 사나다 부자만이 아니었다. 일족의 말단에 이르는 사람까지 한목소리를 냈다.

"건네주어서는 안 된다. 끝까지 건네주라고 할 거면 다른 땅을 먼저 주어야 한다."

원래부터 도쿠가와와 사나다의 관계는 서로 주종이라고 할 만큼 밀접한 관계가 아니었다. 당시의 대국이라면 어디서나 그랬던 것처럼 자국의 경계나 멀리 떨어져 있는 곳과 알게 모르게 손을 잡은 정도의 일개 위성국, 그것이 도쿠가와 가와 사나다와의 관계였다.

게다가 사나다 마사유키는 작은 존재였으나 백전노장이었다. 다케다 씨의 멸망으로 다케다 가에 속해 있던 장수들은 거의 대부분 목숨을 잃거나 흩어져 그 이름과 형해조차 사라졌으나, 그만은 신슈 우에다에 의지해서 주인의 집안이 궤멸한 뒤에도 노부나가와 교묘히 손을 잡아 본령을 무사히 지켜왔다.

그 뒤 노부나가가 죽자 이번에는 에치고의 우에스기와 손을 잡았으나 우에스기와 호조 사이의 전쟁에서 호조 가가 우세를 보이자 다시 호조 가로 기울었다가 곧 다시 이에야스에게로 기울어 도쿠가와 가의 방략에 따라 위성국적인 역할을 하고 있었던 것이다.

마사유키는 그렇게 끝도 없이 배반을 해왔다. 수완가이기는 했으나 절조가 없었으며, 계략에 뛰어나기는 했으나 배포는 크지 않았다. 하지만 한 치 앞도 알 수 없는 전국의 군웅들 사이에 껴서 얼마 되지 않는 일족과 가신을 거느리고 세상을 떠난 다케다 씨 외에는 진심으로 섬기는 주인을 품지 않겠다고 남몰래 마음속으로 다짐한 채 조그만 우에다 성 하나라도 유지해 나가려면 그런 위성국적인 처세술 또한 어쩔 수 없었을 것이다.

그것도 단지 지리적 험난함을 지켜 명맥을 이어나가려 한 소극적인 자세를 취한 것이 아니라 마사유키와 차남인 유키무라는 실로 왕성한 웅심雄

心을 품고 있었다. 일족도 그렇고 가신들도 그렇고, 예전에는 고잔甲山의 강자였으며, 적어도 덴모쿠天目 산 이전까지는 '오다가 대수냐, 도쿠가와는 누구냐' 하며 자존심이 높았다.

그랬기에 덴쇼 10년(1582년)에 노부나가의 죽음으로 천하가 잠시 분란에 빠진 틈을 타서 호조와 도쿠가와 같은 군웅들이 활발히 소국을 취했을 때도, 사나다 일족 역시 소국이었으면서 그 꼬리에 붙어 영토를 확장한 것이었다.

당시 그들은 그렇게 조슈의 누마다를 손에 넣었다. 그런데 그것을 지금 호조 가에 그냥 넘겨주라는 것이었다. 그러니 넘겨주지 않겠다고 고집을 피우는 것도 당연한 일이었다. 하지만 호조 가에서는 약속이 다르다며 엄중하게 항의했고, 이에야스도 서쪽에 히데요시를 두고 있는데 그 히데요시에게 자신의 위성국을 가차 없이 빼앗긴 지금, 굳이 배후의 강대국인 호조 가와 불화를 일으킬 필요는 없었다.

"작은 벌레를 잡아 큰 벌레를……."

이와 같은 타산이 고압적인 엄명으로 나타나자 사나다 쪽은 결국 그 주체국인 도쿠가와와 창을 맞대는 한이 있어도 그곳을 지키겠다는 비장한 각오를 굳히기에 이르렀다.

젊은 날의 유키무라

"도리도 모르는 도쿠가와."

"이렇게 된 이상 일전을 펼칠 수밖에 없습니다. 아무리 대국이라 할지라도."

"누마다를 호조에게 건네주고 우에노 성 하나에만 의지하고 있다가 훗날 트집이라도 잡혀 그대로 자멸하기보다는."

"저희의 세력이 약하기는 합니다만, 시나노 고원의 지세에 의지해서 겨울까지 버티면 주위의 정세도 바뀔 것입니다."

"아니, 이에야스도 명장이니 이번 여름 안에 짓밟기 위해 일거에 대병을 보낼 것입니다. 그런 각오로 대비해야 합니다."

우에다 성에 모인 사나다 일족은 군사 회의에서 별다른 이견 없이 주전론으로 의견을 모았다. 그들은 속국 같은 취급을 받느니 싸우겠다며 더는 참을 수 없다는 듯한 표정을 지었다. 하지만 우에다, 누마다 두 영지를 합쳐도 병사는 이천 명, 무사는 이백 명도 되지 않을 만큼 빈약했다.

오늘의 도쿠가와는 더 이상 어제의 도쿠가와가 아니었다. 적은 인원으로 강대한 도쿠가와에 맞서 싸운다는 것은 무리가 있었다. 그러한 문제에 대해 이야기가 나오자 사나다 일족의 얼굴에는 불안의 그림자가 드리워졌다.

성주인 사나다 마사유키, 노신인 아카쇼 이즈노카미赤庄伊豆守, 다카쓰키 빗추노카미高槻備中守, 고이케 아와지노카미小池淡路守, 무사의 우두머리인 네쓰 나가에몬根津長右衛門, 오쿠마 겐에몬大熊源右衛門, 마루코丸子 사람들인 도조 마타고로東條又五郎, 요네자와 오스미노카미米澤大隅守, 그리고 객신客臣인 이타가키 슈리노스케板垣修理之助 등이 있었는데, 그중에서 홀로 석연치 않은 표정을 짓고 있는 사람은 성주의 차남인 사나다 벤지로 유키무라眞田弁次郎幸村뿐이었다.

벤지로 유키무라는 그해에 열일곱 살이었다고 한다.

"오벤於弁."

그는 아버지로부터 언제나 그렇게 불리고 있었다.

"너는 하고 싶은 말이 없느냐. 일족의 부침이 걸린 문제다. 평소처럼 삼갈 필요는 없다. 하고 싶은 말이 있으면 무엇이든 해보아라."

"네, 그럼……."

오벤이 무릎을 조금 앞으로 당겨 앉으며 말했다.

"어리석은 의견을 말씀드리도록 하겠습니다."

"음."

아버지는 열일곱 살이 된 아들이 이러한 때에 무슨 말을 할지, 십칠 년에 걸친 육성의 결실을 지금 보겠다는 듯 가만히 바라보았다.

"저는 우리 집에 객장으로 계시는 이타가키 슈리노스케 님이 처음 말씀하신 의견에 동의합니다. 아무리 객기를 부려봐야 미약한 소국이 대국을 이길 수 없는 것은 자명한 사실입니다. 그러니 에치고의 우에스기 가게 카쓰 나리께 원군을 청하는 것이 상책입니다. 다른 방법은 없습니다."

"하지만 오벤, 그 일에 대해서는 우에스기 가에서 절대 받아들일 리 없으며, 또 이 마사유키 역시 이제 와서 청할 수 없는 사정이 있다는 점을 너도 지금 듣지 않았느냐?"

"네, 우리 사나다 가가 우에스기 가에 예속되어 있었는데, 그 친분을 깨고 호조 가로 기울었다가 다시 도쿠가와 가의 여당으로 돌아섰기 때문이라는 점은 저도 들어서 잘 알고 있습니다. 다시 말해 한번 배신했던 우에스기 나리께는 우리에 대한 신용이 전혀 없을 것입니다."

"그래, 네 말 그대로다."

"틀림없이 우에스기 가에서는 망하든지 말든지 알 바 아니라고 비웃으며 바라보고 있을 것입니다. 하지만 그런 우에스기 가에라도 청하지 않으면 안 됩니다. 그렇게 하지 않으면 우리는 멸망합니다. 어떤 수치를 참고서라도 살아남아야 합니다."

"하지만 움직이지 않는 우에스기를 움직이게 할 방법도 없지 않느냐?"

"있습니다! 없다고 생각해버리면 없습니다. 하지만 살 길은 그것밖에 없습니다. 어떻게 해서든 움직이게 해야 합니다."

유키무라는 이어 말했다.

"지금 각국의 세력과 판도의 추이를 보는 데 있어 각국의 성주를 일일이 따져가며 볼 필요는 없습니다. 오사카의 히데요시와 도카이의 이에야스, 이 두 사람만 생각하면 충분합니다. 우리는 이미 거기서 이탈했으니 앞으로의 운명은 당연히 오사카 쪽에 기댈 수밖에 없을 것입니다."

유키무라는 시세를 읽는 관점이 명료했다. 그에 말에 마사유키와 사람들 모두 고개를 끄덕였다.

"우에스기 가의 외교도 그 둘을 목표로 삼으면서 양쪽 모두에 붙지도 떨어지지도 않는 기회주의적 태도를 취하고 있습니다. 따라서 우리가 도쿠가와를 떠났으니 도와달라고 청해봤자 도쿠가와를 정면의 적으로 삼으면서까지 원조를 해줄지는 매우 의심스러운 일입니다. 그리고 이제 와서 새삼스럽게 우에스기 가에 그런 말을 할 수 없다는 아버지의 체면 문제도 있습니다."

마사유키는 유키무라가 말한 것과 같은 고뇌의 빛을 숨김없이 얼굴에 드러내며 다시 한 번 고개를 끄덕였다. 유키무라가 다시 이어 말했다.

"솔직히 오사카에 사람을 보내서 하시바 나리께 사정을 말씀드리고 나리 외에는 도움을 청할 사람이 아무도 없다며 의지하는 방법밖에 없습니다. 여기서 히데요시 공의 흉중을 살펴보면, 이 청을 귀찮다고 생각하기보다 때마침 적당한 새가 날아들었구나 하며 기뻐하실 것입니다. 고마키 전투 이후 오사카와 하마마쓰 양자의 냉랭한 화목 상태와 지난봄의 기슈, 시코쿠에 걸친 오사카의 적극적인 움직임을 보면 삼척동자라도 쉽게 알 수 있을 것입니다. 그러니 오사카의 히데요시 공이 우리의 배후에 있어주기만 한다면 우에스기 가도 소홀히 할 수는 없을 것입니다. 우리 집안에서 원군을 요청할 때 불명예스럽고 굴욕적으로 청하지 않아도 우에스기 가 자신들을 위해 응할 것입니다."

"오벤!"

아버지 마사유키는 울먹이는 목소리로 비범한 아들을 칭찬했다.

"잘 말해주었다. 우리는 시골 무사, 우물 안 개구리와 같은 안목으로 주위를 보고 있어서 오벤이 말한 대국은 깨닫지 못하고 있었다. 모두 어떻게 생각하는가?"

이타가키 슈리노스케를 비롯해 자리에 있던 노회한 지장들까지 감탄한 얼굴로 열일곱 살의 벤지로 유키무라를 쳐다보았다.

"젊은 나리의 말씀이 참으로 옳다고 생각합니다. 삼 일 동안에 걸친 평의도 벤지로 님의 한마디 말씀으로 모두 결론이 났습니다."

모두들 이구동성으로 말했다.

"그렇다면 누가 사자가 되어 오사카로 가겠는가?"

이 역시 쉬운 문제가 아니었다. 산속 조그만 나라의 신하가 당대를 호령하는 히데요시, 소문으로만 들어온 오사카의 금빛 성으로 들어가 히데요시를 설득하는 일은 움츠러들 수밖에 없는 일이었다.

"제가 가겠습니다."

유키무라가 사자로 가겠다고 나섰다. 그리고 수행원으로는 이타가키 슈리노스케를 희망했다. 슈리노스케는 객신으로 몸을 의지하고 있는 사람이었으나, 그의 아버지는 고슈甲州의 명장으로 유명한 이타가키 노부카타板垣信形였으며, 평소에도 오벤과 마음이 잘 맞았다.

"도쿠가와 가 사람들이 눈치채서는 절대로 안 된다."

아버지와 일족이 오벤에게 세심한 주의를 주었다.

두 사람은 형제 시골 무사가 수행을 겸해 서울 구경을 가는 듯한 모습으로 꾸며 나카센도中仙道와 기소지木曾路를 통해 은밀히 오사카로 들어갔다. 그들은 얼마 되지 않는 연고자들을 통해 우선 아사노 야헤 나가요시의 저택을 찾아갔으며, 야헤를 따라 오사카 성으로 들어가 히데요시를 만났다.

히데요시는 마침 시코쿠를 평정한 뒤 한숨 돌리고 있을 때였다. 그러한 때에 신슈의 한 지방에 있는 사나다 가가 생각하지도 못했던 청을 하러 온 것이었다. 그는 일은 작지만 놓칠 수 없는 쾌보라고 생각했다.

"흠, 흠……. 그래, 잘 알았소."

히데요시는 바로 마음을 정했다. 하지만 승낙하겠다고도 거절하겠다고도 답하지 않았다. 그저 사자로 온 사나다 벤지로의 모습만을 바라보고 있었다. 특히 벤지로 유키무라가 히데요시의 마음을 움직이기 위해 귓불을 물들여가며 거침없이 의견을 말하고 간청하는 동안 눈을 가느다랗게 뜨고 넋이 나간 듯 귀를 기울였다.

"사나다 나리의 차남이라고 했는데, 너는 올해로 몇 살이 되었느냐?"

히데요시가 묻자 벤지로가 열일곱 살이 되었다고 답했다. 그러자 히데요시가 다시 물었다.

"형은?"

"네, 형인 마사테루匡輝는 덴쇼 3년(1575년) 나가시노 전투에서 다케다 가쓰노리武田勝頼 님을 따라 출진해 도쿠가와 군과 맞서다 전사했습니다."

"참으로 원통하겠구나."

"제 나이 일곱 살 때의 일이었습니다. 아무것도 기억하고 있지 못합니다."

"그래도 골육의 정이라는 것이 있으니 도쿠가와 가에 대한 원한은 남아 있겠지?"

"춘추의 시대에 흔히 있는 일입니다. 사적인 은원恩怨을 일일이 품고 있을 수는 없습니다. 그러한 도쿠가와 나리라 할지라도 이번과 같은 부당한 위압을 아버지께 강요하지만 않았다면, 아버지도 저를 사자로 삼아 귀댁에 비호를 청하기 위해 오사카로 보내지는 않으셨을 것입니다."

"그렇다면 이 히데요시가 만약…… 너희 일족의 청을 거절한다면 사나다 나리는 어찌하실 생각이신가?"

"그때의 아버지 마음은 알 수 없으나 저는 어떠한 굴욕이라도 참고 바로 하마마쓰 나리(도쿠가와)의 뜻에 따른 뒤, 훗날 힘을 길러 도쿠가와 군이 대거 오사카를 공격할 때 그 선봉에서 조그만 공을 세워 오늘의 호의에 답할 생각입니다."

"하하하하."

히데요시는 한바탕 웃고 나서 다시 말을 이었다.

"하마마쓰 나리와 이 히데요시는 얼마 전에 화목해서 지금은 각별한 사이를 유지하고 있다. 어찌 도쿠가와 군이 오사카를 공격할 날이 있겠느냐?"

"없다면 귀댁의 큰 행복입니다. 하지만 저희와 같은 소국은 자존을 위해서 귀댁에 의지하거나, 하마마쓰 나리께 의지하거나 둘 중 하나를 선택할 수밖에 없습니다. 만약 귀댁에서 저희의 청을 받아주시지 않는다면, 눈을 꾹 감고서라도 도쿠가와 나리께 굴복할 수밖에 없습니다. 세상에 대국과 소국이 많은 것처럼 보이지만 몇 년 지나지 않아서 천하는 하나가 될 것입니다. 귀댁이 아니라면 하마마쓰 나리일 것입니다. 그러니 저희 일족을 어느 쪽의 무리로 삼을지, 그것은 오히려 나리의 마음에 따라 결정될 것입니다."

대국의 추세를 정확히 꿰뚫어본 말이었다.

'신슈 산속의 나라에서 자란 소년답지 않게, 그것도 아직 어린 일개 소년이 제후들조차 두려움을 품고 있는 오사카 성에 들어와 이처럼 큰소리를 치다니.'

히데요시는 사자로 온 벤지로를 참으로 귀여운 녀석이라고 생각하며 말했다.

"그래, 그래. 이왕 의지할 바에는 커다란 나무에 의지하라는 말도 있지 않느냐. 이 히데요시에게 기대도록 해라. 비호해줄 테니, 걱정할 것 없다."

히데요시는 이 소년 사자가 더없이 마음에 들었는지 그날 밤 오사카 성에서 재우며 대접까지 하고, 이튿날 의복과 칼을 주어 고향으로 돌려보냈다.

벤지로 유키무라는 떠날 때 다시 한 번 히데요시에게 다짐을 해두었다.

"돌아가면 일족에게 말씀 잘 전하도록 하겠습니다. 그리고 실행에 옮기겠습니다. 그런데 우에스기 가와의 교섭은 어떤 식으로 하면 좋겠습니까?"

"우에스기 가에는 오사카에서 따로 밀사를 보내 너희에 바로 가담하라고 청을 해두겠다. 그 문제도 걱정할 것 없다."

"그렇다면 저희는 특별히 청할 필요가 없겠습니까?"

"아니다. 사나다 나리는 사나다 나리대로 이전의 일을 사과하고 몇 번이고 가세를 청하는 것이 좋을 것이다."

"알겠습니다. 이번의 결과를 오매불망 기다리고 있을 일족들도 틀림없이 기뻐할 것입니다. 커다란 은혜, 잊지 않겠습니다."

오벤은 서둘러 신슈로 돌아갔다.

누가 생각이나 했겠는가? 그로부터 이십여 년이 지나 도요토미 가가 어린 후손을 지키며 도쿠가와의 간토 군과 의전을 펼칠 때 이 일개 소년이었던 벤지로가 이른바 구도九度 산의 은자 마나다 유키무라로 오사카 성에 가장 먼저 달려갈 날이 있을 줄이야.

오벤의 귀국과 함께 사나다 일족은 곧 우에다 성에서 전투 준비에 들어갔다.

"협상은 여기까지."

이후 하마마쓰에서 온 사자를 내쫓고 요지의 교통을 끊었으며, 한편으로는 우에스기 가의 가와나카지마川中島를 통해 구원을 청했다.

오사카에서 히데요시가 직접 쓴 급보는 이미 에치고에 도달해 있었다. 우에스기 가게카쓰도 이를 지방의 작은 분쟁이라고 생각해 가볍게 볼 수만은 없었다. 자국의 운명을 히데요시에게 걸지, 이에야스에게 걸지 기로에 서게 된 것이었다.

이윽고 원병을 보내야 한다는 쪽으로 의견이 기울었다. 가와타 셋쓰河田攝津, 혼조 부젠本庄豊前 등을 장수로 삼아 가와나카지마의 병사 육천 명이 그곳으로 급파되었다.

도쿠가와 군은 사나다를 과소평가하고 있었다.

"마사유키는 신겐에게서 배워 싸움에 뛰어난 자이기는 하나 산속의 조그만 싸움에 능할 뿐, 아직 참된 대부대에 직면한 병법가는 아니다. 병

296

사도 삼천이 되지 않는 소국, 하마마쓰의 대군을 보고 어쩌면 바로 항복할지도 모른다."

그렇게 내다보는 사람이 많았다.

도쿠가와 군의 총수는 일만 팔천이 넘었다. 신슈 부교인 오쿠보 시치로우에몬大久保七郎右衛門, 고슈 부교인 도리이 히코에몬鳥居彦右衛門, 호시나 히고노카미保科肥後守, 호시나 단조保科彈正, 스와 아키노카미諏訪安芸守, 히라이와 시치노스케平岩七之助, 고마이 우쿄駒井右京 등 두 개 주의 연합군에 하마마쓰에서는 이이 나오마사, 조이안城伊庵, 다마무시 지로에몬玉虫二郎右衛門, 야시로 엣추노카미矢代越中守 등의 장수가 합류했다.

8월 상순, 도쿠가와의 대군이 우에다 성 밖 십 리쯤 떨어진 간가かんが 강에 전모를 드러냈다. 성 위에서 바라보면 그들은 아군의 열 배쯤 많았으며 장비의 차이도 눈에 띄었다. 특히 철포 부대는 중앙에 가까운 강국에서는 얼마나 급속하게 무기가 진화하는지를 보여주는 듯했다.

"저 병력과 장비로 성을 공격한다면 한시도 버티지 못할 것이다. 적이 간가 강을 건널 때, 불시에 공격해야 한다."

마사유키를 중심으로 각 장수들은 의지를 불태웠다. 하지만 객장인 이타가키 슈리노스케는 반대했다.

"하책입니다. 간가 강은 지쿠마筑摩의 지류로 건너기 어렵지 않습니다. 성안의 병사 절반을 내보내도 틀림없이 단번에 깨지고 말 것입니다. 차라리 가까이로 불러들여 전력을 다해 그들과 맞서야 합니다."

사람들은 슈리노스케의 계책을 따르기로 했다.

"바로 준비를."

마사유키는 복병으로 나설 부대, 적을 유인할 부대 등 각 장수와 병사들을 지휘했다. 그때 정문을 지키고 있던 벤지로 유키무라가 아버지 마사유키를 향해 고했다.

"도쿠가와 군에서 오쿠보, 도리이라는 자들이 항복을 권하는 전령을 보내왔습니다."

"네가 전령들을 만나보았느냐?"

"네. 주지를 들어보니 그들은 자신들이 대군임을 앞세워 이렇게 말했습니다. 마사유키가 아무리 싸워도 도쿠가와 나리의 대군에 포위당하면 도저히 당해낼 수 없을 것이다. 지난날의 잘못을 뉘우치고 항복하라. 그렇지 않으면 단번에 짓밟아버리겠다."

"아직 창 한번 부딪치지도 않았는데 항복을 하라니, 사나다 일족에게 기백이 있음을 모르는 놈들이로구나. 오벤, 전령으로 온 놈들을 문밖으로 내쫓고 다시 발을 들여놓으면 목을 치겠다고 전해라."

"그거 참 통쾌하겠습니다."

"잡병들에게 달아나는 전령을 향해 손뼉을 치며 비웃어주라고 해라. 우리의 사기도 오를 것이다."

"아니, 그런 작은 쾌감을 맛보는 것은 좋지 않을 듯합니다. 우리의 계책은 이미 멀리 오사카와 연결되어 있고, 호쿠에쓰와 맺어져 천하의 풍운과 진퇴의 호응을 가지고 있습니다. 지방의 조그만 싸움이라면 전장에서의 그런 놀이도 재미있을 테지만 조금 더 자중하는 것이 좋을 듯합니다."

"그렇다면 어떻게 하는 것이 좋겠느냐?"

"아버지께서 직접 전령을 만나 정중하고 신중하게 항복을 권하는 내용을 들어주신 뒤…… 나약한 듯 망설이며 결정을 내릴 때까지 사흘 동안의 시간을 달라고 해서 돌려보내십시오."

"그래서?"

"사흘 후면 가와나카지마 군이 도쿠가와 군의 배후까지 하무를 물고 도착할 것입니다. 우리도 준비를 해서 기습병들을 이끌고 곳곳의 요로에 숨어 충분히 매복 작전을 펼칠 수 있습니다."

"그렇구나. 삼 일 후에 거절하겠다는 뜻을 전해 분노해서 몰려드는 적을 치자는 말이냐?"

"아군은 시간을 벌고, 적은 나태와 자만에 빠질 테니 그렇게 하면 적의 대군과 아군의 적은 병력이 대등하게 맞설 수 있을 것입니다."

"그렇게 하자! 오벤, 당장 전령을 이리로 불러라."

"아닙니다. 아버지께서 직접 중문까지 마중을 나가시기 바랍니다."

마사유키는 오벤의 재능을 인정할 수밖에 없었다. 그는 아들의 말대로 직접 전령을 만나 삼 일 동안의 유예를 청한 뒤 돌려보냈다.

삼 일째 되는 날, 아무 대답도 하지 않자 그들이 재촉을 하러 왔다. 마사유키는 여러 가지로 변명을 했다. 그 뒤 이레고 열흘이고 질질 끌다가 마지막에 거절하겠다는 뜻을 통보했다. 그러자 도쿠가와 군은 분노의 기세를 보이며 그날로 간가 강을 건너 우에다 성으로 몰려들었다.

하지만 오쿠보, 도리이 두 부대는 작전의 일치를 보지 못했다. 오쿠보는 마을에 불을 질러 태워버리자고 했으나 도리이가 반대하고 나섰다.

"이처럼 길이 좁은 마을에 불을 질렀다가 지리에 어두운 우리가 막다른 길에 갇혀버리게 되면 오히려 돌아가기도 어려워진다."

두 부대는 적의 성 앞에서 말다툼을 했다. 그사이 마사유키의 지휘에 따라 사나다의 정예병이 곧장 돌격해 들어왔다.

오래된 성 아래 마을의 도로는 교통의 편리나 미관보다 유사시에 대비해 '방어의 도시'에 주안점을 두고 설계되었다. 신겐의 통치하에 고슈 방식을 기초로 생긴 가이甲斐, 시나노信濃 지방의 성이 있었던 오래된 마을은 여행자가 되어 지금 살펴보아도 그 구상의 흔적을 알 수가 있다.

야전에 익숙한 미카와 무사의 정예라고는 하나 산간의 '미로의 거리'에 들어서서는 진퇴의 웅비에 애를 먹는 것도 당연한 일이었다. 게다가 그들은 고마키 전투 이후 자만에 빠져 있었다. 그리고 사나다 일족을 그저 지방의 작은 무족이라고 얕잡아보고 있었다. 곧 혼란이 일었다.

"거리에 불을 질러서는 안 된다."

"불을 질러라. 불태워버려라."

전혀 상반되는 두 개의 호령이 같은 부대 안에서 일어나고 있는 사이에 곳곳에서 검은 연기가 모락모락 피어오르고 있었다. 길이 복잡해서 빠져나갈 수 있겠다 싶어 들어서면 막다른 길이었다. 서쪽으로 나서는가 싶으면 동쪽으로 나와버리고 말았다.

대군인 만큼 혼란도 컸다. 게다가 성문에서 쏟아져 나온 사나다 마사유키의 병사들이 그 불과 연기를 이용해 교묘하게 들고 나면서 도쿠가와 군을 곳곳으로 몰아붙여 호쾌하게 타격을 가했다.

"우리의 솜씨를 보여주자."

성 근처에서 마을로 어지러이 들어간 오쿠보 다다요大久保忠世, 도리이 히코에몬, 이이 나오마사의 부대도 결코 약하지 않았으나 때와 장소와 통솔이 어긋나는 바람에 힘을 제대로 펼칠 수 없었다. 마침내 그들은 완전히 무너져 원래의 진영으로 돌아가려고 했으나 길을 찾을 수 없었다. 그러는 사이에 가옥과 농가 안에서 복병의 저격을 받고 수많은 사상자를 내고 말았다.

성 위에 있던 마사유키가 깃발을 흔들어 두 번째 신호를 보냈다. 멀리로 달아나 흩어졌던 적의 그림자가 삼삼오오 야트막한 산과 강변으로 모여들어 아군이 재집결하기를 초조하게 기다리고 있었다. 마사유키가 보낸 깃발의 신호와 함께 홀연 그 부근의 숲과 산그늘에서 사나다 쪽의 복병들이 일어나 숨을 헐떡이고 있는 도쿠가와 군을 향해 사나운 독수리처럼 달려들었다.

벤지로 유키무라도 한 무리의 부대를 이끌고 도리이의 하타모토를 향해 달려갔다. 도쿠가와 군은 그곳에서도 패하여 강을 건너 달아나 새카맣게 흩어졌는데 마침 불어난 물 때문에 익사한 사람이 헤아릴 수 없을 정도로 많았다. 게다가 그들이 달아난 쪽에서는 우에스기의 가와나카지마 군이 요로를 막고 있다가 새 떼를 기다리는 그물처럼 가차 없이 타격을 가했다.

이렇게 해서 수일에 걸쳐 벌어진 일전은 결국 도쿠가와 군의 대패로 끝나버렸으며, 미카와 무사들은 전례 없는 대패를 맛보게 되었다.

이후 도쿠가와 군은 우에다 성을 멀리서 포위해 식량이 들어가는 길을 막은 채 움직이지 않았다. 우에스기의 가와나카지마 군도 멀리 떨어진 채 적극적으로 나서지 않았다. 그들은 오히려 자국의 국경으로 돌아갈 준비를 했다.

마사유키는 적이 움직이지 않고 지구전을 펼치자 은근히 걱정이 되었다. 워낙 작은 성이었기에 오래 버틸 자신이 없었기 때문이다.

"이렇게 된 이상 우에스기 가게카쓰 나리께 직접 나서달라고 청할 수밖에 없겠는데……."

하지만 가게카쓰의 출마가 쉽지 않다는 것을 잘 알고 있었다.

"아버지."

유키무라가 말했다.

"무슨 일이냐, 오벤."

"아버님의 고충, 잘 알고 있습니다. 부디 저를 에치고에 인질로 보내주십시오."

"네가…… 가겠다는 말이냐?"

"네. 한편으로는 오사카에도 사람을 보내 히데요시 공께 우에스기 가에 다시 한 번 재촉을 해달라고 청하시기 바랍니다."

"도쿠가와 군은 여기서 겨울을 날 생각인 듯하다. 겨울이 되면 가게카쓰 나리의 출마도 어려워질 텐데……. 네가 가겠느냐?"

"오사카에는 슈리노스케를 사자로 보내시고, 저는 아버지의 서한을 들고 에치고로 가겠습니다. 인질이 되어 가게카쓰 님의 가스가야마에 그대로 남겠습니다. 그리고 반드시 가게카쓰 님께서 출마하시도록 하겠습니다."

부자는 마음을 정했다. 이타가키 슈리노스케는 다시 오사카로, 유키무라는 하인 세 명만을 데리고 적의 두꺼운 포위를 뚫고 에치고로 향했다.

"이전에 아버지가 저지른 행동에 대한 불신이 남아 있겠지만, 저를 귀댁에 인질로 잡아두시고 모쪼록 위기에 빠진 우에다 성을 구해주시기 바랍니다."

에치고 가스가야마의 우에스기 가게카쓰는 고립된 성 우에다에서 아버지의 서한을 가지고 탈출한 소년 벤지로 유키무라가 씩씩하게 말하는 모습에 마음이 움직여 이렇게 약속했다.

"알겠다. 반드시 이 가게카쓰가 직접 나서서 돕도록 하겠다."

물론 오사카에서도 히데요시의 이름으로 가게카쓰에게 간곡한 청이 와 있었다. 우에스기 가는 곧장 채비에 들어갔다.

에치고에 들어가 있던 도쿠가와 가의 세작(제오열)이 바로 하마마쓰에 변을 알렸다. 그 소식을 들은 이에야스는 깜짝 놀라고 말했다.

"우에스기가?"

이에야스는 전혀 예측하지 못한 듯했다. 그는 이번 신슈 토벌군이 서전에서부터 커다란 실수를 범했다는 사실을 내심 평생의 불찰이라며 후회하고 있던 차였다. 게다가 지금 가게카쓰가 직접 병사를 이끌고 시나노로 온다면 이는 더 이상 사나다하고만의 문제라고 할 수 없었다.

'나도 나서지 않으면……'

이에야스가 지금 하마마쓰를 비우고 말을 시나노로 달리면 무엇보다 호조의 향배가 걱정될 수밖에 없었다. 오다와라의 호조가 '절호의 기회'

라며 바로 사가미相模에서 스루가로 들어와 도카이에 난을 일으키지 말라는 법도 없었다. 게다가 오사카의 히데요시는 자신이 원하던 형국이 펼쳐졌다고 생각할 테니, 언제 이에야스의 발밑에서부터 대규모 사태가 일어날지 알 수 없는 일이었다.

'어찌해야 좋을지……'

이에야스는 손톱만 물어뜯을 뿐이었다. 또 하나, 그의 가슴에 끊이지 않는 걱정은 오카자키, 하마마쓰의 장병들 사이에서 보이기 시작한 고마키 전투 이후의 불만과 불온한 분위기였다.

"그래, 참자. 참을 인, 한 글자를 부적 삼아."

이에야스는 신슈로 나가 있던 군에 즉시 퇴각할 것을 명했다.

9월 24일 이후, 전 부대가 우에노에서 물러나기 시작했다. 사나다 마사유키는 공을 서두르는 성의 병사들을 다독여 그들을 쫓지 못하게 했다. 기세를 몰아 도쿠가와 군을 뒤쫓지 않은 것은 병사에 능한 사나다 마사유키의 현명한 판단이었다.

또 일시적인 세상의 조소 따위에 연연하지 않고 형세가 불리하다고 생각하자마자 바로 포기하고 전군의 철수를 명령한 것 역시 과연 이에야스다운 일이었다고 하지 않을 수 없다. 전진하라는 결단은 쉽지만, 물러나라는 과단은 쉽지 않다. 내부의 불평, 세상의 조소, 자신의 체면, 온갖 의미에서 그것을 참으며 패한 채로 물러나는 것만큼 어려운 일도 없다.

만약 이에야스에게 대국을 보는 눈이 없고, 장래를 예측하는 힘이 없어서 한 걸음만 더 만용을 부렸다면, '가게카쓰가 출마해서 사나다를 돕는다면 나도 말을 시나노로 달리겠다'며 움직였다면, 그것으로 히데요시의 술수에 빠져버리고 말았을 것이다. 히데요시는 이미 그렇게 된 뒤의 제2차 고마키 전투에 대한 비책을 구상해둔 채 오사카 성의 깊은 곳에서 '이에야스가 움직였다'는 정보가 들어올 날만을 이제나저제나 기다리고 있었기 때문이다.

만약 이에야스가 가벼운 생각이나 체면에 사로잡히고 일개 사나다의 작은 성에 연연해 직접 그곳으로 움직였다면 어떻게 되었을까? 우선 인접한 대국의 호조가 그 틈을 이용해 야망을 드러냈을 것이며 오사카와 오다와라 사이에서 밀사가 오가며 약속을 맺었을 것이다. 그리고 앞서 가니에 부근을 엿보았던 오사카의 해군도 엔슈, 스루가 해안 부근에서 유익하기 시작했을 것이며, 미노, 이세, 고슈에 걸친 노부오 지원국은 히데요시의 재촉에 의해 어쩔 수 없이 다시 제1차 고마키 전투 때보다 훨씬 더 오카자키에 가까운 곳까지 접근했을 것이다.

더군다나 지금 이에야스에게는 도쿠가와를 지지하는 호쿠에쓰의 우군도 없고, 오사카의 배후를 위협할 시코쿠, 기이 등의 동지도 없었다. 그러니 사면이 완전히 막힌 고립 상태가 되어 이에야스는 '마침내 고마키의 불리한 결과에 모든 것을 포기한 듯한 전쟁에 임해 덧없이 세상의 대세를 적으로 헛된 최후를 고했다'며 반생의 끝과 역사의 한 소곡을 남긴 채 끝을 맺었을 것이다. 하지만 이에야스는 히데요시의 속내를 꿰뚫어보고 있었다.

'마음껏 자랑하라, 사나다여. 풋내기에게 한때의 이름을 날리게 해줄 테니.'

이에야스는 웃으며 져주었다. 이 패배가 어떠한 대승보다 더 가치 있었다는 사실을 이후의 세월이 증명했다.

이 지방에서 일어난 사변은 덴쇼 13년(1585년) 봄에서 9월 말까지 약 여섯 달 동안에 걸친 일로, 히데요시에게는 그해의 주력적 행동 기획은 아니었으나 이에야스의 입장에서 보면 자칫 자신의 '파멸'을 부를지도 모를 위험한 절벽과도 같은 것이었다.

행운은 짧고 불행은 길다. 그리고 세상에서 흔히 말하는 설상가상은 단지 한 개인에게만 국한된 얘기가 아니다. 그 무렵 이에야스의 운명은 어디를 둘러보아도 좋지 않은 일들뿐이었다. 자신의 세력 아래 직속 무관 중 하나라고 믿고 있던 사나다가 배반했으며, 또 어쩔 수 없이 참기 어려운 패배를 맛보아야 했다.

집안의 사기가 떨어진 채 맞이한 겨울이 11월 중순에 접어들 무렵, 이번에도 이에야스의 몸에 소름이 돋을 만한 심각한 사건이 도쿠가와 가 내부에서 일어났다.

겨울바람

별 하나 없이 어두운 밤하늘과 혹독한 겨울을 알리는 대지. 침묵에 빠진 거인처럼 오카자키 성의 망루가 겨울바람 속에 솟아 있었다. 오늘 밤은 성벽의 총안에도 횃불이 보이지 않았다. 성곽 안팎을 감싸고 있는 숲의 어둠이 울부짖는 하늘에 호응해 조수의 흐름처럼 흔들리며 울고 있을 뿐이었다.

11월 13일 저녁때였다. 니노마루를 지키는 부대의 부장인 하지카노 덴에몬初鹿野伝右衛門은 요란한 강풍이 불어대자 담당 구역을 한 바퀴 둘러보았다. 그리고 별생각 없이 혼마루와 경계를 이루는 야트막한 풀밭에 서서 귀가 떨어져나갈 것처럼 차가운 바람이 부는 어둠 속을 바라보았다. 그때 어딘가에서 말 울부짖는 소리가 두어 번 들려왔다.

"응……? 누가 나가려는 것일까?"

평소 열지 않는 뒷문을 통해 완만한 내리막길로 내려가는 말발굽 소리와 사람의 목소리가 희미하게 들려왔다.

인기척으로 봐서 두어 명이 아닌 적어도 이삼십 명이 줄지어 가는 것이 아닐까 여겨졌다. 당황한 덴에몬은 혼마루와의 경계에 있는 중문으로 달려갔다.

"보초병, 이봐 보초병."

초소를 들여다보니 횃불도 없는 작은 방에서 담당 무사 둘이 소처럼 졸린 얼굴을 내밀었다.

"아, 하지카노 나리십니까?"

"그래, 있었는가? 어째서 횃불을 밝히지 않은 게지?"

"초저녁에 성주 대리님께서 오늘 밤에는 바람이 세니 절대로 불을 밝히지 말라고 명하셨습니다."

"이상한데."

덴에몬이 고개를 갸웃거리며 말했다. 니노마루에서 봤을 때 혼마루의 무수한 총안에서 불빛 하나 새어나오지 않았기에 아까부터 이상히 여기고 있던 차였다.

"미카와는 겨울바람이 세기로 유명하지 않은가? 바람이 센 것은 오늘 밤만이 아니다. 왜 유독 오늘 밤에는 불을 밝히지 말라고 한 거지?"

"저희는 잘 모르겠습니다."

"성주 대리님은?"

"어제부터 감기 기운이 있어서 방에만 계신다고 들었습니다."

"흠…… 그렇다면 조금 전 뒷문 쪽으로 내려간 사람들은 어디 소속의 부대인가?"

"모르겠습니다. 저희에게는 별다른 통보가 없었기에."

덴에몬은 더욱 의심이 들었다. 평소 그의 가슴속에는 성주 대리인 이시카와 호키노카미 가즈마사에 대한 일종의 동정과 의혹이 공존하고 있었기 때문이다. 그랬기에 혹시나 하는 근심이 곧 가슴을 찔렀다. 그는 혼마루로 들어가 가즈마사의 직속 부하인 구도 산고로工藤三五郎를 만나 물어보았다.

"가즈마사 나리를 뵙고 싶소만."

"감기 기운 때문에……."

산고로가 바로 거절했다.

"오늘도 하루 종일 사람을 들이지 말라고 엄히 명하시고 방에 누워만 계십니다."

"그럼 근신을 불러주었으면 하네."

덴에몬은 다른 사람을 만나 용태를 물었다. 하지만 모두 애매하게 대답할 뿐이었다. 게다가 불을 밝히지 않은 무사 대기실의 사람들 모두 조금 전 뒷문을 통해 나간 한 무리의 사람에 대해서는 아무것도 모르고 있었다.

"응? 그런 일이 있었습니까?"

그로부터 얼마 지나지 않아 하지카노 덴에몬은 성문 뒤쪽에 있는 마을의 어둠 속을 성큼성큼 걷고 있었다.

"이삼십 명쯤 되는 사람들이 말을 타고 이곳을 지나지 않았는가? 어느 쪽으로 갔는가?"

덴에몬은 사람들에게 물어 그들의 뒤를 쫓았다. 조금 전 수상한 사람들의 방향은 금세 알 수 있었다. 야나기노바바柳の馬場를 반쯤 둘러싸고 무사코지侍小路로 꺾어지는 해자 끝의 두 번째 네거리, 그곳에 있는 커다란 저택이었다.

"그렇다면 호키 나리……."

이시카와 호키노카미 가즈마사의 관저, 즉 성주 대리의 저택이었다. 덴에몬은 문 앞에 서서 망연히 중얼거렸다.

"문을 굳게 잠그고 불빛 하나 없구나. 그냥 들어가면 만나주실 리 없을 테고……. 어떻게 하면 좋단 말인가?"

덴에몬은 생각에 잠겼다. 가슴속은 우정으로 가득했다. 존경하는 벗이자 선배였다. 가즈마사가 난처해질 것을 생각하지 않는다면 일은 간단했지만, 극비를 전제로 하여 주위의 이목을 피하려면 가즈마사를 만나는 것조차 쉬운 일이 아니었다.

앞문을 피해 옆문으로 돌아 들어갔다. 그곳의 문도 새카만 어둠 속에 굳게 닫혀 있었으며, 밤바람이 저녁보다 더 세차게 부근의 나무를 흔들고 있을 뿐이었다. 성주 대리의 저택은 비상시에 조그만 요새 역할을 할 수 있도록 둘레에 물줄기가 흘렀고 조교가 놓여 있으며 견고하게 지어져 있었다.

덴에몬은 다시 뒷문 쪽으로 발걸음을 옮겼다. 그런데 그곳 버드나무에 조금 전 도착한 네다섯 필의 말이 묶여 있었다. 그리고 분주하게 작은 문을 드나드는 사람들의 그림자가 보였다. 덴에몬은 됐다 싶어 빠른 걸음으로 다가갔다. 그러자 보초병이라도 있었던 것인지 누군가가 그를 불러 세웠다.

"멈춰라. 어디로 가는 것이냐?"

놀라 뒤를 돌아보니 창을 든 병사가 셋 정도 서 있었다. 그들의 모습도 그렇고 말투도 그렇고, 순간 전시의 살기를 떠오르게 했다. 하지만 덴에몬은 극력 온화한 투로 말했다.

"니노마루를 지키는 하지카노 덴에몬이오. 성주 대리님을 뵙고 긴히 드릴 말씀이 있어서 늦은 줄 알면서도 찾아온 것이오. 말씀 전해주시오."

병사들이 그의 얼굴을 살펴보았다. 덴에몬의 풍채를 모르지는 않았기에 병사 하나가 작은 문 안으로 달려 들어갔다.

차가운 바람 속에서 시간이 상당히 많이 흘렀다. 마침내 가즈마사의 심복인 듯한 나이 많은 가신이 나와 정중하게 사과를 하며 말했다.

"주인께서는 성안에 계십니다. 요 며칠 동안 감기에 걸려 이곳에는 오지 않으셨습니다. 뭔가 착오가 있었던 듯합니다. 그러니 주인의 병이 낫기를 기다렸다가 성안에서 뵙기 바랍니다."

덴에몬이 예상했던 대답이었다. 그는 애써 미소를 지어 보이며, 상대 방보다 더욱 정중하게 말했다.

"그야 물론…… 다른 이들에게는 그렇게 말씀하실 테지만 이 덴에몬 에게는 그러실 필요 없습니다. 가즈마사 나리를 향해 매섭게 몰아치는 세 상의 풍파와 이 덴에몬을 똑같이 생각하지는 말아주십시오. 오늘 밤에는 저도 일개 인간, 나리도 일개 인간으로 뵙고 싶은 것이니……."

덴에몬이 이어 말했다.

"실은 감기에 걸려 성안에만 계신다는 성주 대리님께서 조금 전 은밀 히 혼마루에서 나와 이곳으로 오신 것을 제 눈으로 직접 보았습니다. 걱 정하실 것 없습니다. 그 사실을 안 것은 다행히도 저 한 사람뿐이니. 아무 도 눈치채지 못했으니 그 점도 염려하실 것 없다고 성주 대리님께 다시 한 번 말씀드려주시기 바랍니다. 뵙고 폐를 끼치는 일은 결코 없을 것입니 다."

덴에몬의 말에 가즈마사의 가신은 더는 거짓말을 하지 못하고 저택 안 으로 들어갔다. 그리고 마침내 다시 모습을 드러내더니 덴에몬을 저택 안 으로 안내했다.

"우선 안으로 들어오십시오."

널따란 저택 안 곳곳에서 낮은 등불의 둔탁한 빛이 보이고 어떤 방은 문을 떼어내기도 했다. 그러한 '기척'만으로도 저택 안에서 뭔가 큰일이 벌어지고 있다는 것을 알 수 있었다. 하지만 덴에몬은 어떠한 곳에도 눈길 한번 주지 않고 안내에 따라 안으로 들어갔다.

"그런가, 이리로 안내하게……."

안에서 목소리가 들렸다. 안으로 들어간 덴에몬은 얼음장 같은 방 안 에서 추위를 견디며 꺼질 듯 깜빡이는 촛대 옆에 앉아 있는 예순 살 정도 의 나이 든 무신을 보았다.

"오오……."

"그래…… 덴에몬인가."

두 사람은 마주 앉아 한동안 아무런 말도 하지 않았다. 누구보다 친한 사이, 마음을 허락한 남자와 남자 사이의 침묵은 말보다 더 많은 감정을 이야기하는 법이다.

"……."

아직 아무런 말도 주고받지 않았는데 덴에몬의 눈에서도 가즈마사의 눈에서도 뜨거운 눈물이 줄줄 흘러내렸다.

"성주 대리님…… 아니 가즈마사 나리. 결국은 세상의 겨울에 이기지 못하고 오늘 밤의 바람에 몸을 맡겨 어딘가로 떠나실 생각이십니까?"

"……."

"혼마루에서는 나오셨으나 아직은 댁에 계십니다. 이번 발걸음을 다시 한 번 생각해보실 수는 없으시겠습니까? 아니, 그러셔야 한다고 저는 생각합니다. 나리의 연세, 도쿠가와 가에서의 나리의 위치, 나리의 중책…… 또한 거느리고 있는 수많은 사람의 슬픔과 운명의 갈림길을 생각하신다면 결코 쉽게 이곳을 나서지는 못하실 것입니다."

"덴에몬, 잠시만……. 이제 그만하게. 괴롭네. 그런 말을 들으면 괴로워."

"다른 말은 듣고 싶지 않다는 뜻입니까? 아니면 생각을 바꾸셨다는 말씀이십니까?"

"여기까지 온 이상."

"여기까지 온 이상, 어쨌다는 것입니까?"

"이미 마음을 정한 가즈마사일세. 자네의 말은 기꺼이 듣겠네만."

"그렇다면 무슨 일이 있어도 오카자키를 떠날 생각이십니까?"

"어쩔 수 없네……."

가즈마사는 새치가 섞인 머리카락을 촛불에 내비치며 고개를 뚝 떨어뜨렸다.

"호키 나리, 원망스럽습니다. 어, 어째서 결심하기 전에 이렇게 하실 거라고 제게는 한마디도 해주지 않으셨는지."

덴에몬은 원망스럽다는 듯 어금니를 깨물며 마음의 벗을 나무랐다.

"이 가즈마사는 자네만을 유일한 지기라 생각하고 있다네."

가즈마사는 지난봄 정월에 덴에몬과 함께 술잔을 주고받으며 그렇게 말했다. 그 뒤 이 오카자키 성의 주장인 성주 대리로 가즈마사가, 니노마루를 지키는 부장으로 덴에몬이 선발되었을 때도 '자네만이 마음의 벗'이라고 몇 번이나 말했는지 모른다. 그런 가즈마사가 이처럼 중대한 결단을 사전에 밝히지도 않고 오카자키를 떠나려 했다는 사실에 하지카노 덴에몬은 불만을 느꼈다.

두 사람의 교우는 결코 하룻밤 사이에 맺어진 것이 아니었다. 덴에몬은 원래 다케다 가의 가신이었다. 방계傍系 중에서도 방계였다. 적국에서 항복해온 장수로 이에야스의 신하가 된 뒤 여러 전장에서의 시험과 평상시의 거북함과 사람들의 의심 등을 견디고 최근에야 중용되었다.

덴에몬은 당초부터 자신의 인간됨에 경도되어 음으로 양으로 보살펴준 이시카와 가즈마사를 참된 선배로 존경해왔다. 만약 도쿠가와 가에 가즈마사가 없었다면 전통이 강한 미카와 무사들 사이를 떠나 다시 세상을 떠도는 몸이 되었을지도 모른다. 그는 그러한 생각이 들 때마다 그 은혜를, 그 지기를 감사하지 않을 수 없었다.

그런 만큼 덴에몬은 오늘 밤 더욱 화가 났다. 선의로 불타오르는 분노에 견딜 수가 없었다.

고마키 전투 전후부터 특히 노부오와 히데요시가 화의를 맺은 이후 이시카와 가즈마사와 오사카의 관계가 수상하다고 도쿠가와 가 사람들이 의심할 때마다 덴에몬은 남 일처럼 여기지 않았다.

겉으로는 호쾌한 척하고 대범해서 작은 일에 구애받지 않는 것처럼 보이지만, 속으로는 여자 이상으로 치졸한 질투와 술책과 배타적 근성 등을 품고 있는 무문의 사내들. 물론 성격이 다르기는 하나 덴에몬도 예전에 무사들의 멸시와 의심 때문에 밤낮을 시달렸던 경험이 있었다.

'아니, 나는 그나마 미미한 외부인으로 그런 대접을 받았다. 그것은 가벼운 일이다. 하지만 호키 나리께서는……'

덴에몬은 자신보다 몇 배는 더 괴로울 가즈마사의 마음을 생각했다.

모두 아는 것처럼 이시카와 호키노카미 가즈마사는 사카이 다다쓰구와 함께 도쿠가와 가의 원로였다. 다른 곳에서 온 나그네 같은 신하도 아니었으며, 이에야스가 코를 흘리던 어린 시절부터 여덟 살에 이마가와 가의 인질로 갔을 때도 늘 곁을 떠나지 않았던 조강지처와도 같은 충신이었다. 즉 없어서는 안 될 집안의 기둥이었다.

그리고 미카와 출신의 용맹한 장수는 아주 많지만 군공에 있어서 가즈마사와 어깨를 나란히 할 수 있을 만한 사람은 아무도 없었다. 그러한 점에 있어서도 혁혁한 수훈자 중 으뜸가는 사람이었다.

하지만 요즘 가즈마사는 광대뼈가 드러날 정도로 야위어서 곁에서 보기 안쓰러울 정도로 초췌한 모습이었다. 덴에몬 이외의 다른 가신들은 그를 차가운 눈초리로 바라보기만 할 뿐 누구도 가엾은 무사라고 여기지 않았다. 최근 날이 갈수록 도쿠가와 가가 고립되어 고민이 깊어지자 가즈마사를 대하는 집안사람들의 시선은 동정은커녕 더욱 매서워져만 갔다.

"이처럼 불리한 입장에 서게 된 것도 대대로 녹을 먹었으면서, 언제부턴가 히데요시에게 아첨하여 음으로 양으로 히데요시의 이득만을 꾀해 주인댁의 무운을 팔아먹고 있는 자가 우리들 위에서 집안의 기둥인 양 하고 있기 때문이다."

사람들은 가즈마사에 대해 그렇게 말했다. 틀림없이 처음에는 동료들 사이의 질투가 화근이었을 것이다.

가즈마사가 이야에스의 대리로 히데요시를 처음 만난 것은 덴쇼 10년 (1582년), 히데요시가 야마자키 전투에서 대승을 거두고 뒤이어 시바타 가쓰이에를 야나가세에서 물리친 뒤였다.

호키노카미는 축하의 사절로 오사카에 가서 도쿠가와 가의 가보인 하쓰하나 다기를 히데요시에게 전하는 역사적인 사명을 수행했다. 그것은 누구나 부러워할 만한 일이었다. 누가 뽑힐지 발표되지 않은 동안 사람들은 자신을 후보의 첫 번째 자리에 놓았다.

이에야스는 그 사자를 중히 여기고 있었을 것이다. 그러니 당연히 신하 중에서 으뜸이 되는 사람을 사자로 뽑았다. 이는 주군이 가즈마사를 총애하고 있다는 결정적인 증거였다. 그뿐만 아니라 가즈마사는 오사카로 가서도 히데요시에게 극진한 대접을 받았다.

히데요시가 붙잡는 바람에 예정보다 나흘이나 더 오사카에 머물렀으며, 히데요시의 마음을 완전히 사로잡았다. 돌아오는 길에도 여러 가지 선물을 받았다고 한다.

낙담한 사람들은 말이 많은 법이다.

"호키 나리께서는 사람 속이기의 달인인 히데요시로부터 여러 가지 간살맞은 대접을 받고 기뻐서 어쩔 줄 모르며 돌아오셨다고 하더군."

그 무렵부터 동료들 사이에서 가즈마사에 대한 좋지 않은 감정이 뿌리내리고 있었다. 이후부터는 기회가 있을 때마다 가즈마사에게 물었다.

"저희처럼 미카와에 있는 시골 무사들은 아직 최근의 오사카를 보지 못했습니다만, 호키 나리가 보시기엔 어떻습니까?"

사람들은 그렇게 묻고는 가즈마사가 별다른 뜻 없이 오사카 성의 웅대함, 시가의 커다란 규모, 서민 문화의 높은 수준 등을 이야기하면 그것을

어떤 의미가 있는 말인 양 서로 '호키 나리의 오사카 찬미가 또 시작됐다'
는 식의 눈짓을 주고받았다.

그 뒤 히데요시의 사자가 답례를 위해 하마마쓰에 왔을 때도 이에야스
는 낯선 사람이라며 접대를 가즈마사에게 맡겼다. 그리고 고마키에 머물
때도 히데요시가 보낸 사자가 가즈마사의 진소에 몇 번이고 드나들었다.
그러한 일은 적과 아군으로 맞서게 됐다 할지라도 크게 개의치 않는 히데
요시의 기풍에 기인한 것이었는데, 가즈마사 역시 전쟁은 전쟁이라는 마
음으로 거기에 응했다.

그 뒤 더욱 미묘하고 좋지 않은 일이 가즈마사의 신변을 감싸기 시작
했다. 그것은 화목 문제에 그가 개입되었다는 사실이었다. 주전론을 주장
하는 아군으로부터 곧 '적과 친밀한 인사'라는 낙인이 찍혀버리고 말았
다. 하지만 가즈마사는 특별히 변명도 하지 않고 지냈다.

사실 가즈마사는 히데요시와 화목하는 것이야말로 주인댁의 안전을
도모하는 가장 좋은 방법이라 믿고 있었다. 그는 오사카 문화의 수준, 군
수 물자, 커다란 규모, 시운의 추세 등을 직접 보고 히데요시의 인물됨을
알게 된 뒤, 오사카는 오카자키나 하마마쓰와 도저히 비할 수 없다는 사실
을 깨달았다.

그러한 생각에 동감한 사람은 이에야스뿐이었다. 그 외 사람들은 미카
와 무사의 용맹만을 알 뿐, 시대의 빠른 문화적 변화와 무기의 진보는 알
지 못하는 시골 무사의 지식으로 여전히 오사카를 과소평가하고 있었다.

이시카와 가즈마사에 대한 비난과 험담이 '두 마음을 품은 자', '사자
몸 속의 버러지' 등처럼 더욱 노골적으로 변한 것은 히데요시와 노부오의
단독 강화로 이에야스가 고립되고 점점 더 불리한 위치에 서게 된 지난
반년 동안의 일이었다.

때로는 이에야스의 귀에까지 위험한 인물이라며 그의 이름이 들려왔

다. 그럴 때마다 이에야스는 '가즈마사의 생각에는 다 이유가 있다. 의심을 받는다는 건 유감스러운 일이다. 참으로 딱한 입장에 놓이게 되었다'고 생각했다. 자신이 하고 있는 인내를 가즈마사도 함께하고 있는 것이라며 가신들의 시끄러운 소리에는 귀를 닫고 있었다.

하지만 가즈마사는 이에야스만큼 인내심이 강하지 않았다. 그의 인생관이 그를 향해 이렇게 속삭이는 것만 같았다.

'무엇 때문에 그렇게 참을 필요가 있는 거지?'

무인의 인생관 속에는 언제나 '죽음'이 있다. 아침에 눈을 떠서도 저녁을 알 수 없다. 그처럼 덧없이 짧은 생애를 사는 동안 바늘방석을 견디며 우물 안 개구리 같은 사대주의자들에게까지 의심을 받고 경멸을 받으며 홀로 앙앙불락 죄인과 같은 나날을 보내지 않으면 안 된단 말인가?

생각해보면 이유는 없었다. 존재하는 것이라고는 환각의 우리뿐이었다. 주종, 신절臣節, 정의情義 등 무문 생활의 약속뿐이었다. 하지만 그 속에서 수없이 약속하고 전장을 달리며 백발이 되도록 살아왔으나 과연 참으로 아름다운 그 약속이 동료와 벗들 사이에서도 실행되어왔는지? 도쿠가와 가 최고의 무훈을 세워온 만년의 자신에게 지금 돌아온 보답이란 과연 무엇이란 말인가?

'이게 그 보답이란 말인가?'

가즈마사는 분노가 치밀어 올랐다. 그리고 문득 만년에 절조가 무슨 소용이 있겠는가, 얼마 남지 않은 목숨을 즐기지 않으면 어찌 인생이라 할 수 있겠는가 하며 무릎 위에서 주먹을 쥐고 생각했다. 그 순간 분노의 감정과는 반대로 나이 든 무사의 눈에서는 여인네처럼 눈물이 뚝뚝 흘러내렸다.

'만약 가즈마사가 오카자키를 떠난다면 주군의 마음은 과연 어떨까? 불충하고 불의한 놈이라고 이 가즈마사를 미워하실까? 아니면 안타깝구

나, 참지 못하고 결국 떠났구나 하시며 탄식하실까?'

가즈마사는 역시 우리 속의 무인이었다. 결국은 주종의 연을 끊을 수가 없었다. 하지만 그런 망상을 품게 된 이후부터는 이에야스의 모습을 봐도 어딘가 차가운 주인으로 보이기 시작했다. 아무리 최선을 다해 섬겨도, 목숨을 바치면서까지 섬겨도 어딘가 차갑게 느껴지기만 했다. 자신이 눈물을 흘려도 주인은 운 적이 없었다. 실제로 가신들이 이렇게까지 자신을 비난하고 차가운 눈초리로 바라본다는 사실을 눈으로도 보고 귀로도 들어 알고 있으면서도 모르는 척 가즈마사를 바라볼 뿐이었다.

'히데요시 공은 따뜻하다.'

마침내 가즈마사는 마음속으로 두 사람을 비교하기 시작했다. 그는 히데요시와 새로운 오사카 성을 중심으로 한 문화와 군용의 흥륭을 생각할 때면 문득 오사카가 그리워지기도 했다. 남들은 히데요시를 사람 속이기의 달인이라고 말하지만 가즈마사는 그렇게 생각하지 않았다. 히데요시는 가즈마사의 진가를 인정해주고 있었던 것이다. 어깨를 두드리며 '연이 닿으면 언제라도 몸을 의지해 오게나. 그대 정도의 인물을 시골의 성에 묻어둔다는 것은 참으로 불행한 일일세'라고 말해준 적도 있었다.

가즈마사는 언제부턴가 가슴속에 중대한 결의를 품기 시작했다. 그것은 오카자키를 탈출하겠다는 생각이었다.

11월 13일, 때마침 강풍이 불어오자 절호의 기회라 생각했다. 그는 얼마 전부터 감기 기운이 있다며 거짓말을 하고 성안에서 사택으로 은밀히 거처를 옮겼다.

두 개의 세상

주인인 가즈마사는 차도 내오지 않고 하인도 부르지 않고 방문을 닫아놓은 채 손님인 덴에몬과 이야기를 나누었다. 두 사람 사이의 대화는 쉽게 마무리 지어질 것 같지 않았다. 하지만 안에서는, 아니 이시카와 가의 안팎과 부엌 등 모든 곳에서는 분주히 움직였다.

곳곳에 희미한 등불을 켜놓고 신변잡화를 정리해 넣은 몇 개의 고리짝을 말 위에 싣고, 가즈마사의 아내와 딸과 시녀들이 가벼운 차림으로 여행 준비를 서두르고, 부엌에서는 삼사십 명이 먹을 도시락을 만들어 무사들에게 건넸다. 대가족이 다른 나라로 야반도주와 다를 바 없이 떠나는 것은 사전에 아무리 준비를 잘했다 할지라도 막상 닥치고 보면 그리 쉬운 일이 아니었다.

그제와 어제에 걸쳐 이시카와 가에서는 이미 수많은 가신과 하인을 대부분 고향으로 돌려보냈다. 가재도구는 배 세 척에 실어 벌써 어딘가로 보냈으나 성안에서 데려온 이십여 명의 사람들과 가즈마사의 처자들까지 합쳐 사십 명이나 되는 사람들이 집을 버리고 나서야 했다. 그러다 보니 비밀을 감싸려는 소리만 해도 심상치 않은 귀기가 되어 지붕을 검게 기어

올랐다.

"사나이左內, 사나이."

문 안쪽에 가마를 숨겨둔 채 여러 사람이 차가운 바람을 피해 서 있었다. 벌써 떠날 채비를 마치고 나온 이시카와 가즈마사의 처자들이었다.

안쪽에서 부르는 소리가 들리자 가신 야마다 사나이가 황급히 달려와 무릎을 꿇었다.

"얼마나 추우십니까? 하지카노 나리도 곧 돌아가실 테니……."

사나이가 기다리는 사람들의 초조한 마음을 헤아리며 말했다.

"아니, 추위는 문제될 것 없네만, 손님으로 오신 덴에몬 나리께서 너무 오래 계시는 듯해서……. 혹시 나리와 언쟁이라도 벌이고 계시는 것은 아닌지……. 사나이 자네가 잠시 살펴보고 오게나."

"걱정하실 것 없습니다. 하지카노 나리께서 어떤 마음으로 오셨는지 걱정이 되어 객실 밖에 젊은 무사 서너 명을 숨겨두었으니 만약의 사태가 벌어진다면 하지카노 나리라 할지라도 살려두지 않을 각오입니다."

"평소 나리와도 친분이 깊으셨던 덴에몬 나리는 참으로 좋으신 분이야. 뜻밖의 일이 벌어지지 않도록 얼른 돌아가시게 할 방법은 없겠나?"

"안 됩니다. 일가가 떠난다는 사실을 이미 모두 알고 계시니 함부로 놓아주면 우리 일가가 파멸을 맞게 될지도 모릅니다. 하지카노 나리의 목숨 하나와 우리 일가의 목숨 전부를 바꿀 수는 없습니다."

"나리께서도 바로 그 점을 덴에몬 나리께 잘 말씀드리고 있는 것 아니겠나? 참으로 불안한 일이야. 사나이, 안을 잠시 살펴보고 오지 않겠는가?"

"하지만 오규大給의 마쓰다이라 고자에몬松平五左衛門 님께 보냈던 자도 아직 돌아오지 않았으니, 그 대답을 알기 전에는 길을 떠날 수가 없습니다."

"아아, 마쓰다이라 나리의 답변은 오늘 저녁이면 들을 수 있을 줄 알았는데, 아직 그 사자도 돌아오지 않았단 말인가?"

바람 소리가 다시 거세졌다. 그때 비가 내리지 않는 폭풍과도 같은 바람 속을 말에 채찍을 가해 달려오는 사람이 있었다.

"나리는? 채비는?"

오규의 마쓰다이라 고자에몬 지카마사松平五左衛門近正의 저택에서 달려 돌아온 가신은 다급한 눈빛으로 허둥대고 있었다. 예전부터 마쓰다이라 지카마사와 이시카와 가즈마사 사이에는 묵계가 성립되어 있었다.

"귀공께서 도쿠가와 가를 떠나신다면 저도 도쿠가와 가에 머물고 싶지 않습니다."

지카마사는 그렇게 털어놓을 정도로 동족들 사이에서 따돌림을 당해 여러 해 동안 불우한 처지에 놓여 있었다. 두 사람은 불우함이 맺어준 벗이었다. 이에 가즈마사는 오늘 저녁 오규로 사람을 보내 미리 연통을 해두었다.

"오늘 밤 오카자키를 떠나 미리 정해두었던 곳으로 갈 생각이오. 나루미鳴海의 선착장에서 만나기로 합니다."

그런데 지금 돌아온 사자의 말에 따르면 가즈마사와 운명을 함께하자는 말에 가족 안에서 반대가 일어 막판에 의견 대립이 있었다는 것이다. 그리고 지카마사가 갑자기 태도를 바꾸어 동행을 거절했다는 것이다.

"아들 가즈나리―生와 가신 중에도 동의하지 않는 자가 있어 이번에는 동행할 수 없게 되었습니다."

위약이 단순한 위약으로 끝난다면 모르겠으나, 지금은 천하의 어디에 살고 있다 할지라도 지상의 세상은 하나가 아니었다. 서쪽이냐, 동쪽이냐, 오사카냐, 도쿠가와냐, 두 개의 세상 중 한 군데에 몸을 의탁하지 않으면 살아갈 수 없는 세상이었다.

가즈마사와의 약속을 깨고 가즈마사가 도주하려는 비밀을 사전에 알게 된 이상, 남기로 한 마쓰다이라 지카마사는 반드시 사태를 하마마쓰에 알려 몸의 결백을 증명하는 데 쏠 것이다. 가즈마사의 사자가 큰일이라며 당황한 모습으로 돌아와 주위 사람들에게 떠들어댄 것도 어찌 보면 당연한 일이었다.

"이를 어찌하면 좋단 말인가?"

가신들도 당황했다. 가즈마사의 처자들은 말할 필요도 없었다. 얼른 돌아가지 않는 손님이 참으로 원망스러웠다.

"사나이, 사나이. 더는 지체할 수 없네. 나리께 살짝 귀띔을 해서라도……."

가즈마사의 아내가 불안한 마음으로 명령했다. 야마다 사나이가 안으로 달려가 주인과 덴에몬이 있는 객실을 엿보았다. 그러자 안에서는 주객 두 사람이 처음보다 더 격한 감정으로 언쟁을 벌이고 있는 듯했다.

"그렇다면 가즈마사 나리께서는 생각을 바꾸실 수 없다는 말씀이십니까?"

"물론 이 정든 땅과 어렸을 때부터 모셔온 이에야스 나리께 작별을 고하는 것은 견디기 어려운 괴로움이기는 하나……. 일이 여기에까지 이르렀으니."

"흠…… 이미 그렇게까지 생각하셨다면 이 덴에몬의 만류도 무의미할 듯합니다. 더는 만류하지 않겠습니다."

하지카노 덴에몬은 결국 포기하고 말았다. 그리고 이렇게 말했다.

"그렇다면 가즈마사 나리, 수많은 권속을 데리고 지금부터 대체 어디로 가셔서 만년을 보낼 생각이신지 그곳만이라도 알려주시기 바랍니다."

"……."

"결코 다른 사람에게는 말하지 않겠습니다. 헤어진 뒤에 가끔 소식이라도 전하고 싶어서."

가즈마사가 자세를 바로 하고 말했다.

"덴에몬, 대답하는 이상 자네에게 거짓말할 수는 없네. 사실 이 가즈마사는 오사카로 갈 생각이네."

"넷, 오사카로……. 히데요시 공께 몸을 의탁할 생각이십니까?"

덴에몬은 귀를 의심하듯 낯빛을 바꾸더니 순간 앉은 자리에서 서너 자 정도 펄쩍 뒤로 물러났다. 그러고는 무의식중에 뒤쪽에 멀리 두었던 자신의 칼 쪽으로 손을 뻗었다. 가즈마사가 놀라 몸을 조금 움찔하며 꾸짖었다.

"덴에몬, 무슨 짓을 하려는 겐가."

"당연한 일 아니겠느냐. 지금부터 이시카와 호키노카미를 배신한 모반자라 보고 말하겠다. 주군의 신임을 얻어 오카자키 성의 성주 대리로 있는 노신이 배신을 해서 오사카로 가겠다는데 누가 그것을 보고 가만히 있겠느냐?"

"잠시 기다리게 덴에몬. 자네를 둘도 없는 벗이라 생각했기에 이처럼 솔직하게 이야기한 것 아니겠는가. 가즈마사에게 참담한 생각을 품게 하지 말게. 이번에는 못 본 척, 모르는 척하고 돌아가기 바라네."

덴에몬이 머리를 힘껏 흔들며 말했다.

"닥쳐라! 세상이 다 아는 호키노카미 가즈마사이기에 설령 오카자키를 떠난다 할지라도 어디에 소속되지 않고 삼가 무인의 절조를 지키리라고…… 지금까지 그렇게 믿어온 내가 분할 따름이다. 지, 진심이냐, 호키노카미?"

덴에몬이 통한의 눈물을 흘리며 칼의 손잡이를 쥔 채 다가오고 있었다. 가즈마사는 촛불 옆에 참담히 고개를 숙인 채 앉아 있을 뿐이었다.

'나의 깊은 상심은 이 둘도 없는 벗조차 알아주지 못하는구나.'

가즈마사는 오사카로 간다 할지라도 히데요시에게 의지해 몸의 영달을 꾀할 생각이 꿈에도 없었다. 인간의 나이 육십에 다다른 사람이 어찌 그 이상의 뜬구름과 허영을 바라겠는가?

　무인의 인생을 살다 보면 인간의 부침과 영위와 명리의 덧없음을 아침 저녁으로 질릴 만큼 보게 되는 법이다. 게다가 자신은 차가운 시선과 질시 속에 있으면서도 어쨌든 주군 이에야스의 신임을 얻어 오카자키 성을 맡게 되었으며, 일가권속도 각자 먹을 것과 거처할 곳을 얻었다. 그런데 어찌 불만이 있겠는가?

　불만은 시대에 어두운 우물 안 개구리들의 독선적인 아집에 있었다. 오사카를 경시하고 히데요시에 반대하는 협소하고 위험한 사상에 있었다. 바로 그것이 결국은 도쿠가와 가를 그르치게 할 것이 아니고 무엇이겠는가?

　낮은 문화 수준은 오사카에 비할 바가 아니었다. 저급한 눈으로 가즈마사를 적과 통한 배신자로 보아 집안의 화목을 깨는 것이 자신의 잘못은 아니나 주인에게는 면목 없는 일이었다. 그런 점에서 가즈마사는 틀림없이 아군 속의 해충이라 할 수 있으리라. 제 발로 떠나는 것이 최선이리라.

　하지만 이곳을 떠나서 오사카의 일원이 된다 할지라도 히데요시의 품속에 머물며 하마마쓰와 오사카와의 화친을 꾀하고, 이곳 미카와 무사가 이에야스로 하여금 장래 커다란 과실을 범하지 못하도록 하기 위해 음지에서 노력할 수는 있을 것이다. 그것이야말로 자신만이 할 수 있는 인욕의 고독한 충성이 아닐지. 동시에 자신도 바늘방석 같았던 생애에서 벗어나 살아갈 수 있을 것이다. 이것이야말로 가즈마사가 본심으로 벗에게 하고 싶었던 말이다. 하지만 그럴 틈이 없었다. 덴에몬의 눈빛은 가즈마사를 찌르겠다는 듯 살기로 번뜩였다.

　"덴에몬, 이제 시간이 없네. 자네와도 이별일세. 그럼."

　가즈마사는 어쩔 수 없이 그렇게 말하며 벌떡 자리를 떠나려 했다.

　"모, 못 간다."

덴에몬은 칼집을 멀리 내던지고 가즈마사의 가슴을 향해 달려들었다. 그 순간 등불이 엎어지더니 어둠 속으로 하얀 실과 같은 연기가 피어올랐다.

"제정신이냐, 덴에몬!"

"무슨 소리냐, 너야말로 제정신이 아니로구나. 덴에몬은 제정신이다. 나라를 팔아먹으려는 망은의 도적을 처단하지 않고 어찌 그냥 둘 수 있단 말이냐."

"위험하다, 칼을 치워라. 말을 들어보면 알 것이다."

"아니, 들을 필요 없다."

집을 울리는 듯한 소리와 함께 장지문이 찢어지고 가구가 쓰러졌다. 그와 동시에 주군의 안위를 걱정하여 옆방과 벽 뒤에 숨어 있던 가즈마사의 가신들이 어지러운 방 안으로 쏟아져 들어왔다.

"앗, 기다려라. 베어서는 안 된다. 덴에몬을 다치게 해서는 안 된다."

가즈마사의 가신들은 바닥에 쓰러진 덴에몬 위로 우르르 몰려들어 서로 목을 베려 했다. 하지만 가즈마사의 말을 듣고 멈추며 말했다.

"나리, 어째서 말리는 것입니까? 이자를 살려두어서는."

"아니, 아니다. 저 기둥에 묶어두기만 하면 된다. 결코 덴에몬을 죽여서는 안 된다."

사람들은 하지카노 덴에몬의 팔을 뒤로 비틀어 방 한쪽 구석에 묶어놓았다. 그사이에 야마다 사나이가 가즈마사의 귀에 대고 속삭였다.

"오규의 마쓰다이라 지카마사가 약속을 깼으니 하마마쓰에 고할 우려가 있습니다."

가즈마사는 당황하지 않았다.

"그럼 바로 떠나기로 하자. 너희는 아녀자들을 데리고 먼저 떠나라. 나도 곧 뒤따라가겠다."

사람들의 발소리가 우르르 몰려갔다. 가즈마사가 다시 덴에몬 앞으로 다가가 말했다.

"덴에몬, 용서해주게."

덴에몬은 눈가에 원통함을 드러낸 채 눈을 감아버렸다.

"여기서 잠시만 참고 기다리게. 자네의 무사로서의 체면이 깎이게 하지는 않겠네. 주군을 배신하고, 참된 벗을 버린 가즈마사의 마음도 결코 편하지는 않다네. 하지만 어쩔 수 없는 운명이니, 용서하기 바라네."

"……."

"등불을 남김없이 꺼라. 끄지 않은 등불은 없는지 집 안 구석구석까지 잘 살펴보고 밖으로 나가라."

가즈마사는 뒤에 서 있던 두어 명의 가신에게 명령을 내리고 바로 대문 밖으로 나가 말 위에 올랐다. 불기도 없고, 사람도 남아 있지 않았다. 가즈마사는 여러 해 동안 살아온 집을 버리고 떠나려 하니 마음이 착잡했다. 그는 여전히 문을 바라보고 있었다. 그때 마지막으로 가신 서너 명이 나와 문을 닫으며 말했다.

"모두 이미 떠나셨습니다. 저희도 따르겠습니다."

가신들이 말 앞뒤에 서서 발걸음을 재촉했다. 한동안 달리다 가즈마사는 한 집의 문 앞에서 말을 멈추었다.

"여기가 하지카노 덴에몬의 집이었지?"

"네, 그렇습니다."

"누군가 한 사람, 덴에몬의 집에 들어가 전하게. 주인이신 덴에몬 나리가 이시카와 호키노카미의 집에서 기다리고 계시니 가마를 가지고 모시러 가라고."

"알겠습니다."

가즈마사의 하인은 불안한 얼굴로 대답했으나 명령대로 집 안으로 들어가 전했다.

"어서, 서두르자."

가즈마사는 말에 채찍을 가했다.

그날 밤, 나루미 부근의 해변에서 배 두 척이 바다로 나갔다. 어선의 등
불조차 보이지 않을 만큼 강풍이 부는 밤이었다. 상당히 큰 배였으나 바람
과 파도에 심하게 흔들렸다. 그것은 이시카와 가즈마사의 앞날을 암시하
는 것처럼 여겨지기도 했으며, 파도와 겨울의 대지 너머에 그가 만년을 의
지할 평화로운 세상이 있는 것처럼 여겨지기도 했다.

가즈마사가 향한 방향이 과연 그가 생각한 것과 일치했는지 아닌지,
또 과감하게 단행한 탈출이 과연 무인으로서 취해야 할 길이었는지 아닌
지는 알 수 없었다. 어쨌거나 시간의 움직임이나 역사가 만들어져가는 과
정도 단순하지 않지만, 한 개인의 변천도 참으로 복잡한 것이다. 그리고
그것들의 환영이 과거 저편으로 모두 매몰되고 개개인이 백골이 된 뒤가
아니면 그것을 좋거나 나쁘다고 말하기 어려운 법이다.

"아아, 벌써 떠났구나."

덴에몬은 반 각도 지나지 않아 그곳으로 말을 달려와 거친 바다를 바
라보았다.

'이곳을 떠나서도 호키 나리는 틀림없이 만족스러운 땅을 얻지 못할
것이다. 그것이 인간의 세상이니. 무릇 인간이 살고, 인간이 경영하는 세
상에 호키 나리께서 혐오하시는 인간의 추함을 조금도 찾아볼 수 없는 별
천지가 있을 리 없다. 인생행로에서 나리만큼 고생하고 경험을 쌓은 무사
조차 저처럼 방황하게 되는구나. 아아…… 바람과 파도여, 호키 나리의 뱃
길을 너무 세차게 부딪치지는 마라.'

말없이 서 있는 동안 덴에몬의 마음속에서는 그러한 생각이 맴돌았다.

덴에몬은 가즈마사의 가신들이 제지하는 대로 몸을 맡겼으며, 자신의

집에서 부하들이 데리러 왔을 때도 일부러 시간을 지체하다 도망자를 뒤쫓았다. 하지만 곧 말을 돌려 오카자키 성의 혼마루로 들어가 비상사태를 알리는 북을 울리게 했다.

"호키 나리가 탈출했다."

"성주 대리님께서 도망치셨다."

성안은 혼란스러웠다. 여전히 가즈마사의 부하에 속한 사람도 여럿 남아 있었기 때문이다.

"소란 피우지 마라."

덴에몬이 성주 대리의 역할을 맡아 각 문의 출입을 굳게 지켰다. 그리고 하마마쓰의 이에야스에게 급사를 보냈다.

비상사태를 알리는 북소리에 놀라 성 아래에 있던 무사들도 달려왔다. 달려온 사람들 중에는 후카미조深溝 성의 성주인 마쓰다이라 이에타다도 있었다. 이에타다는 땀에 젖은 말에 채찍을 가해 삼십 리 길을 달려와 가장 먼저 성에 도착했다.

한편 그 일이 있기 직전에 약속을 깨고 가즈마사와의 동행을 거절했던 마쓰다이라 지카마사는 아들에게 두 가신을 붙여 그날 밤으로 이에야스에게 급보를 전하라고 명했다.

"일의 사정을 하마마쓰에 알려라."

그 외에도 실상을 알고 풍평을 들었으며, 14일 새벽부터 저녁때까지 온갖 방면에서 하마마쓰 성안으로 쉴 새 없이 급보가 전해졌다.

이에야스는 혼마루의 차가운 방에 커다란 화로와 사방침을 옆에 놓고, 등을 더욱 둥글게 말고 말없이 앉아 있었다.

"나의 부덕이로다, 나의 부덕이야……."

그는 차례로 들어오는 정보에도 별다른 감정을 내보이지 않은 채 때때로 그렇게 중얼거리기만 할 뿐이었다.

가까운 친족이나 측근들도 이에야스의 생각은 도무지 알 수 없다고 말한다. 결코 이에야스가 일부러 사람들에게 그렇게 보이려고 기교를 부리는 것은 아니었다. 아무리 세심한 주의를 기울인다 할지라도 기교로는 완전히 믿게 할 수 없는 법이다. 이에야스의 모호한 성격은 타고난 것이었다. 이에야스가 의식적으로 행하는 자기 연출이 아니었다.

그 증거로 그에게도 범인과 같은 감정이 있었으며, 때로는 그러한 감정이 크게 움직인 적도 있었다. 하지만 그 감정의 움직임이 겉으로 분명히 드러나지 않기 때문에 사람들은 곧잘 놓쳐버리고 마는 것이다. 그러다 보니 '어떤 일에도 흔들리지 않는 분'이라며 경탄하기도 하고 이상히 여기기도 하는 것이다.

그러한 면에서 히데요시는 이에야스와 성격이 정반대였다. 크게 놀라고, 크게 기뻐하고, 크게 슬퍼하고, 크게 화를 냈다. 히데요시는 모든 감정을 피부 속에서 물결치게 하지 않았다. 있는 그대로 표정에 드러냈으며, 감정의 파장을 더욱 퍼뜨려 주위를 동조하게 했으며, 세상의 대중과도 함께 기뻐하고 함께 슬퍼했다.

하지만 이에야스는 그렇지 않았다. 그래서 그런지 여러 신하와 백성을 거느리고 있었으나 늘 고독했다. 그는 선천적으로 그런 성격이었다. 혼자 괴로움에 견디고, 혼자 백 년의 계획을 꾀하고, 혼자 마음 아파하고, 혼자 은밀히 즐겼다. 그의 감정은 언제나 피부 아래에 감춰져 무표정하게 보일 뿐이었다. 하지만 무표정이 곧 무감정을 말하는 것은 아니다.

겉으로 드러나지 않는 이에야스의 감정은 오히려 히데요시보다 더 복잡하고 다감했다. 하지만 이에야스는 자신의 감정을 정리하는 데 놀라울 정도로 면밀했다. 그 정리가 끝나지 않는 한 웬만해서는 감정에서 행동으로 이행하지 않았다.

하지만 이번 돌발 사건에 대해 처음으로 '가즈마사가 달아났다!'고 아닌 밤중에 홍두깨 같은 급보를 들은 순간에는 천하의 그도 내심 깜짝 놀라 쓸개에서 배어나오는 불쾌하고 씁쓸한 즙에 내장의 모든 기능까지 어그러질 듯한 떨림을 느꼈기에 그것이 잠시 좋지 않은 낯빛이 되어 그의 얼굴을 스치고 지나갔다.

하지만 입술에서 새어나온 것은 '그런가……' 하는 단 한마디에 지나지 않았다. 그런 다음 곧 조치를 생각해, 명인의 손가락이 바둑판 위에 돌을 하나하나 놓듯 자신의 방에서 이런저런 명령을 내렸으나, 혼자 있는 방에서는 그 이외에 어떤 기척도 들려오지 않았다.

이 일이 이에야스에게는 목숨에 독이 될 정도로 마음의 상처라는 사실은 평소와 다른 그의 모습으로도 알 수 있었다. 얼마 전에도 우에다 성의 사나다 마사유키가 배반을 해서 키우던 개에게 손을 물린 것 같은 고배를 맛보기는 했으나, 가즈마사의 이탈은 거기에 비할 바가 아니었다. 자기 몸의 일부처럼 죽을 때까지 가즈마사와 헤어질 일은 결코 없을 것이라 생각했기 때문이다.

"인간은 믿을 수 없다."

이에야스는 원래부터 그런 생각을 가지고 있었는데 그 생각이 더욱 깊어졌다.

여기서도 이에야스와 히데요시의 차이가 드러난다. 이에야스는 믿지 못할 것은 인간이라 여겼기에 평생, 그리고 사후의 백년대계도 그 사상에 입각해 있었다. 히데요시는 정반대였다. 히데요시는 인간을 믿고 인간에 탐닉했다. 훗날 히데요시는 죽기 직전에 이에야스에게 후사를 맡기고 숨을 거둘 정도였다.

두 개의 세상은 이 두 주재자의 성격적 색채에 따라 둘로 나뉘어 채색되었다. 어쨌든 가즈마사의 탈출은 이에야스 일생의 불상사였으며, 나라 안의 커다란 사건이었다. 그는 그날 곧 오카자키로 갔다.

"그래, 사카이 다다쓰구도 와 있었는가? 마쓰다이라 이에쓰구도 와 있었군."

오카자키의 각 문을 굳게 지키고 있던 가신들의 마중을 받으니 여러 해에 걸쳐 보살펴온 그들의 얼굴이 평소보다 몇 배나 더 듬직하게 보였다. 혼마루에서는 하지카노 덴에몬, 나이토 이에나가內藤家長, 마쓰다이라 시게카쓰松平重勝 등이 협력해서 가즈마사가 비운 자리를 지키고 있었다.

"또 뜻밖의 일이 벌어졌습니다."

사카이 다다쓰구가 다시 보고했다.

"또……?"

요즘에는 이에야스도 운명의 집요함에 대해 일종의 자조감을 느끼고 있었다. 여기에 또 무슨 일이 벌어진 걸까? 그것을 가슴으로 버텨야겠다는 기분이 앞섰다.

이시카와 가즈마사와 함께 도쿠가와 집안의 기둥으로 집안을 짊어지고 있는 두 날개라고 일컬어지는 사카이 다다쓰구의 모습도 어딘가 쓸쓸하게 보였다.

"신슈 후카시深志 성에 있던 오가사와라 사다요시小笠原貞慶도 호키노카미의 탈출과 동시에 처자권속을 데리고 오사카로 달아났다고 합니다."

"뭣이, 사다요시도?"

"그와 가즈마사 모두 오사카와 내통해 은밀히 일을 꾸미고 있었던 듯합니다."

이에야스가 무엇인가를 꿀꺽 삼키는 듯한 얼굴로 말했다.

"어쩔 수 없구나. 떠날 자는 얼른 떠나는 편이 좋다. 참으로 결속하려는 자들을 위해 그것이 이에야스를 돕는 것이다. 그렇지 않은가, 다다쓰구."

다다쓰구는 고개를 숙이고 손가락으로 눈썹을 닦았다.

땅이 꺼지는 것 같은 진동은 16일이 되어서도 여전히 그치지 않았다.

"가리야細屋의 성주이신 미즈노 다다시게 나리도 가즈마사와 연통해 성을 버리고 오사카로 달아난 모양입니다."

그 소식 역시 청천벽력이었다. 정보를 가져온 전령이 이탈자에게 경칭을 쓴 것은 엔슈 가리야의 미즈노 다다시게가 이에야스의 숙부였기 때문이다.

"아아, 숙부님마저."

이에야스의 마음은 그야말로 만신창이가 되고 말았다. 숙부의 주변에도 불평이나 내분은 있었다. 모르는 일이 아니었다. 하지만 이에야스는 다다시게마저 이탈할 줄은 생각하지 못한 듯했다.

"지진이 일어날 때는 흔들릴 만큼 흔들리는 편이 낫지. 땅속에 빈 공간이 남지 않도록."

이에야스는 그렇게 혼자 중얼거린 뒤, 대지진을 견디려는 사람처럼 앉아 있었다. 그리고 가즈마사가 남기고 간 성안의 부하들을 나이토 이에나가에게 맡기고, 신슈 고모로小諸의 오쿠보 시치로우에 몬타다요大久保七郎右衛門忠世를 불러들여 며칠 동안 성을 맡게 했다.

"지금부터 오카자키를 지키게."

신슈 군다이郡代인 도리이 히코에몬을 급히 불러 명을 내렸다.

"이참에 우리 집안의 병제, 병기, 군형 모두를 뿌리까지 개혁하도록 하게."

그 무렵 이에야스는 주변 사람들에게 비슷한 이야기를 들었다.

"은혜를 저버린 호키노카미도 오사카에 속하고 나면, 훗날에는 원래의 집이 떠올라 후회하는 날이 반드시 올 것입니다."

"결국 호키가 세상 일류의 인물이라 여겨졌던 것도 도쿠가 가라는 배경이 있었기 때문이니, 태합에 종속된들 무슨 일을 할 수 있겠습니까?"

저마다 가즈마사의 비행을 좋지 않게 떠들어대며 이에야스의 울분을 달래주었다. 하지만 이에야스는 이렇게 말했다.

"호키의 마음은 미워하지 않을 수 없다. 그래도 호키가 일류의 인물임에는 여전히 변함이 없다. 무사가 행해온 바를 무시할 수는 없다. 이에야스에게는 커다란 손실이다. 이 손실을 어떻게든 메워야 한다."

사람들의 위로에 안심하고 있을 이에야스가 아니었다. 선천적으로 불행을 타고난 이에야스는 아직 누구도 생각하지 못한 앞날의 근심에 벌써부터 마음을 쓰고 있었다.

고슈에서 도리이 히코에몬을 급히 불러들인 것도 바로 그 때문이었다. 지금까지 도쿠가와 가의 특색이라 여겨졌던 독자의 병제, 군법의 기밀이 이시카와 가즈마사의 이탈로 인해 오사카 쪽에 곧바로 누설될 것은 당연한 일이었다.

주위 사람들이 끝도 없이 이시카와 호키를 비난하는 동안 이에야스는 다음과 같은 명을 내렸다.

"히코에몬, 신겐이 남긴 전법이라 할 수 있는 것은 군서, 병제의 문서, 토목, 경제에 걸친 것은 물론이고 무기, 병구兵具, 마구에서부터 지지, 지도, 그 외에 진구陣具, 진지도에 이르기까지 전부 손에 넣어 최단 시일 안에 고슈 지방에서 모아오도록 하게."

그리고 이런 명도 내렸다.

"원래 고슈의 무사로 그러한 방면에 정통하나 산야에 숨어 사는 노인이 있다면 충분히 예를 갖춰 데려오도록 하게."

그다음 이에야스는 이이 나오마사, 사카키바라 야스마사, 혼다 다다카쓰 세 사람에게 병제 개혁을 맡겼다. 그리고 이렇게 덧붙였다.

"나가시노, 덴모쿠 산 전투 이후 우리 집안으로 투항한 전 다케다의 고슈 출신 무사의 호적을 살펴, 그러한 자들로부터도 신겐의 국법을 듣고 개혁안에 참고하도록 하라."

신속하게 연구가 진행되었으며 연일 활발한 토의가 벌어졌다. 마침내 종전의 도쿠가와식 병제는 철폐되었고, 그 대신 신겐식의 군법에 시대적 창의를 가미했다. 드디어 새로운 미카와식 군제가 채용되었다.

이에야스는 오로지 군사 방면의 개혁만 단행한 것이 아니라 이번 기회에 신겐이 사용한 것 중 가장 뛰어난 것이라고 정평이 난 통화제도, 교역법, 토목 등 모든 분야에서 그 장점을 받아들여 습관적인 낡은 제도를 과감히 개혁했다.

"호키는 좋은 선물을 이에야스에게 남기고 떠났다. 그와 같은 일이라도 없었다면 군제, 경제를 개혁하지는 못했을 게야. 가즈마사가 우리 집안에서 자신을 스스로 내친 것은, 말하자면 낡은 것을 버려준 것이나 다름없는 것일세."

무슨 일에 있어서나 이에야스의 말속에는 재앙을 복으로 바꾸려는 노력이 묻어 있었다. 또 그는 이렇게 말하기도 했다.

"어떤 일이든 완전히 손해가 되기만 하는 경우는 없는 법일세. 생각해보게, 어떤 재난이나 흉사라도 온전히 손해만 가져다주는 경우는 결코 없는 법이야."

강권, 완강한 거부

기타바타케 노부오가 이에야스에게 볼일이 있는 듯 오카자키 성으로 찾아온 것은 이시카와 가즈마사가 탈출하고 난 뒤 십여 일이 지난 11월 말의 일이었다.

"어디 몸이라도 편찮으십니까?"

노부오가 이에야스의 혈색을 보고 걱정하듯 말했다.

이에야스는 떠나는 사람 잡지 않겠다는 듯 마음속에서 이시카와 문제를 애써 씻어냈다. 다른 사람의 눈에 건강하지 못하게 보였다면 그것은 군제의 급격한 개혁을 위해 여러 사람과 며칠 동안 늦은 밤까지 논의를 했기 때문이다.

"아니, 괜찮습니다."

이에야스는 가느다란 눈으로 노부오가 무엇을 위해 이세에서 왔는지 벌써 읽어내고 있었다.

"지난 사오십 일 못 뵌 동안 이 이에야스보다 귀공께서 조금 야위신 것 같은데……."

"아니, 저는 건강합니다. 요즘에는 전쟁도 없으니……. 저는 아버지 노

334

부나가와는 달리 전쟁을 싫어합니다.”

“전쟁을 좋아하는 사람은 아무도 없습니다.”

이에야스가 평소와 달리 못마땅한 표정을 지었기에 노부오가 얼른 말을 바꾸었다.

“이 노부오 때문에 고마키 전투 때는 댁에서도 큰 비용을 쓰셨고, 관백 나리와 화목한 뒤에도 이래저래 심려를 끼쳐드려 참으로 면목이 없습니다. 그런 만큼 이 노부오는 책임을 느끼고 있습니다. 귀댁과 관백 나리와의 강화가 부디 영원한 평화를 기약하여 사민들도 진심으로 태평을 즐길 수 있도록 노력하는 것이 제 의무라 생각하고 있습니다.”

“주조 나리, 그것은 나리 한 사람만의 소망이 아닙니다.”

“그런데도 세상은 어찌 이리 늘 화산 위에 있는 것 같은지. 그리고 사람들은 모두 살얼음 위를 걷는 심정으로 하루하루를 살아가고 있지 않습니까?”

“이번에 관백의 자리에 오른 오사카 성의 주인에게 물어보시는 것이 어떻겠습니까?”

“그게 사실은……. ”

노부오가 갑자기 이야기의 실마리를 잡은 듯 경박한 용모가 가진 나약한 눈동자에 활기를 띠었다.

“얼마 전에 잠깐 볼일이 있어서 오사카에 갔을 때, 관백 나리를 만나 여러 가지로 이야기를 나누었습니다만……. 그때 전하께서 ‘세상에서는 하찮은 일만 벌어져도 머지않아 고마키 이상의 대전이 일어날 것처럼 말하고, 입으로는 태평을 기원하면서도 유언과 부설浮說을 기뻐하고, 우연한 일도 전부 전쟁과 연관 지어 생각하는 버릇이 있는데, 도쿠가와 나리와 내가 대체 어떤 이유로 대결을 펼치지 않으면 안 되는 것인지, 이 히데요시로서는 도저히 이해할 수가 없습니다’ 하고 진심으로 말씀하셨습니다.”

자리에는 이에야스 외에도 사카키바라 야스마사, 혼다 다다쓰구와 서너 명의 중신이 함께 있었다. 그들은 주인의 모습과는 전혀 다른 태도로 노부오를 경멸하듯 바라보고 있었다. 노부오가 말끝마다 '태합 나리'나 '전하'라는 경칭을 쓰는 것이 참으로 귀에 거슬린다는 듯, 불쾌함을 억누르는 얼굴을 하고 있었다. 하지만 노부오의 신경은 그러한 반응에 참으로 둔감했다.

"그리고 전하께서 '다음에 오카자키에 들를 일이 있으면 도쿠가와 나리께 히데요시가 그렇게 말하며 탄식했다고 전해주시기 바랍니다. 도쿠가와 나리는 어떻게 생각하실지'라고 말씀하셨습니다. 조금 전에 하신 말씀은 이 질문에 대해 반문처럼 들립니다. 하하하하."

노부오는 호인이라도 되는 양 큰 소리로 웃었다.

노부오라는 인물처럼 약이 잘 듣는 사람도 없었다. 이에야스는 이 호인물이 요긴하게 쓰인다는 사실을 잘 알고 있었다. 이 사람을 자신의 호주머니에 넣어 히데요시와 맞서게도 하고, 세상에 내보일 우상으로 이용한 적도 있었기 때문이다. 그런데 지금은 이 요긴한 물건이 히데요시의 수중에 있었다. 그리고 이번에는 히데요시가 반대로 자신을 책망하는 도구로 사용하기 시작했다.

때로는 '인과는 돌고 도는 법……'이라며 우스운 생각이 들기도 했고, 때로는 '이런 자는 영 거북해' 하며 노부오의 어리숙함에서 오는 파렴치와 무반응을 어떻게 처치해야 좋을지 몰라 두렵기도 했다.

미워할 수 없는 사람만큼 처치 곤란한 사람도 없는 법이다. 특히 노부오는 신분도 높고 자존심도 세면서 염치가 없었기에 이에야스도 어떻게 해볼 도리가 없었다. 지혜나 수단이나 상식 등이 있는 쪽이 오히려 더 불리하다.

"태합 전하는 그렇게 말씀하셨습니다. 도쿠가와 나리의 진의를 들어

보고 싶다며……. 어떻습니까? 이에 대한 답은?"

"저 역시 동감입니다. 같은 생각입니다."

"그렇다면 동의하십니까?"

"흠, 이에야스와 히데요시가 고마키에서 벌였던 일조차 참으로 어리석은 일이었는데……. 이에야스와 히데요시가 천하의 불행도 생각하지 않은 채 다시 자신의 모든 것을 걸고 대전란을 일으킨다면 이에야스도 어리석고 히데요시도 어리석은 천하의 바보들이라고 할 수밖에 없을 것입니다."

"하하, 그렇게까지야……."

"주조 나리, 다음에 오사카에 가시면 이에야스가 그렇게 말하더라고 전하십시오. 그리고 한 마디 더, 원숭이 공이 너무 서둘러 큰 욕심을 부리는구나. 욕망을 서두르면 소인배들이 반드시 그 틈을 타 야망을 이루려고 할 텐데. 조심해야 하거늘……. 이에야스가 이렇게 중얼거렸다고도 덧붙이시기 바랍니다."

"전하겠습니다."

노부오는 자신이라면 거침없이 얘기할 수 있다는 사실을 다른 사람에게 자랑이라도 하듯 당당하게 말했다.

"스스로 어리석다 말씀하셨으니 저도 어리석은 의견을 말씀드리자면, 인간이란 어째서 이처럼 어리석게 생겨먹었는지 모르겠습니다. 지금은 누가 봐도 이 나라의 넓은 땅 대부분의 세력이 오사카와 도쿠가와 나리, 두 개로 나뉘어 있을 뿐입니다. 서로 사이좋게 둘로 갈린 땅 위에서 정치와 문화, 경제, 그리고 자신이 하고 싶은 일, 호사를 부리든 영화를 누리든 전부 하면서 서로 경계를 지킨다면 꽤나 좋은 위치가 아닐까 생각합니다. 어리석은 노부오도 그렇게 생각하니, 두 분 모두 이 이상의 싸움은 하지 않는 것이 좋을 듯합니다."

"지당하신 말씀…… 옳습니다."

이에야스는 몇 번이고 고개를 끄덕여 노부오를 우쭐하게 했으나, '지당하신 말씀'을 되풀이하는 말의 울림은 조금도 긍정적으로 느껴지지 않았다.

"그래서 사실은 저도 협력을 부탁드리고 싶습니다만."

노부오가 마침내 본론으로 들어서려 하자 이에야스는 빈정거리는 듯한 미소를 지어 보였다.

"무엇입니까, 이에야스에게 부탁하실 것은?"

"전에도 말씀드린 것처럼 상경을 하셨으면 합니다."

"오사카로 가서 히데요시에게 신하의 예를 취하라는 말씀이십니까?"

"그건 결코 아닙니다."

노부오가 머쓱해진 얼굴로 손을 흔들어 보였다.

"신하의 예를 취하라는 무례한 말씀을 드리는 것이 아닙니다. 그저 천하의 사람들이 안심할 수 있도록, 또 세상에 태평을 가져다주기 위해 한번쯤 상경하셔서 전하와 만나보셨으면…… 하고 바라는 것일 뿐입니다."

이에야스에게 '오사카에 한번쯤 올라가야 한다'는 이야기는 이미 오래전부터 거론된 현안이었다. 고마키 강화 전후 이에야스의 아들인 오기마루가 이름은 히데요시의 양자이지만 실제로는 인질이 되어 오사카 성으로 보내졌을 때 히데요시는 '도쿠가와 나리가 기회를 보아 한번쯤 오사카로 왔으면 한다'는 뜻을 오사카의 사자를 통해서도, 기타바타케 노부오의 입을 통해서도 종종 전해왔다.

이에야스가 자신의 아들을 양자로 보내고 노신들의 아들까지 인질로 보내 공적으로 화목을 약속한 이상 아들이 있는 곳으로 한번쯤 유람 삼아 인사를 가는 정도야 그다지 어려운 문제는 아니었다. 하지만 가신들은 여전히 '당치도 않은 소리다. 그런 뻔뻔스러운 요구에는 귀를 기울일 필요가 없다. 나리가 절대 마음을 움직이지 못하도록 우리도 경계를 해야 한다'며 맹렬히 반발하고 있었다. 오사카에 대한 미카와 무사들의 감정은 이 문제 때문에도 한층 더 경직되어 있었다.

한때 이시카와 가즈마사에게 집중되었던 사람들의 차가운 시선도 이 문제와 관계가 있었다. 그와 주군 사이를 극히 위험한 접촉이라고 본 가신들의 심리가 매우 신경질적으로 가즈마사의 행동을 경계한 것도 분명히 그 원인 중 하나였으며, 여론의 저류작용이라고도 할 수 있는 것이었다. 그러한 도쿠가와 측의 분명한 여론에 대해 오사카 측에도 당연히 강경한 여론이 존재하고 있었다.

"이에야스가 상경을 완강히 거부하는 것도 의심스러운 일이다. 스스로 화목을 우습게 보고 있다는 증거라 할 수 있다."

이러한 대립을 걱정하는 조정자로서 노부오가 시국에 일조하겠다며 나설 여지는 분명히 있었다. 하지만 최근 들어 그는 히데요시의 모사였으며 이에야스로 하여금 언제나 히죽히죽 쓴웃음을 짓게 할 정도의 힘밖에 없었다.

오다 나가마스나 다키가와 가쓰토시, 그리고 하시바 가쓰마사羽柴勝雅, 히지카타 다카히사土方雄久 등의 사람들이 때로는 오사카의 공식적인 사자로 오기도 하고 혹은 개인적으로 와서 권유를 하기도 했다. 그만큼 이 문제에는 집요하다 싶을 정도로 히데요시의 강한 의지가 숨겨져 있었다. 특히 히데요시가 북국으로의 출진을 결심했을 때에는 노부오가 바로 달려와서 거듭 이에야스를 설득했다.

"귀댁 역시 형식적으로라도 장병 일부를 참가시켜야 하는 것 아닙니까?"

이에야스는 각 장수들을 하마마쓰로 불러 의견을 물었다. 물론 각 장수들은 만장일치로 반대하고 나섰다. 그 결과에 맞춰 이에야스는 노부오에게 깨끗하게 거절의 뜻을 밝혔다.

"죄송합니다만."

이에야스는 중대한 일이라고 여겨지면 곧잘 여러 사람에게 뜻을 물었다. 여론을 존중하는 것처럼 보이지만 실은 여론을 이용했다. 밖으로는 여론을 이용하고, 안으로는 각자에게 무거운 책임감을 느끼게 만들었다. 그리고 이에야스 개인의 감정이 아닌 공분을 내세워 이야기했다.

"주조 나리, 늘 보여주시는 호의는 감사합니다만, 집안사람들이 아무래도 납득하지 못합니다. 이에야스도 요즘에는 외출하기가 영 꺼려져서 멀리로 여행하거나 도읍 사람들의 눈에 띄는 게 싫습니다. 죄송합니다, 죄송합니다."

그날도 이에야스는 오래도록 앉아 있는 노부오가 따분하다는 듯 하품을 참고 있을 뿐이었다. 노부오는 오래도록 앉아 있는 자신에 대해 이에야스가 따분하다는 듯 일부러 좋지 않은 얼굴을 내보인다는 사실을 이미 눈치채고 있었으나 그래도 우물쭈물 다시 말을 꺼냈다.

"가신들의 반대는 한마디 말씀이면 가라앉지 않겠습니까? 모쪼록 이번에는 태합 나리의 뜻대로 한걸음 양보하시어 오사카로 가겠다고 생각을 바꿔주실 수 없겠습니까? 실은…… 그렇게 해주시지 않으면 이 노부오도 전하와 나리 사이에 껴서 입장이 참으로 난처해질 것입니다."

노부오는 더 이상 흥정을 펼칠 처지가 아닌 듯했다. 히데요시에게 재촉을 받아 히데요시를 대변하기 위해 왔다는 사실을 넋두리처럼 들리는 말 속에 담아 무언중에 고백한 것이나 다름없었다. 이처럼 단순한 사람의 끈기에 지거나 동정할 이에야스가 아니었다.

"아…… 오늘은 주무시고 가겠습니까, 아니면 바로 돌아가겠습니까?"

"응……?"

노부오는 당황하며 다시 말을 이었다.

"실은 이 성에서 만나기로 약속한 자가 있으니 폐가 되지 않는다면……."

"아닙니다. 머무르실 생각이라면 얼마든지 머무십시오. 그런데 누구와 만나기로 약속하셨습니까?"

"오다 나가마스, 다키가와 가쓰토시, 두 사람입니다. 슬슬 올 때가 됐는데."

"그렇다면 지원병이 또 온다는 말씀입니까?"

이에야스는 지긋지긋하다는 듯한 얼굴을 숨기지 않았다. 눈치가 없는 노부오도 자리가 거북한 듯 보였으나 결코 포기할 듯한 태도는 아니었다.

잠시 뒤 나가마스와 가쓰토시가 히데요시의 사자라며 정식으로 찾아왔다. 예에는 예로 맞아들이지 않을 수 없었다. 이에야스도 공식적으로 가신에게 명했다.

"정중하게 객전으로 모셔라."

그리고 한 노신에게 따로 명을 내렸다.

"향응을 소홀함 없이 준비하라."

이에야스는 옷을 갈아입은 뒤 사자를 만나러 갔다. 그리고 면담은 간단히 끝난 듯, 곧 원래 있던 방으로 돌아왔다. 그동안 혼자 있던 노부오는 이에야스의 얼굴이 흐려진 것을 언뜻 보았다. 이에야스와 함께 방으로 돌아온 혼다, 사카이, 사카키바라 등 가신들의 얼굴도 모두 씁쓸한 표정이었다. 한동안 이에야스 주종과 노부오 사이에 말을 꺼내기도 어려운 분위기가 묘하게 흘렀다.

"다른 방에 사자를 위한 향응을 준비해두었습니다."

밖에서 노신 하나가 고했다. 이에야스는 고개를 끄덕인 뒤 노부오를 향해 말했다.

"저녁은 사자들과 함께하기로 했습니다만."

노부오는 상관없다고 대답했다. 아까부터 품고 있던 소심한 자의 불안을 눈가에 비치며 마침내 이렇게 물었다.

"오사카의 사자는 상경을 재촉하러 온 것입니까?"

"아닙니다. 문안을 온 것이라고 합니다. 사자의 말을 잘 이해할 수 없지만."

"문안이라니, 무슨 문안을 말하는 것입니까?"

"저희 집에서 탈출한 이시카와 호키노카미가 오사카 성으로 가서 자신을 받아달라고 청했다 합니다. 그에 대해서는 히데요시도 뜻밖이라 생각하고, 틀림없이 나도 뜻밖이라 생각할 거라 여겨 문안을 온 것이라고 합니다. 하하하하, 문안이랍니다. 아하하하하."

좀처럼 웃지 않는 이에야스가 웃었다. 반대로 사카이와 사카키바라를 비롯해 가신들의 얼굴은 매우 경직되어 있었다. 웃는 대신 눈물을 떨어뜨리는 사람도 있었다.

그날 밤 오사카의 사자와 기타바타케 노부오는 성안에서 묵었다.

"어젯밤에는 참으로 실례가 많았습니다."

오다 나가마스와 다키가와 가쓰토시는 아침을 먹자마자 바로 노부오가 있는 객전으로 인사를 갔다.

"오늘은 바로 돌아가실 생각이오?"

"저희 말씀입니까?"

"그렇소. 이번에 온 일도 잘 처리되지 않았소. 어젯밤의 주연에서는 도쿠가와 나리도 마음이 풀어지신 듯 보였소. 가즈마사가 탈출한 일도 이 정도 언짢아하는 것으로 끝난다면."

"그게, 실은 아직 중요한 일이 하나 남았기에 저희 두 사람도 고심하고 있습니다."

"도쿠가와 나리의 상경 말씀이시오?"

"그렇습니다. 사실 어젯밤에는 도쿠가와 나리의 안색이 영 좋지 않아 말씀드리지 못했습니다만."

"어제는 나도 여러 가지로 얘기해보았지만 쉽게 수락하지 않으셨소."

"오늘 만나면 저희도 물론 강경하게 승낙을 요구할 테지만, 주조님께서도 더욱 힘써주셨으면 합니다."

"그래, 알겠소. 어떻게 해서든 좋은 대답을 얻어내지 못하면 나도 태합 전하를 뵐 면목이 없으니."

세 사람은 때를 가늠해서 오카자키의 노신에게 오늘 낮에 다시 한 번 이에야스를 만나고 싶다는 뜻을 전했다. 하지만 노신은 그 자리에서 고개를 저었다.

"아아, 이거, 어젯밤에 사람을 보내 말씀드릴 걸 그랬습니다. 나리께서는 오늘 새벽에 벌써 출타하셨습니다."

"응? 어디로?"

"기라吉良로 매사냥을……."

세 사람은 멍하니 서로의 얼굴을 바라본 채 생각에 잠겼다.

어쩔 수 없이 노부오는 이세로 돌아갔다. 하지만 나가마스와 가쓰토시는 히데요시로부터 이번이 마지막이라는 듯 이에야스의 진의를 듣고 오라는 명령을 받았기에 그대로 오사카로 돌아갈 수 없었다.

"그렇다면 기라의 사냥터로 가서 뵙기로 하세."

그들은 마침내 이에야스를 찾으러 기라까지 갔다.

매사냥을 하고 있던 이에야스는 가벼운 차림에 시골 늙은이 같은 두건을 쓰고 뒤따라온 두 사람을 '아직도 돌아가지 않았는가'라고 말하는 듯한 얼굴로 무뚝뚝하게 바라보았다.

두 사람은 이에야스에게 차근차근 이해를 들어 설명하고 히데요시의 뜻을 밝힌 뒤, 오사카로 상경할 것을 권했다. 그들의 말속에는 정중한 위협도 짙게 배어 있었다.

"알겠소. 태합이 병사를 앞세워 이에야스에게 강권한다면 이에야스도 산슈, 엔슈, 슨슈, 신슈 네 개 주의 병사를 들어 움직이지 않겠소? 다시 일전을 펼치겠다면 그것도 상관없소. 이에야스의 준비는 주먹 위의 매가 한 번 날 동안이면 충분하오. 얼른 돌아가시오. 돌아가서 태합에게 전하시오. 앞으로는 사자를 보낼 필요가 없다고."

근신들과 사냥개가 노려보고 있었기에 두 사자는 더 이상 아무 말도 하지 못했다. 그들은 황망히 오사카로 돌아갈 수밖에 없었다.

금원의 도둑

이제 히데요시와 이에야스의 단절은 확실해졌다. 천하는 다시 소란스러워질 것이다.

"두 영웅은 결국 양립하지 못한다."

두 개의 세상은 결국 그것을 연출하지 않으면 안 되는 법이다.

사명을 완수하지 못한 오다 나가마스와 다키가와 가쓰토시의 기분은 참으로 비통했다. 두 사자가 기라의 사냥터까지 이에야스를 따라가 마지막으로 필사의 변을 늘어놓았지만 실패하고 말았다. '틀림없이 전쟁은 일어날 것이다. 더는 전쟁을 피할 수 없게 되었다'고 생각하며 돌아가는 두 사자의 마음도 모른 채 마을은 연말을 맞아 생업에 분주했고, 집들은 얼마 남지 않은 평화에 안심하는 듯 등불을 켜놓았다. 두 사자는 그 모습을 바라보며 가슴 아파했다.

"전하는? 전하는?"

마침 저물녘이 되어 혼마루 안을 이리저리 살폈으나 히데요시의 모습은 보이지 않았다.

"전하께서는 조금 전에 시동들을 데리고 서쪽의 성곽으로 가셨습니다."

그 말에 두 사자는 커다란 다리 모양의 복도를 지나 서쪽 성곽으로 갔다. 한 무리의 시동들이 한 방에 모여 안으로 들어간 주군이 돌아오기를 기다리고 있었다.

"오늘 저녁은 오랜만에 니노마루에서 측실들과 함께 식사를 하시겠다며 조금 전에 안으로 들어가셨습니다. 그곳에 들어가시면 언제나 늦게까지 계시기 때문에 언제 나오실지 알 수 없습니다."

시동들이 두 사자에게 말했다.

오다와 다키가와는 히데요시가 나오기만을 기다릴 수도 없는 문제였고, 한시라도 빨리 이야기를 전해야 했기에 꼭 만나야겠다며 시동들에게 말을 전해달라고 청했다. 그런데 안으로 들어갔던 시동이 뜻밖의 대답을 했다.

"전하는 안에도 안 계십니다."

사정을 들어보니, 히데요시가 '오늘은 오랜만에 안채 여자들과 저녁을 먹겠다'며 서쪽 성곽으로 들어간 것만은 틀림없는 사실이었으나 산조노 쓰보네와 차차와 마쓰노마루 등이 상과 자리를 마련해놓고 기다리는데도 히데요시는 '정원을 보고 오겠다'며 밖으로 나가서는 아무리 기다려도 돌아오지 않는다는 것이었다.

지난 10월 북국 출진에서 돌아왔을 때, 히데요시는 올해로 열다섯 살이 되는 마에다 도시이에의 셋째 딸 마야摩耶를 데리고 왔다. 히데요시는 그녀를 '마야야, 마야야'라고 부르며 마음에 들어 했고, 서쪽 성곽으로 들어가면 소녀가 새끼 고양이를 품고 있듯 떼어놓지 않았다. 지금도 히데요시는 그 마야를 데리고 밖으로 나간 듯했다. 그러자 누구보다 애를 태우는 사람은 차차였다.

차차는 더욱 아름다워져서 마침내 어머니인 오이치를 능가할 정도로,

미인이 많은 오다 가의 고귀한 피를 춘란 같은 뺨에도, 목덜미에도 내보이기 시작했다. 하지만 그녀는 아직 원숙하지 못했다. 남자를 알기에는 너무 어렸다. 히데요시는 전쟁과 원정으로 다망했지만 가끔 금원禁苑의 열매를 따기 위해 숨어들 여유는 있는 듯했다. 그것은 요즘 차차가 보이는 태도로도 알 수 있었다. 하지만 차차는 히데요시를 잘 따랐으나 그 점에 있어서만은 '이상한 아저씨'라며 금원의 도적에게 봄의 문을 결코 열지 않았다.

차차도 올 연말이 지나면 스무 살의 봄을 맞이하게 된다. 생리적으로 여자로서의 자각이 싹트기 시작한다고 할지라도 이상할 게 없는 나이였다. 특히 후궁에서 생활하는 여자들 사이에는 거기에 도움이 되는 품위 있는 음란한 향기가 농후하게 감돌고 있었다. 그런 의미에서 심창深窓은 아직 개화하지 않은 온실이었다.

오십 줄에 들어선 남자인 히데요시 역시, 봉오리의 개화를 손수 돌보며 느긋하게 기다리는 것을 지루하게 여기지 않았다. 히데요시는 차차가 이상한 아저씨라며 자신을 피하기 시작한 것이야말로 차차가 성장한 증거라고 생각하며, 비밀스러운 밤에 그녀가 자신의 뺨을 할퀴어도 뒤돌아서 몸을 공처럼 둥그렇게 만 채 밤새 풀지 않아도 결코 화를 내거나 폭력으로 정복하려 들지 않고 오히려 그 가련한 모습을 생글생글 지켜보았다.

그랬기에 그는 차차 앞에서 더욱더 일부러 북국에서 데려온 열다섯 살짜리 마야를 아끼는 듯한 모습을 보였다. 그럴 때마다 차차의 눈에는 초조한 빛이 역력했다. 오늘 저녁만 해도 그랬다. 누구보다 차차가 가장 걱정하며 히데요시와 마야의 모습을 찾아 정원을 돌아다녔다.

"어디로 가신 걸까, 전하는……."

차차는 저녁별 아래서 당장이라도 울음을 터뜨릴 것만 같은 표정을 지었다.

"감기에 드십니다. 전하야 어디에 계시든 이 성안에 계실 테니 곧 돌아오실 거예요."

시녀들이 그렇게 달래서 방 안으로 데리고 돌아온 차였다.

그 무렵 히데요시는 성 밖 다마쓰쿠리에 있는 가노 에이토쿠의 한적한 집을 찾아갔다. 하인도 단 두 명밖에 데려가지 않았다. 그곳에 소녀인 마야를 데리고 서쪽 성곽에서 나와 아직 공사 중인 다마쓰쿠리 문을 지나 훌쩍 찾아간 것이다. 하지만 이와 같은 그의 가벼운 방문이, 이 쓸쓸한 집에서는 처음 있는 일이 아닌 듯했다.

'아아, 또 오셨네……'

그렇게 생각하며 맞아들이는 듯한 태도를 화공인 에이토쿠와 제자 산라쿠, 하녀인 할멈에게서도 분명히 찾아볼 수 있었다.

히데요시는 성큼성큼 집으로 들어가 좁은 화실 안쪽을 들여다보며 말했다.

"오쓰는 여전히 그림 공부에 열중하고 있는가?"

"어서 오세요."

오쓰가 히데요시에게 절을 올리며 말했다.

"열심히 배우고 있습니다."

화실의 양탄자 위에는 물감을 푸는 데 쓰는 접시와 붓과 벼루, 종이 등이 가득 어질러져 있었다. 그녀가 서둘러 정리하려 했지만 끝내 치우지 못했을 정도였다.

"네가 이걸 그린 게냐?"

히데요시는 양탄자 위에 펼쳐져 있는 화조도 한 폭을 바라보다 오쓰가 그렸다는 사실을 알고는 둘둘 말아 쥐었다.

"가져가마."

그리고 벌써 문가로 가서는 다시 그녀를 바라보며 말했다.

"오쓰, 가끔은 에이토쿠를 따라 성으로 놀러 오너라. 이 히데요시와 소식을 너무 끊고 지내지는 마라."

히데요시의 색다른 취향은 정말 끝을 알 수가 없었다. 사람들은 히데요시를 호색한이라고 말하지만 그처럼 단순한, 그리고 현실적인 말로 단정 지을 수 없었다. 틀림없이 그는 여자를 좋아했다. 그 점에 있어서는 부인인 만도코로(네네)도 인정하고 있었다. 사실 그는 남들이 생각하는 것보다 훨씬 더 여자를 좋아했다.

그것은 삼사십 대처럼 단순히 생리적 문제만 해결하면 되는 그런 것이 아니었다. 그는 원래부터 번뇌가 많았으며, 치정癡情에 있어서는 선천적으로 자신을 제어하거나 숨기지 못하는 지극히 평범한 사람이었다. 그런데 지금은 남자로서 한창 나이인 쉰에 이르렀으며, 소년기의 가난한 생활과 중년기의 사업욕과 전장에서의 금욕 생활에서 벗어나 온갖 조건이 번뇌를 자유롭게 이행할 수 있는 경계에까지 도달해 있었다.

그러니 단지 마음에 드는 여자들을 측실로 들여 번갈아가며 다루는 은밀한 장난이 언제까지고 재미있을 리 없었다. 특히 어린 시절에 영양 결핍으로 잘 자라지 못했고 지금은 간신히 사람의 모습이 되었지만 그렇다고 이에야스처럼 지방과 근육이 풍부하거나 중후한 체격을 갖추지는 못했다. 치민경국治民經國을 중히 여기는 것만큼이나 건강도 중히 여겼으며, 건강을 깎아먹는 밤의 은밀한 장난에 몰두할 정도로 어리석지도 않았다. 마쓰나가 히사히데松永久秀는 밤낮을 가리지 않고 애첩과 장막 안에서 희희덕거리며, 장수들의 보고를 들을 때도 장막을 반만 걷어 올린 채 들었다고 한다. 하지만 히데요시는 그 정도로까지 인간 자체를 모욕할 만한 인간성을 가지고 있지 않았다. 그는 오히려 자기 자신이 번뇌하는 범부의 전형이면서도, 그 인간이라는 것을 아름답게 보고 싶어 했다. 그러니 여자에 대해서는 말할 것도 없다.

히데요시가 상음을 즐긴 것도 좋은 환경에서 자란 소녀에게는 저절로 우아한 향기가 뿜어져 나오기 때문이다. 아직 꽃을 피우지 않은 열다섯, 열일곱 살의 소녀를 사랑한 것도 소녀의 순정과 마주하고 있으면 그도 소녀처럼 가슴의 피가 고동쳤기 때문이다. 이러나저러나 색을 좋아한다는 점은 결국 여느 누구와 다를 바 없었으나 그는 그 경로와 분위기와 온갖 반주를 전제로 삼아, 마지막의 비곡秘曲을 들으려 하는 다정하고 욕심이 많은 인간이었다. 그런 탓에 그의 곁에는 지금, 아직 피어나지 않은 아름다운 꽃 세 송이가 봉오리를 운명에 맡긴 채 자라고 있었다. 오쓰도 그중 한 명이었으며, 차차와 마야도 마찬가지였다.

화공 에이토쿠에게 맡긴 오쓰를 갑자기 찾아가 슬쩍 보고 온 것도 오늘로 세 번인가 네 번째였다. 오쓰를 찾아가서도 그저 '그림을 배우고 있군. 잘하고 있구나'라고 말할 뿐이었다. 그러고는 얼른 다시 성으로 돌아가 서쪽 성곽의 여자들 사이에서 분별없는 일개 치정의 인간으로 앉아 있었다.

"전하…… 잠시 드릴 말씀이 있습니다만."

소로리 신자가 밖에 사람이 왔다며 속삭이자 히데요시의 눈빛이 엄하게 바뀌었다. 여자들은 히데요시의 눈빛을 보고 갑자기 웃음소리를 그칠 수밖에 없었다. 그동안 히데요시에게서 그러한 눈빛을 본 적이 거의 없었기 때문이다.

"뭐, 다키가와와 나가마스가 미카와에서 돌아왔단 말인가? 그렇다면 바로 만나보기로 하지. 여기서 만나겠네. 바로 데려오게."

다키가와 가쓰토시와 오다 나가마스는 현란한 꽃밭과도 같은 여자들 속에 있는 히데요시를 보고 바로 자리에 엎드렸다.

"그래, 수고했네. 지금 돌아왔는가?"

히데요시가 자리에서 일어나 옆방에 있는 두 사람 곁으로 다가갔다.

화려한 불빛과 형형색색 아름다운 색채의 여자들 옆에 있는 탓인지 두 사자의 얼굴은 언뜻 보기에도 너무 창백하고 비통해 보였다.

"실패한 모양이로구나."

히데요시가 먼저 말을 꺼냈다. 침통한 모습으로 엎드려 있기만 한 두 사람을 히데요시가 구한 꼴이었다.

"네……."

오다 나가마스가 대답했다.

"도쿠가와 나리께서는 여전히 가망 없는 대답만 하셨습니다. 아니, 답할 필요도 없다는 듯 쌀쌀맞은 태도로……."

뒤를 이어 다키가와 가쓰토시가 실패한 사실을 솔직하게 이야기했다. 기라의 사냥터까지 이에야스를 찾아가 충심으로 설득했으나, 이에야스가 평소와 달리 주먹 위의 매를 비유하며 일전도 마다하지 않겠다고 큰소리를 쳤다는 사실도 숨기지 않고 말했다. 그 순간 히데요시가 옆방의 여자들까지 깜짝 놀랄 정도로 큰 소리로 웃기 시작했다. 무엇이 그리 우스운지 혼자 끝도 없이 웃었다.

"그래, 그럴 만도 하지. 좋은 소리도 세 번이라는 말이 있는데 내가 열 번도 넘게 재촉했으니. 그 인내심 강한 도쿠가와 나리가 시치미를 떼고 머리에 두르고 있던 두건도, 속내를 숨기고 있던 가면도 벗어버리고 마침내 화를 낸 그 얼굴이 눈에 보이는 듯하구나. 참으로 재미있다, 재미있어."

히데요시는 지금 자신이 말한 것처럼 짐짓 시치미를 잘 떼고, 인내심 강하고, 고집스럽기 짝이 없는 애물단지를 어떻게 해야 손바닥 위에 올려놓을 수 있을지, 차차를 사랑하듯, 마야를 달래듯, 오쓰의 태도가 부드러워지기를 기다리듯 흥미진진하게 생각하고 있었다.

이에야스는 무슨 일에나 감이 익어 저절로 떨어지기를 기다리듯 느긋한 마음을 가지고 있었다. 그리고 그것을 간파하고 있는 히데요시도 이에야스에게 지지 않을 만큼 끈질긴 면을 가지고 있었다. 고마키 전투 이후 히데요시는 이에야스가 결코 힘이나 권위로는 회유할 수 없는 상대라는 사실을 꿰뚫어보고 있었다.

"두 사람 모두 심적으로 많이 지쳤겠지? 그렇게 걱정할 것 없네. 풀 죽을 것 없어. 정말 수고했네. 술이라도 들기로 하세."

히데요시는 가쓰토시와 나가마스를 위로하고 옆방의 여동에게 술병을 가져오게 했다.

"그래, 도쿠가와 나리께도 그 정도의 떼는 쓰게 해줘야겠지. 하지만 잘 지켜보고 있게. 머지않아 그 고집쟁이를 히데요시의 무릎 위에 앉혀놓고 미카와의 도미와 경사스러운 날에 먹는 찰밥을 먹게 할 테니. 하하하하하. 일곱 살 때부터 인질로 잡혀가 고생하기는 했으나, 역시 다이묘의 아들이로구나. 히데요시가 한 고생과는 차원이 달라."

히데요시는 나가마스와 가쓰토시에게 잔을 건네고 자신도 마신 뒤, 곧 큰 걸음으로 서쪽 성곽의 침실로 들어갔다. 그 조그만 몸이 키가 큰 여자들에게 둘러싸여 침소로 향하는 모습이 조금도 우습게 보이지 않았다. 아니, 나가마스와 가쓰토시에게는 커다란 고래가 봄의 조수를 타고 물과 하늘의 일선 너머로 어슴푸레 사라져가는 것처럼 보였다.

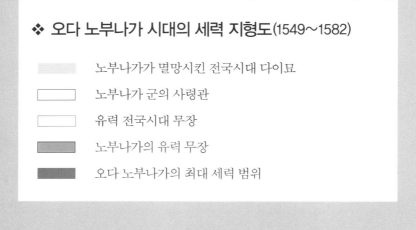

❖ 오다 노부나가 시대의 세력 지형도(1549~1582)

노부나가가 멸망시킨 전국시대 다이묘

노부나가 군의 사령관

유력 전국시대 무장

노부나가의 유력 무장

오다 노부나가의 최대 세력 범위

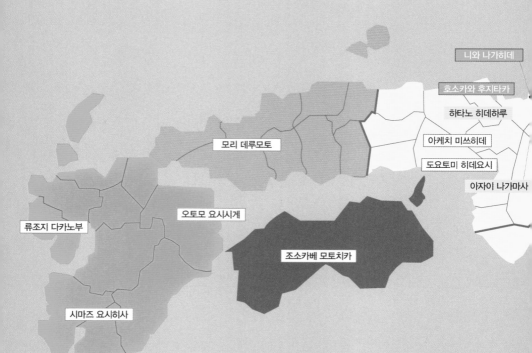

니와 나가히데

호소카와 후지타카

하타노 히데하루

아케치 미쓰히데

도요토미 히데요시

아자이 나가마사

모리 데루모토

오토모 요시시게

류조지 다카노부

조소카베 모토치카

시마즈 요시히사

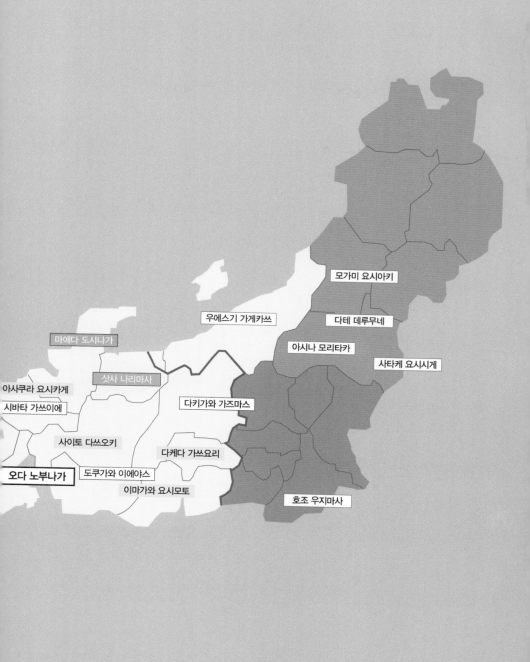

마에다 도시나가

우에스기 가게카쓰

모가미 요시아키

다테 데루무네

아시나 모리타카

사타케 요시시게

삿사 나리마사

아사쿠라 요시카게

시바타 가쓰이에

다키가와 가즈마스

사이토 다쓰오키

다케다 가쓰요리

오다 노부나가

도쿠가와 이에야스

이마가와 요시모토

호조 우지마사